續魏叔子文粹
魏叔子文選要

夏漢寧◎校勘
[日]桑原忱有終◎選
[清]魏禧◎著

江西人民出版社
Jiangxi People's Publishing House
全国百佳出版社

前言

（一）

《魏叔子文選要》與《續魏叔子文粹》二選本，均爲日本美濃鷲峰逸人桑原忱有終編選，日本浪華書林「群玉堂制本」。其中《魏叔子文選要》分上、中、下三卷（同時亦爲上、中、下三册），共選魏禧散文九十二篇。《續魏叔子文粹》（據桑原忱有終自序及目録所標，此選本又名《魏叔子文選要續編》，在每卷卷首則題爲《魏叔子文選要續編》），亦爲上、中、下三卷（同時亦爲上、中、下三册）其中卷上和卷中爲魏禧文選，卷下爲魏禮文選。此選本卷上、卷中二册，選魏禧散文六十七篇；卷下一册，選魏禮散文三十四篇，三册選二魏文共計一百零一篇。《魏叔子文選要》與《續魏叔子文粹》二選本一共選魏禧散文一百五十九篇，魏禮散文三十四篇。《魏叔子文選要》的成書時間，據桑原忱有終序載，當成書於日本孝明天皇安政五年戊午（公元一八五八年）十一月，也就是清咸豐八年。此書出版之後，日本應有過多次印行，我們這次所採用的這個校勘本子，就是日本孝明天皇文久四年甲子（公元一八六四年）的新刻本。

《續魏叔子文粹》，是桑原忱有終在《魏叔子文選要》出版之後，應書肆老闆請求續選的。桑原忱有終在序中有言：「予曩抄選魏叔子文數十篇而刻之，既而書鋪更請續選。予曰：不亦可乎！叔子之文不止於前選，尚有不可不選者，如《正統論辨》，取國之正邪，誅姦雄篡竊之心；《平論》則審毀譽好惡之平；《制科策》則論人才長養之要。其議論正而不迂，新而不詭，盡時變而合人情，尤不可不選者也。遂抄前選所漏者，凡六十有餘篇，併選季子之文若干而附其後。」在選了魏叔子的散文之後，桑原忱有終又選了魏叔子之弟魏禮的散文共三十四篇。他之所以要選魏禮的散文，在自序中，桑原忱有終是這樣説的：「蓋季子以叔子爲師友，其行文雖規度小異，然練識與叔子同，而其妙者不知孰兄且弟也。且如《叔子行狀》，讀叔子之文者不可不知者，亦録之於卷尾。」既然選了魏禮的散文，有人認爲何不如將魏伯子之文也一併選入。對此，桑原忱有終作過這樣的解釋：「或曰：三魏子一體也。已選叔、季，何獨遺伯子？豈伯子之文不足選歟？予曰：否！伯子之文雖少遜於叔子，於季子固無差等也。顧此選以叔子爲名，而季子則波及而已。且季子，弟也，授業也，附録於其後固宜矣。伯子則兄也，以附弟後，無乃不順乎。叔子友義甚厚，必所不安也。如伯子之文，宜別選之而已。」在續選本編定即將刊行時，編選者桑原忱有終病逝：「桑原鷲峰嘗就其本集選擇醇粹，將梓問於世，未果而歿。」（高木穀《續魏叔子文粹·跋》）另從高木穀的跋文可知，《續魏叔子文粹》當刊行於日本睦仁天皇明治三年庚午（公元一八七〇年）二月之後。

桑原鶩峯（公元一八一九年—公元一八六六年），是江户時代後期的儒者。文政二年（公元一八一九年）生於美濃（即現在的岐阜県）。師從佐藤一齋。在紀伊田辺（現在的和歌山県）以及京都兩地創立私塾。安政年代（公元一八五五年—公元一八六〇年），應田辺領主安藤家之邀，於文久二年（公元一八六二年）成爲修道館頭取（館長）。慶応二年（公元一八六六年）六月二十一日去世，終年四十八歲。桑原忱有終，原名啓，後名忱，通稱元吉郎，别號陸仙。著作有《觀星録》《鶩峰文集》等。桑原忱有終是日本著名的漢學家，他不僅對中國典籍頗有研究，而且，對於中國典籍在日本的傳播也作出了突出貢獻。桑原忱有終除了選編《魏叔子文選要》和《續魏叔子文粹》外，還選編了中國其他文獻及作家選集等。如，南宋哲學家陸九淵，世稱象山先生，與其同時代的朱熹齊名，被奉爲宋明「心學」的開山祖，他的學術體系經明代王陽明的傳承和弘揚，形成了對明、清兩代學術界影響巨大的學術流派——陸王心學。桑原忱有終於文久三年（公元一八六三年），將陸九淵的著作進行編選，輯成《陸象山先生文鈔》三卷介紹給日本讀者。桑原忱有終之所以編選《陸象山先生文鈔》，是基於他對南宋理學的深刻瞭解，對朱陸學説傳播的全面把握。他在序言中曾説：「久矣，斯道之湮晦也。自孔孟經千有餘年，至於趙宋之諸儒，然後始明矣。宋儒之學，至於朱子而始大成矣。當時莫之與京者，其能摩壘相軋者，獨象山陸子而已。陸子之學，主尊德性，欲先發明人之本心，而後使之博覽。朱子則主道問學，欲先泛觀博覽，而後歸之約，是以議論不合。朱子以陸所爲爲大簡，陸子以朱所爲爲支離。要之尊德性者，不可不道問學，以致知而道問學者，所以尊德性，而存心，二者無不相依相助矣。非朱子舍尊德性，而專道問學，陸子專尊德性，而舍道問學也，唯其氣稟意見之殊，所由所得，有小異同而已。至其皈則，未嘗不一也。而二子學力之所到，則互知之矣……《象山文集》有三十六卷，世以奉朱者多，奉陸者少，傳其集者甚希。頃者，書鋪群玉堂請刻《象山文鈔》，爲就清人李穆堂評點本，抄其要者百餘篇以梓之，庶幾乎以見陸子學術之所有也。」再如，對明代思想家陳獻章（人稱白沙先生）的推介，在日本陳獻章的學説被稱爲「聖書」，文久三年（公元一八六三年），桑原忱有終編選的《陳白沙文鈔》由日本浪華書林籬山堂梓印，此書收録了陳白沙文一百四十三篇。劉宗周（因講學於山陰蕺山，學者便稱他爲「蕺山先生」），被人稱爲明代最後一位儒學大師，對於他的文化成就，桑原忱有終在日本也作了宣介與傳播工作，也是在文久三年（公元一八六三年），出版了《劉蕺山文鈔》二册，選收劉蕺山疏、書信、序跋等作品四十四篇。另外，桑原忱有終的著作還有《新居帖解》《山陽遺墨新居帖解》等。總之，在日本傳播中國文獻典籍方面，桑原忱有終是作了不少的推動與傳播工作的。〔二〕

《魏叔子文選要》所選魏禧文的基本情況是這樣的：

《魏叔子文選要》上、中、下三卷（分三册），選魏禧散文九十二篇。其所選篇目爲，卷之上篇目計三十六：一、《端友集後序》；二、《殉節録敘》；三、《伯子文集序》；四、《季子文集序》；五、《彭躬庵文集序》；六、《任王谷文集序》；七、《塗宜振史論敘》；八、《論世堂文集序》；九、《涂

〔二〕關於桑原忱有終的介紹，日本福岡國際大學海村惟一教授提供了相關資料，在此謹表謝意。

子山空青集敘》；一〇、《王竹亭文集敘》；一一、《李季子文敘》；一二、《信芳齋文敘》；一三、《首山偶集敘》；一四、《陸懸圃文敘》；一五、《曾庭聞文集序》；一六、《宗子發文集序》；一七、《左傳經世敘》；一八、《十國春秋序》；一九、《溉堂續集敘》；二〇、《閔賓連遊廬山詩敘》；二一、《初蓉閣詩敘》；二二、《危習生遺詩敘》；二三、《一石山房詩序》；二四、《虎邱中秋讌集詩序》；二五、《樹德堂詩敘》；二六、《費所中詩敘》；二七、《娛墨軒遺詩敘》二八、《贈西陵林山水敘》；二九、《贈北平劉雪舫敘》；三〇、《贈黃書思北遊序》；三一、《贈萬令君罷官序》；三二、《鄭禮部集序》；三三、《黃從生時文集序》；三四、《陳文長畫竹册敘》；三五、《西湖近詠題詞》；三六、《游京口南山詩引》。卷之中篇目計二十三篇（實選三十篇）：一、《相臣論》；二、《留侯論》；三、《陳勝論》；四、《鼂錯論》；五、《雋不疑論》；六、《漢中王稱帝論》；七、《伊尹論》；八、《唐太宗平内難論》；九、《阮籍論》；一〇、《高允論》；一一、《續縱囚論》；一二、《唐肅宗靈武即位論》；一三、《劉知遠論》；一四、《續續朋黨論》；一五、《蔡京論》；一六、《蘇雲卿論》；一七、《趙鼎張浚陳俊卿虞允文論》；一八、《宋論上》；一九、《宋論下》；二〇、《周論》；二一、《秦論》；二二、《春秋戰論》（城濮、殽一、殽二、邲、鞌、鄢陵、平陰、汋陵）；二三、《鬻拳論》。卷之下篇目計二十六篇：一、《封建一》；二、《封建二》；三、《封建三》；四、《變法上》；五、《變法下》；六、《與毛馳黃論於太傅書》；七、《答楊友石書》；八、《上郭天門老師書》；九、《答曾君有書》；一〇、《答南豐李作謀書》；一一、《與諸子世傑論文書》；一二、《答施愚山侍讀書》；一三、《孫豹人像》；一四、《燎衣圖記》；一五、《翠微峰記》；一六、《吾廬記》；一七、《文木屏記》；一八、《邵子湘五真圖記》；一九、《白渡汎舟記》；二〇、《重建平山堂記》；二一、《大鐵椎傳》；二二、《賣酒者傳》；二三、《丘維屏傳》；二四、《桃花源圖跋》；二五、《淩記跋》；二六、《讀宋李忠定公集》。

《魏叔子文選要》卷之上選魏禧創作的序（敘）共三十六篇，而《魏叔子文集》（中華書局二〇〇三年六月版，下同）收録魏禧創作的序（敘）文四卷，共一百八十一篇，其選録比例爲百分之十九點九；《魏叔子文選要》卷之中選魏禧創作的論二十三題三十二篇，而《魏叔子文集》收録魏禧創作的論二卷，共四十題五十九篇，其選録比例爲百分之五十四點二；《魏叔子文選要》卷之下選魏禧創作的散文二十六篇，其中：論五篇，而《魏叔子文集》收録魏禧創作的論二卷，共四十題五十九篇，其選録比例爲百分之八點五；《魏叔子文選要》卷之中選魏禧創作的書七篇，而《魏叔子文集》收録魏禧創作的書二卷，共四十六篇，其選録比例爲百分之十五點二；《魏叔子文選要》卷之中選魏禧創作的記八篇，而《魏叔子文集》收録魏禧創作的記一卷，共四十一篇，其選録比例爲百分之十九點五；《魏叔子文選要》卷之中選魏禧創作的傳三篇，而《魏叔子文集》收録魏禧創作的傳一卷，共三十八篇，其選録比例爲百分之七點九；《魏叔子文選要》卷之中選魏禧創作的題跋二篇，而《魏叔子文集》收録魏禧創作的題跋一卷，共二十二篇，其選録比例爲百分之九；《魏叔子文選要》卷之中選魏禧創作的雜著一篇，而《魏叔子文集》收録魏禧創作的雜著一卷，共十篇，其選録比例爲百分之十。

從以上述統計可知，《魏叔子文選要》選取魏禧創作的各類文體作品數量依次爲：一、論，卷之上選二十三題三十二篇，卷之中選五篇，共計三十七篇；二、序（敘），共選三十六篇；三、記八篇；四、書七篇；五、傳三篇；六、題跋二篇；七、雜著一篇。

《續魏叔子文粹》所選魏禧文和魏禮文的基本情況是這樣的：

《續魏叔子文粹》亦分上、中、下三卷（共三册），其中卷上、卷中二册選魏禧散文六十七篇。卷上選魏禧文三十三篇：一、《正統論上》；二、《正統論中》；三、《正統論下》；四、《太平興國論》；五、《平論一》；六、《平論二》；七、《平論三》；八、《平論四》；九、《魯論》；一〇、《鄭論》；一一、《晉楚論》；一二、《吴越論》；一三、《欒盈論》；一四、《子展論》；一五、《崔成崔彊論》；一六、《制科策上》；一七、《制科策中》；一八、《制科策下》；一九、《師友行輩議》；二〇、《孔廟襲爵議》；二一、《賢溪孔氏廟祀議》；二二、《學官議》；二三、《擬褒崇岳忠武王議》；二四、《書歐陽文忠公論狄青劄子後》；二五、《書蘇文公諫上後》；二六、《書蘇文公諫下後》；二七、《書蘇文公明論後》；二八、《書蘇文公辨奸論後》；二九、《書蘇文公遠慮》；三〇、《書蘇文公定重臣論》；三一、《書蘇文公高帝論後》；三二、《寄託説上》；三三、《寄託説下》。卷中選魏禧文三十四篇：一、《禹貢翼傳敘》；二、《李忠毅公年譜序》；三、《脈學正傳敘》；四、《静儉堂文集序》；五、《孔正叔文集敘》；六、《京口二家文選序》；七、《南北史合注序》；八、《方輿紀要序》；九、《曹氏金石表序》；一〇、《八大家文鈔選序》；一一、《陽明别録序》；一二、《四此堂摘鈔序》；

一三、《三教經圖賦序》；一四、《聽鸝軒詩敘》；一五、《龍塢遺詩敘》；一六、《與友人論省刑書》；一七、《答計甫草書》；一八、《上某撫軍書代》；一九、《複六松書》；二〇、《答翟韓城書》；二一、《與休甯孫無言書》；二二、《答友人論傳誌書》；二三、《與門人王愈融簡》；二四、《與塗宜振簡》；二五、《答孔正叔簡》；二六、《長林裏泰伯祠記》；二七、《吾廬飲酒記》；二八、《觀行堂記》；二九、《泰寧三烈婦傳》；三〇、《王氏三恭人傳》；三一、《訓導汝公家傳》；三二、《獨奕先生傳》；三三、《高士王灝傳》；三四、《大湖灘賦》。卷下一册，選魏禮散文三十四篇：一、《周公論》；二、《田子方論》；三、《漢高帝論》；四、《介之推論》；五、《伍子胥論》；六、《宋高宗論》；七、《全交論》；八、《書梁公狄義僕楊材范鑑傳後》；九、《書梁公狄甲乙議傳》；一〇、《書林確齋論漢高帝后》；一一、《書曾止山論漢高帝后》；一二、《書王荊公上仁宗皇帝書後》；一三、《書蘇文定三國論後》；一四、《書岳忠武傳後》；一五、《書邱敏齋論晏子後》；一六、《留雲堂記》；一七、《青霞閣記》；一八、《寓適園記》；一九、《三醉海棠記》；二〇、《憂樂記》；二一、《難説》；二二、《病説示次兒世儼》；二三、《汪秋浦詩序》；二四、《公事牘序》；二五、《兒世傚遊燕楚序》；二六、《重刻感應篇輯解序》；二七、《徐淥溪析集文文山鄭所南詩序》；二八、《孔惟敘文集序》；二九、《與甘健齋論曾文定公書》；三〇、《擬岳忠武郾城上高宗書》；三一、《與顧袁州書》；三二、《答山西候君書》；三三、《答李元仲書》；三四、《先叔兄紀略》。

《續魏叔子文粹》亦分上、中、下三卷，共三册。其中卷上、卷中二册選魏禧散文六十七篇。卷上選魏禧文三十三篇，其中論一十五篇，而《魏叔子文集》收録魏禧創作的論二卷，共四十題五十九篇，其選録比例爲百分之二十五點四；策三篇，而《魏叔子文集》收録魏禧創作的策一卷，共一十篇，其選録比例爲百分之三十；議五篇，而《魏叔子文集》收録魏禧創作的議一卷，共八篇，其選録比例爲百分之六二點五；書後八篇，而《魏叔子文集》收録魏禧創作的書後一卷，共二十三篇，其選録比例爲百分之三十四點八；説二篇，而《魏叔子文集》收録魏禧創作的説一卷，共二十二篇，其選録比例爲百分之九點一。卷中選魏禧文三十四篇，其中序一十五篇，而《魏叔子文集》收録魏禧創作的序（敘）四卷，共一百八十一篇，其選録比例爲百分之八點三；書七篇，而《魏叔子文集》收録魏禧創作的書二卷，共四十六篇，其選録比例爲百分之十五點二；手簡三篇，而《魏叔子文集》收録魏禧創作的手簡一卷，共六十五篇，其選録比例爲百分之四點六；記三篇，而《魏叔子文集》收録魏禧創作的記一卷，共四十一篇，其選録比例爲百分之七點三；傳五篇，而《魏叔子文集》收録魏禧創作的傳一卷，共三十八篇，其選録比例爲百分之十三點二；賦一篇，而《魏叔子文集》收録魏禧創作的賦一卷，共三篇，其選録比例爲百分之三十三點三。

從以上述統計可知，《續魏叔子文粹》選取魏禧創作的各類文體作品數量依次爲：一、論一十五篇；一、序（敘）一十五篇；三、書後八篇；四、書七篇；五、議五篇；五、傳五篇；七、策三篇；七、手簡三篇；七、記三篇；一〇、説二篇。一一、賦一篇。

《魏叔子文選要》與《續魏叔子文粹》（上、中卷）二書，共選魏禧散文一百六十一篇。其中《魏叔子文選要》卷之上選魏禧創作的散文三十六篇、卷之中選魏禧創作的散文二十三題三十二篇、卷之下選魏禧創作的散文二十六篇，共計九十四篇。《續魏叔子文粹》（上、中卷）卷上選魏禧創作的散文三十三篇，卷中選魏禧創作的散文三十四篇，共計六十七篇。這一百六十一篇散文依文體排序爲：一、論五十二篇；二、序（敘）五十一篇；三、書一十四篇；四、記一十一篇；五、傳八篇；五、書後八篇；七、議五篇；八、策三篇；八、手簡三篇；一〇、題跋二篇；一〇、説二篇；一二、雜著一篇；一二、賦一篇。

關於魏禧散文的選本，在清代及民國時期，就有相關選本流傳，現擇要介紹如下：

一、《魏叔子文鈔》，此爲清宋犖編選《三家文鈔》中的一種。「《三家文鈔》三十二卷，宋犖編刻，侯方域八卷，汪琬十二卷，魏禧十二卷。」[一]「又嘗選《江左十五子詩》及《三家文鈔》，以提唱風雅。三家者，侯氏方域、魏氏禧、汪氏琬。」[二]「《三家文鈔》者何？商邱宋犖合侯朝宗方域、魏叔子禧、汪鈍翁琬之文而鈔之，而版行之者也。鈔何以三家？犖友也。成之者，學使許公也。」[三]此選本因是宋犖編選，因而在清代較爲流行，「而商邱公起，而有《三家文鈔》之刻。三家者何？侯朝宗方域、魏叔子禧、汪鈍翁琬，皆公友也。蘅謬辱挍讎既畢役，承命序其末簡。蘅惟三家之文侯氏以氣勝、魏氏以力勝、汪氏以

[一] 清・張之洞《書目答問》集部，清光緒刻本。
[二] 清・李元度《國朝先正事略》卷九《宋牧仲尚書事略》，清同治刻本。
[三] 清・李祖陶《國朝文録・西陂類稿文録・三家文鈔序》，清道光十九年瑞州府鳳儀書院刻本。

法勝，不必屑屑傅會其出唐宋某氏，並元明某氏，要之可謂作者後世稱本朝之文，吾知其無能遺三家也，三家足以傳矣。」〔一〕

二、《易堂十三子文選》，清人王泉之編選，有清道光八年（公元一八二八年）刻本。「《易堂十三子文選》，清泉王泉之編。」〔二〕王泉之，湖南清泉人，「字星海，嘉慶庚申舉於鄉，父衢年八十，亦於是科恩賜舉人，踰年賜檢討銜，壽百歲……泉之乙丑成進士……補甯都直隸州。」〔三〕易堂十三子是指楊文彩、李騰蛟、彭士望、邱維屏、林時益、魏際瑞、曾燦、魏禧、彭任、魏禮、魏世傑、魏世傚、魏世儼等十三人。該選本選十三人作品共一百零七篇，排列順序與選文篇數依次爲：楊文彩五篇、李騰蛟四篇、彭士望四篇、邱維屏八篇、林時益一篇、魏際瑞一十四篇、曾燦四篇、魏禧四十二篇、彭任二篇、魏禮一十一篇、魏世傑三篇、魏世傚七篇、魏世儼二篇。〔四〕

三、《易堂九子文鈔》，係由「易堂九子」之一彭士望的裔孫彭玉雯編選，有道光十七年（公元一八三七年）刊本以及民國十四年（公元一九二五年）印本。該集共十九卷，收文二百三十四篇。其所選九子

〔一〕清・李祖陶《國朝文録・邵青門文録》卷三，清道光十九年瑞州府鳳儀書院刻本。

〔二〕清・曾國荃《（光緒）湖南通志》卷二百五十八「藝文志」十四，清光緒十一年刻本。

〔三〕清・曾國荃《湖南通志》（光緒）卷一百八十三「人物志」二十四，清光緒十一年刻本。

〔四〕引自武海軍《選本視野與易堂九子——以〈易堂十三子文選〉與〈易堂九子文鈔〉爲中心》，《贛南師範學院學報》二〇〇九年第五期。

文如下：彭士望《彭躬庵文鈔》六卷，六十五篇；邱維屏《邱邦士文鈔》二卷，二十四篇；魏際瑞《魏伯子文鈔》一卷，二十四篇；魏禧《魏叔子文鈔》五卷，九十六篇；魏禮《魏季子文鈔》一卷，二十篇；李騰蛟《李咸齋文鈔》一卷，四篇；林益《林確齋文鈔》一卷，一篇；彭任《彭中叔文鈔》一卷，六篇；曾燦《曾青藜文鈔》一卷，四篇。〔二〕

四、《侯魏汪三家文合鈔》，王文濡選編，上海進步書局民國四年（公元一九一五年）年五月初版，民國七年（公元一九一八年）七月三版。王文濡，原名王承治，字均卿，別號學界閑民、天壤王郎、吳門老均、新舊廢物等，祖籍安徽廣德，後其先祖遷籍於浙江吳興南潯。清光緒九年（公元一八八三年）癸未科秀才，次年補博士弟子員。先後在商務印書館、中華書局、大東書局、文明書局、進步書局、鴻文書局、樂群書局及國學扶輪社任編輯、總編輯。《侯魏汪三家文合鈔》共四册，其中《侯朝宗文鈔》一册、《魏叔子文鈔》一册、《汪堯峰文鈔》二册。《魏叔子文鈔》按文體選魏禧散文三十九篇，具體篇目爲：「論説」一十二篇：一、《陳勝論》；二、《留侯論》；三、《晁錯論》；四、《阮籍論》；五、《高允論》；六、《宋論上》；七、《宋論下》；八、《雋不疑論》；九、《續縱囚論》；一〇、《劉知遠論》；一一、《續朋黨論》；一二、《趙鼎張浚陳俊卿虞允文論》。「序跋」一十七篇——一、《十國春秋序》；二、《殉節録序》；三、《端友録後序》；四、《彭躬庵文集序》；五、《涂宜振史論序》；六、《涂子山空青集敘》；七、《信芳齋文敘》；八、《鄭禮部集序》；九、《危習生遺詩敘》；一〇、《一石山房詩敘》；一一、《溉堂續集敘》；一二、

〔二〕同上。

《閔賓連遊廬山詩敘》； 一三、《初蓉閣詩敘》； 一四、《陳文長畫竹册敘》； 一五、《桃花源圖跋》； 一六、《書歐陽文忠論狄青劄子記後》； 一七、《西湖近詠題詞》。「傳記」一十篇： 一、《江天一傳》； 二、《新樂侯劉公駙馬都尉鞏公傳》； 三、《明遺臣姜公傳》； 四、《大鐵椎傳》； 五、《文木屏記》； 六、《翠微峰記》； 七、《孫豹人像記》； 八、《重建平山堂記》； 九、《燎衣圖記》； 一〇、《白渡汎舟記》。

五、《魏叔子文鈔》，王均卿選本，作爲中華書局「中國文學精華」叢書中的一種，於民國廿五年（公元一九三六年）八月發行，民國三十年（公元一九四一年）一月三版。這個選本其實就是王文濡選編的《侯魏汪三家文合鈔》之《魏叔子文鈔》，只不過比原選本在「序跋」文中多選了一篇，一共一十八篇，多選一篇爲《論事堂文集敘》。另，「序跋」文中，兩個選本的標題有異：《侯魏汪三家文合鈔》本作《端友録後序》，「中國文學精華」《魏叔子文鈔》作《端友集後序》；《侯魏汪三家文合鈔》本作《書歐陽文忠論狄青劄子記後》，「中國文學精華」《魏叔子文鈔》作《書歐陽文忠論狄青劄子後》，這種變動，實際上是對前選本的更正。

本書以日本美濃鷲峰逸人桑原忱有終編選的《魏叔子文選要》與《續魏叔子文粹》爲底本，參校諸名家評點本《魏叔子文集》（易堂藏板）及諸名家評點本《魏季子文集》（易堂原板）。

（二）

魏禧（公元一六二四年—公元一六八一年），江西寧都縣人，清代初年散文家。字冰叔，一字叔子，號裕齋。因魏禧等人隱居翠微峰之所在地名勺庭，所以人們又稱魏禧爲「勺庭先生」：「屏居翠微峰，門前有池，顔其庭曰『勺庭』，學者稱『勺庭先生』。」〔一〕

魏禧生活在一個書香門第，其父魏兆鳳，字聖期，「生時舍前草結葉如鳳，因以爲名，而字聖期，晚自號天民。」〔二〕據文獻記載，魏兆鳳「以孝行聞，居父母喪，哀毁如古禮。家故饒於財，性好施，爲鄉人葬死救患，營橋梁道路，以布衣聲動邑中。崇禎初，薦舉徵聘皆不就。宗子五世單傳，貧不能娶，兆鳳爲之授室。閩人張耇以妻爲妹，鬻數十金，見其戚容，詰得之，立歸其妻。鄒文清以訟論徒，將嫁妻爲贖出金與償，更資給歸之。三子祥、禧、禮，皆以文行，著名學者。呼兆鳳曰『徵君』。」〔三〕「魏禧……父兆鳳，諸生，明亡，號哭不食，翦髮爲頭陀，隱居翠微峯。是冬，筮離之乾，遂名其堂爲易堂，旋卒。」〔四〕據魏禮《先叔兄紀略》載：「先徵君生五子，其二夭，故以伯、叔、季行。」〔五〕「先徵君年二十四生兄祥，二十八生禧，又五年己巳生禮，長字曰和公。」〔六〕在魏禧兄弟三人眼中，魏兆鳳是一位怎樣的父親呢？魏

〔一〕清·魏禮《先叔兄紀略》，見《魏季子文集》（易堂原板）卷十五。
〔二〕清·錢林《文獻徵存録》卷六，清鹹豐八年有嘉樹軒刻本。
〔三〕清·雍正版《江西通志》卷九十三，清文淵閣四庫全書本。
〔四〕民國·趙爾巽《清史稿·魏禧傳》列傳二百七十一，民國十七年清史館本。
〔五〕清·魏禮《先叔兄紀略》，《魏季子文集》（易堂原板）卷十五。
〔六〕清·魏禧《季弟五十述》，見《魏叔子文集外篇》卷十一，清寧都三魏全集本。

禧曾有如下記述：「禧先徵君年十九喪先大父，貲産直二萬金，所行利人事盡一歲之入，故家無餘財。先師楊一水先生作《魏徵君傳》，家姊婿丘維屏又於其所聞見作《徵君雜録》。」〔二〕「家伯子生，四五歲時，先徵君嘗即席命對，輒應口就。」〔三〕魏禧之弟魏禮在《先叔兄紀略》中也有過真實的描述，其描述或許能夠代表魏氏兄弟三人的看法：「先徵君訓諸子，和極禮敬，不少寬假。嘗侍先徵君議事公所，列坐數百人，吾兄弟年少，坐堂下末坐，因相與私語，先生容偶怠，不自覺也，先徵君堂上色不懌，伯兄目及之曰：『吾儕甯有失乎，何大人有是色？』歸至庭，先徵君默坐不語，三子跪請，乃誡曰：『凡人貴讀書，當知禮義，如在廣坐中，人不識汝爲吾子，而察其舉止言語間，知其中必有嚴憚之人在。今某侍父而有慢容，何謂讀書乎？』於是復霽顔。論古今，夜分乃罷。自是先生守徵君訓益切，罕有隕越。」魏禧及其兄弟能生活在這樣一個講禮儀，重文化的家庭，自然是十分幸運的。正是在這種文化薰陶下，魏氏兄弟親密無間，且相互禮讓，相互關心。魏禧曾充滿深情寫過一篇記述其弟魏禮的文章，名爲《季弟五十述》，此文雖是寫魏禮的，但是，文中所反映的卻是魏家其樂融融的情景：「和公幼遲鈍，性劣，父母以屬予。予十一二歲，有過輙鞭撻之，不以聞。亦嘗與爲兒戲，稍變色，即惴惴無所容。嘗犯教，先妣怒且笑曰：『會須與汝叔兄言。』予與伯兄私憂之。年十四，予偶繙季艸稿，得雜記語云：『叔兄每笞罵我，心愛我也，我樂得親之。』予驚以告伯兄曰：『是子殆有心胸人。』年十七，補諸生。丁亥，邑

〔二〕清·魏禧《善德紀聞録敘爲閔象南作》，見《魏叔子文集外篇》卷十，清寧都三魏全集本。

〔三〕清·魏禧《伯子詩鈔引》，見《魏叔子文集外篇》卷九，清寧都三魏全集本。

新令至，徵君召諸子曰：『汝輩云何？』禧率爾對曰：『甲申哭臨之言猶在也，禧又善病，願奉父母以隱。』徵君曰：『可。』禮對曰：『願從叔兄後。』徵君笑曰：『爾未有名字，人將以爲逋督學使者試耳。』對曰：『道我不識一丁字，固不以亂吾意。』徵君曰：『可。』伯兄逡巡對曰：『長子責在宗祧，祥其出乎？』於是二弟山居奉父母，伯兄獨身出。而季更以剛直自見，性訥，寡言論，然往往面折人，急然諾，喜任難事，好倜儻，立節，浮沉於時。又刻苦讀書，工古文，詩名日起。易堂執友長季二十年以上者，皆特與爲兄弟交。二兄儼然以畏友禮之。徵君嘗笑謂禧曰：『吾不意此兒如是。』」〔一〕「吾兄弟三人如一身，自幼至老如一日，憶戊寅徵君析産，持一田券，躊躇謂母曰：『以與祥則禮損，與禮則祥損。』季時九歲，適過案傍，應聲曰：『寧損我，毋以損伯兄。』蓋徵君之教，先孝弟，後財利，故季雖幼劣，而明於義利若此。」〔二〕能生活在這樣一個幸福和睦的家庭，這是魏禧的幸運，也是魏氏三兄弟的幸運。

魏禧自幼好學，尤其喜歡古代經史典籍，且喜抒發自己的看法：「禧兒時嗜古，論史斬斬見識議。年十一，補縣學生。」〔三〕魏禧曾敘說過自己幼年時期讀書學習的經歷：「予生十歲，學爲制舉文字……」〔三〕「十四歲受業楊一水先生，時先生年五十三，每命餘論定其文。」〔四〕「而先生諸弟子中，禧最

〔一〕以上引文均見清・魏禧《季弟五十述》，見《魏叔子文集外篇》卷十一，清寧都三魏全集本。
〔二〕民國・趙爾巽《清史稿・魏禧傳》列傳二百七十一，民國十七年清史館本。
〔三〕清・魏禧《跋歸震川先生全集》，見《魏叔子文集外篇》卷十二，清寧都三魏全集本。
〔四〕清・魏禧《孔正叔楷園文集敘》，見《魏叔子文集外篇》卷八，清寧都三魏全集本。

晚進，父事先生，以諍子自任。十四歲常面諍先生，先生大悦，奇之。自是無大小事必盡言。先生性故和易，虚心樂善，雖老嫗童子之言必敬聽。人有攻其過者，委身若無所自容。子晟、晉生十年，命從禧學，又令嚴孺人及晟、晉兩母出見禧，使禧得言家事。」〔一〕魏禧早年的學習情況，在不少文獻中都有記述：「禧兒時不樂嬉戲，事梅水楊文彩，同學生出外遊，獨勤業不輟。年十一，補邑弟子。」〔二〕再如其友人曾燦曾説：「吾友魏叔子，與予同學，年十一歲爲時文，補弟子員，冠其曹。長而名公巨卿，年五六十者，咸以等輩禮之。或所執贄受業師，逡巡退讓，稱先生而不字。予意叔子及壯年時，已舉名進士。立朝廷上，侃侃然發其所學，爲世名臣。」〔三〕其弟魏禮對兄長早年勤奮學習的情景也有記述：「先生兒時，不樂嬉戲，同學生或出外游間，先生獨勤業不輟。嘗嗜古論史，斬斬見識議。十一歲補邑弟子，冠其曹，妻祖謝公於教，稱宿學，致政家居，年七十餘矣。嘗姻亞偕往，一揖後，各散去。惟先生十一歲童子，與七十餘老人，終日語不倦。」〔四〕從以上這些文獻，特別是從魏禧自述中可知，魏禧最初所學習的東西，也如同他所處的那個社會大多數知識分子一樣，學的都是「制舉文字」，正因爲有如此紮實的「童子功」，所以，魏禧曾爲明末諸生，這也應是情理中的事情。

〔一〕清・魏禧《楊一水先生同元配嚴孺人合葬墓表》，見《魏叔子文集》卷十八，清寧都三魏全集本。

〔二〕清・錢林《文獻徵存録》卷六，清鹹豐八年有嘉樹軒刻本。

〔三〕轉引自王樂爲《論魏禧與曾燦的「始合而終乖」》，《學術交流》，二〇一六年第九期。

〔四〕清・魏禮《先叔兄紀略》，見《魏季子文集》（易堂原板）卷十五。

在早年的讀書學習中，楊文彩給魏禧留下了極其深刻的印象。對出於本鄉士的這位老師，魏禧是充滿敬意的，他曾經在《楊一水先生同元配嚴孺人合葬墓表》中，情滿意真地描述了恩師種種動人事蹟：

先生諱文彩，字治文，晚號一水，學者稱一水先生。父典簿公家貧，先生幼，嘗令賣炒豆，貿貿然東西走。已，學木工，日血指，獨從童子塾過，聞誦讀聲，則駐而聽。年十三四，典簿公乃令就學，學一年而成。十六補縣附學生，三十一中乙卯副榜。先生年未二十即教授弟子，多至數百十人，自貴公卿下逮匠工徒隸皆及門。四十五歲，爲崇禎戊辰，用登極恩選貢士，數試南北雍不得志，老焉。先生在北雍時，司業方公、祭酒吴公嘗推爲天下文章第一，同鄉陳大士、楊維節、揭祝萬皆下之，陳公至自謂人：「讀一水理題文字，陳大士不直一錢矣。」……先生性故和易，虛心樂善，雖老嫗童子之言必敬聽。人有攻其過者，委身若無所自容。子晟、晉生十年，命從禧學，又令嚴孺人及晟、晉兩母出見禧，使禧得言家事……先生著《尚書繹》十二卷，《四書藝》二百餘篇，《尚書藝》二百篇，古雜文數十篇。率多巉峭精到。其《上楊文正公書》，論簡兵所以省餉，省餉所以慎名器，爲時藥石。初先生作《尚書繹》，必浣手執筆曰：「吾方對二帝三王，奈何不敬乎？」書未成，先生之屋火，器服盡燬，惟《書繹》存。戊子，江撫獲信豐曹生起《兵書》中及先生，差三百騎來縛去，財物書籍皆散亡，而《書繹》篋扃鑰如故。諸親知往唁先生，見先生頸被鉄索，背兩手緩步周行馬矢間，方沈吟作《尚書繹》。騎官夜使獰卒夾先生寢。待旦，驅就道。先生鼾睡聲達旦，同縛者皆驚呼聖人，而汪騎官乃更拜先生稱義子。先生病將革，執禧

手，謂禧曰：「《尚書繹》非吾一人書，當見於天下後世。」禧再拜泣而受命。〔一〕

對於魏禧創作的作品，作爲老師的楊一水也常是關注，並有點評，如，魏禧曾寫有《相臣論》一篇，楊一水讀後，給予了真誠的評價：「從來名相，各有一段驚天動地事業，不相雷同處，自舜、禹至韓、范之徒，莫不皆然。細觀古今聖賢行事，方知叔子此論平實中正，非好爲激昂也。至其偉氣昌言，尤足相副。」〔二〕楊一水和魏禧的關係，毫無疑問是師生關係，但亦師亦友似乎更能準確、貼切地表述二人的關係。

然而，明代後期動盪的局面，在社會各階層，尤其是在官員和士人階層產生了強烈的震撼，不少人或自殺明志，如，虎賁右衛世襲指揮劉一松：「甲申流賊陷京師，與妻王氏、三女皆縊死。」〔三〕又如錦衣衛千户張怡：「甲申流賊陷京師，遇賊將不屈，械繫將肆掠其黨，或義而逸之，久之始歸故里。」〔四〕作爲一個關心社會的士人，魏禧想靜坐書齋已是難事，爲此，他曾經也萌生過起義兵勤王的念頭：「迨甲申流賊陷京師，天子死於社稷，先生聞輒號慟，日往公庭哭臨，食不甘味，寢不安席，謀與曾公應

〔一〕清·魏禧《楊一水先生同元配嚴孺人合葬墓表》，見《魏叔子文集外篇》卷十八，清寧都三魏全集本。
〔二〕清·魏禧《相臣論》文後附楊一水點評，見《魏叔子文集外篇》卷一論，清寧都三魏全集本。
〔三〕清雍正版《畿輔通志》卷七十六，清文淵閣四庫全書本。
〔四〕清·方苞《白雲先生傳》，見《望溪集》卷八傳，清咸豐元年戴鈞衡刻本。

遊起義兵勤王。先徵君亦慷慨破産助之，而李自成旋殄滅，遂不果。」〔一〕明亡後，他更是無意科舉，魏禧與兄弟朋友隱居甯都翠微峰，「人受地域的薰染，一定的地域環境、習俗等條件，對人性情的養成有重要的影響。」〔二〕隱居翠微峰，讀書、寫作、講學成了魏禧及易堂九子日常生活的主要内容。在寫作與學習方面，魏禧的思想觀念也發生了很大的變化，他説：「後十餘年，予既棄經義不復作，遂亦習爲古文，始讀震川先生集，然後信向者邦士之言。予雖不能悉先生之經義，而其論先生之文，則其論爲猶篤。蓋先生誠有取於司馬氏之雄剛變化，而非神龍之戲淵澥，則莫可以名狀者。」〔三〕對於這種生活，魏禮也作了這樣的記述：「當是時，吾兄弟三人，謂科名當探囊得，期以古名臣，自致節烈，風採彪炳史策……先生故善病，謝棄諸生服，隱居山中，歲惟清明祭祀，一入城而已。因屏去時藝，專古學，教授弟子，著録者數百人。」〔四〕「國變後，棄舉子業，居翠微山中，專意爲古文。」〔五〕。

魏禧除了喜愛讀書、學習、寫作外，他還喜歡交友和出遊，以文會友，交流思想，互相學習，開闊眼界，同時也擴大自己的「朋友圈」，擴大自己的影響。在《答南豊李作謀書》中，他曾寫道：「僕生十一

〔一〕清・魏禮《先叔兄紀略》，見《魏季子文集》（易堂原板）卷十五。
〔二〕徐玉如著，《文學地理視野下的沂蒙文學研究》，山東人民出版社二〇一七年十二月版，第一百四十三頁。
〔三〕清・魏禧《跋歸震川先生全集》，見《魏叔子文集外篇》卷十二，清寧都三魏全集本。
〔四〕清・魏禮《先叔兄紀略》，見《魏季子文集》（易堂原板）卷十五。
〔五〕清・錢林《文獻徵存録》卷六，清鹹豐八年有嘉樹軒刻本。

二歲，即思求友。得交志行純篤者若而人。年二十一，丁國變，則慨然願交奇偉非常之士。嗣是友道日廣，有若易堂之經術文章，程山之理學，髻峰、天峰之節義，以至四方文人奇士，僕皆得與遊，以自陶淑所不及，則又皆窺其籓籬，未登其堂奥，是以碌碌無所成立，不敢望諸君子項背。然所以恢弘其志氣，砥礪其實用者，雖不能盡變化其氣質之鄙陋，而身受諸君子之教，則既已多矣。」〔一〕在《同林確齋與桐城三方書》中，他也説：「益、禧自十歲即思求友，二十年來孜孜矻矻，若非此則食不甘寢不寐然。生平所交石友幾不下十人，丈人見易堂諸子，頗以直諒相許，而教誨繾綣，則於益、禧尤篤，是固同堂同室人也。」〔二〕在魏禧的交友中，最爲典型、最值得一提的是，易堂九子之間的結交，以及他們共同生活在翠微峰上。「甯都魏祥、與仲弟禧、季弟禮、同邑李騰蛟、邱維屏、彭任、曾燦、南昌彭士望、林時益，號『易堂九子』，『易堂』者，魏祥講學所也。」〔三〕「時寧都『易堂九子』、星子『髻山七子』以文章氣節名。」〔四〕「易堂九子，自三魏及躬菴、確齋外，曰：李騰蛟咸齋、邱維屏邦士、彭任中叔、曾燦青藜，敦古友誼，如骨肉，子弟無恒父師。高僧無可嘗至山中，歎曰：『易堂真氣，天下無兩矣。』」〔五〕「易堂九子，名重天

〔一〕清・魏禧《答南豐李作謀書》，見《魏叔子文集外篇》卷六，清寧都三魏全集本。
〔二〕清・魏禧《同林確齋與桐城三方書》，見《魏叔子文集外篇》卷五，清寧都三魏全集本。
〔三〕清・陳康祺《郎潛紀聞》卷十四，清光緒刻本。
〔四〕清・江藩《國朝宋學淵源記》卷下，清粵雅堂叢書本。
〔五〕清・李元度《國朝先正事略・魏叔子先生事略》卷三十七，清同治刻本。

下，最著者，爲魏冰叔、彭躬庵、邱邦士。」〔一〕「中尉友南昌彭士望，九江破，兩人挈妻子走建昌。士望三至寧都，見寧都魏禧，立談定交，遂同中尉往依焉。與諸子結廬金精之翠微峯，講易讀史。士望嘗遊四方，中尉以病多家居，並督二家事。」〔二〕對於易堂九子中的成員，魏禧均有評介，此僅舉一例，如他曾評彭士望：「躬菴少負大志，周旋名公鉅卿間，立義聲於天下。其後或蹶或起，要身所歷事最多，故其文一主實用，遇事感慨激昂，連類旁及，轇轕古今，呼搶天地而不能自忍。」〔三〕再如，魏禧所交契友中，還有以謝文洊爲首的程山七子（其餘六人爲：甘京、封浚、黄熙、危龍光、曾曰都、湯其仁。程山七子皆爲南豐人）、以宋之盛爲首的星子髻山七隱（其餘六人爲：吴一聖、查世球、查小蘇、余暐、夏偉、周長孺。髻山七隱皆爲星子人）、以陳恭尹爲首的廣東北田五子（其餘四人爲：何絳、何衡、陶璜、梁槤。北田五子皆爲廣東人）等等。

在出遊當中，魏禧的一個重要目的便是交友與學習。他説：「禧閉户窮山，垂二十年，恒懼封己自小，故欲一游吴越，就諸君子以正所學……」〔四〕正是在這遊走中，他既拜謁了忠烈遺跡，又探訪了不少隱逸名士，更表達了自己不與清廷合作的態度。如康熙元年（公元一六六二年），三十九歲的魏禧出

〔一〕清・李祖陶《國朝文録・耻躬堂文録引》卷一，清道光十九年瑞州府鳳儀書院刻本。

〔二〕清・陳田《明詩紀事》卷十六，清陳氏聽詩齋刻本。

〔三〕清・魏禧《彭躬庵文集序》，見《魏叔子文集外篇》卷八，清寧都三魏全集本。

〔四〕清・魏禧《與杭州汪魏美書》，見《魏叔子文集外篇》卷六，清寧都三魏全集本。

遊吴越，先後與方以智、屈大均、姜宸英、惲日初、顧祖禹、施閏章、汪琬、朱彝尊、徐乾學、梅文鼎、汪渢、徐枋等已獲聲名的文人交遊，同時又結識了不少少年卓犖之人，如南豐人李作謀、梁份、順天大興（今北京）人王源等等。他之所以要這樣廣泛交遊，目的就是想以交遊的方式，來瞭解社會，於褒揚這些具有忠貞氣節的同道的同時，來宣揚自己雖然身處山林，卻未嘗忘卻復明之志，亦即其所言：「夫君子立言，必取其關於世道民生，雖伏處巖穴，猶將任天下之責，而況其爲士大夫者乎？嗚呼，世之士大夫以詩文名天下，而憂樂不出户庭之内，語不及於民生，吾未知其性情心術爲何如也？」〔一〕在魏禧吴越遊中，他與汪渢的交遊就很有代表性。「汪渢，字魏美，錢塘人。少孤貧力學，與人落落寡諧，人號曰『汪泠舉』。崇禎己卯，鄉試與同縣陸培齊名。甲申後，培自經死，渢爲文祭之，一慟幾絶，遂棄科舉，媚黨欲強之，試禮部，出千金賙其妻，俾勸駕。妻曰：『吾夫子不可勸，吾亦不屑此金也！』」汪渢「與陳廷會、柴紹炳、沈昀、孫治人，稱『西陵五君子』。」〔二〕汪渢的品質、汪渢的人格、汪渢的學識、汪渢思想，都爲魏禧所認同。康熙二年（公元一六六三年），魏禧客游杭州，他訪汪渢於西湖上，兩人一見面，遂爲兄弟交。在魏禧的作品中，有一篇《高士汪渢傳》，在這篇文章中，我們看到了魏禧眼中的汪渢，也看到了二人的情誼：

余癸卯遊浙江，聞三孝廉名，國變並謝公車，有監司欲見之，知其不可屈，艤舟載酒西湖上，屬所親

〔一〕清·魏禧《鄭禮部集敘》，見《魏叔子文集外篇》卷八，清寧都三魏全集本。
〔二〕以上引文均見民國·趙爾巽《清史稿》列傳二百八十八，民國十七年清史館本。

招之，唯汪渢不至。渢，錢塘人，字魏美。嘗獨身提藥褁往來山谷間，宿食無定處。渢故城居，母老，思得渢一見，時兄澄、弟澐亦棄諸生服，乃奉母徙城外，渢間來定省。然渢自能來，家人欲往跡之即不可得。予客西湖，身造澐，使道意。久之，渢不出。微聞渢到湖上，予乃寓書澐以告渢曰：「魏美足下：足下知僕至，意當倒屣過我。顧以常客遇我，足下則可謂失人。」渢得書，輒走舍館相見。自是常出就余，出則必之愚庵所，抵足臥，往往談至雞數鳴，或更起坐行不肯休。愚庵，僧明孟，兩浙所稱三宜和尚，與天界、覺浪、靈巖繼起，並以忠孝名天下。予二人會，三宜設食畢，輒掀白鬚笑曰：「但喫吾飯，臥吾床，吾不來溷也。」……初，渢爲諸生，試輒高等。爲文奇恣汪洋，頃刻數千言，未嘗懷刺一見當事，與人落落，性不好聲華，時人號曰「汪冷」。年二十二，中崇禎己卯舉人……渢與予既相見，以齒序爲兄弟。予嘗私問渢曰：「兄事愚庵謹，豈有意爲弟子耶？」渢曰：「吾甚敬愚庵，然世之志士，率釋氏牽誘去。削髮爲弟子，吾儒之室幾虛無人，此吾所以不肯也。」魏禧曰：「渢徃來談甚多，不能記，於當世蓋㗰中人也。惜哉！」[一]

在此之前，魏禧曾訪汪渢不遇，心中不免懊惱：

禧閉户窮山，垂二十年，恒懼封已自小，故欲一游吴越，就諸君子以正所學，而足下其首願見也。及抵杭，知足下進退無常，不可踪跡，竊以自恨，乃往見足下令弟。日者微聞足下已至湖上，意當倒屣

[一] 清・魏禧《高士汪渢傳》，見《魏叔子文集外篇》卷十七，清寧都三魏全集本。

過我，與足下班草深言，追古人桑陰之跡，引領數日，謦咳無聞。禧願見之誠，結於夢寐，亦云至矣。顧以常客遇之，足下則可謂失人。禧南州鄙夫，本碌碌無足交，獨以爲天下有至愚之人，目不辨菽麥，顧懇懇然走數千里願見於我，推其心又非有毫髮求於我，雖足下不可謂非愚人中之奇士也，而足下終不之見，則禧竊所不取也。禧行李因人，不能久羈，敢造次布其情。〔二〕

一位「閉户窮山，垂二十年」，另一位「國變後獨身游止，家人不得其處，足不及城市，不交游者二十年」〔三〕，這樣兩個看似無法交集的人，却因爲魏禧的出訪而走到了一起。二人的相識，可謂是魏禧吴越交游的一個重要收獲，其心中自是十分高興。

出遊開闊了眼界，擴大了影響，然而，不幸的是，魏禧的生命也在他交遊途中終結。康熙十九年（公元一六八〇年）八月，魏禧自金陵至吴門桃花塢，此時疾病嚴重，他在《寄兒子世侃書》説：「自出門後，三次大病，參藥之費，計五十金。七月光福一病，僅存皮骨，攬鏡自照，陡然心驚。當沈疴時，自念家死客死……」〔三〕這一年的十月十七日，魏禧病逝於儀真舟中，享年五十七歲。魏禮曾記述了其兄逝世的情況：「庚申十一月十七日，從無錫赴維楊故人約，舟至儀真，忽發心氣病，一夕卒。時門人梁份從行，遠近友人咸走哭於殯所，而常熟顧景範祖禹獨先至。祖禹少先生七歲，先生與爲兄弟交比易

〔二〕清·魏禧《與杭州汪魏美書》，見《魏叔子文集外篇》卷六，清寧都三魏全集本。
〔三〕清·魏禧《與杭州汪魏美書·自記》，見《魏叔子文集外篇》卷六，清寧都三魏全集本。
〔三〕清·魏禧《寄兒子世侃書》，見《魏叔子文集外篇》卷六，清寧都三魏全集本。

堂。其未能至者，則於先生昔經游處，設位而祭。海内士識與不識，莫不惋惜焉。生於明天啟甲子正月十三日，享年五十有七。嫂謝氏聞喪，勺飲不入口，絶食十三日死。」〔一〕

清人陳鼎曾以一段極爲簡練的文字概括了魏禧的一生：「魏叔子禧，字冰叔，江西寧都人。性耿介，事父母孝，處兄弟友，與人交以信，博學通文章，以氣節自尚，能立然諾。家雖貧，喜濟人困乏，國亡棄舉子業，與兄善伯、弟和公結廬金精山中，曰『易堂』。講習經濟之學，著左氏經世書十卷。四方來遊於門者，以百數，多高尚士，而梁份爲最賢。叔子所爲文，博大高渾，原樸崇實，不事浮華，立言必求爲天下儀表，善爲長短論説以動人，尤喜爲忠孝傳贊，以激勵學者。中年爲文益高，而境遇益苦，嘗遊廣陵吴□間，賣文爲活，所餘輒以贈友朋窮乏者。康熙戊午，吴逆犯江右，善伯巽撫之，以安一方，遊説賊中，竟遇害，子世傑痛父號泣以死，叔子曰：哭其兄三年不輟，遂成疾。會以博學鴻儒徵，有司迫就道，固辭不赴，及敦迫數數，叔子遂遁而北遊。然病益深，竟卒於真州道中，年五十有八。無子，妻謝聞訃，絶食十四日而卒。」〔二〕

〔一〕清·魏禮《先叔兄紀略》，見《魏季子文集》（易堂原板）卷十五。

〔二〕清·陳鼎《留溪外傳·魏叔子傳》卷三孝友部，清康熙三十七年自刻本。

（三）

「甯都三魏」應該是一個特殊時代的「特殊符號」，同樣，「易堂九子」也應該是一個特殊時代的「特殊符號」。這是明清之交，在一個特殊地域——江西寧都翠微峰，産生的兩個（其實就是一個群體，即以「易堂九子」便能概括）茫然不知所措或云回天無力的知識份子群體。正如宋元之交的遺民群體一樣，他們想恢復故國，但又無能爲力，因此只能夠隱居山林，撰寫著「復辟」的夢想。研究「甯都三魏」，或「易堂九子」，除了歷史的研究，思想史的研究，文學史的研究似乎更能引起今日學者的興趣。從某個層面上講，文學的研究可能更具吸引力。民國人趙爾巽在「謝文洊傳」中，就曾經這樣評價過易堂九子在節行和文學方面的影響，他說：「寧都易堂九子，節行文章爲海内所重。」〔二〕

當然，無論是「甯都三魏」，還是「易堂九子」，魏禧的文學成就應該更加突出一些，這種印象似乎在清人大腦系統中已然「定格」。清人李祖陶對易堂九子中魏禧與彭躬庵的文學成就，曾經有過這樣的評述：

易堂九子名重天下，最著者爲魏冰叔、彭躬庵、邱邦士。魏集初出時，家絃户誦，群詫爲北宋後得未曾有。習久生厭，或以爲過於粗豪，或以爲策士之文，或以爲機變之巧，甚至目之爲陋。嗚呼！天

〔二〕民國・趙爾巽《清史稿》列傳二百六十七民國十七年清史館本。

下太平既久，人皆束於法令，豢養於富貴科名，經濟有用之書可不必讀，有志者鑽研經義，白首於訓詁叢碎之中，没不得出。聞有傑然爲古文者，又轉轉相變，求勝前人，或簡澹以爲老成，或幽渺以爲奇峭，號爲實事求是，既塞滯而不得通，求生面别開又枯瘠而不甚達。魏集廢棄，勢固其宜，況躬庵之人之文，爲冰叔之所畏者，更誰理其緒言，讀其遺集。譬之遊閒公子，習於池館之娱，安於魚鳥之逸，一旦見江河洶湧，虎豹騰躍，自不覺變色却步，畏避而不欲觀。又如世禄子弟，久不聞父師之教訓，一旦典刑在前，箴規在側，如芒刺之負背，如氈鍼之著身，有不拔而去之者，必非人也！嗚呼！魏集既不願讀，況能讀躬庵文哉？雖然文章之在天地以萬古爲旦暮者也，有不必讀躬庵文之時，有必須讀躬庵文之時，且誠細讀一過，則亦無時不宜者也。特其文過於發皇不甚鎔鍊，且純用本色，有不盡雅馴者耳。〔一〕

邱維屏、曾燦也曾做過類似的評價：

私竊謂文惟經義中可以無所不盡，蓋所以變易秦漢以來諸文之面貌，而化糟粕以爲神且奇也。是故吾與冰叔爲古雜文，冰叔第取足道其意而已，未嘗專攻之。其予之用心於古文者，又凡以爲經義也，經義工，而古文詞則以其餘力及之。其後俱休廢窮山中，冰叔乃漸肆力於古文，以極陳其中所欲發而無所爲發者。於是削除其議論之繁博，而其精杰乃益出矣。冰叔之文益務爲古文，則無不使予論較之。冰叔之文既精強於事理，操術切，而篤於情，暢於其勢，明於辨。吾嘗謂之，鼂家令、趙營平豈執簡

〔一〕清・李祖陶《彭躬庵文録引》，見《國朝文録・恥躬堂文録》卷一，清道光十九年瑞州府鳳儀書院刻本。

漆爲文者哉？且《出師表》前後二篇，《上高宗封事》一篇，雖武侯、澹庵不更有他文類是者也。故冰叔之文，有不必爲文而文則益勝焉者也。吾庶幾望之矣！然而冰叔執其文教授山中，則又其情日深，其氣日和，以出而游江達淮，徑吳越以反，其示予文，煙波嗚咽，一唱而三歎，葢又非吾之所望者，何也？初冰叔之力爲古文也，豈不嘗曰：「吾不求文之工，吾求不至於湮黯吾之論而已，而何以工爲？」冰叔不求工於文，如是嗚咽唱歎，其工於文，然則其文葢自又有工者可知也。吾昔望冰叔之文如彼，冰叔今於文如此，吾視冰叔其今之文如彼矣，吾又安知冰叔文不後之如此耶？吾其望之矣！篤也、暢也、明也，精強而切也，其文勝也，不必爲文而文勝也，未可知也。韓退之於東野、李翱、張籍之鳴於詩則歸之於天矣，吾於冰叔之文亦如此焉。〔二〕

叔子生平於吾易堂中爲古文者，最服膺其妹壻邱邦士，凡有作必相與論定。邦士雅愛歐陽文忠，叔子愛蘇明允，故其文特雄健，而又不學古人專家，步履其形容，摹其謦咳，往往好出高論奇識，淩厲古人。及壬、癸以來，則多和平嗚咽，往復而不盡，又幾幾於歐陽文忠所爲，然其精悍之氣，逼出於眉宇，不可得而馴伏也。〔三〕

叔子偕兄際瑞善伯、弟禮和公，隱居翠微峰，築易堂以居，提倡古文實學，一時從風挽明末陳艾帖括舊習進之於古，爲西江一代文苑開山。與彭任中叔、邱維屏邦士、彭士望躬菴輩稱易堂九子。而叔

〔二〕邱維屏《魏冰叔集序》，見《魏叔子文集》（上）第二十五至二十六頁，中華書局二〇〇三年六月第一版。

〔三〕曾燦撰《魏冰叔集序》，見《魏叔子文集》（上）第二十七頁，中華書局二〇〇三年六月第一版。

子文爲最師東坡，理正而詞達，嘗謂侯壯悔肆而不醇，薑湛園醇而不肆，蓋自謂兼之也。〔一〕

魏禧在易堂九子當中，文學成就應該是最突出的一位，「叔子古文最富」〔二〕，「爲西江一代文苑開山」，似已成爲當時文壇共識。

清初三大家，曾被視爲桐城嚆矢。有人評三家成就時曾有這樣的觀點：「古文一脈，自明代膚濫於七子，纖佻於三袁，至啟禎而極敝。國初風氣還淳，一時學者始復講唐宋以來之矩矱，而琬與寧都魏禧、商邱侯方域，稱爲最工。宋犖嘗合刻其文以行世。然禧才雜縱横未歸於純粹，方域體兼華藻稍涉於浮夸，惟琬學術既深，軌轍復正，其言大抵原本《六經》，與二家迥别。其氣體浩瀚，疏通暢達，頗近南宋諸家，蹊逕亦略不同廬陵、南豐。」〔三〕其實，作爲三大家之一，魏禧的散文創作也是值得一提的。清人程晉芳説：「國初古文大家推朝宗、鈍翁、叔子，宋商邱選《三家文鈔》行世，餘獨心折叔子，文商邱所選猶未愜鄙意也。今得全集，選其尤者得五十篇。叔子自稱長於論策，觀其《伊尹》《正統》諸篇，信能於眉山父子外，别立壇幟，而策則未爲盡善也。夫所謂策者，或行之千百年無弊，或切中當時事，坐而言，起而行之，而可以救時。叔子《封建》《宦官》諸策，言之必不能行，且行之必敝，惡得與唐宋人比靈

〔一〕民國・徐世昌《晚晴簃詩匯・魏禧》卷十二，民國退耕堂刻本。

〔二〕清・裘君弘《西江詩話》卷十，清康熙刻本。

〔三〕清・永瑢《四庫全書總目》卷一百七十三集部二十六，清乾隆武英殿刻本。

斯哉！」〔一〕

在清初三大家中，魏禧的散文成就同樣是當時文壇所關注的熱點之一。清人儲大文在《雪苑朝宗侯氏集序》説：「……而先生《壯悔堂文集》，尤焜耀一代。藝苑云：嗣雪苑而起嶠南者。翠微十子若伯、叔、季三魏氏，躬庵彭氏，邦士邱氏，亦以古文辭鳴。近日邵青門嘗銓次先生、叔子暨鈍翁汪氏文，號三《家文鈔》，然叔子望最高。」〔二〕「蘅惟三家之文，侯氏以氣勝，魏氏以力勝，汪氏以法勝。不必屑屑傅會其出唐、宋某氏，並元、明某氏，要之可謂作者。後世稱本朝之文，吾知其無能遺三家也。」〔三〕

學界一般認爲，魏禧古文創作的主要特點是以觀點卓越，析理透闢見長，具體而言，可以歸納爲以下幾點：

一、主張散文創作必須「有用於世」。有用於世，既是魏禧散文創作追求的目標，又是魏禧文論的核心觀點。他曾經在《俞右吉文集敘》一文中明確地提出了自己的這一主張，他説：「予生平論文，主有用於世。」在與俞右吉交往後，他覺得俞右吉的學術愛好，特别是在文學創作方面的認識與自己的觀點相近：「而右吉亦曰：『吾頗不好考據訓詁之學，雖曆象、聲律、數算，意不樂爲，以謂窮年矻矻，於

〔一〕清・程晋芳《書魏叔子文鈔後》，見《勉行堂文集》卷四，清嘉慶二十五年冀蘭泰吴鳴捷刻本。
〔二〕清・儲大文《存硯樓文集》卷十一，清文淵閣四庫全書本。
〔三〕清・李祖陶《彭躬庵文録引》，見《國朝文録・恥躬堂文録》卷一，清道光十九年瑞州府鳳儀書院刻本。

天下事少所補，不如觀大略，使坐可言，起可見諸等行事。』」「每與抗談，夜至聞雞聲不輟」。〔二〕兩人志趣相投，並因此而視爲同志。魏禧爲了實踐這一觀點，對於古文創作還提出了許多相應要求，或可稱之爲「配套」的對策。如他在《宗子發文集序》一文中，就集中闡釋這些「配套」對策：

今天下治古文衆矣，好古者株守古人之法，而中一無所有，其弊爲優孟之衣冠。天資卓犖者，師心自用，其弊爲野戰無紀之師，動而取敗。蹈是二者，而主以自滿假之心，輔以流俗諛言，天資學力所至，適足助其背馳，乃欲卓然並立於古人，嗚呼，難哉！雖然，師心自用，其失易明；好古而中無所有，其故非一二言盡也。吾則以爲養氣之功在於集義，文章之能事在於積理。今夫文章，六經四書而下，周秦諸子、兩漢百家之書，於體無所不備。後之作者，不之此則之彼。而唐、宋大家，則又取其書之精者，參和雜糅，鎔鑄古人以自成，其勢必不可以更加。故自諸大家後，數百年間未有一人獨創格調，出古人之外者。然文章格調有盡，天下事理日出而不窮，識不高於庸衆，事理不足關係天下國家之故，則雖有奇文與《左》、《史》韓、歐陽竝立無二，亦可無作。古人具在，而吾徒似之，不過古人之再見，顧必多其篇牘，以勞苦後世耳目，何爲也？且夫理固非取辦臨文之頃，窮思力索以求其必得。鍾太傅學書法，日每見萬彙，皆畫象之。韓退之稱張旭書變動猶鬼神，不可端倪，天地事物之變，可喜可愕，一寓於書。人生平耳目所見聞，身所經歷，莫不有其所以然之理，雖市儈優倡大猾逆賊之情狀，竈婢丐夫米鹽淩雜

〔二〕魏禧《俞右吉文集敘》，見《魏叔子文集》（中）第五百四十二頁，中華書局二〇〇三年六月第一版。

鄙□之故，必皆深思而謹識之，醖釀蓄積，沈浸而不輕發。及其有故臨文，則大小淺深，各以類觸，湧乎若決陂池之不可禦。辟之富人積財，金玉布帛竹頭木屑糞土之屬，無不豫貯，初不必有所用之，而當其必需，則糞土之用，有時與金玉同功。吾蓋嘗見及於是，恨力薄不能造其籓籬，自易堂諸子外，不敢輕語人。〔一〕

對於他的這些主張和實踐路徑，清代理學家秦燈岩曾給予了很高的評價：

> 提出「積理」二字，極力發揮，不獨文家鴛譜，直爲初學金針。《繫辭傳》云：「夫《易》廣矣，大矣。以言乎遠，則不禦；以言乎邇，則静而正；以言乎天地之間，則備矣。」又曰：「近取諸身，遠取諸物。」聖人以此論《易》。今按論文之旨，的的不二，聊爲舉此，以此證文，即以此證《易》也。〔二〕

二、魏禧人物傳記類作品，是其散文創作中成就最爲突出的一種。對於傳記，魏禧是有自己的主張的，他在《傳引》中説：「文章之體，萬變而不可窮莫如傳。司馬遷、班固尚矣。吾嘗謂傳以傳其人，紀其事，故詳密者，史之體也。班氏爲正。子長極文章之工，則闕然衆矣。吾傳布衣獨行士，舉其大而已。仕宦政事足取法，得失關國家故者，必詳書，不敢脱略馳騁，求工於吾文已也，蓋以爲信史之藉手云爾。於表誌也亦然。然自傳曰傳，子若孫請而傳之曰家傳。」〔三〕正是在這種觀念指引下，魏禧的傳記

〔一〕清·魏禧《宗子發文集序》，《魏叔子文集外篇》卷八，清寧都三魏全集本。
〔二〕清·魏禧《宗子發文集序》文後，見《魏叔子文集外篇》卷八，清寧都三魏全集本。
〔三〕見《魏叔子文集》(中)第七百七十五頁，中華書局二〇〇三年六月第一版。

作品或場面驚心動魄，事蹟生動感人。如《大鐵椎傳》，作者以細膩的手法，描述了一位行蹤不定，武功高強的行俠仗義之士，正是這位「無名英雄」的壯舉，感染了不少讀者，也使作品獲得了不少好評，因而成爲魏禧人物傳記作品中的代表作之一。魏禧的朋友彭躬庵評此作曰：「若滅若沒，疑城八面。須知是寫鉅鹿、昆陽、王鐵鎗筆法，不是傳紅線、聶隱娘，局段中有物在故。」其友陳椒峰亦評曰：「摹寫處奕奕有生氣，頓挫虛實之妙，真神明於《左》《史》者。」[一]清人陳鱣則引録了一些不同的意見：「叔子文甚雄奇，或病其敘事學《史記》處，間似有小説氣，此乃指《大鐵椎傳》等篇耳。」[二]其實，這種批評恰恰道出了《大鐵椎傳》鮮明特色之所在。

魏禧的人物傳記作品中，還包含了強烈而又鮮明的復明反清心理傾向。這種心理和傾向雖然在他的「論」「説」「議」「策」「序」等文體中也有不同形式的表現，然而，在他人物傳記類作品中，這種心理和傾向卻往往表現得更加生動曲折，而且故事性極強。如，《許秀才傳》，就是這類文章的代表作之一。此文開篇即介紹傳主基本情況：「許王家，字君聘，一字父民，蘇州長洲縣人也。少好學，以名節自勵。崇禎丁丑，王家年三十一，補府學生。時流寇所在猖獗，王家慨然有澄清之志。」緊接著，作者話題一轉，直接寫道：「甲申國變，王家聞之，悲號不食。久之，奉父母挈家隱居澄河東之姚澄。乙酉，北兵南下，所居地鄰境有聚衆據守者，當路發兵捕之。八月下薙發令，王家慨然太息曰：『父母冠我

[一] 以上引文均引自魏禧《大鐵椎傳》文後，見《魏叔子文集》（中）第七百九十一頁，中華書局二〇〇三年六月第一版。

[二] 清・秦瀛《己未詞科録》卷十一，清嘉慶刻本。

時，祝我爲何如人？此發豈復可毀傷耶？』家人見其語決，環之泣。或勸王家曰：『君一秀才耳，未食天禄，奈何遽以身殉乎？』王家曰：『國家養士三百年，所養何事？吾已名列學宮，亦朝廷士也。先師殺身成仁，求生害仁之義，吾講之熟矣。』以父母屬妻顧氏曰：『爾善事堂上，吾不能終養爲孝子矣。』父母素知王家爲人，亦忍涕謂王家曰：『汝行汝志，勿以我二人爲念。』王家乃整衣冠赴河水而死，時年三十有九。」魏禧之所以要書寫了這位「烈士」，其實就是要褒揚和宣導反清復明的精神，就是要傳達自己不甘爲清朝所統治。對照許王家等人的事蹟，魏禧感到深深的自愧：「王文恪公鏊六世孫會者，篤實君子也，與禧善，長爲禧道許秀才事。甲申國變，吴門諸生許玉重餓死於學宫。二許不知同宗族與否？何許氏之多奇男子也？禧亦故諸生，方偷活浮沉於時，視二許能不愧死入地哉？」〔一〕此文入理動情，尤其是對許王家事蹟的敍述，文字不多，卻將明末清初士人的氣節表現的深刻而又生動。正如王鼎中所評：「予與許氏居比鄰，故知其事最真，如許先生者，方不辱叔子之筆。論贊嗚咽跌宕，即何減太史公《伯夷傳》？」魏禧的門生吴正名評論此文：「只就許公大節立傳，絶不牽綴閒事，如龍門之桐，百尺無枝。」〔二〕再如，在《泰寧三烈婦傳》中，魏禧高度讚揚了三烈婦的民族氣節，在清兵南下之際，三位女性爲避免遭到清兵蹂躪，相繼死難。當時評家對此文給予了很高的評價，俞右吉

〔一〕以上引文均引自魏禧《許秀才傳》，見《魏叔子文集》（中）第八百七十三、八百七十四頁，中華書局二〇〇三年六月第一版。

〔二〕以上評語均引自魏禧《許秀才傳》文後，見《魏叔子文集》（中）第八百七十三、八百七十四頁，中華書局二〇〇三年六月第一版。

言：「寫三人正氣處，各各生氣不同。用襯筆處，俱是化工。此神化超絶之文，不可思議。」倪闇公則評贊此文：「必傳之文。前後論贊，逼真《五代史》。」〔二〕在《彭夫人家傳》中，魏禧也以飽含激情的筆調，讚頌了傳主因無力挽救國難而投江守節的精神，當時評論家陳椒峰對此文的評語是：「逐段散敘，若不相屬，如秋山數點，出於雲際。而字字生致，無一語粘滯處，逼真史遷矣。」〔三〕

三、政論性散文新見迭出，精義頻現。正統之説，向爲論家所重視，其中各吃所見，難得一致。魏禧在廣覽諸家之説後，就其觀點相近者概括爲三家：「古今正統之論，紛紜而不決，其説之近是者有三，歐陽修、蘇軾、鄭思肖是也。」然而，就這一「老」問題，魏禧指出了宋代三家的利弊，並另闢蹊徑，提出了自己新的看法：「古今之統有三，別其三統而正統之説全矣。曰正統、曰偏統、曰竊統。」〔三〕魏禧關於正統的認識，得到了當時一些評家的肯定，宋未有説：「折衷三家之説，而別爲三統，義正例全，允爲定論。」王山長則認爲魏禧「格力在兩漢之間」。〔四〕涂尚岠在評説《正統論中》時，是這樣認爲的：「正統之義，古今實如聚訟。章氏『王統』、『霸統』之分似矣，然予正統者未必可進於王，非正統者弊又不止於霸，蘇氏雖辨其非而無以服之也。吾師立三統之説，而萬世之論定矣。篇中疏別疑義，足令觀

〔一〕以上引文均引自魏禧《泰寧三烈婦傳》，見《魏叔子文集》（中）第七百七十八頁，中華書局二〇〇三年六月第一版。

〔二〕以上引文引自魏禧《彭夫人家傳》，見《魏叔子文集》（中）第八百二十一頁，中華書局二〇〇三年六月第一版。

〔三〕以上引文均引自魏禧《正統論上》，見《魏叔子文集》（上）第三十五、三十六頁，中華書局二〇〇三年六月第一版。

〔四〕以上引文均引自魏禧《正統論上》文後，見《魏叔子文集》（上）第三十七頁，中華書局二〇〇三年六月第一版。

者曉然。至於退晉、宋而進元、高，尤深得《春秋》之旨，非□常考古論世之文也。」〔二〕在評論《正統論下》時，魏禧兩位門人作過這樣的評説：

門人楊復晟曰：上篇統引三家之説，而辨蘇氏處最詳；中篇單辨歐陽之説；下篇又以餘意發明鄭氏之説，分合詳略之法，井井可觀。

門人涂尚葎曰：或云簒君書法不同，考於《春秋》，桓、宣無異辭，則鄭氏非通論也。不知孔聖親爲桓、宣臣子魯之敗執且諱，況斥其大惡乎？且《春秋》之法，貴通其意，聖人於定、哀多□辭，而後世史官貴直筆。魏孝文曰，人主威權在己，無能制者，若史册不復書其惡，何所畏忌？況以異代而書前君，豈得執諱國惡之義以相非乎？獨如宋太祖者，其得國雖不得不以簒書，而深仁厚德實爲後世賢主，郊祀詔勅之類，亦豈得同於王莽、朱温。議功議賢，《春秋》之法，如趙盾雖冒弒君，聖人必不夷之華督、慶父之列明矣。要之，三統言其大綱，至於簒而不弒與簒而弒者，救其敗而簒與毁其成而簒者，情罪互有輕重，此又作史者所當通其義例也。〔三〕

再如《續續朋黨論》，魏禧對創作這篇文章作了如下闡釋：

歐陽文忠作《朋黨論》，辨君子小人之分，所以告其君；蘇文忠作《續朋黨》，教君子去小人之術，所以告其臣。傳曰：「惟無瑕者可以戮人。」君子自□黨，而欲除小人之黨，欲其君不以黨人目之得

〔二〕引自魏禧《正統論中》文後，見《魏叔子文集》（上）第三十九頁，中華書局二〇〇三年六月第一版。

〔三〕以上引文均引自魏禧《正統論下》文後，見《魏叔子文集》（上）第四十二頁，中華書局二〇〇三年六月第一版。

乎？世愈變，君子趨愈下，學術不明，毒壞天下之人心，而其禍歸於君父也。餘評次二篇，已爲太息流涕，作《續續朋黨論》。

這篇文章創新之處也得到了讀者的肯定，其門人賴韋說：「描畫醜態，正是提醒良心，爲萬世下此針砭，亦可云功不在禹下矣。」[一]

《蔡京論》，也是魏禧「論」體文的一篇佳作，並獲得人們的好評：「甘健齊曰：就僱役一事，蔡京一人，勘出諸小人之奸，諸君子之弊，反覆提撕，名言鑿鑿，不止爲一代關係成敗。塗宜振曰：惡小人異己，爲小人忌；惡君子異己，且爲小人喜。愛君子同己，非君子善；愛小人同己，尤非君子福。爲大臣者，不可不三復斯篇。弟和公曰：皆刺骨洞髓之言，莫作平正迂濶道理看過。沈甸華曰：此理本是平正，然在他人言之，則迂濶矣。方知格力二字正不可少，雖有至理，非高文不傳也。」[二]

魏禧曾經寫過以《平論》爲題的系列文章，一共四篇。他在這組文章的序里說道：「平論者，平己之情以平人情之不平。宣之於口爲是非，誌之於心爲好惡，騰之於衆爲毀譽，施之於事爲賞罰。是非、好惡、毀譽不平，則風俗亂於下；賞罰不平，則朝廷亂於上。此四者，相因而成，故吾之文亦連類而互見。」這一組作品也是得到了大家普遍讚譽的文章：丘邦士評《平論一》曰：「文格古。」温伯芳曰：「奇恣飄忽，最是文家神技，老泉《六經》，潁濱《老子論》是其一班。」方密之先生曰：「筆力矯健，真作

[一] 以上引文均引自魏禧《續續朋黨論》，見《魏叔子文集》（上）第七十五、七十七頁，中華書局二〇〇三年六月第一版。

[二] 以上引文均引自魏禧《蔡京論》文後，見《魏叔子文集》（上）第七十一、七十二頁，中華書局二〇〇三年六月第一版。

史之才。」對《平論二》，諸家評語爲：丘邦士曰：「局排而別，語琢而秀，似荀、韓諸子中一篇文字。」温伯芳曰：「章法、句法、字法，無所不備。」梁公狄先生曰：「本是誠意致知平實道理，卻以奇文出之。競爽争流，令人應接不暇。四論以『平』命名，而文字篇各一格，極力不平。故是文人狡獪，亦最善出脱理學徑遂者。」《平論三》諸家評語爲：丘邦士曰：「側破譽邊，有見。」門人楊復晉曰：「文有鑱峭之氣，而筆力運轉於内。」《平論四》諸家評語爲：弟和公曰：「分畫條列，於古今賞罰經權得失之故，無不詳盡透切，而高典樸茂，卓然三代之文。」危習生曰：「文如精金百鍊，然鈐錘之跡盡化，但見一片寶光，使人驚戀耳，真絶搆也！」〔一〕

議論，是魏禧散文重要特色之一，正如《清史稿》所評：「禧兒時嗜古論史，斬斬見識議……喜讀史，尤好《左氏傳》及蘇洵文。其爲文淩厲雄傑，遇忠孝節烈事，則益感激，摹畫淋灕。」〔二〕

清人李富孫在《讀國初諸公文集成斷句十二首（之四）》中寫道：「寧都伯季各翩翩，叔子文章力更堅。論策固知旨趣在，三蘇才筆故堪傳。」〔三〕清代另一位詩人也曾寫詩稱讚「三魏」，其詩云：「兄

〔一〕以上引文均引自魏禧《平論一》至《評論四》，見《魏叔子文集》（上）第七十七、七十八、八十、八十一、八十三頁，中華書局二〇〇三年六月第一版。

〔二〕民國·趙爾巽《清史稿》列傳二百七十一，民國十七年清史館本。

〔三〕清·李富孫《校經廎文稿》卷二，清道光刻本。

弟三人序雁行，白眉共道勺庭良。金精峰是桃源洞，絶業千秋重易堂。」〔一〕魏禧的文學成就在清代文壇是頗受重視的，不少評家對他的古文創作給予了中肯的評價。如：

每讀叔子文，便覺真氣貫人，如搔癢掐痛，通體掣動，自媿從前讀書鹵莽於入門，格物工夫，毫不得力，鶻突到老，豈非恨事。〔二〕

國初魏禧文章獨步天下，其人無科舉之累者也。而淵源不逮於賈馬遠甚，由其所學僅以蘇洵爲之淵源，故其詣力止於是耳。然在國朝諸文人中，最爲有奇氣，非獨得諸天授，亦由遠於科舉之累，所謂養而無害者非歟。汪、姜以來，惟桐城劉大櫆頗負奇氣，有輪囷離奇之觀，未盡斬削。故方、姚皆引以爲重，蓋方、姚之所短，乃大櫆之所長也。近世文人不敢效魏禧、大櫆，由其中無奇氣，而漸靡於科舉文字之日久矣，故斤斤慕方、姚惟謹而功力亦鮮能及之。〔三〕

（魏）禧嘗言，吾之文雖爲海内所推求，實學如顧景範，萬充宗輩則瞠乎其後。〔四〕

但叔子文，雄勁峭健，得山分居多；鹿洲浩瀚淋漓，得水分較足。蓋生長海濱，沐日浴月，與僻處

〔一〕清・陳作霖《論國朝古文絶句二十首（其三）》，見《可園詩存》卷二十二曠觀草下，清宣統元年刻增修本。

〔二〕清・李世熊《與彭躬菴》，見《寒支集》二集卷五，清初檀河精舍刻本。

〔三〕清・鄧繹《藻川堂譚藝》三代篇，清刻本。

〔四〕清・馮桂芬《蘇州府志》（同治）卷一百十二，清光緒九年刊本。

金精山中者，固自各有其勝也。〔一〕

魏叔子文之大病痛，在好做段落，狠其容，亢其氣，硬斷硬接，議論文尤多此種。邵青門亦有此病，而又甚之。〔二〕

……鑑因取三魏文讀之，大約伯子出而應世，不幸蹈韓大任之變；叔、季二子，則全是逸民。且魏氏一門，忠孝節義，俱有關世道。不僅以文採見稱於時……至叔子文名之盛，鑑初疑全係伯子幕府所致，蓋叔子文亦嘗自言之。及觀《贛州志》，知由宋縣津爲贛南道時推重之，而縣津所推重又因湯睢陽送行一文。可見大儒學問，斷斷致意，無不留心人才。〔三〕

侯朝宗文以氣勝，魏叔子文以力勝，汪鈍翁文以法勝，朱竹垞文以學勝。四先生而外，求足以方駕者，其姜西溟、邵青門乎？青門論學、論文、論詩之語，有實獲我心者，因節録之。〔四〕

嘗謂魏叔子文，有議論而失考據，筆鋒利而少斡旋。又謂其文之曲折處，在能縱，然其病正在此，波折太過，繆戾叢生。切中其病。〔五〕

〔一〕清・李祖陶《國朝文録・鹿洲文録》卷一《鹿洲文録引》，清道光十九年瑞州府鳳儀書院刻本。

〔二〕清・吴德旋《初月樓古文緒論》，清宣統武進盛氏刻常州先哲遺書後編本。

〔三〕清・張鑒《再答阮侍郎師書》，見《冬青館集》甲集卷五文二，民國吴興叢書本。

〔四〕清・張維屏《國朝詩人徵略》卷十四「邵長蘅」條引《松心日録》語，清道光十年刻本。

〔五〕民國・楊鍾羲《雪橋詩話》卷三，民國求恕齋叢書本。

魏冰叔乃志節之士，與其兄弟隱居翠微峰，治古文之學，縱横雄傑，當世罕儷。近出游江淮，來至吾邑，昨與接晤，上下千古，真天下奇男子也。〔一〕

本書之所以能順利出版，首先要感謝我所供職的單位江西省社會科學院，特别是要感謝院長梁勇研究員等院領導的關心和幫助。在這裏我還要特别感謝我的兩位朋友：一位是宗九奇先生，我與宗九奇先生可以亦師亦友相稱，本來無論是年齡，還是學識，九奇先生皆當爲我師輩，然與他有着垂釣的共同愛好，故又常以釣友相稱。九奇先生在本書的校勘過程中，給予我許多學術上的幫助；另一位朋友是日本福岡國際大學的海村惟一教授，當他得知我在校勘《魏叔子文選要》和《續魏叔子文粹》後，熱情地爲我提供了編選者日本美濃鷲峰逸人桑原忱有終的相關資料。當然，本書得以出版，還與江西人民出版社總編輯游道勤先生及責任編輯李陶生的認真編校分不開的。對於大家的幫助，在此真誠地道一聲「謝謝」！

夏漢寧　二〇一六年九月八日於南昌青山湖畔

〔一〕清・秦瀛《己未詞科録》卷十一，清嘉慶刻本。

《魏叔子文選要》目録

卷之上

卷之中

卷之下

通計九十二篇

《續魏叔子文粹》目録

卷中

《續魏叔子文粹》卷下附錄

魏叔子文選要

《魏叔子文選要》序

甯都魏氏兄弟三人，以文有名于清初，而叔子爲之最。或以比三蘇之瞻云。叔子好蘇子文而别出機軸，其文尤長於議論，識見卓異，與蘇子同而論辯精確，殆過之。若其《變法》、《諸策》、歷代諸論，以俊偉之才，行雄健之筆。所云曲盡一人之終始，比類旁征，雜取以證其説，而歸於不可以易者。我於蘇子未知其軒輊，何如也。唯蘇子則其言雖不盡用於當時，尚得陳諸廟堂，與時相相辨論。叔子不幸，值國家變革之際，屏隱放廢，守節於窮山中。其言不得一施於當世，唯與兄弟及同志之徒，討論講究而已，其意固有足悲者矣。蓋朱明以養士三百年之久，一旦爲流賊殘滅，遂清人以戎狄入而帝其地。草莽有義之士，不堪悲憤，往往絶意于當世，困餓于窮鄉者有之，混跡于緇徒者有之，而懷卓犖有爲之才者，或發精于經義以自異，或專力于史學以自見，皆足以誇耀于一時，獨叔子則感慨激昂、肆力于斯文，因所實曆親視而徵之於前古之成敗，探源推流以論之，故雖短文小篇，不敢苟焉，必取乎關世道民生、所謂坐而言之，起可行而有效也。較之彼考證經史，竟歸於無用者，其得失優劣，固不待言矣。以故叔子之文，流傳逾遠，迄今幾三百年。人之愛重之，殆與蘇子相匹，則叔子身雖屈于當時，其志必伸于後世，叔子其可無憾矣。嗚呼，蘇子論宋國之禍，明如指掌，而不得行之於國家未亂之前。叔子説古今之成敗，精切確當，而值明朝已亡之後，要皆不得致其用。我既爲二子悲，而又深爲二國惜之也。頃者，選叔子之文，有所感焉，遂敘其由于卷首者如此。

安政戊午十有一月

鷲峰逸人桑原忱撰

静所書

《魏叔子文選要》卷之上

清　甯都　魏　禧冰叔　著

日本　美濃　桑原忱有終　選

端友集後序[一]

武進吴霞舟先生，仗節自焚於東海，其先二十五年，其門人江陰李忠毅公仲達劾魏閹逮獄死。同學生程家伊，輯二公平日問答之辭、往復手書，及詩文刻以傳世，因先生之齋而名之曰《端友集》。後四十五年，先生之諸子光，年七十，篤學好文章，介二公令子再拜稽首請於禧，使更序之[二]。序曰[三]：天下治亂風俗之淳漓，人心忠孝廉恥之存亡，莫不由於教化，故師道爲甚重。後世師失其道，而俗亦簡賤其師。其爲聖賢仁義道德之言，皆文具，至其所身率及熟講而傳習者，則皆倡優盜賊之術。是以君子少而小人多，治日少而亂多。嗚呼，師道喪而君臣父子失其位，至于天地崩壞[四]，日月晦蝕，胥天下而

【校勘記】

[一] 序：《寧都三魏全集》本作「敘」字。
[二] 序：《寧都三魏全集》本作「敘」字。
[三] 序：《寧都三魏全集》本作「敘」字。
[四] 于：《寧都三魏全集》本作「於」字。

爲禽獸，豈不重可哀哉！李公之被逮也，道出先生家，先生命二子輟讀侍左右，李公曰：「此後亦勿令吾兒讀書。」先生曰：「書何必不讀，特勿學子真讀書耳。」李公笑曰：「還須勿令從真先生游也。」二公雖一時悲憤之言，其師弟相期許，欣然自喜之情，亦足以明其所講習矣〔一〕。夫荀卿之門有李斯〔二〕，曾子亦有吴起，靖難之役，廖鏞兄弟承旨以召方正學，弟子于師，其同志同道，古今以來，固不可多得，若二公者，豈非盛事！要觀其窮達之日，患難死生之際，所以相砥礪者，蓋何如也。嗚呼，讀是集者，慨然見師道之重，知所以教其子弟，而科目之恥，亦庶乎其少灑矣。〔三〕

〔一〕矣：《寧都三魏全集》本無此字。

〔二〕夫：《寧都三魏全集》本作「科」字。

〔三〕此文之後，《甯都三魏全集》本引録錢梅仙、繆喜生二人評語：錢梅仙曰：「師道關係五倫，論極痛透，而後段感慨豁旋處。深情百折。」繆喜生曰：「忠毅公子，大母侄也。毘陵霞舟先生負海内重望，先文貞實介之。今兩公令君膚公公，及守志締姻，克世其好。讀此文，倍覺誼薄雲天，光增泉壤矣。」

殉節録敘〔一〕

嗚呼，此知隨州徐公《殉節録》〔二〕也。當時州縣吏，使盡能守死拒賊如公，賊雖強，其鋒必數折鋭鈍而不可用。群州縣清野堅壁，賊勞於攻，無所得食，其勢可以自斃，何至全楚破陷，蹂躪秦、豫，神京陸沉，豈不悲夫！獻賊攻隨州凡十三日，公以羸卒乘城出奇兵殺賊，力竭絶援，身巷戰，攢刃斷脰以死，一子二妾諸奴婢從死者一十八人，可謂烈矣。天子嘉憫，贈官太僕卿，賜祭予廕生，建特祠二，褒忠之典於是爲盛。州縣吏宜觀感奮興，畢命疆場，争自致身忠臣烈士，乃其時叛降相繼，聞風棄城守，抱頭竄伏以免者，往往而是，抑獨何與？天下之亂，莫不始於州縣。州縣得人，則亂不及府；府得人，亂不及省會；省會得人，亂不及京師。州縣選非其人，釀毒決疽，禍延都會，勢有必至。然當時州縣吏權太輕，細故興除，必積累而上大有司，不報可，終不得行。又所簡科目士，率皆以時文進身，不習世

【校勘記】

〔一〕序：《寧都三魏全集》本作「序」字。

〔二〕節：《寧都三魏全集》本作「徑」字。

務。夫以不習世務之學，居甚輕之任，而當大難，民社存亡繫於反掌，死生決於呼吸，雖賢者猶不克勝，況貪庸齷齪者乎？此公之才與烈，所爲不可及也。公諱世浮〔二〕，字中明，嘉興縣人，中萬曆戊午舉人，先任重慶推官，有政聲。禧特敘其大節，因及州縣治亂，用以告後之人，使有變計焉。〔三〕

〔二〕浮：《寧都三魏全集》本作「淳」字。

〔三〕此文之後，《甯都三魏全集》本引録陳子木、沈子相二人評語：陳子木曰：「叔子之文無不原本道德，關極倫常，研精盡變，不專爲一題一事而發。此跋隨州，推論治亂之故，淒清激宕，如秋隼摩空，夜猿啼嶺，真歐陽合作也。」沈子相曰：「因隨州發出州縣用人之失，中有取士官制二篇大文字在。其跌宕處，可與昌黎《張中丞敘》並傳。」

伯子文集序〔一〕

伯子之論文，曰：「由規矩者，熟於規矩，能生變化；不由規矩者，巧力所到，亦生變化；既有變化，自合規矩。」伯子于古人文無專好〔二〕，其自爲文亦不孜孜求古人之法，雖頗嗜漆園、太史公書。爲文遇意成章，如風水之相遭，如雲在天，卷舒無定，得《莊》、《史》之意，然未嘗稍有摹倣。吾故嘗語季弟，以巧力變化而合規矩，伯子所自道則然也。伯子性脱畧於事，而人情當世之故，深鍊熟識，入於毫芒。生平落落，然瑕瑜並見，最以掩過飾所長〔三〕，高言欺人爲恥。嘗從大帥畧地東粤，有遊宦者將就戮，伯子力請釋之。其後於吾鄉爲方面大吏，伯子適鄉試，事畢不通謁，知者咸歎其高。伯子曰：「高則吾何敢。夫吾有恩於人，吾豈能忘之哉？是固知吾藉裏者也，不忘當求我，不求而我往，其將不見德，庶

【校勘記】

〔一〕序：《寧都三魏全集》本作「敘」字。

〔二〕于：《寧都三魏全集》本作「於」字。

〔三〕飾：《寧都三魏全集》本作「餙」字。

或以慚而怒乎。」伯子諸所論述，明乎人情〔一〕，及不托高名以自飾〔二〕，類皆如此。變亂以來，吾兄弟皆貧，伯子每勞苦其身，推食二弟，故記室幕府日多。所作應事文，明切彊厲，與平時如出兩人，今皆無所得録。又年未三十時，成詩文已八十餘册，後輒每年删而焚之，存者不及七八寸。伯子曰：「多作不如多改，善改不如善删。」然其所删，亦頗有可觀者。辛亥長至日，叔弟禧拜書於毘陵之客園。〔三〕

〔一〕乎：《寧都三魏全集》本作「於」字。
〔二〕飾：《寧都三魏全集》本作「餙」字。
〔三〕此文之後，《甯都三魏全集》本引録陳椒峰評語：陳椒峰曰：「文最有法，而出之若不經意，便有風水相遭，白雲卷舒之致。中插入敍事一段，尤覺精采。」

季子文集敘

吾季子，詩好漢、魏，文好周、秦諸子。及其成也，詩類韓退之，文則近柳子厚。季於韓、柳未嘗學之，母乃其天質有獨近耶〔二〕？曾止山《過日集》言，當今布衣詩，和公爲第一。予亦謂，其沈鬱之中，發爲孤響，矯顧騰騫，極意琱琢，而樸氣不漓，比於退之，未知孰勝。子厚少好《文選》，所爲山水記，造語之奇，多從漢賦出。諸大篇即如《封建論》，層瀾疊嶂，峭曲衍邃，亦山水諸記展拓而成〔三〕。予嘗不欲季以柳州自畫，然此亦極其所至云云耳。子厚《駁復讎議》、《寄許京兆》、《與退之論史官》等作〔三〕，大爲難工。然則季文不及柳文〔四〕，而十餘年牽於事，無暇讀書作文，過此以往，則吾又不得而知也。季

【校勘記】

〔二〕母：《寧都三魏全集》本作「毋」字。

〔三〕水：《寧都三魏全集》本作「木」字。

〔三〕与：《寧都三魏全集》本作「與」字。

〔四〕文：《寧都三魏全集》本作「州」字。

詩文伯定者十一，他友十二，餘多予所校。季少餘五歲，入小學時，父母以爲遲鈍，嘗命督課之，故視余猶嚴師〔一〕。然少暇輒與戲，使爲官南面，據上座，身雜諸童奴爲輿皂，旁立趨走跪拜，而季或虐使諸僮，辭色不中度，輒從上座提其耳，捽地下跪，或與杖十數。季伏首，涕淚交兩頤〔二〕，終不敢出聲聞父母。年十八九，學漸成，爲人乃沈毅剛苦，勇於義槩，雖水火白刃，不易其一言，蹇蹇諤諤，尊親之前無所回其是非。予乃釋向者束急之教，而更以季爲畏友。易堂諸子，年長以倍，其蚤譽於天下，及季之始生者，季特起與爲雁行交，而足跡漸遍南北，南北賢豪士，皆相與結友，惟恐後。季性卞，須張如鉤孑，人觸其須，則怒發不可忍。前年歸自華山，予夜與飲酒，讀所爲《西行詩》百一十首，引手捋其須曰：「猶記皂隸提耳而抶其股乎〔三〕？」今遂能如是，相與大笑爲樂。予獨悲夫吾父母之不及見季之成也。辛亥二月叔兄禧書於揚子舟中。〔四〕

〔一〕余：《寧都三魏全集》本作「予」字。

〔二〕頤：《寧都三魏全集》本作「願」字。

〔三〕抶：《寧都三魏全集》本作「扶」字。

〔四〕此文之後，《甯都三魏全集》本引録門人熊頤評語：門人熊頤曰：「不立間架，設議論，而生氣淋漓，字字欲動。」

彭躬庵文集序

躬庵先生爲文章[一]，務以理氣自勝，不屑屑古人之法，而予少時，喜議論，後乃更好講求法度，獨每見躬庵文，則顔色消沮，心怵惕而不寧。嘗譬之戰鬬，弓人聚六材以爲深弓，矢人相笴眂羽以爲兵矢，而使貫虱承挺者射。然拔山之夫，瞋目直視，則失弓矢落，反馬而入壁，夫然後知氣之盛者，法有所不得施。而躬庵之文則又非未始有法者，故嘗譬之江河，秋高水落，隨山石爲曲折，盈科次第之跡，可指而數也。大雨時行，百川灌滙，溝澮原潦之水，注而益下，江河溢溢漫衍，亡其故道，而所爲隨山石曲折者，未嘗不在，顧人心目驚潰而不之見。躬庵少負大志，周旋名公鉅卿間，立義聲于天下[二]。其後或蹶或起，要身所歷事最多，故其文一主實用，遇事感慨激昂，連類旁及，轅轢古今，呼搶天地而不能自忍。予兄弟知世有偉人度外事，則自交躬庵與林確齋始，而躬庵一見予，遂定交，同確齋徙家相就，談數十

【校勘記】

〔一〕庵：《寧都三魏全集》本作「菴」字，後同。

〔二〕于：《寧都三魏全集》本作「於」字。

日夜。嘗謂予，百數十年間，天下之病，小人中于僞，君子中于虚。君子虚美相高，無實學以撥天下之亂，故小人益務於僞，不可救止。又極稱司馬德操儒生俗吏不識時務四言，謂足與虞廷十六字相配，予驚以爲奇論而甚安之。逮今二十年，躬庵予所以見之文章者，率不越此意。蓋天下之變，如江河潰決四出，夷城郭宫室，破沈塚墓，殺民人，在俄頃之間，而儒者徒欲以白馬寶珪行禱祀，或竦身當其衝，争之以死。俗吏擊裹鼓，徵徒役，糾一束之薪，一抔之土，以謀闕塞，則亦幾何其能濟也。易堂諸子中，鹿鹿無狀莫過予，而確齋貞疾且十年〔二〕，躬庵今年年六十，又皆甚貧，以衣食之故，勞苦其身，亂其心。余竊懼夫托諸文章，以空言自見者，亦將止於是而不能進也。悲夫！〔三〕

〔二〕「確齋」之前，《寧都三魏全集》本有「林」字。

〔三〕此文之後，《甯都三魏全集》本引録林確齋、丘邦士二人評語：林確齋曰：「躬庵文章，氣魄淩厲一世，此敘亦以氣魄肖之，而中間以已及他人，提插映帶處，如大江浩浩，中有洲嶼，旁有林舍，居然圖畫矣。」丘邦士曰：「氣之盛者，法有所不得施，則又未始非有法者，此三語惟《莊子》、《史記》足以當之。此文正得此意。大結亦取《莊子》、《史記》意，卓犖出之，而到詞氣磊砢嘖薄自成處，併欲直《莊》、《史》所有，皆生吞活剥之矣。」

任王谷文集序〔一〕

吾嘗謂今天下之文，最患於無真氣，有真氣者，或無特識高論，又或不合古人之法；合古法者，或拘牽摸擬〔二〕，不能自變化。是以能者雖多，瓌瑋魁傑沈深峻削之文所在而有，求其足自成立，庶幾古作者立言之義，則不少概見。宜興任王谷，隱君子學古而能文者也。其人易直淳古，故其文多真氣，而又深于古人之法。壬子春，予同客毘陵陳椒峰家，日夕論古文，各出所作相劘切，予甚好之，而王谷乃言，吾平生好侯朝宗文，今觀子殆勝之也。予往讀朝宗《壯梅堂集》，見有與王任谷論文書〔三〕，及王谷所作《朝宗遺稿敘》，固心識王谷。然初與王谷飲酒，貌樸魯，終夜訥訥，意以爲鄉三老挾《兔園册》來者爾。

【校勘記】

〔一〕目録此文題目誤爲《王任谷文集序》。

〔二〕摸：《寧都三魏全集》本作「摹」字。

〔三〕王任谷：《寧都三魏全集》本作「任王穀」。

既知其姓名，又盡讀其文，乃大驚。時家伯子在座，因相笑曰，世何必無邱邦士〔一〕。邦士予姊壻，其人神明內藴，負絶人之姿，文學爲吾黨冠。然土木形骸，人不識，以爲村老。少年負才氣者，至或不與供揖，後乃驚服，跼蹐面發赤不能出語〔二〕。然則貌固不可相士，而神明內用者，其致工也深，理當有然也。吾聞朝宗高氣雄辨，淩厲一世人，獨與王谷深相引重。朝宗之人與文則甚相似，予每讀朝宗文，如當勁敵〔三〕，驚心動色，目睛不及瞬〔四〕。其後細求之，疑其本領淺薄，少有當于古立言之義，又是非多，愛憎失情實，而才氣奔逸，時有往而不返之處。然朝宗使不早世，得竟其所學，則豈易及哉。吾與王谷，才皆不及朝宗，而王谷論旨醇正，足以相爲勝。王谷好學不怠，其進于古作者無疑，予則瞠乎後矣。王穀謬許予，予其何敢以爲然？慈溪有姜宸英者〔五〕，予愛其文，與朝宗並，王谷他日相見，其毋交臂而失也。〔六〕

〔一〕邱：《寧都三魏全集》本作「丘」字。
〔二〕面：《寧都三魏全集》本作「而」字。
〔三〕勁：《寧都三魏全集》本作「勍」字。
〔四〕睛：《寧都三魏全集》本作「晴」字。
〔五〕溪：《寧都三魏全集》本作「谿」字。
〔六〕此文之後，《甯都三魏全集》本引録陳椒峰評語：陳椒峰曰：「起十數語已盡古文得失之故。通篇用朝宗作波瀾，離合有法。又以丘、蕫□綴，愈覺風神。」

涂宜振史論敘

經之有史，猶書之有圖，博觀後世治亂成敗之跡，然後聖人之言益明且信。余鹵莽於經學，而好論史，山居則同彭躬庵、季弟和公，頻年授徒新城，則同涂宜振，晨夕相講論。余善病，嘗委頓枕席，及與二人論史〔一〕，或推枕起，投袂奮步於室中，疾聲大言，聞者驚爲詬厲。而躬庵未嘗作史論，略見於《冬心》諸詩，季弟作僅十餘首，宜振、余則各不下百篇。然余才儉，且所記誦〔二〕，昏而失之，不能博綜以暢其說。宜振與余談上下廿一史，則若倒瓶水而瀉之地〔三〕，其爲論曲盡一人之終始，比類旁徵，雜取以証其說，而歸於不可易。躬庵嘗言，讀史有三要：曰設身，曰論世，曰闕疑，其高者尤能於無文字處得古人要害。余服膺斯說，然古今好議論淩厲古人者，莫不求之無文字之中，而以其偏見私意爲莫須有之

【校勘記】

〔一〕二：《寧都三魏全集》本作「三」字。

〔二〕且：《寧都三魏全集》本作「旦」字。

〔三〕瀉：《寧都三魏全集》本作「寫」字。

說，讞古人之獄，或洗垢而索其瘢〔一〕，或刳肉成瘡痍，此無論陳同甫、蘇子父子〔二〕，即吕伯恭亦所不免。余則謂論古人者，必吾之説立於此，使天下聰明才辨好學深思之士，欲更立一説，而無以爲口實，如漢武帝欲通身毒國，非借道昆明，則必不可通也。姜伯約守劍門，而鄧艾尚得從陰平縋度，非論古之極致。宜振論霍光輔政久，不知昌邑、宣帝之賢不肖，李泌不舉陸贄自代，而薦董晉、竇參；范仲淹堅持結納〔三〕，趙汝愚當光宗在而立寧宗，則皆所謂聰明深思之士，欲更立一説不能者。而宜振德量醇厚，瀟灑多高致，於人貴賤賢不肖，不設城府，性不甚好酒，與人飲必盡醉，醉則鼾睡聲如雷。然讀郤憒、謝朏、王猛諸作，嚴氣正性，若烈霜之被秋草，又何故也？〔四〕

〔一〕瘢：《寧都三魏全集》本作「癈」字。

〔二〕子：《寧都三魏全集》本作「氏」字。

〔三〕仲：《寧都三魏全集》本作「伸」字。

〔四〕此文之後，《甯都三魏全集》本引録倪闇公評語：倪闇公曰：「論史處不磨之識，而前路賓主雜見，掉尾兩轉，尤有煙波。」

論世堂文集敘

地懸於天中〔一〕，萬物畢載，然上下無所附，終古而不墜，所以舉之者，氣也。人之能載萬物者，無如文章〔二〕，天之文，地之理，聖人之道，非文章不傳。然而無以舉之，則文之散滅也已久，故聖人不作，六經之文絶，然其氣未嘗絶也。聖人之氣如天之四時，分之而爲十有二月，又分之而爲二十有四氣，得其一氣，則莫不可以生物。六經以下，爲周諸子，爲秦漢、爲唐宋八家之文〔三〕。苟非甚背於道，則其氣莫不載之以傳。《書》、《詩》、《易》、《禮》、《春秋》之氣，得其一皆足以自名。而世之言氣，則惟以浩瀚蓬勃，出而不窮，動而不止者當之。於是而蘇軾氏乃以氣特聞。子瞻之自言曰：「吾文如萬斛泉源，不

【校勘記】

〔一〕懸：《寧都三魏全集》本作「縣」字。

〔二〕無：《寧都三魏全集》本作「莫」字。

〔三〕八：《寧都三魏全集》本作「大」字。

擇地皆可出，在平地一日千里無難，及其與山石曲折，隨物賦形而自不知也〔二〕，行乎其所當行，止乎其所不得不止。」而乃以氣特聞。氣之靜也，必資於理，理不寔則氣餒，其動也，挾才以行，才不大則氣狹隘。然而才與理者，氣之所馮，而不可以言氣。才於氣爲尤近，能知乎才與氣者之爲異者，則知文矣。吹毛而駐於空，吹不息，則毛不下。土石至實，氣絶而朽壞，則山崩。夫得其氣則泯小大，易彊弱，禽獸木石可以相爲制，而況載道之文乎？視之以形而不見，誦之以聲而不聞，求之規矩而不得其法，然後可以舉天下之物而無所撓敗。琅霞龔子之言文主乎氣者也，其文浩瀚蓬勃，出而不窮，動而不止，依乎六經而不背於道，雖欲不以氣許之，夫焉不以氣許之也〔三〕？

〔二〕自不：《寧都三魏全集》本作「不自」字。

〔三〕「焉」之後，《寧都三魏全集》本有「得」字。此文之後，《甯都三魏全集》本引録毛卓人、彭興公評語：毛卓人曰：「昌黎謂氣水也，言浮物也。眉山謂天下之所少者，非才也，氣也。理非氣不充，事非氣不立，文非氣不雄，以氣發論，真得作者深處。」彭興公曰：「文最奧衍，氣字乃有真解，所謂養氣者正指此。」

涂子山空青集敘

新城涂子山，好爲詩古文辭，有名於時。辛丑，余遊新城，嘗見子山詩，因欲以識其人。又聞子山守貧，不務苟得，所與遊，少當意者，以是得狂名，余益願見之。明年，余遊廣陵，與子山同客劉氏涉園，得盡讀其《空青集》，爲之點次所違覆，而中者十而九，余迺嘆，人言子山狂人，自不狂耳。然子山當無聊時，嗺嗺高誦其得意句。及主人以酒飲客，子山必大酌盡醉，起抵掌掀白須，搔耳頓足，隱然有不可一世之意。子山爲文能曲折，遊山諸記，尤矜峭有法度。其詩幽遠古淡，每使人得之言外。五嶽之山，磅礴而鬱積，河南北有大邱五〔二〕，然必使天下之山皆五嶽，則不復有五邱；天下必皆五邱，則凡一山一石一邱一壑之嶙峋嵢崒、窈窕黯宕而負真氣者，皆不足登於名山之紀。子山詩文，所謂山石邱壑之奇，足以紀名勝而資遊覽。假令有挾五嶽五邱以臨子山者，子山顧有所不屑已。癸卯予再遊廣陵，子

【校勘記】

〔二〕邱：《寧都三魏全集》本作「丘」字，下同。

山出余所點次，曰：「子其可無一言？」子山爲人短小，胸無鱗甲，性率易近人，及考古義與人争魚魯，則疾聲摇頭不自止云。〔二〕

〔二〕此文之後，《甯都三魏全集》本引録王築夫評語：王築夫曰：「設色次事，皆有生氣欲動。」

王竹亭文集敘〔一〕

泰和王子竹亭，以能古文名於時，天下非常之士，則獨稱其志識。丙辰秋，予與吾友彭躬庵相見於富田〔二〕，曰：「吾往言王竹亭，今爲湖西一人無疑，吾今而後，其可以死矣夫。」予驚歎，欲急見之，而竹亭且來，中道病作，已，詣余金蓮山，又同避兵於雲塢，所言皆天下偉人大事，並恨相得晚。然竹亭終好古文，相與議論《左》、《史》以下，各盡其所見，又出平生所爲文，使予論定。竹亭之文，大小修短，各有意思，不苟作，尤長於論古人。是時竹亭舉進士已七年，其言有抱道窮山之士所不能言者。天下皆稱竹亭之文爲不朽，不知不朽者何在；知竹亭之才有用於世，而不知其何以用也。天下奇才志士，磅礴鬱積於胸中，必有所發，不發於事業，則發於文章。名理之言，經物濟世之說，在世人皆可以襲取，獨其所不能名言之，故斟酌古人之是非，低徊歎息，百折而不忍下，其苦心精思，則亦惟天下非常之士可

【校勘記】

〔一〕敘：《寧都三魏全集》本作「序」字。

〔二〕庵：《寧都三魏全集》本作「菴」字。

以想見，其餘何足知之，而況於襲取而爲托之乎〔一〕。今古文遍天下，莫不自命不朽，然志識卑陋〔二〕，不出米鹽杵臼之間，及夫臨文，拘牽萬狀，首尾衡決，是其終身所經營，意皆在於速朽，而顧求爲不朽之文。噫，可歎也。雲塢去郡城數十裏，去孔道數裏，時郡中大攻戰，炮聲徹左右耳，而予方敘竹亭之文，與竹亭上下古今，意氣益激昂間暇〔三〕。惜躬庵先予去〔四〕，不得使之一論定也。〔五〕

〔一〕爲：《寧都三魏全集》本作「僞」字。

〔二〕卑：《寧都三魏全集》本作「甲」字。

〔三〕間：《寧都三魏全集》本作「閒」字。

〔四〕庵：《寧都三魏全集》本作「菴」字。

〔五〕此文之後，《甯都三魏全集》本引録蕭虎符評語：蕭虎符曰：「本以古文、志識二意作柱，而出以深折之筆，離合之法，精思奇氣，逼出紙上矣。」

李季子文敘

興化李季子，少負才名，年二十舉於閶〔一〕，後遂自廢，獨好古文辭，爲之不輟。餘再客揚州，則必屬予論定。季子身華胄，遭時坎壈，其見於文辭，每多感慨不平之音。予嘗謂文章之本在忠孝，季子既有其本，又好學善下，以求工古人之法，譬猶棹輕舟於急瀨之上而下之也〔二〕。然季子性好山水〔三〕，足跡所至，必尋其奇勝，車舟裹糧以遊，雖破衣食之資，觸寒暑，不爲阻，故所作遊記最多，而視他文亦最工。古今記遊，共推子厚，近人必慕倣之，曰似柳某記某記，則以爲能。然自子瞻諸人，已不相沿習，故柳記雖工，亦記之一家言耳，而必以慕傚爲能則陋矣。季子緣物繪情，自有天真，吾正謂其不必似柳然後工

【校勘記】

〔一〕閶：《寧都三魏全集》本作「闈」字。
〔二〕棹：《寧都三魏全集》本作「掉」字。
〔三〕性：《寧都三魏全集》本作「世」字。

也。夫文章之工，必法古人，而法古人者，又往往不得爲工。何耶？然則文章必又有其所以工者也，季子知之矣。〔一〕

〔一〕此文之後，《甯都三魏全集》本引録宗子發評語：宗子發曰：「澹蕩而論旨尤深長。」曰：《寧都三魏全集》本作「目」字。

信芳齋文敘

吾友王君克承之仲子源，字崑繩，與其兄汲公，以文學名於時。崑繩岸異多英氣，自其十數年〔一〕，余輒器之，及再來廣陵，則崑繩爲文章已成帙。作《項籍論》，縱橫馳騁，若前無古人者。名下士爭譽之，余未之許，崑繩口不言，而意爽然也。丁巳秋，崑繩謁余廣陵，頷下須已長四寸，目光閃閃逼人，比著書高二三寸，而崑繩年亦已三十矣。再出《項籍論》，則議論多肯要，法度老成，且曰：「源往者不自得，久而心服先生之言。」於是縱觀其文，文之可施於用者十而五矣。崑繩爲人，伉爽好大略，爲文多法《史》、《漢》。吾門人孔生尚典，文最英悍，余嘗譬之駃騠之馬；然其實用處不及崑繩也。嗟乎！吾老矣，而崑繩今不可爲少，彼鄧仲華、周公瑾何人哉？人學問當有變化，少年英發，中晚之歲，貴沈深掩抑，使不顯其光，吾他日以崑繩之文觀之矣。〔二〕

【校勘記】

〔一〕年：《寧都三魏全集》本作「歲」字。

〔二〕此文之後，《甯都三魏全集》本引録宗子發評語：宗子發曰：「文不滿三百字，而波瀾頓挫，氣韻生動，妙於法度之文。」

首山偶集敘

亦庵中公集其首山之文若詩，將授梓人，請敘於予。予往自翠微山來候蘗地老人，留亦庵信宿，坐陶庵之濯樓。二庵相去不數十武，地美林木足遊賞[一]，居者、客遊者，能文之士必有敘詠者也[二]。青原笑公嘗遊而歎曰：「西昌諸山，此其首乎？」於是，人競稱首山，而蘗地又自青原退居於此，四方來者益衆。中公集其詩文，意將欲以文傳其他耶[三]。吾嘗遊廣陵，登平山，望江南諸山頹暢，求所謂平山堂故址，雖其士人有不能道，而五百年間，遐方僻壤，小生俗儒，無不知有平山堂者，豈非以歐陽永叔之故與？予嘗笑文章者不朽之物，故宮室林樹可毀，山川有時改易，惟文章則長存。然棟宇榱桷之壯

【校勘記】

[一] 木：《寧都三魏全集》本作「水」字。

[二] 者：《寧都三魏全集》本作「宜」字。

[三] 他：《寧都三魏全集》本作「地」字。

麗〔一〕，甓礎之堅，句久者或數百年〔二〕，少者爲年數十。而文章之作，有甫脱於手，未逾時日，已號然若朽株敗瓦之不可用，則亦安所恃之？而其間卓犖俊偉，必以爲不朽者，則又水火兵馬流離蕩析之災〔三〕，使之中天而不傳於後世。嗚呼，中公之集是編也，不爲不勤，至於今，而其所存者盖亦寡矣〔四〕。然天下之最不朽者莫如人。吾苟身爲傳人，則其文雖澌滅散失，而天下後世，猶將咨嗟大息，不遺餘力以求之。求之不得，或存其篇題以紀于藏書之府，甚或僞作以實之，寧没巳之名〔五〕，而不使古人有不傳之文。中公證道於藥地久矣，與之交，如衣布食粟，其傳人也歟〔六〕，諸君子之爲傳人者不乏也，然則《首山》惡乎而不傳也歟？〔七〕

〔一〕麗：《寧都三魏全集》本作「鉅」字。
〔二〕句：《寧都三魏全集》無此字。
〔三〕馬：《寧都三魏全集》本作「寇」字。
〔四〕盖：《寧都三魏全集》本作「蓋」字。
〔五〕巳：疑「己」之誤。
〔六〕歟：《寧都三魏全集》本作「與」字。
〔七〕歟：《寧都三魏全集》本作「與」字。此文之後，《甯都三魏全集》本引録王竹亭評語：王竹亭曰：「本欲以文傳《首山》，而文中忽言可恃，忽言不可恃，皆有至理，使天下文人矜喜愧礪，然但覺煙波澹蕩爾。」

陸懸圃文序〔一〕

興化宗子發、陸懸圃，以高節能文章名於江北，四方士稱曰「宗陸」。予與子發爲莫逆交，敘其文，又嘗讀懸圃文，慕之。兩過興化皆不值，留書與之而去。丁巳，予客揚州，懸圃得書，自泰州來會，於是益讀其文矣。懸圃文以直道自任，有毅然之色，與其爲人相似。其論必關世道，法必取裁於古人，爲今文章士所不易得。嗟乎，懸圃非獨文士也，然而可與言文章者，非懸圃誰哉！予嘗與論文章之法，法譬諸規矩，規之形圓，矩之形方。而規矩所造，爲橢，爲掣，爲眼（音懇〔二〕），爲倨勾磬折〔三〕，一切無可名之形，紛然各出。故曰規矩者，方圓之至也。至也者，能爲方圓，能不爲方圓，能爲不方圓者也。使天

【校勘記】

〔一〕序：《寧都三魏全集》本作「敘」字。

〔二〕懇：《寧都三魏全集》本作「貇」字。

〔三〕勾：《寧都三魏全集》本作「句」字。

下物形，不出於方，必出於圓，則其法一再用而窮〔二〕。言古文者，曰伏，曰應，曰斷，曰續，人知所謂伏應，而不知無所謂伏應者，伏應之至也。人知所謂斷續，而不知無所謂斷續者，斷續之至也。今夫入壇壝〔三〕，履鬼神之室，明神肅森，拱挺異列，若生人之可怖。按以人經之法，頰胲廣狹，股腳脽尻之相距，皆不差尺寸，然卒以爲不若人者，俯仰拱挺，終日累年，不能自變化故也。今夫山屹然崱屴，終古而不變，此山之法也。瀉水于盂，盂方則方，盂員則員者，水之法也。山以不變爲法，水以善變爲法。今夫山，禽獸孕育飛走，草木生落，造雲雨，色四時，一日之間而數變。今夫水，瀉於平地，必注於竈，流其所不平，瀉之萬變而不失。今夫文，何獨不然？故曰：變者，法之至者也。此文之法也。若夫積理以爲文，則吾敘子發論備矣。〔三〕

〔二〕此句之下原缺以下二十字：「吾故曰：規矩者，方圓之至也；不方圓者，規矩之至也。」

〔三〕此句之上原缺以下二十一字：「推而類之，起以爲承者承之至，駐以爲轉者轉之至也。」

〔三〕此文之後，《甯都三魏全集》本引録李艾山、宗子發二人評語：李艾山曰：「論文推韓、柳與李、韋二書爲第一。此敘窮□極變，有開拓萬古之意，可謂後來居上。」宗子發曰：「文一意到底，而如夏雲之無定形，其段落極脱跳之妙。」

曾庭聞文集序

曾庭聞自萬裏歸，巳酉正月〔一〕，會酒於三巘，盡歡，壑風十尺，倒上吹墻屋，洶洶有聲，雨雪雜下。庭聞盡出其所爲古文，使余論定。庭聞之文，句格法昌黎，而蒼莽勃萃獝悍，尤多秦氣。予與庭聞爲童子時同學，庭聞天資甚魯，終日讀，不盡十行。長省尊大夫于京師，數過吴門，與吴中名士游，其文斐然一變，而庭聞之名盛于東南。近二十年，則出入西北塞外，嘗獨身攜美人，騎馬行萬餘裏，最好秦中風土，至以寧夏爲家，而庭聞名在西北，其文又一變。庭聞間歸，相見予於山中，毛衣革鞜，雜佩帨，帶刀礪，面目色黄黝，鬚眉蒼涼，儼然邊塞外人。回視向者與予咿唔筆硯間〔二〕，及細服緩帶，爲三吴名士時，若隔世人物。嗚呼，庭聞之文多秦氣，何足異也？文章視人好尚，與風土所漸被，古之能文者，多遊歷山川名都大邑，以補風土之不足，而變化其天質。司馬遷，龍門人，縱遊江南沅湘、彭蠡之滙，故其文奇

【校勘記】

〔一〕巳：《寧都三魏全集》本作「己」字。

〔二〕硯：《寧都三魏全集》本作「研」字。

恣蕩軼，得南戒江海煙雲草木之氣爲多也。余讀史，嘗慨赫連氏初無功德而興之暴〔一〕，西夏強且久，與宋室爲終始〔二〕，此必有所以自強固者，不獨恃甲兵之力。間披輿圖，按其處，距長城外河西數十裏，自分力劣弱，終身不能至，詳考其興亡盛衰之跡。而庭聞乃竟以是爲家，邊徼風土人情，叛服治亂，必有深知其故者。他日著之文章，當不止如史傳所紀載也。〔三〕

〔一〕慨：《寧都三魏全集》本作「慨」字。

〔二〕与：《寧都三魏全集》本作「與」字。

〔三〕此文之後，《甯都三魏全集》本引録彭躬庵、朱秋厓二人評語：彭躬庵曰：「光氣雄熱而勁，是叔子別調。」朱秋厓曰：「闔闢變化，頓挫起伏，各極其妙。而一種激宕抗爽之氣，若與燕、趙豪傑之士相與叱吒嗚咽其間。」

宗子發文集序

今天下治古文衆矣，好古者株守古人之法，而中一無所有，其弊爲優孟之衣冠。天資卓犖者，師心自用，其弊爲野戰無紀之師，動而取敗。踏是二者〔二〕，而主以自滿假之心，輔以流俗諛言，天資學力所至，適足助其背馳〔三〕，乃欲卓然並立於古人，嗚呼，難哉！雖然，師心自用，其失易明，好古而中無所有，其故非一二言盡也。吾則以爲養氣之功在於集義，文章之能事在於積理。今夫文章，《六經》、《四書》而下，周、秦諸子，兩漢百家之書，於體無所不備。後之作者，不之此則之彼。而唐、宋大家，則又取其書之精者，參和雜糅，鎔鑄古人以自成，其勢必不可以更加。故自諸大家後，數百年間，未有一人獨創格調，出古人之外者。然文章格調有盡，天下事裏日出而不窮，識不高於庸衆，事理不足關係天下國

【校勘記】

〔二〕踏：《甯都三魏全集》本作「蹈」字。

〔三〕背：《寧都三魏全集》本作「皆」字。

家之故，則雖有奇文與《左》、《史》、韓、歐陽並立無二〔一〕，亦可無作。古人具在，而吾徒似之，不過古人之再見，顧必多其篇牘，以勞苦後世耳口〔二〕，何爲也？且夫理固非取辦臨文之頃，窮思力索，以求其必得。鍾太傅學書法，曰：每見萬彙，皆畫象之。韓退之稱張旭書，變動猶鬼神，不可端倪，天地事物之變，可喜可愕，一寓於書。人生平耳目所見聞，身所經歷，莫不有其所以然之理，雖市儈優倡大猾逆賊之情狀〔三〕，竈婢丐夫米鹽淩雜鄙褻之故，必皆深思而謹識之，醞釀蓄積，沈浸而不輕發。及其有故臨文，則大小淺深，各以類觸，沛乎若決陂池之不可禦。辟之富人積材〔四〕，金玉布帛，竹頭木屑糞土之屬，無不豫貯，初不必有所用之，而當其必需，則糞土之用，有時與金玉同功。吾盖嘗見及於是〔五〕，恨力薄不能造其籓籬，自易堂諸子外，不敢輕語人。而長安王築夫、竇應朱秋厓、興化宗子發，嘗相與反覆。一日，子發持其文屬予敘〔六〕。論旨原本《六經》，高者規矩兩漢，與歐陽、蘇、曾相出入。子發持高節，獨行古道，而虛懷善下人，他日所極，吾烏能測其涯涘。故爲述平日所與論議者，以弁其端。嗚呼，天

〔一〕並：《寧都三魏全集》本作「竝」字。
〔二〕口：《寧都三魏全集》本作「目」字。
〔三〕「情」之上《寧都三魏全集》本有「之」字。
〔四〕材：《寧都三魏全集》本作「財」字。
〔五〕盖：《寧都三魏全集》本作「盍」字。
〔六〕予：《寧都三魏全集》本作「子」字。

下之可語於此者，蓋多乎哉？〔二〕

〔二〕 盖：《寧都三魏全集》本作「葢」字。此文之後，《甯都三魏全集》本引録秦燈巖評語：秦燈巖曰：「提出『積理』二字，極力發揮，不獨文家鴛譜，直爲初學金針。《繫辭傳》云：『夫《易》廣矣，大矣。以言乎遠，則不禦；以言乎邇，則静而正；以言乎天地之間，則備矣。』又曰：『近取諸身，遠取諸物。』聖人以此論《易》。今按論文之旨，的的不二，聊爲舉此，以此證文，即以此證《易》也。」

左傳經世敘

讀書所以明理也，明理所以適用也，故讀書不足經世，則雖外極博綜，内析秋毫，與未嘗讀書同。經世之務，莫備於史[一]。禧嘗以爲，《尚書》史之大祖，《左傳》史之太宗[二]，古今治天下之理，盡於《書》；而古今禦天下之變，備于《左傳》。明其理，達其變，讀秦、漢以下之史，猶入宗廟之中，循其昭穆而别其子姪[三]，瞭如指掌矣。嘗觀後世賢者，當國家之任，執大事，決大疑，定大變，學術勳業，爛然天壤。然尋其端緒，求其要領，則《左傳》已先具之。盖世之變也[四]，弑奪、蒸報、傾危、侵伐之事，至春秋已極。身當其變者，莫不有精苦之志，深沉之略，應猝之才，發而不可禦之勇，久而不回之力，以謹操

【校勘記】

[一] 于：《甯都三魏全集》本作「于」字。

[二] 太：《甯都三魏全集》本作「大」字。

[三] 姪：《甯都三魏全集》本作「姓」字。

[四] 盖：《甯都三魏全集》本作「葢」字。

其事之始終，而成確然之効。至於兵法奇正之節，自司馬穰且〔一〕、孫、吳以下不能易也。禧少好左氏，及遭禍亂〔二〕，放廢山中者二十年，時時取而讀之，若于古人經世大用，左氏隱而不發之旨〔三〕，薄有所會，隨筆評註，以示門人。竊惟《左傳》自漢、晉至今，歷二十餘年〔四〕，發微闡幽，成一家言者，不可勝數。然多好其文辭篇格之工，相與論議而已。唐崔日用工左氏學，頗以自矜〔五〕，及與武平一論三桓七穆，不能對，乃自慚曰：「吾請北面。」徐文遠從沈重質問左氏，久之辭去，曰：「先生所說，紙上語爾。」禧嘗指謂門人，學左氏者，就令三桓七穆口誦如流，原非所貴，其不能對，亦無足慚。此盖博士弟子所務〔六〕，非古人讀書之意。善讀書者，在發古人所不言，而補其未備。持循而變通之，坐可言，起可行而有效，故足貴也。禧評註之餘，間作雜論二十篇，書後一篇，課諸生作雜問八篇，用附卷末，就正於有道。左氏好紀怪誕，溺功利禍福之見，論時駁而不醇。然如石碏誅籲、厚，范宣子禦欒盈，陰飴甥爰田州兵之謀，晏嬰不死崔杼〔七〕，子產焚載書，及子皮授子產政諸篇，皆古今定變大略；而陰飴生會秦伯

〔一〕且：《甯都三魏全集》本作「苴」字。

〔二〕禍：《甯都三魏全集》本作「變」字。

〔三〕不：《甯都三魏全集》本作「未」字。

〔四〕十：《甯都三魏全集》本作「千」字。

〔五〕以：《甯都三魏全集》本作「用」字。

〔六〕盖：《甯都三魏全集》本作「蓋」字。

〔七〕杼：《甯都三魏全集》本作「抒」字。

王城〔二〕，燭之武夜縋見秦伯，蔡聲子復伍舉，則詞命之極致，後之學者尤當深思而力體之也。〔三〕

郭仲輝曰：「朱紫陽謂《左傳》爲衰世之文，亦其時勢然也。然惟當衰世，故能盡後世之變。此文見得事理，透切二十分，故言之嶄嶄如此。」

〔二〕生：《甯都三魏全集》本作「甥」字。

〔三〕此文之後，《甯都三魏全集》本引録郭仲輝評語：郭仲輝曰：「朱紫陽謂《左傳》爲衰世之文，亦其時勢然也。然惟當衰世，故能盡後世之變。此文見得事理，透切二十分，故言之嶄嶄如此。」

十國春秋序

錢塘吴任臣撰《十國春秋》成，以示寧都易堂魏禧而屬之敘。禧不敏，不敢辭，於是敘之曰：史才之難也久矣，世之言史者，率右司馬遷而左班固。禧嘗以謂遷當以文章雄天下[一]，史之體則固爲得。盖史主記事[二]，固詳密於體爲宜，遷則主於爲文而巳[三]。文欲略而後工者，則勢不得更詳，而歐陽修《五代史》，亦於事爲略，至十國尤不備。任臣生七八百年之後，傳聞凋絶，書籍散亡，毅然起而補之，其功甚鉅，事亦最難。禧讀其書，采擇詳博而精於辨覈，爲文明健有法，自《史記》、《漢書》、《五代史》而外，豈亦有能先之者哉。禧惟天下之勢，分之久則必合，合之久則必分，而其自合而之分也，天下魚潰肉爛，不可收拾，當時所號爲豪傑者，非有殊尤絶異之才，其德力皆不能相一。峻法重歛，戰争不休，生

【校勘記】

[一] 謂：《甯都三魏全集》本作「議」字。

[二] 盖：《甯都三魏全集》本作「葢」字。

[三] 巳：《甯都三魏全集》本作「已」字。

民之苦，於是爲極。然吾嘗觀分崩之際，其人才每爲特盛。蓋天下之治〔一〕，禮法明而風俗厚，人心安和，雖有奇才異能，皆帖首抑志以就繩墨；及其亂也，憤鬱而思動，鋌而走險，上焉者紀綱法度不立，而其下得肆志妄作以自盡其才。故自周、秦之末，以及五代，莫不有特起之英，踔厲沈深，自奮於功名，王侯將相，皆以智力相取，而非有倖得。當其時，有大力者出而驅之則合，無大力者驅之則分，彼帝制自爲角立爭雄長者，要皆韓、彭、馮、鄧、秦、李、曹、石之流亞，然後知天下蓋無時而無才〔二〕，顧所以用之者何如耳？分崩之際，最不足數，莫如後五代，而十國中人才可觀者既已如是。任臣是書豈獨補古史之闕，取備見聞云爾哉？士不幸生其時，當思所以自奮，毋徒碌碌以苟全性命爲自得。且觀其得則知十國之能分者何在，觀其失，則知十國之終於分而不能合者何故。夫能以智力爭城略地，而不知定天下之有規模，能屈志恊力以得將士之用，而不能深仁厚澤以得民心。嗚呼，此有志之士，所爲掩卷長大息者也〔三〕！任臣志行端慤，博學而思深，著有《山海經廣注》、《字彙補》，已版行，而是書關係古今尤

〔一〕蓋：《甯都三魏全集》本作「盍」字。
〔二〕蓋：《甯都三魏全集》本作「盍」字。
〔三〕大：《甯都三魏全集》本作「太」字。

大，惜無有能授之梓人以傳于世者〔二〕。傳曰：「人之欲善，誰不如我。」吾知其必有望矣。〔三〕

〔二〕于：《甯都三魏全集》本作「於」字。

〔三〕此文之後，《甯都三魏全集》本引録毛稚黄、葉具京二人評語：毛稚黄曰：「上下古今，英偉磅礴於當世之務，大何深心，不徒胸具全史而已。此書爲世所不可少之書，此敘即爲世所不可少之文。」葉具京曰：「議論雄暢，愈放而愈勁，蓋其才易見，其法不易見也。」

溉堂續集敘

三原孫豹人，以詩名天下垂三十年。予往見《溉堂初集》，古詩非漢、魏，律非中、盛唐則不作，作則必有古人爲之先驅。已酉八月，予客南州，豹人忽自楚中至，相見執手勞問，既出其《溉堂續集》示予餘〔一〕，余袖而藏之，與之過故人陳伯璣湖亭談。伯璣，吾南州之以詩文名者也，設尊酒相款曲。予之言曰：「學古人之文者，縱不得抗衡古人，亦當爲其子孫，不當爲奴婢。譬如豪僕失主人，則悵悵無所之。子孫雖歷世久，必有真肖其祖父之處。」豹人曰：「學古人詩，當知古人祖父，又當知其子孫。知祖父，則我可與古人並爲兄弟；不知子孫，則不識其流弊所至。道德流爲形名〔二〕，荀卿一傳而有李斯，知此，然後學之善不善有以自考。」伯璣既聞而皆是之。而余又嘗謂：善學者，必日進而不已。然詣有所極，則不可以復進，而不已者，無進境而有變境也，天之雨，非有進於晴也，今日晴而明日雨，

【校勘記】

〔一〕予：《甯都三魏全集》本作「余」字。

〔二〕形：《甯都三魏全集》本作「刑」字。

則人樂其日新而不窮。於是談既倦，主客薄醉，山雨欲東來。予歸客舘，雨大下，燒燭，發袖中詩讀之，乃喟然而嘆曰：甚矣，豹人之能變也！其詩自宋而下則皆有之矣〔二〕，衝口而出，摇筆而書，磅礴奥衍，不可窺測。然豹人年五十，浮客楊州，若妻、妾、子、女、奴婢之待主人，開口而食者，且三百指。世既不重文士，又不能力耕田以自養，長年刺促，乞食於江湖，傷逝悲來，較甚往昔。故其詩别有所以爲工者，而豹人亦不自知也。予將歸山中，豹人命爲之敘。適予有寒疾，行且别去，不知何日復相與論文。於是力疾疾書，質之伯璣，以貽豹人。伯璣爲我語豹人：「善自愛。吾船乘北風便發，不復到石亭寺見孫先生也。」〔三〕

〔二〕而：《甯都三魏全集》本作「以」字。

〔三〕此文之後，《甯都三魏全集》本引録陳伯璣評語：陳伯璣曰：「中多名論。其格於斷處最佳。而末段悲凉澹蕩，如瀟湘煙水，無風自波。」

閔賓連遊廬山詩敘

山水之有詩文，所以使人閉户而遊千萬裏之外，意氣飛揚，精神寂寞，各得其性情所至。然文記其大畧而已。詩自山川形勢，磅礴奥衍，一草、一木、一石，鳥獸魯蟲之細〔二〕。名賢鉅公之名跡〔三〕，則皆得以命題設詠，連類至百十不止。而古今作者，自謝氏、廬山諸道人外，亦罕有其絶工。閔子賓連，歙人也，與予交十年，以詩文相得。庚戌再遇於廣陵，其《遊廬山詩》則又工。古人所謂沈辭怫悦，言恢之而彌廣，思按之而逾深者，庶幾足當之，而渾麗老澹，更出入陶、謝、杜、許間。且吾觀賓連，似不徒欲以詩人見者，讀其《余忠宣祠》、《彭澤懷古》諸篇，别有寄託。此其意即謂之不在山水可也。然能如是作詩，乃可以遊廬山，稱詩人。吾季弟和公，舊年之秦中，作《西行道中》詩百一十首，登華山絶頂，高韓昌黎哭處十裏，雲日月從兩耳升降，視黄河如襪帶委地下，燕、趙、秦、豫，隱隱見黑子，俯仰天地，悲從中

【校勘記】

〔二〕魯：《甯都三魏全集》本作「魚」字。

〔三〕鉅：《甯都三魏全集》本作「巨」字。

來，有入山披髮，長往不返之意。而峰崿崱屴硊秀，拔地倚天，則都似五老峰間道下玉川門處。予聽而精神惝恍者久之。蓋予昔經此〔二〕，三步之外，動出意表，驚怪狂叫，木落石墜，嘗欲爲詩寫之。惜夫賓連吟眺於五老、玉川，而獨未過此也。〔三〕

〔二〕蓋：《甯都三魏全集》本作「葢」字。

〔三〕此文之後，《甯都三魏全集》本引録陳伯璣評語：李鏡月曰：「委迤而峭拔，讀之便如遊佳山水，于常徑洗滌殆盡矣。」

初蓉閣詩敘

世之爲詩者，法三唐而未能，而謦人之詩，則往往淩漢、魏而上，動以《三百篇》許人。夫後世之不能爲《三百篇》也有故，非特才不逮古人也。物之取精多而用之少者，其發必醇，取精少而用之多，其發必薄。《三百篇》人不盡作，作不過一二，皆自言其胸中之所有。胸中所無有者，弗強道也。故雖以尹吉甫之材美，其見于聲詩者〔一〕，兩篇而止。豈惟三百？即漢、魏諸詩人，少者數篇，多則十倍之。元氣充溢噴薄，一篇一句，皆載生平學問之大力以出，其獨工于後世〔二〕，無足怪者。至于三唐〔三〕，家工户習，自言懷、應制之篇，以至酬贈、登覽、宴遊，莫不有作。其能者，人各以詩名集，比于今日〔四〕，特爲相似。

【校勘記】

〔一〕于：《甯都三魏全集》本作「於」字。

〔二〕于：《甯都三魏全集》本作「於」字。

〔三〕于：《甯都三魏全集》本作「於」字。

〔四〕于：《甯都三魏全集》本作「於」字。

故自三唐以迄今，詩又别有所以爲工者。而顧欲躋之於漢、魏、《三百》，則幾何其不誣也！溧陽彭子爰琴之詩，三唐之詩也。有樸素含蓄而不盡者；有雄偉典則，熊熊然若日中之光不可逼視者〔二〕；有婉秀而悽麗者；皆自言其胸中之所有，則又非三唐之詩，而爰琴之詩也。然爰琴所以能爲三唐，正在於此。予与爰琴未識面〔三〕，爰琴因友人迮旦庵貽予《初蓉閣詩》而屬之敘〔三〕。予讀其《九日登岱宗遇雪》詩，点綴《風》、《雅》，驅策漢、魏，蒼莽浩瀚，踰三千言。初覽之，若齊魯青色，昏曉不辨；細而跡之，則有主峰，有枝輔，群山萬派，趨蹲於其前，而千尺之水瀉其腋也。予因爲想像爰琴：其形觀必修偉軒傑，吐聲如洪鐘〔四〕，鬚髯甚美。他日見爰琴，試以驗之，乃至或如太史公所稱子房婦人好女，則予爲失言，當与爰琴攜手而大笑也。〔五〕

〔二〕逼：《甯都三魏全集》本作「偪」字。

〔三〕与：《甯都三魏全集》本作「與」字。

〔三〕庵：《甯都三魏全集》本作「菴」字。

〔四〕如：《甯都三魏全集》本作「若」字。

〔五〕与：《甯都三魏全集》本作「與」字。此文之後，《甯都三魏全集》本引録黄仙裳、迮旦菴二人評語：黄仙裳曰：「嚴滄浪《詩話》謂『詩有别才，非關學也。』此語誤人不小。爰琴博極群書，融化而出。故能力追古人。叔子『取多用少』一語，可以救今日風雅之衰。」迮旦菴曰：「前半論詩最確當，後段單抽《登岱詩》，從空中一一盤轉，出奇無窮。」

危習生遺詩敘

南昌危習生，旅喪之期年，其弟静生服既除，歲時哭泣不輟，平居幽憂，若孝子居親喪然者。其始死，易堂之少長，哭不絶聲，田舍遠近，咸來出涕。盖習生之死如是〔一〕，其詩益可敘而傳矣。習生少讀書，不售，而爲賈又大折閱。予友彭躬庵先生屬於習生，故爲兄。習生聞躬庵違時伏居，困約金精山中，乃挈弟來就。相與傭耕人田，或剥樹穀皮爲紙，種茶芋食其家人，而資躬庵游四方。静生又善病，終年兀坐，待甘毳之養〔二〕。習生於是乃爲詩，詩輒工。余嘗謂人，習生詩在易堂中，清絶一往，如名山之有溪澗，而五言律其尤工也。習生爲人豪爽，勉立名義，以嚴父事躬庵，撫静生如愛子，雖甚貧，揮霍百十金不介意。其後舉責，無所償，乃鬱鬱，疽發左耳，後三日死。習生與予同年生，年四十七，未有妻，而竟斬然以死也，悲夫！人一父之子，視其饑寒困恤，若路人不足顧，而況從、再從以下。習生義

【校勘記】

〔一〕盖：《甯都三魏全集》本作「葢」字。

〔二〕甘：《甯都三魏全集》本作「甘」字。

其兄之窮，身比傭保以養其志，可不謂賢？方其造紙，嚴冬氣沍寒，水澤腹堅，鑿池冰以漚穀。兩手皸瘃，未嘗色艱難。當春之穀雨，茗柯萌芽，雨晴間作，日簑笠採摘，夜則立茶竈，至日出，武火赤釜，手親釜簸弄，十指皮皺起，如被炮烙，而已乃孑然一身之外無所復須。嗚呼，習生獨非人情乎哉！勞苦之下，猶能以餘力爲詩，詠歌以樂其志。余每讀《抄紙》、《採茶》諸作，未嘗不潸然涕下也。辛亥寒食魏禧題。〔一〕

〔一〕此文之後，《甯都三魏全集》本引録熊見可評語：熊見可曰：「情致□環，字字生氣。後段嗚咽，跌宕淋漓，何減歐公《伶官》、《宦者傳》論！」

一石山房詩序

辛亥六月，客揚州，病熱。下邳張天樞九度、歙州鮑子韶挾一客過余〔一〕，豐儀甚美，不通名刺。坐定，天樞揮扇不已。余竊視扇上有《登焦山詩》〔二〕：「滄江如此急，亂石自中流。」予驚賞謂：「此何人作？」天樞手指客曰：「是程山公詩也。」余取扇卒讀〔三〕，而揖山公曰：「吾固聞君，不謂遂至此耶！」於是恨相見晚。山公則益出其詩。久之，子韶、九度受業門下，乘間請曰：「程子詩固能，然先生初見三語耳〔四〕，何遽如是？」予曰：「汝不聞乎？『瓶水凍知天下之寒』。」蓋天地山川古今無窮之

【校勘記】

〔一〕余：《甯都三魏全集》本作「予」字。

〔二〕余：《甯都三魏全集》本作「予」字。

〔三〕余：《甯都三魏全集》本作「予」字。

〔四〕三：《甯都三魏全集》本作「二」字。

故〔一〕，作者欣慨愉戚蒼涼忼壯之情，皆可得於言外。非其人，誰与知之〔二〕？既，予去西陵，季冬返，寓九度家，夜大月，衢巷如水，思與故人談，何之？九度曰：「非山公不可。」則相與步叩其門。山公見，大喜，命出醇醪，就地下共酌，曰：「吾藏此十年矣。」已，更持杯而謂余曰〔三〕：「古人言：人生如寄。豈不然？吾三人對寒月，飲酒論詩，世所謂樂事，何有哉！吾不能斷名〔四〕，然非吾所急。吾終當放情山水，以詩酒自娛樂耳。」更示別後詩，則又即席賦「貧家有良夜，客至喜開樽〔五〕」之句，且曰：「前杜茶村爲吾敘詩，子其可無言？」於是敘之曰：「山公，歙人，世家子，不事家人產，而好詩，嘗岸然有輕世之意，尤工五言律云。」〔六〕

〔一〕盖：《甯都三魏全集》本作「蓋」字。
〔二〕与：《甯都三魏全集》本作「與」字。
〔三〕余：《甯都三魏全集》本作「予」字。
〔四〕斷名：《甯都三魏全集》本作「斷棄世名」字。
〔五〕樽：《甯都三魏全集》本作「尊」字。
〔六〕此文之後，《甯都三魏全集》本引録熊見可評語：蔣前民曰：「敘寫如畫，筆筆神氣生動，似司馬子長。」

虎邱中秋讌集詩敍〔一〕

壬子八月，余客吳門，將歸翠微峰，宗子發自廣陵獨身持襆被來送，以十三日至，十四夜觀燈、聽度曲於虎邱〔二〕。雲間張帶三、越九許葵園扁舟來，与同郡沈賁園相遇於石上〔三〕。明日夜，吳六益、朱雪田、張梅巖亦自雲間至。於時天助清氣，明月揚輝，緑樹華燈，高下千火，肩摩之聲砰若殷雷。既而，人影漸稀，青天月正，越九移尊可中亭畔，觥籌既交，吟詠遂發。六益於是捲袂揮毫，俄成七言二律。杯酒未涼，觀者如堵。余乃反覆其詩，爲激楚之歌。人聲無譁，木葉欲下，賁園、越九諸子，相次詩成。長

【校勘記】

〔一〕邱：《甯都三魏全集》本作「丘」字。

〔二〕邱：《甯都三魏全集》本作「丘」字。

〔三〕与：《甯都三魏全集》本作「與」字。

老云：「虎邱中秋之會〔一〕，往惟絶盛。比年水旱，歲穀不登，困於徵税，民瘠已甚，盖十亡其六七矣〔二〕。余恨不及見此盛時，然猶有太平遺風焉，宜諸子詩之慨當以慷也。」是夕也，有官吏張讌于南樓，度曲者不至。帶三先生以被寒不出，亦有詩。會者自百里至數千里，故交新知，鹹用欣慨。寧都魏禧敘〔三〕。

〔一〕邱：《甯都三魏全集》本作「丘」字。
〔二〕盖：《甯都三魏全集》本作「蓋」字。
〔三〕敘：《甯都三魏全集》本作「序」字。此文之後，《甯都三魏全集》本引録黄仙裳評語：黄仙裳曰：「虎丘明月，易於舖序。叔子文與世運有關係，欣慨交心，應移我情。憶壬午中秋同馮子猶先輩對月石上，今余亦老至，暇日當爲小述，一補太平遺事也。」

樹德堂詩敘

丁巳孟冬，予將自廣陵之吴門。於子實庭挈尊酒，招予爲别，且言曰：「子何去之速也！其遂將歸翠微乎？」予曰：「吾聞真州有桃花塢，溪水出其中。舟行二十裏，若泛明霞。明年仲春，与友人爲花期，當相見也。」實庭曰：「真州花比年稍衰謝。吾家塘村，去村四十裏，有口堰者，桃最盛。方花時，灼爍萬株，垂錦十餘裏，極望無際，子有意乎？」予聞之，喜極大笑，杯酒覆衣袪。盖予生平癖於花〔一〕，於桃尤甚。曰：「使成此遊也〔二〕，諸君賦詩，予當爲敘。」時王正子在坐，因爲予言，實庭固工詩〔三〕，而實庭讓未皇也。予索覽不得，正子乃强發其篋，得五七言律絶一帙，予命童子移燭去即句，於坐上讀之，清華而多姿，若春風桃李，而垂柳颺其上，清溪帶其下也。獨實庭詩皆近體，無古詩。遊覽

【校勘記】

〔一〕 盖：《甯都三魏全集》本作「葢」字。癖：《甯都三魏全集》本作「僻」字。

〔二〕 此：《甯都三魏全集》本作「是」字。

〔三〕 固：《甯都三魏全集》本作「故」字。

之作，唯五言古最工敍述。魏、晉六朝諸家，往往以此得名。而淵明《詠桃花源》「嬴氏亂天紀，賢者避其世」，其詩乃復古質雋永，出顔、謝之上。實庭以工近體之力，求工於古詩，其何所不爲工？吾知口堰看花，實庭必有魏、晉之作出而示我矣。〔二〕

〔二〕此文之後，《甯都三魏全集》本引録費此度評語：費此度曰：「『春風桃李，而垂柳颺其上，清溪帶其下。』可以評詩，即可以評此文。」

費所中詩敘

余伏處山中二十年，所交友多持高節篤行，不與世俯仰。比年，欲遊名山大川，交天下奇異非常人〔一〕。於是踰江涉淮，南盡吴會，東渡錢塘，大率与山中諸子才相伯仲〔二〕。吴門奇士費所中，棄諸生教授，予因武林沈甸華造之〔三〕，相問勞而别，未之奇也。費所中足疾〔四〕，遣其門人何起士報謁。何生三造余不遇，則屬其友蔣君自洞庭來訪，且曰：「吾見此人，老驥伏櫪，詩似頗有奇者。」中秋之夕，予与蔣君買舟〔五〕，竟造何生所，留三日，博論古今之故。私喜此二人者，殆非常士。而何生言「吾之學，盖親

【校勘記】

〔一〕異：《甯都三魏全集》本作「偉」字。

〔二〕与：《甯都三魏全集》本作「與」字。

〔三〕予：《甯都三魏全集》本作「余」字。

〔四〕費：《甯都三魏全集》本作「會」字。

〔五〕予与：《甯都三魏全集》本作「余與」字。

得於費先生〔一〕」云。余返造所中〔二〕，聽其論史，讀其詩，所中真奇士也。所中於權奇之書無不究，而其學得《陰符》、《孫武》、《韓非》爲深。人有以文章名節譽巳者〔三〕，所中則面發赤、摇手相戒，若將反唇而詬詈已者然〔四〕。迺其所爲詩，感慨激昂，深奇之意〔五〕，固已鬱勃蓬萃而不可遏，与其論史〔六〕，實相表裏。所中讀史，當秦、漢之際，以至三國、五代，龍戰虎鬬，風雨交馳，雷電並擊，則揚眉抵掌，掀髯而笑，其神采百倍平日。及夫天下既定，裂土而封，量才而官，修吏治，興禮樂，則嗒然不能終篇，心煩慮散，若白日而欲寢者。余竊怪，以所中才，使生四五十年之前，譬之學屠龍者，技成而無所用。所中縱負奇，必不肯爲王巢〔七〕、朱温，老死貧賤，固無足怪。不幸而生今日，天生所中，疑若有意，所中亦自疑其才當爲世用。乃年近五十，衣食不自聊，終歲課句讀，爲童子師，感慨激昂之氣，不得不發之於詩，而世無知者，則果何爲也？余將溯大江而歸，所中贈余以言曰：「今使子捐棄文章，毁名義，而使子爲牛

〔一〕盖：《甯都三魏全集》本作「葢」字。
〔二〕返：《甯都三魏全集》本作「反」字。
〔三〕巳：當「己」之誤。
〔四〕已：《甯都三魏全集》本作「巳」字。
〔五〕意：《甯都三魏全集》本作「氣」字。
〔六〕与：《甯都三魏全集》本作「與」字。
〔七〕王：《甯都三魏全集》本作「黄」字。

馬，爲盜賊，則何如矣？」所中命余敘其詩，余爲言其詩所爲作者如此。〔二〕

〔二〕 此文之後，《甯都三魏全集》本引録丘邦士、和公二人評語：丘邦士曰：「序詩精神全在説論史上，反將論史感慨到詩，因帶出費生贈己語，而命序詩便結。胸中洗脱，超接不凡。」弟和公曰：「如此奇人，非如此奇文不足寫之。中間推就處，若劍鋒出入匣間，時有光鋩，欲傷人手。」

娱墨軒遺詩敘

予客西陵，兄事沈子朗思。朗思出示所作兄嫂《黄夫人傳》，即介其嗣子叔竑奉夫人《娱墨軒遺詩》請予敘之以行。夫人諱修娟，字媚清，江西督學貞甫先生季女。十五而適沈君羽文。性嗜書，羽文習業之暇，輒就夫人論書史。室後有小竹林，爲羽文讀書處，夫人亦時相就，皷琴自娱〔二〕。嘗同羽文泛舟西湖，留連累月日。夜月，循蘇堤至南高峰，隨地觴詠，人望之若神仙。叔姒錢氏如玉，亦能詩，夫人與酬唱，情好甚密。竑，其仲子也，因以嗣夫人。而甲申後，夫人勸羽文罷棄舉子業，更喜讀《離騷》、《九歌》、《九章》激楚之音，與羽文、叔竑及諸從子，月課爲詩。然少不當意則棄去〔三〕，故存者少。予所見，又僅五言古詩、近體也。夫人詩氣韻清古，無少有俗下，非閨人，其能無傳乎？予内人亦粗通筆

【校勘記】

〔二〕 皷：《甯都三魏全集》本作「鼓」字。

〔三〕 則：《甯都三魏全集》本作「即」字。

墨，年少，相歡得。即以不舉子，善病，二十年間，恒轉牀第。而予又以授徒〔二〕，好訪友，恒客外，今二年且未返山。觀夫人倡和詩，閨房之際，於心不勝戚戚然。夫人亦達矣哉！夫人七歲能彈琴，八歲能詩。貞甫先生嘗撫之曰：「此男也，吾門其大矣！」《傳》又稱夫人晚讀《論語》、《孟子》，輒有悟。又好讀顧宗伯《史約》。年五十而卒，葬南山。其生時，爲羽文三置妾。及諸慈孝事，並詳《傳》，不具論云。〔三〕

〔二〕「又」之上《甯都三魏全集》本有「十年」二字。

〔三〕此文之後，《甯都三魏全集》本引録汪子倬評語：汪子倬曰：「其文風致蕭疎，如曲□修竹，下有流水，上有白雲，相爲映帶。」

贈西陵林山水敘〔一〕

蛟龍蟠於泥，或乘雲氣而飛，豪傑之士亦然。然龍潛於淵，水波不揚，窈寘若無物〔二〕。其出也，興雲致雨，潤澤萬物，五穀果蔬卉木之屬，鹹賴生養。蛟則不然，伏處而揚波。其出，乘風雨，溢川澤，山崩裂，拔木發屋，破壞田畝蹊遂，人物盡被其害，而不能致雨。豪傑之士亦然。器小者，逞志妄作，犯時而逆天，視人命如草菅〔三〕，以僥倖於功名。器大者，志在濟人而已，故循分守時〔四〕，而不敢妄作〔五〕，是以動而有功。關尹子曰：「蛟，蛟而已，不能爲龍，亦不能爲蛇、爲黿、爲魚、爲蛤。」孔子曰：「老子其

【校勘記】

〔一〕水：《甯都三魏全集》本作「木」字。

〔二〕寘：《甯都三魏全集》本作「寘」字。

〔三〕菅：《甯都三魏全集》本作「芥」字。

〔四〕時：《甯都三魏全集》本作「常」字。

〔五〕「而」之上，《甯都三魏全集》本有「遵時」二字。

猶龍乎？」故通乎老氏之説者，然後能知之。予識林君於飲酒座上，殆世所謂豪傑〔二〕。又聞君勇氣善擊劍，即日獨身持襆被，挾所爲詩歌，游江、楚、豫、齊、燕、趙、秦、蜀，以庶幾一用於世。今天下號稱太平，然求才正急，世必有得君者，而君亦因是以相天下士。故於其行也，爲蛟龍之説以贈。

〔二〕「傑」之下，《甯都三魏全集》本有「士」字。

贈北平劉雪舫敘

癸卯十月，予客秦郵〔一〕，劉君雪舫歸自燕，訪予黄黄山家〔二〕。予久知劉君家世及其爲人〔三〕，三過秦郵不得見。既相揖，列東西向坐，予熟視劉君〔四〕，肅然動容色，欲徑前就君，執其手，相痛哭，嘔血數升然後罷。時坐客甚衆，自貶抑，心愀然不懌者久之。明日報謁，登其堂，則見故駙馬都尉鞏公所畫山水縣於壁〔五〕。拱手瞻視，悲敬交作。而予自曲巷趣郎門〔六〕，入方丈之室，見其墻户案几杯匜書硯〔七〕，

【校勘記】

〔一〕予：《甯都三魏全集》本作「余」字。

〔二〕予：《甯都三魏全集》本作「余」字。

〔三〕予：《甯都三魏全集》本作「余」字。

〔四〕予：《甯都三魏全集》本作「余」字。

〔五〕駙：《甯都三魏全集》本作「駙」字。於：《甯都三魏全集》本作「於」字。

〔六〕予：《甯都三魏全集》本作「余」字。

〔七〕几：《甯都三魏全集》本作「幾」字。

以至服用細器，塊然不相關之物，一觸于目〔二〕，則皆若有所甚傷于其心〔三〕，欲痛哭而後已者，予亦不自知其何以然也〔三〕。有頃，君出其一門殉難紀畧，及犖都尉城破自剄事示余，受而讀之，拊膺泣下，幾不能終篇。方甲申三月之變，君年才十有五歲，又生長貴戚，宜縱心聲色，自驕倨，不學問，乃其所紀殉難本末，於天子孝思，劉氏先世所以興，母若兄捐軀殉國之大節，都城所以陷敗，雖倉皇急遽中，一言一事，莫不條理委悉，使讀者如目見耳聞，而悲憤感激，勃然作其忠義之氣。嗚呼，若劉君者，豈常人哉！君去京師，避地秦郵者二十年，勞苦患難饑寒之狀，無弗身試。然君語皆京師音，而方頤廣顙，隱然爲宗廟之犧。昔商民輸梏於河，手擁而弗敢墜，跪入之弗敢投，夫梏非文王，民之梏，非文王之梏，而敬之若此，況親爲天子懿戚，爲忠臣孝子之子若弟，雖庸人猶將愛敬之，而又況劉君之賢者乎？君好學工詩，其入燕，有《燕遊草》，悲涼忼壯，不忍多讀。吾意君馬首既北，夕陽在野，望燕市城郭宮闕，必有徘徊愴怳策馬而不能進者，不得已而作詩〔四〕，詩如是，無足怪也。《詩》曰：「夙興夜寐，無忝爾所生。」

〔二〕几：《甯都三魏全集》本作「於」字。
〔三〕于：《甯都三魏全集》本作「於」字。
〔三〕于：《甯都三魏全集》本作「余」字。
〔四〕已：《甯都三魏全集》本同，當「已」之誤。

劉君日夜孜孜，敬其身不負其志，以視予，相見鯁涕，又其情之餘也已。〔二〕

〔二〕此文之後，《甯都三魏全集》本引録梁公狄、丘邦士二人評語：梁公狄先生曰：「以史遷筆力，作忠孝文字，原委深至，其妙全在空際吞吐跌蕩處傳神。」丘邦士曰：「絶調。文以寫哀，然風神聲度，未嘗不摹史歐，終不以摹古消減悲涼。」

贈黃書思北遊序

丁巳之秋，予自江西來揚州。黃君清持之仲子書思以高才不録，明年春，將就學於成均以試。黃子沖然而質，好學問，請一言贈其行。予曰：以文試，吾何言哉？頃者，吾見子所黜卷，雖冠冕江南何弗可？而不録，命也。雖然，語有之：「人定者勝。」不於南，其録於北，必也。以文試，吾何言哉？君子之學，將以用於世。用於世者，必知世之所急，而先其切於民者。予江西人也，而子江南人，又家揚州。夫自吾贛至揚州三千里，所見所傳聞，三四年間，天下民生之苦，未有甚於江西者。寇兵所蹂踐，其夫妻子母死亡離散不相保聚者，十之五六；無衣食饑寒死、垂死者，十七八矣。江南號稱樂土，然民困賦役，不啻十室而五。而揚之下縣，七年被水災，民死亡殆盡。前八月，予之興化，省李廷尉疾，舟百里行田中〔一〕，茫洋若大海無畔。其不能去者，則躡板而炊，婦稺赤踝，相向水立〔二〕，拾螺蛤於泥中。

【校勘記】

〔一〕「中」之下，《甯都三魏全集》本有注云「句」。

〔二〕「立」之下，《甯都三魏全集》本有注云「句」。

舟子言，如是者數州縣，凡千數百里也。而予五客揚，自始至迄今，每來則災民之乞食於市者，相摩肩不絶，城以外多道死。嗚呼，何其甚哉！予嘗私謂治河之大吏，不當以資敘遷，當如漢武帝募使絶國之詔，或出公卿所共舉，或重賞爵招徠其人。而大吏亦倣此意，以擇屬官，招致草野非常之士。又當如趙充國先上方略，寬以期日，夫然後河可得治，楊下邑之遺民可活也〔二〕。子之行，必將以文才傾動諸卿大夫〔三〕。他日連第春官，其必留意於江西、揚州之民乎！而且先爲諸卿大夫言之。子故工詩歌。古有采風之義，子盍爲詩以待大史之采？當路多賢者，如嚴司農灝亭，葉大史子吉〔三〕，皆吾故人，子往見，試以吾言告之。〔四〕

〔二〕楊：《甯都三魏全集》本作「揚」字。

〔三〕才：《甯都三魏全集》本作「木」字。

〔三〕大：《甯都三魏全集》本作「太」字。

〔四〕此文之後，《甯都三魏全集》本引録黄仙裳、潘雲客、丘邦士三人評語：黄仙裳曰：「不意贈遊試太學文乃有此等絶作。尤妙就江西、揚州目前切身事上發揮，並無另作爐竈之意，真大家高手也。」潘雲客曰：「如繪流民圖，而筆力高古，又就便帶出治河大議論，可爲萬世不刊之言。」丘邦士曰：「論救災傷之文得此逸筆，《史記·平準》之遺。」

贈萬令君罷官序〔一〕

武進萬君，以明經令吾寧都，始至，優緩循默，若迂儒之無所爲者。已而寧之民見其廉也，曰：「三十餘年無是官矣。」已而見其才，曰：「五六十年無是官矣。」已而見其所守，久而益介，大兵大亂，處之若無事也，曰：「吾儕耳目所及覩記，無是官矣。」已而君以廉得辠罷，歲餘不能去〔二〕，僦西城下之屋而居焉。出則步行，應門無紀綱之僕，童子三四人，供事而已。君之下車也，徵税之耗，視前蠲其大半。日肉二觔，蔬數束，酒二壺，幕中賓客之食皆在。賓客嘗不堪，托事去〔三〕。一粟一薪之費，一夫之役，不以取諸民。有所市，民嘗多取值，是以寧之民德之。易堂魏禧曰：予最服夫君之處乙丙之亂也。方甲寅，西南變起，境百里環強敵，十裏多伏莽，門以内奸民之欲持白梃而起者相視。君下令，門

【校勘記】

〔一〕此題之下，《甯都三魏全集》本有注云：「君名蹶生，字文若。」

〔二〕去：《甯都三魏全集》本作「厺」字。

〔三〕去：《甯都三魏全集》本作「厺」字。

以内，郊以外，部署民兵而訓練之，民氣日壯，令日重。於是敵伺而不敢偪，伏戎不敢起，協鎮之兵不敢譁而好亂，民有所歸，不至於爲賊。於是寧民得晏然保其父母妻子，免反覆誅討之殃。然君之始爲是也，禧山中聞之，竊以爲隱憂。古人有言曰：「拒虎而進狼。」改革之際，寧之民嘗稱兵於市，白日而殺人，劫人於縣治之門。已而郡兵破縣城，城屠掠幾盡。今以急用之，能保其不爲狼乎？已而聞民兵稍有跋扈者，已而聞君因事□之以法[一]。法者二三人[二]，其黨無不伏。於是終亂三年，郊市之民無敢動，以迄於今，帖然若未嘗聚衆而皷之者[三]。予乃喟然嘆曰：其古之人也夫！消禍於未崩[四]，折亂於方長，以静制動，而以間暇治其棼[五]，其古之人也夫！予三四十年以病不交州府，丙辰之秋，將遊三吴[六]，治裝於西郊僧舍。君夜聞之，啟關而出西城，兵二百許人，聞令君夜出，皆佩弓刀先後走□君。已而知爲就視余也[七]，皆大驚。予乃與君爲往返禮[八]。今予以病臂，就鍼師於雙林，道出武進，將遊君裏，與

[一] 法：《甯都三魏全集》本作「浤」字。
[二] 法：《甯都三魏全集》本作「浤」字。
[三] 皷：《甯都三魏全集》本作「鼓」字。
[四] 崩：《甯都三魏全集》本作「萌」字。
[五] 間：《甯都三魏全集》本作「閒」字。
[六] 游：《甯都三魏全集》本作「遊」字。
[七] 余：《甯都三魏全集》本作「予」字。
[八] 与：《甯都三魏全集》本作「與」字。

君姻舊爲吾故人者相談譏〔一〕，而君尚不得歸。予過君寓室，見君服禦起處，未嘗不慨然大息〔二〕，嘆廉吏之不可爲也。前年郡兵數萬潰城下，欲夜入，君閉門解印綬拒之。寧人感其功，比罷官，閉市三日，争出錢爲請。然不動聲色以定大亂，其大功在不可見者，寧之人未必知之，於是乎有言。〔三〕

〔一〕与：《甯都三魏全集》本作「與」字。

〔二〕大：《甯都三魏全集》本作「太」字。

〔三〕此文之後，《甯都三魏全集》本引録張駘庵、温應嵜、彭躬庵三人評語：張駘庵云：「當局者原本實心行實政，表揚者第就所見與所聞不爲繁稱，覺《循吏之傳》遜其纏綿，《樂只之章》同其婉切。」「萬公爲治，寧之民德之不能忘。魏叔子先生爲萬公壽有序，罷官有序，何其於萬公始終不置乎？知魏子之爲萬公富於言，則知萬公之爲吾寧富於德已。」温應嵜謹識。彭躬庵曰：「寫出萬令君作用深心處，可爲定亂之法。點綴廉吏，微帶風神，格筆之妙，大有史公遺意。」

鄭禮部集序

吾江右，古以文章名天下。自先輩衰謝[一]，而傅平叔、徐巨源諸名士，又相繼即世，數十年間，文章之衰甚矣。吾意巖穴中，必有藏名山而俟之其人者歟？抑吾罕交士大夫，國門有人吾未之見也？夫巖穴士獨行孤立，有感憤鬱勃不能已於言[二]，而顧沈諸井[三]，浮諸江海者，其不盡見於世宜也。國門有人，則終將見之，何以宜見而久不見[四]，意者其有待而流布歟？抑亦其子孫之責歟？余庚申臥疾章門，鄭子闓慶以名紙欵户。禧聞鄭子好古學，而才力能自濟於難，士之有用者也。亟延見於榻前，鄭子

【校勘記】

[一] 先：《甯都三魏全集》本作「前」字。

[二] 已：《甯都三魏全集》本作「巳」字。

[三] 沈：《甯都三魏全集》本作「沉」字。

[四] 見：《甯都三魏全集》本作「兄」字。

則手奉其所刻先人禮部君遺集，嗚咽以授禧而屬之序〔一〕。他日讀之，文若詩並雅暢，得古人風軌，其名於今之世固宜。意所謂國門有人，待賢子孫而流布者，其在斯欤〔二〕？最後讀《与陳元公論錢虞山明詩選〔三〕》、与子弟手劄及《論漕運》〔四〕，而君之學術見矣。讀《信民謡》、《戰國策雜詩》、《父老嘆》諸作，而性情心術見矣。即其辭格所工，雖次山《石濠吏》〔五〕、子美諸《別》，未見其孰軒而孰輊也。嗟乎，子美有言，使得如結者十數輩，落落然參錯天下爲邦伯，天下治安可俟〔六〕。今使禮部君内筦國政，或出爲方面大吏，民生愁苦，當未遽至於是，而天不假年，中道隕落，則豈亦氣運之爲之耶？或疑禮部君筮仕翰林，遷禮部，並非有民社責，而其發諸文章詩歌者，鰓鰓然憫時憂民，流連而無已，毋寧非出位之言〔七〕。夫君子立言，必取其關于世道民生，雖伏處巖穴，猶將任天下之責，而況其爲士大夫者乎？嗚呼，世之士大夫以詩文名天下，而憂樂不出户庭之内，語不及于民生，吾未知其性情心術爲何如也！禧故於闉

〔一〕序：《甯都三魏全集》本作「敘」字。

〔二〕欤：《甯都三魏全集》本作「歟」字。

〔三〕与：《甯都三魏全集》本作「與」字。

〔四〕与：《甯都三魏全集》本作「與」字。

〔五〕次山《石濠吏》：當誤，《石濠吏》非元次山所作，實爲杜甫作品。

〔六〕此處所引杜甫之言，出自杜甫《同元使君春陵行並序》之序，其言爲：「得結輩十數公，落落然參錯天下爲邦伯，萬物吐氣，天下少（或作「小」）安可得（或作「待」）矣。」見唐·杜甫《杜工部集》卷六古詩，續古逸叢書景宋本配毛氏汲古閣本。

〔七〕毋：《甯都三魏全集》本作「母」字。

慶之請，不辭力疾而爲之序。禮部君名日奎，字次公，廣信貴溪人。〔二〕

〔二〕 此文之後，《甯都三魏全集》本引録門人熊頤評語：門人熊頤曰：「感慨文章及民生處，無限低徊。」

廣從生時文集序〔一〕

余十一爲時文，又十二年而棄去，方余之爲之也，用力致精，頗號勤苦，然平時好爲卓犖不羈之文，試場屋則多瑰麗典博以爲工，亦其時然歟？而世所推奉爲先輩大家者，余率厭以爲不足效，盖至於今〔二〕，年且老而不變也，而所爲場屋之文，則又自厭棄之。嗟乎，三四十年間，天下之文數變矣，守其故常，而不能自變以適於時，是操綦履於越市，馬良車堅，北轅而求適楚者也。南城黄子從生，工詩好古文，與余相見于南州，而出其時文屬余敘。夫余之不事事也久矣，食貧教授，亦間泛覽天下之所爲時文者，嘗以是别利鈍之器。今夫樸，塊然木耳，斵以斧斤，礱以密石，而髹焉，則爲良器用矣。璞之与石無以異〔三〕，剖而琢之，雕以文物之表，則爲重寶矣。是故金鐵至鈍也，而淬磨之以爲薄刃，木石至頑也，而

【校勘記】

〔一〕此本目録題爲《黄從生時文集序》；廣：《甯都三魏全集》本作「黄」字；集：《甯都三魏全集》本缺此字。

〔二〕盖：《甯都三魏全集》本作「葢」字。

〔三〕与：《甯都三魏全集》本作「與」字。

成美器。人之于時文亦然。夫言理宗傳註，格法取諸成規，此亦至拙之事也。而巧者爲之，則方中圭而員中璧，曲中鈎而直中繩，以取科名，有若養叔于射矢，百發而百不失者。夫黄子之十九登賢書，以文名於當時無怪也。黄子之文，於理也析乎微芒，其心與手之相得也，若灑榆瀋於地，而轉轂于造父，色若四時之華，競秀於寒暑，而利若薄刅之入有間也。人之欲取資科名者，得黄子之文讀之，譬之取火於陽燧，而取水于方諸，吾知其不窮爾矣！或謂黄子當專志一氣于時文，不當好古文爲詩，以亂其心。余曰：不然。歸太僕有光，以時文冠三百年，自其爲孝廉時，古學已名天下。或又謂今之爲時文，不必工如黄子，而取科名者纍纍也。余笑曰：子不見乎韓子之言射乎？韓子曰：「童子彎弓而射，其發也中毫末，使復之，則不能。」吾之言黄子之文，夫亦爲乎其欲復之者也。〔一〕

〔一〕此文之後，《甯都三魏全集》本引録門人薛霱評語：門人薛□曰：「不立規格，而隨筆排蕩，文凡十五比喻，參錯鈎連，此淮南子之一班也。」

陳文長畫竹册敘〔一〕

陳文長工畫竹，予最愛之〔二〕。予所居翠微峰〔三〕，石根拔起，牆立八百尺，其上生雜木數千章，梧桐、桃、李、橘、柚之屬，植無算，皆拱把，蔭高屋，獨竹不生。予種竹〔四〕，死而復種，凡又十數年，終不活，每以爲恨。及余遊新城，得文長畫竹，歸縣勺庭中，而右岡所種竹，已筍生可盈握，其後竹日益生。余日倚竹下，乃益愛文長畫竹。家伯子東房，性喜畫，頗能別識古今人工拙。見文長畫竹驚歎，謂：「觀其作葉，直是顏、柳家書法。」畫師爲余寫像，頗似之而近俗。文長輒畫小竹七八枝，蒙以煙月，俗氣頓洗。文長畫竹多形態，册小，當恐不盡其工。然吾伯子自燕都還，相謂河北苦寒，都中諸貴人園亭得數竿竹

【校勘記】

〔一〕畫：《甯都三魏全集》本作「畫」字，下同。

〔二〕予：《甯都三魏全集》本作「余」字。

〔三〕予：《甯都三魏全集》本作「余」字。

〔四〕予：《甯都三魏全集》本作「余」字。

以爲貴玩〔一〕，而前年有司稱朝廷命取竹江南〔二〕，窮山僻壤，繹騷無不至〔三〕，余翠微峰頂竹無得免〔四〕。今文長挾其册遊吴、越，吴、越士大夫宦京師，文長竹益工，好者益遠，見其似而欲得其真，江南之竹恐以文長盡也。文長其無以竹遊也夫！或曰：世之好似也久矣。江南竹劚根舉土而之燕，百無一得活者〔五〕；得文長畫懸壁間〔六〕，颯然而風雨至，煙雲愴怳，出入庭户，即真種竹何異？文長竹益工，則江南其可以終休矣！文長爲人良易，能文藻，吴、越多余知交〔七〕，又人好奇，必有知文長者，予將惟文長之所之也。〔八〕

〔一〕貴：《甯都三魏全集》本作「奇」字。
〔二〕朝廷：《甯都三魏全集》本無此二字。
〔三〕繹：《甯都三魏全集》本作「驛」字。
〔四〕無：《甯都三魏全集》本作「莫」字。
〔五〕活：《甯都三魏全集》本作「沽」字。
〔六〕懸：《甯都三魏全集》本作「縣」字。
〔七〕余：《甯都三魏全集》本作「予」字。
〔八〕此文之後，《甯都三魏全集》本引録兄善伯評語：兄善伯曰：「命意既高，而筆筆渾脱，但覺煙雲滿紙，筆墨之氣俱盡。」

西湖近詠題詞〔一〕

《西湖近詠》，汪子周士庚辰客遊所作也。予幼誦宋人「山外青山」之句，又見人衣吴綾織作西湖諸勝，不禁羡慕。私念：「吾身安得至此？」長覽《西湖志》，益神往。及癸卯同友人客杭州，寓昭慶寺側，見水闊波清，疑而私問人曰：「此何地，當與西湖近耶？」曰：「此即是也！」予爽然若有所失。蓋平日所欣羡，若六橋、桃花、垂柳、樓臺之勝，士女之紛華，一無所有，與少壯時傳聞，畫然爲兩地，意不懌者數日。寓半月，晨興夜寢，煙水風月，盡湖山自然之美，乃歎曰：「此真西湖也！」往者花柳樓榭，繁華掩映吴宫之西子也，今之山水，苧蘿若耶之西子也。周士絶句，率多自然之韻，不假雕飾，與今之西湖最爲相稱。懷人憶舊之作，悲來悼往，若不勝其情，豈與《竹枝》、《棗芊》争靡靡之音乎哉？余寓湖樓時，最愛望湖心亭，煙雨忽來，遮卻一角；忽去，或一角微露，煙中楊柳數枝，斜拂其

【校勘記】

〔一〕《甯都三魏全集》本（易堂藏版）未收録此篇文章。

上。意周士未見此，故無詩。迺予屢見之，又嘗爲人道，亦卒無詩何也？〔二〕

〔二〕 此文之後，《甯都三魏全集》本引録洪亭玉評語：洪亭玉曰：「瀟灑多姿，寫濃豔處能出以古澹，故是高手。」

游京口南山詩引

辛亥四月，予客揚州，李礪園招游金、焦，宗子發欣然從之。既渡江，大風，江涘揚埃，白浪拍山腰，兩山微茫，若被煙雨。乃游南山，經鶴林、招隱洞、夾山、八公諸勝。予家金精第一峰，奇石四十裏，岩洞窈寘怪詭〔一〕，視南山無足當意。予欲返〔二〕，李子強予終遊蓮花洞。天適雨，至則山石峆岈，菡萏側垂，露房綴菂，雨濡濡，如晨風滴露。蒼崖上開千瓣白芍藥一枝〔三〕，洞口立小石峰。古梅樹佶軼偃盖〔四〕，倚峰蔭洞。梧桐高千尺〔五〕，孤生石角。雨益下，山僧進櫻筍。二子據案作詩，無紙，各以白磁碟起草，

【校勘記】

〔一〕寘：《甯都三魏全集》本作「寊」字。

〔二〕返：《甯都三魏全集》本作「反」字。

〔三〕崖：《甯都三魏全集》本作「厓」字。

〔四〕盖：《甯都三魏全集》本作「葢」字。

〔五〕千：《甯都三魏全集》本作「百」字。

摘玉簪葉書之。予方倚梧下，作《礪園種竹圖説》。竟，而二子詩成，並工。予遂不更作，引其篇端云。〔二〕

《魏叔子文選要》卷之上終

〔二〕此文之後，《甯都三魏全集》本引録何雍南評語：何雍南曰：「以記爲敘，愈見其老，而蒼勁中時帶秀逸。」

《魏叔子文選要》卷之中

清　甯都　魏　禧冰叔　著

日本　美濃　桑原忱有終　選

相臣論〔一〕

相臣者，天子之下一人而巳〔二〕。相臣賢，則可使天子之不賢者從而之賢；相臣不賢，則天子雖有勵精圖治之心〔三〕，其力能抑塞之於上，而其黨援足盤倨扞格於其下〔四〕。且夫居官守職，奉法無罪，百執事之賢也。天下治安之日，攝然無事，恒有大難大疑，出耳目智慮之外，此二三小臣所不及知，知之而

【校勘記】

〔一〕此題之下，《甯都三魏全集》有魏禧自記：「《秦誓》稱「休休有容」，孔子戒驕吝，此特爲有才者言之也。相臣不可無才，猶人不可無五穀。彼恃材驕妬，是貪食過飽而病且死者耳。後世悮讀二書，遂成庸相絶大模本。國朝雖廢丞相，然入閣辦事，其權不輕。獨怪後來專以科目資格限人，拜相必繇翰林，不習民情吏事。最可笑者，舒行緩步，輕咳微聲，以養相度，竟同木偶兒戲。每讀國史，清謹忠直者不乏人，而才略遜前代遠甚，至於相業尤卑鄙矣。論相首推三楊，按其行事，方之古人爲何如也？甲申二月自記。」

〔二〕巳：《甯都三魏全集》本亦誤作「巳」字。

〔三〕勵：《甯都三魏全集》本作「礪」字。

〔四〕倨：《甯都三魏全集》本作「踞」字。

不敢言，言之而不能斷然行之，以豫天下之患而定其變，此其言不得不責望於相臣〔二〕。天地之所不得爲，則君爲之；君之所不得爲，則其相爲之。相臣上參天子之柄，下可以達百執事。國家之利害，苟迫於所不得已，則雖逆天子之法，犯羣臣之怨，冒天下之大不韙，必且毅然爲之而有所不敢避。姚崇以十事要元宗〔三〕，僞命之議不行，而李忠定免冠求去，盖不如是則不可以爲相也〔三〕。昔者漢丞相權最重，當時賢人所以自效，猶爲近古。曹參繼酇侯之後〔四〕，國之大事不舉者不可勝數，而日飲醇，無所事事，此謂之庸相可也。宋之名賢，動稱法祖，積漸至於衰弱而莫之振。安石以紛更壞天下，終宋之世，不敢復言變法，則因循以須，亂亡而已矣。孔子曰：「如有周公之才之美，使驕且吝〔五〕，其餘不足觀也已。」世之有才者，輒以忮求剛愎自敗。此聖人所以重之惜之，方且欲使之善全其美，使天下後世誠有如周公者，皆得而見其才也。洪武中懲胡惟庸之亂，遂削宰相之官，然人才庸下，視宋加甚。李賢、張

〔一〕言：《甯都三魏全集》本作「事」字。
〔二〕十：《甯都三魏全集》本作「幹」字。元：《甯都三魏全集》本作「玄」字。
〔三〕盖：《甯都三魏全集》本作「蓋」字。
〔四〕侯：《甯都三魏全集》本作「矦」字。
〔五〕驕：《甯都三魏全集》本作「驕」字。

居正其才足任，乃又以驕吝失之〔二〕。嗚呼！此三百年之所以無相業也。〔三〕

〔二〕驕：《甯都三魏全集》本作「驕」字。

〔三〕此文之後，《甯都三魏全集》本引録楊一水老師評語：楊一水老師曰：「從來名相，各有一段驚天動地事業，不相雷同處，自舜、禹至韓、范之徒，莫不皆然。細觀古今聖賢行事，方知叔子此論平實中正，非好爲激昂也。至其偉氣昌言，尤足相副。」

留侯論〔一〕

客問魏子曰：或曰子房弟死不葬，以求報韓，既擊始皇博浪沙中，終輔漢滅秦，似矣。韓王成既殺，酈生説漢立六國後，而子房沮之，何也？故以爲子房忠韓者非也。魏子曰：噫！是烏足知子房哉？人有力能爲人報父讎者，其子父事之，而助之以滅其讎，豈得爲非孝子哉！子房知韓不能以必興也，則報韓之讎而已矣。天下之能報韓讎者莫如漢，漢既滅秦，而羽殺韓王，是子房之讎，昔在秦而今又在楚也。六國立則漢不興，漢不興則楚不滅，楚不滅則六國終滅于楚。夫立六國，損於漢，無益於韓；不立六國，則漢可興，楚可滅，而韓之讎以報。故子房之志決矣。子房之説項梁立横陽君也，意固亦欲得韓之主而事之，然韓卒以夷滅。韓之爲國，與漢之爲天下，子房辨之明矣。范增以沛公有天

【校勘記】

〔一〕此題之下，《甯都三魏全集》有魏禧自記：「忠臣以興復爲急，雖殺身殃民而無悔。仁人以救民爲重，故通權達節以擇主。子房始終之節，皎然明白，忠臣仁人，兼而有之，奈何後世獨以智謀見推也！古今草昧之際，奇才志士，得一失一，自非根本忠孝之性，達於天地之心，其能爲三代以下之完人乎？因作此論而附識之。癸卯自記。」侯：《甯都三魏全集》本作「矦」字。

子氣，勸羽急擊之，非不忠於所事，而人或笑以爲愚。且夫天下公器，非一人一姓之私也。天爲民而立君，故能救生民於水火，則天以爲子，而天下戴之以爲父。子房欲遂其報韓之志，而得能定天下禍亂之君，故漢必不可以不輔。夫孟子學孔子者也，孔子尊周，而孟子遊説列國，惓惓于齊、梁之君，教之以王。夫孟子豈不欲周之子孫王天下而朝諸侯〔二〕，周卒不能，而天下之生民不可以不救。天生子房，以爲天下也，顧欲責子房以匹夫之諒，爲范增之所爲乎，亦已過矣。〔三〕

〔二〕 侯：《甯都三魏全集》本作「矦」字。

〔三〕 此文之後，《甯都三魏全集》本引録丘邦士、彭躬庵、温伯芳、陳元孝等三人等人評語：丘邦士曰：「本欲發留矦當輔漢，須將輔漢與報韓説得關係，則輔漢一段大議，可儘意放論矣，此文字中關鍵處。」彭躬庵曰：「不守節決不能達節，不達節亦不能守節，此間有毫釐千里之異，非印板天理、模稜人情者可得藉口。」温伯芳曰：「『爲韓報讎』，《史記》四字寫得子房心事明白，原非爲必立韓後也。其勸立韓王成者，亦事項時事耳，則知子房待漢之心，不等於待項之心矣。其文尤似子由《古史論》。」陳元孝曰：「深識偉論，關係古今大義大計，非獨留矦知已也。議論高出子瞻，而筆力正足相敵。」

陳勝論

古今發天下之大難，成天下之大功者，必有人爲之謀主；謀主立，而群才有所憑藉而進，自商、周之初，下至秦、漢之際，五胡十國，分崩割據，莫不皆然。陳勝起戍卒，首發大難，除秦之暴，其功當王天下。然不久敗亡者，恃甲兵之衆，攻城掠地之易，不知求賢以自輔，而無謀主故也。天下無時不生才，世亂才益多，然用之各有其時所宜。司馬德操曰：「儒生俗吏，不識時務。」吾嘗以爲豪傑犯難特起，與人臣當國家之變，轉敗而爲功，其人才不足用者盖數輩〔一〕：文章名譽之人，浮言無實，肉食之家，科名之士，多鄙夫；遺老舊臣，守常理，拘常格，而不知變，高節篤行者，堅僻迂疎，遺忽世務，不切於用。故草創顛危之際，率多右戰功，尊武臣。且夫攻城掠地以取天下，此固兵強馬壯者之事。然天下之勢，

【校勘記】

〔一〕盖：《甯都三魏全集》本作「葢」字。

攻取有先後，激勸名義有機〔一〕，立國之遠且大者有規模〔二〕，求賢有道，而得民心有術：此則非武臣之所能及也。唯明主知其然，故封賞必先武臣，而深謀大計，則必求天下之俊傑以爲謀主。辟猶運車者之必衷其軸，而使舟者把其柁；柁定則帆檣、篙師、櫓工各奏其能，軸堅則三十六輻皆附。是故謀主立而群才輳者，自然之勢也。勝反其道而何以成功？或謂，天道後起者勝，涉首難，故無成。按，二世元年七月，陳勝、吴廣起兵於蘄，九月劉邦起兵於沛，項梁起兵於吴。秦積暴，二世尤甚，起兵誅之，非無故發難以毒天下者比。而劉、項之起，相後僅二月，其去首難者幾何？當是時，沛公最得士，故終有天下。項氏得一范增，不能盡其用，故幾成而敗。其他田氏、韓氏、趙氏之屬，皆無豪傑爲之謀主，旋起旋滅，或終爲臣虜，固不足怪。勝所始造謀者，獨恃一吴廣，而廣小器鄙夫，未幾叛勝。孔鮒、張耳，中材之士，勝得之謀，且不能用，此勝之所以不成者。嗚呼，可鑒也！〔三〕

〔一〕名：《甯都三魏全集》本作「各」字。

〔二〕大：《甯都三魏全集》本作「犬」字。

〔三〕此文之後，《甯都三魏全集》本引録門人王弘極、門人梁份等二人評語：門人王弘極曰：「格力勁拔，而極馳驟頓挫之妙。」門人梁份曰：「是往古來今英雄豎子所以成敗大樞紐，大龜鑑，無踰於此，不差毫髮，非徒文字工也。」

鼂錯論

漢景帝時，諸侯王國強大〔一〕，御史大夫鼂錯患之。會吳王濞欲作亂，錯請削諸王地，曰：「削之反，不削亦反。削之反速，禍小；不削反遲，禍大。」於是楚王戊以私姦服舍，議誅之，而削東海郡；膠西王卯以賣爵削六縣〔二〕；趙王辟彊以前罪削常山郡。及削吳豫章、會稽，濞遂舉兵反，以誅錯爲名，而連六國攻漢，天下騷動。錯亦以此誅死。蘇氏曰〔三〕：七國之難，錯盖能發之〔四〕，而不能收之。夫錯欲使巳居守〔五〕，而天子自將，此袁盎之讒所以得行也。魏子曰：錯豈獨不能收哉？其發之盖巳

【校勘記】

〔一〕強：《甯都三魏全集》本作「彊」字。

〔二〕卯：《甯都三魏全集》本作「卬」字。

〔三〕曰：《甯都三魏全集》本作「日」字。

〔四〕盖：《甯都三魏全集》本作「蓋」字。

〔五〕巳：《甯都三魏全集》本亦作「巳」字，當「己」之誤。

亡術矣〔一〕。錯縱自將，未必能有功如亞夫。錯有功而無故發天下之難，亦不可謂無罪。夫錯削七國是矣，其所以削之術則非也。昔者禹治水，以爲天下之水莫悍於河，自洛、汭、華陰而上，有高山巨塹爲之防，故雖鑿龍門以通之，而不憂其潰決。伾陸以下，地愈平而水愈盛，則不得不播爲九河以殺其勢。何者？力合則難禦，勢分則易制也。是故離其交而乘其敝，緩其謀而分其力。秦之並六國，漢之蹙楚，莫不由此。未聞有欲謀其人，顧先聲以動之，而激之以合其黨者也。然則錯用賈誼衆建諸侯之策若主父偃者，其可乎？曰：七國彊屬多尊親，雖建此策不行，且其勢亦有所不及也。吾謂當漢景之初，惟吳逆形頗著，其餘諸王，初未嘗有叛志，爲錯計者，當使帝寬以全諸王〔二〕，而密以謀吳。膠西、楚、趙之奸，悉置不問，重禮以尊顯其賢者，而厚賞賜以撫其餘，璽書勞問，不絕於途，使天下曉然見天子親親之仁。其邊吳要害之地，擇將練兵，陰爲之備，以扼其變。而時以吳王過失爲家人言，布於列國。如是吳終不悛，則誦言其罪，明天子所以曲赦吳者，宣示兵威以告諸王，使天下盡知漢直吳曲，則吳必孤立而無與。然後以大軍臨其地，赦其國內臣民將士之脅從者，夫必有縛濞而至矣。當此之時，除濞之國，而以小邑侯濞之子，於是下詔諸王曰：「濞親爲高帝兄子，危亂宗國，自取滅亡，朕甚哀之。朕念諸王秉德懷義，爲國藩屏，得母爲他日子孫計乎〔三〕？夫地大兵彊，則易生亂，生亂則必如濞而滅其宗。諸侯

〔一〕蓋：《甯都三魏全集》本作「盍」字。
〔二〕王：《甯都三魏全集》本作「玉」字。
〔三〕母：《甯都三魏全集》本作「毋」字。

王其各推封子弟，使子弟人有分土，母或爲非〔一〕，是諸王永保禄祚，与國無疆也〔二〕。」夫聳以滅吴之威，而開以世享之利，諸侯王欣然樂從，此不待再計而決者矣。錯不知出此，而亂國亡身，爲天下笑，遂使後世忠臣義士欲挺身爲國家犯大難者，皆以錯爲戒，豈不悲乎！建文初，齊泰、黄子澄謀削諸王，一月之間，湘、齊、岷、代相繼死廢。又未逾月，而建燕官屬〔三〕，致激其變。然執議之臣，卒未聞有一人身當其衝，以謝首難之禍者。夫七國起，而錯欲以徐僮之旁予吴〔四〕，燕師至龍江，謀國者以割地講和爲請，誤國愛身，何其前後如出一轍也！泰奔廣德，子澄奔蘇州，帝徘徊殿庭，長籲不已，曰：「事出汝輩，

〔一〕母：《甯都三魏全集》本作「毋」字。
〔二〕与：《甯都三魏全集》本作「與」字。
〔三〕建：《甯都三魏全集》本作「逮」字。
〔四〕予：《甯都三魏全集》本作「於」字。

而今皆棄我去也。」此則錯之罪人已矣。〔二〕

〔二〕此文之後，《甯都三魏全集》本引録揭子宣、門人塗尚崧、兄善伯、丘邦士等四人評語：揭子宣曰：「七國之削，人知罪錯，而不知『不削反遲禍大』一語，自是確。削不削之間，古今未有定論。使後人更當此事，茫無主持，即謀吴而寬諸王；或有見及者，安得如此次第周到，著著不差？余謂此文雖論七國一事，然凡所以定天下之變者，已十得七八，萬世之濞盡縛於此矣。後之爲錯者，讀之則知所以制濞，爲濞者，讀之亦終無他策可以自免，可增君子之智，而不至長小人之奸，真千古大文章也。」門人塗尚崧曰：「爲景帝謀畫處，似以權術籠絡諸王，然其作用，著著皆本于仁厚之心，如禮賢者，厚賞賜，時勞問無論矣。於吴王過失，爲家人言，不悛而加兵，非驅而納之陷阱也。曰親爲高帝兄子，以小邑侯濞之子，及推封子弟，永保禄祚諸語，哀痛惻怛之意溢於言表。可見定天下之變，固貴才足勝人；尤貴其心足信服於天下，然後大難除，而國之元氣不傷，人心益以固結。萬世之濞盡縛於此，不誠然哉。」兄善伯曰：「予嘗謂陳平六出奇計，全不見奇。友人曰，如醫用藥，藥本無奇，只對證恰好，一劑霍然，人便訝爲神效。世變雖有千頭萬緒，其頭緒中間空處，必有一恰好翕貼者。人首苦無本心，次苦無識，次苦不耐煩，遂將翕貼處處得紛亂。此文千委萬曲，不過尋其恰好處合縫而已。庖丁曰『批郤導窾』，陸象先曰『天下本無事，庸人自擾之』，識得此意，無事無文不增其至也。」丘邦士曰：「其文可謂好盡，須看其精神力量不見竭盡態處。」

雋不疑論

古之能斷大事者，其持理必正大明切，足以服天下之心，故衆議有所不能奪。然倉卒之間，衆人之疑，未易以正言格者，往往別持一說以勝之，雖不必其言之確，而衆議無所伸，其惑不辨而自解，國家之禍，遂以潛消默禦而不作。後之論者，無執辭以害其意，又或見其事之濟，而不知其說之非，抑知其非，而不知其非而有所甚是者，盖不在區區之間也〔一〕。吾讀雋不疑收縛衛太子事，而有以知之。昔者漢昭之世，有自稱衛太子詣北闕者，詔公卿將軍雜視，丞相以下，並莫敢發言。時不疑爲京兆尹，後到，獨叱從吏收縛。衆以是非未可知爲疑。不疑曰：「諸君何患衛太子？昔蒯聵違命出奔，輒拒不納，《春秋》是之。衛太子得罪先帝，亡不即死，今來自詣，此罪人也。」遂送詔獄。於是天子與大將軍皆嘉嘆不疑，以爲公卿大臣當用有經術明於大誼者。當衛太子之以讒賊得罪也，天子莫不冤〔二〕。其後令狐茂上

【校勘記】

〔一〕盖：《甯都三魏全集》本作「葢」字。

〔二〕子：《甯都三魏全集》本作「下」字。

書，武帝感悟，不幸太子自經死，猶封蹋户及抱解太子者爲列侯〔一〕。田千秋上急變，帝又作思子宫，爲歸來望思之臺於湖，帝心之悔恨亦即甚矣。使此時武帝尚在，衛太子未死，帝即不更立，必且王以大國，父子之情盖篤他時〔二〕。而顧謂得罪先帝爲罪人，至送詔獄〔三〕。嗚呼！不疑苟病風喪心之人則可，否則天下悲其冤於當時〔四〕，而不疑文致其罪於事久論定之日。武帝身親悔恨，不疑乃誣先帝於既死，而囚縛當日之儲君，是蘇文、江充之所爲也，而不疑亦爲之乎？且其經術則又謬甚，祭仲逐君爲行權，輒義可以拒蒯聵〔五〕，此公羊氏之邪説也。晉申生自殺，陷父于過，君子以爲仁之賊。而正名求仁諸説，見於《論語》。顧信公羊之邪説，而没聖人之正論，此不通之尤者，而謂其可以折衆人之疑，無是理也。然則不疑何以若是？曰：大子之死〔六〕，不疑知之審矣。張富昌、李壽之封事甚顯著，非有幾微不足明也。然使不疑明言其僞，則必有人言其真者；謂其已死，則必有以爲有托而然，若公孫杵臼、趙武之事者。當此時〔七〕，吏民觀者數萬，右將軍勒兵闕下備非常，可謂主少國疑，震驚危難之會矣。朝議紛

〔一〕侯：《甯都三魏全集》本作「矦」字。
〔二〕盖：《甯都三魏全集》本作「益」字。
〔三〕送：《甯都三魏全集》本作「令」字。
〔四〕于：《甯都三魏全集》本作「于」字。
〔五〕聵：《甯都三魏全集》本作「瞶」字。
〔六〕大：《甯都三魏全集》本作「太」字。
〔七〕此：《甯都三魏全集》本作「是」字。

紜不決，日復一日，奸雄主心〔一〕，黠者志取富貴，愚者惑於耳聞，雄俊之徒倡義於外，朝臣若上官桀輩陰伺於内，因以煽動天下悲思太子之心，則漢之天下可以立危。唯以衛大子得罪先帝爲有罪〔二〕，則真僞可以不辨，而漢人篤信《公羊》，引經以斷，亦無復知其非者，故衆議可以一言而決。甚矣！不疑之能權也。今夫解紛亂者不控拳，然用有所急，則亂絲有時而可斬。何者？優游以解其紛，此可以禦平而不可以應卒者也。龔遂曰：「治亂民如治亂□，不可急也，唯緩之然後可治。」高洋曰：「亂者必斬。」嗚呼，得二説者而用之，經權之際，思過半矣。〔三〕

〔一〕主：《甯都三魏全集》本作「生」字。

〔二〕大：《甯都三魏全集》本作「太」字。

〔三〕此文之後，《甯都三魏全集》本引録弟和公、李鹹齋、彭躬庵等三人評語：弟和公曰：「借雋不疑事發出自己本領學術，開千古濟變行權妙用。然其駁不疑處，確乎語語悖謬；推抉不疑處，確乎步步合機，真有識有用文章也。漢人篤信《公羊》，故不疑引經，益見其理之確。然《公羊》紕謬，人所易明，若非篤信時，則引此等語反足招人辨駁，而事誤矣。葢得罪先帝之説，本可以聳動當時，不必更添蛇足也。故讀書論世最爲要緊。」李鹹齋曰：「引經斷獄是當時習氣，太甲與昌邑，其情事本不同，田延年卻援放以行廢，亦是此類。」彭躬庵曰：「先儘廷臣雜視到許時已下場不得，故不疑後至，便能一語斬盡無數葛藤，只是一機字用到恰好停當處耳。使不疑再爲之便已不能矣。文氣傴真蘇明允，其刺入數層，空曲發揮，明允似不能到。」

漢中王稱帝論

魏子讀《蜀志》，至司馬費詩諫漢中王稱尊號，嘆曰：王不悦，左遷詩官，過矣；然詩之言則非也。及讀《五代史》，吴蜀及諸藩鎮勸晋王存勗稱帝〔一〕，宦者張承業聞之〔二〕，自晋陽亟詣魏州諫曰〔三〕：「吾王世世忠於唐室，今河北甫定，朱氏尚存，而王遽即大位，非從來征伐之意，天下其誰不解體？王何不先滅朱氏，復列聖之深讐，然後求唐後而立之，南取吴，西取蜀，此時雖使高祖、太宗復生，誰敢居王上者？讓之愈久，則得之愈堅。老奴受先王大恩，故欲爲王立萬年之基耳。」魏子曰：「承業是也，雖聖人之言何以易此？」門人進曰：「若是者何也？」魏子曰〔四〕：「承業之言，所以責異姓之臣，詩

【校勘記】

〔一〕晋：《甯都三魏全集》本作「晉」字。

〔二〕宦：《甯都三魏全集》本作「宧」字。

〔三〕晋：《甯都三魏全集》本作「晉」字。

〔四〕子：《甯都三魏全集》本作「于」字。

之言，非所以論宗子，以異姓之義而責宗子，此詩之所以不知權也。詩不知權，則遂失其經矣。」詩之言曰：「殿下以曹操父子偪主纂位，故乃羈旅萬裏，糾合大衆，將以討賊。今大敵未克而先自立，恐人心疑惑。昔高祖与楚約〔一〕，先破秦者王之。及屠咸陽，獲子嬰，猶懷推讓。今殿下未出門庭，便欲自立耶？且夫獻帝廢，曹丕自立，其時諸劉無有存者，漢中王爲宗子，非高祖在秦時比，異姓之起，功德不盛，而急於稱尊，未有能成大事者。苟爲宗子，則一成一旅，可建號以收天下之心。」宋之末造，奔迫至於崖山，一舟之内，可以立天子，建宰相，無復有非之者。盖爲祖宗延一日之統〔二〕，猶愈於其遽絶也。漢中王稱號於魏黄初之二年四月，卒於四年四月，爲帝纔二年，而子禪立。立四十有一年，始滅于魏。當時蜀之不能克魏甚明，使漢中王從詩言，不建帝號，未幾身死，諸葛亮欲帝禪得乎？如此則高祖、光武之統已絶於黄初之二年，後雖有執義之士，欲以正統歸漢而無由得。是故漢祚所以少延，漢中王急於稱帝之爲之也。人孰不樂其主爲天子，主爲天子，則吾爵亦因而加貴，詩顧以爲嫌，此拂士之論，正直之臣，雖其言不用，而其人可褒，而王不悦，故曰過也。門人曰：「承業之論是矣。曰『讓之愈久，則得之愈堅』，其將教晋王以禪讓之事〔三〕，爲曹丕、司馬炎之所爲乎？」魏子曰：「凡進説於中才之主，

〔一〕与：《甯都三魏全集》本作「與」字。
〔二〕盖：《甯都三魏全集》本作「蓋」字。
〔三〕晋：《甯都三魏全集》本作「晉」字。

規於義而不能遽絶之於利〔二〕。承業以爲戮力討賊，必立唐後，而已無覬覦之心，此非晋王所能也〔三〕。吾姑以後利歆之，而以義勸於先，使之求唐之後。求而不得，得其人而不足爲帝王，則雖自爲可也，然而賊則必已滅矣。晋王之失〔三〕，在賊温未滅，而遽即大位故也。」〔四〕

〔二〕于：《甯都三魏全集》本作「於」字。

〔三〕晋：《甯都三魏全集》本作「晉」字。

〔三〕晋：《甯都三魏全集》本作「晉」字。

〔四〕此文之後，《甯都三魏全集》本引録閔無作評語：閔無作曰：「提張承業較論，識論老到，真足爲萬世取法。末幅洗發，尤人所不能到。」並于文後附録門人王愈融書：「集臣進諫於君，其言有衷於理而不中事機者，後世相緣其説，而不知其非。其君聽之，則害天下之大計；不聽，則戮辱其身，故君子必深辨其是非，而不使疑似之説得以誤後之人。《晉史》載滑帝凶問至建康，群臣爭勸進，周嵩上疏曰：古王者義全而後取，讓成而後得，今梓宫未返，舊京未清，宜先雪社稷大耻，副四海之望，則神器安適。由是忤旨，出爲新安太守，又坐怨望抵罪。夫嵩之求利國家，豈後紀瞻諸人。然而以爲不可者，則費詩之説誤之也。嵩身被譴責，必且堅持其説之有本，以至於怨望。嗚呼，不有先生之論，天下後世，其何以決大疑，斷大事！融故嘗以爲漢中王靈武諸論，君子尤不可不讀者此也。嵩之論與詩同，而晉王於嵩視漢中王則又甚，夫漢中王未嘗屢懷退讓也。晉王之讓，至呼私奴，命駕歸瑯琊，又使殿中將軍韓績徹去御座，而嵩以一言得罪，如此亦何爲哉？」

伊尹論

嘗讀《孟子》「湯之于伊尹，學焉而後臣」，又「伊尹就湯，而説之以伐夏救民」，是則伐夏皆伊尹意也。竊疑其語爲過。及讀《商書》，而知伐夏之舉，果出于尹之獨斷無疑也。今夫人臣之放伐其天子者，自古以來所未嘗有。唯後羿距太康逐相爲不臣，羿因民之不忍而距太康；湯以救民伐桀，其跡与羿無異〔一〕。夫以湯而行羿之事，爲自古聖賢之所不爲，湯雖躬聖人之德，無富天下之心，有危疑而不敢輒發者矣。使非有任如伊尹者，灼然于天命人心之故，犯天下之大不韙，不以芥蔕其心，變易千古君臣之義，而無慚於堯舜，以别嫌疑，定猶豫，主持其内而輔翼其外，亦安能斷然出此也哉？盖昔者湯嘗自言之矣〔二〕，曰：「肆台小子，將天命明威，不敢赦，敢用玄牡，敢昭告於上天神後，請罪有夏，聿求元

【校勘記】

〔一〕与：《甯都三魏全集》本作「與」字。

〔二〕盖：《甯都三魏全集》本作「蓋」字。

聖，與之戮力〔二〕，以與爾有衆請命。」昔者伊尹又嘗自言之矣，曰：「惟尹躬暨湯，咸有一德，克享天心，受天明命，以有九有之師，爰革夏正。」當此時〔三〕，湯之學而後臣，与伐夏之出于尹也〔三〕，盖亦明矣〔四〕。嘗觀古今國家危疑之際，非常之舉，身當其任者，既已内斷於心，則必求夫強力明決，敢犯衆議者，挺身以發其難，然後大事可濟，未有恃一人之力以成事，亦未有臨事倉卒而能得人者。霍光議廢昌邑王，群臣驚鄂失色，莫敢發言，田延年離席按劍，以大義責光而脅群臣，然後議者皆叩頭聽令。若延年者，盖亦光之伊尹也〔五〕。光能法湯之用伊尹，不能法尹以寵利居成功爲戒，至詐增僦直之罪，獨忍於延年，而毒後之罪不忍於顯。後世伊、霍並稱，而君子鄙之，有以哉。〔六〕

〔二〕 与：《甯都三魏全集》本作「與」字。

〔三〕 此：《甯都三魏全集》本作「是」字。

〔三〕 与：《甯都三魏全集》本作「與」字。

〔四〕 盖：《甯都三魏全集》本作「蓋」字。

〔五〕 盖：《甯都三魏全集》本作「蓋」字。

〔六〕 此文之後，《甯都三魏全集》本引録弟和公、李鹹齋等二人評語：弟和公曰：「古今大議論，是獨見獨得力處，具見本領學術所在。洗發剴切老到，而思力彊烈，令讀者目精驚悍，不敢暫瞬。」李鹹齋曰：「只是看透一任字，便發出如許創論。後半文字與前若不相干，卻愈洗愈緊。」

唐太宗平内難論

門人王愈融論曰，秦王以不得已殺兄弟，然其罪在高祖初欲立爲太子而固辭，後遣居洛陽又涕泗[一]，慕孝弟之虚名[二]，而成兄弟推刃之實禍。夫秦王豈嘗一日忘爲太子哉？是以僞而成其忍者秦王也。魏子曰：近之矣。夫秦王不可以罪名，秦王之不能爲子魚、子臧固也。子魚、子臧賢而無大功於國，不可與秦王比。高祖義當立秦王，秦王義當受，然辭且至再者，非僞也。高祖方起兵晉陽，及爲唐王，當是時，兄弟未有嫌隙，秦王功未高，高祖特因將佐之請，而建成未相推讓。玄宗之平内難也，宋王成器讓之固，故睿宗立之，而玄宗不辭。兄不讓而己乘機以攘其位[三]，可乎？秦王之心，以爲天下

【校勘記】

[一] 泗：《甯都三魏全集》本作「泣」字。

[二] 弟：《甯都三魏全集》本作「友」字。

[三] 己：《甯都三魏全集》本作「巳」字。

既定，兄弟相安，吾爲王可已，豈意其必殺己哉〔一〕？建成以善蹶馬殺秦王，又夜召飲而酖之，兄弟日夜譖於上，數得罪，股肱羽翼分散殆盡，禍機之來，迫於呼吸，而秦王拒僚屬之請者方五六不止。李靖、李世勣辭不從，秦王由是重二人。然則秦王無奪嫡殺兄弟之志也審矣。楊文幹之叛，高祖遣秦王討之，曰：「還，立汝爲太子，封建成爲蜀王。」時則秦王未更辭也。元吉妃嬪，封德彝爲之營解，高祖意變，而建成還守京師。觀秦王不更辭，則知其前此之非僞也〔二〕。秦王未嘗不欲爲太子，而以爲名義有所不可也。諸葛公曰：「申生在内而危，重耳在外而安。」還居洛陽説爲近理。夫涕泗不欲遠離膝下者〔三〕，人子之情也。雖命之，豈有欣然遽往哉？然將行，而建成、元吉密令數人上封事，高祖意遂移，是固不可以咎秦王者。且秦王必不可以居洛陽，何則？重耳當列國時，越境則獻公之威令不行，而重耳可生。今四海一家，他日得罪，其可逃諸突厥、吐番乎？建成、元吉内結妃嬪，外結德彝，是驪姬二五之讒已深也。秦王雖日在左右，而高祖猜疑日甚，一旦遠去，不軌之譖何所不至。或如申生之被誣以死，或如楊廣矯詔而殺太子勇，召漢王諒。夫秦王不能爲申生之自縊，則必爲戾太子之稱兵，身據洛陽以叛，而

〔一〕己：《甯都三魏全集》本作「巳」字。
〔二〕「之」之下，《甯都三魏全集》本有「辭者」二字。
〔三〕泗：《甯都三魏全集》本作「泣」字。

父子相戰，其可以爲人乎！且以社稷君父之故，在秦王亦不可輕去左右〔一〕。盖建成〔二〕、元吉淫逆不道之跡甚著，萬一高祖悟而斥之，欲更召秦王，事急計生，内有徐師謩爲之謀主，外有楊文幹之屬爲之爪牙〔三〕，則楊廣之禍可以立成。吾故曰，夫秦王不可以罪名也。殺建成、元吉諸子則忍，納元吉妻於後宫則悖也。〔四〕

〔一〕王：《甯都三魏全集》本作「工」字。

〔二〕盖：《甯都三魏全集》本作「葢」字。

〔三〕楊：《甯都三魏全集》本作「揚」字。

〔四〕此文之後，《甯都三魏全集》本引録王竹亭評語：王竹亭曰：「據史立論，辨駁詳確，但當時史官不無傅會，未可盡信。葢太宗一生好名，所以不遽圖兄弟者，其罪惡不稔著，則殺之有害於名，豈真肯以藩王自安哉？觀召玄齡、無忌不至，幾欲斷其首，則史所言靖、世勣不從，秦王由是重二人者，其爲緣飾可知。此文洛陽一段，深中事機，可爲後人處變模本。」並録有魏禧自記：「太宗好名，史官傅會，皆誠有之，特不可論於此事耳。如納元吉妃至欲立爲後，害名孰大於是？當諱孰過於是？而太宗爲之不顧，史官書之無諱，獨諱其欲殺凶劣之建成、元吉乎？又史官欲緣飾秦王重靖、世勣語，則何不緣飾斷玄齡、無忌之首語爲更切要乎？不諱斷首語，而顧僞爲重二人以解，是挫雀之股而更調之也。故知平内難一事，皆直書始末，美惡互見，爲可信也。然則重靖、世勣之辭，又怒玄齡、無忌之不至，何居？葢訪靖、世勣尚在猶豫之時，而怒玄齡、無忌在已決計之日。且一則面相可否，一則召而不至，其情亦不同也。誌此以質同學。自記。」

阮籍論

吾讀《晉書》，至阮籍所以居毋喪〔一〕，未嘗不歎人性之善，於此益無疑也。方籍聞母死，固留客決賭，飲二斗酒而後臨喪，此其悖理滅情，有甚於犬豕之無人性者。然觀藉嘔血骨立，及沈醉六十日，卻司馬氏婚，則未嘗不明於大義。迺其始顧出此，何哉？盖自何晏〔二〕、王衍以來，習爲放誕，以矯情立異爲賢。籍意以謂聞喪而輟局奔赴，則与常人之居喪無異〔三〕，於是堅忍抑折，自滅其天性，以求異於人。然頃之嘔血骨立，則籍亦不得而自主之。吾故嘗曰，籍之求決賭飲酒者僞也。今夫水性決而善下，堤堰以障之，可使渟瀦畜逆而不洩。及夫鬱極而發，則横潰四出，決堤防，壞廬舍，殺人民、牛馬而不可制。是故有哀而泣，有喜而笑者，人之性也。謝安得捷書，漠然置碁局下，頃之而屐齒折矣。夫安始不

【校勘記】

〔一〕毋：《甯都三魏全集》本作「母」字。

〔二〕盖：《甯都三魏全集》本作「蓋」字。

〔三〕与：《甯都三魏全集》本作「與」字。

置書局下，則其後未必有屐齒之折。籍不決賭飲二斗酒，則其後未必嘔血骨立。何者？性鬱極而發，則其哀樂橫決，必有十倍於常情者〔二〕，勢固然也。嗚呼！習重而不返，以僞爲真。咸重服追姑婢，纍騎而還，則人性幾乎滅矣。人慎毋自怙其習〔三〕，以戕賊其性，使至於滅哉！〔三〕

〔二〕有：《甯都三魏全集》本作「百」字。

〔三〕母：《甯都三魏全集》本作「毋」字。

〔三〕此文之後，《甯都三魏全集》本引録閔賓連評語：閔賓連曰：「以決賭飲酒爲僞，真老吏斷獄，其刻誚籍處，正是曲愛籍處。筆力堅渾恣悍，人不易到。」

高允論

國書之役，高允既免罪，出語人曰：「吾不敢愛死者，恐負翟黑子故也。」魏子掩卷而歎曰：甚矣，允之言欺我哉！允忠誠正直，口無所擇言，身無所擇行，雖微翟黑子，必不愛死以欺君。然允必爲此言者，至高之行，人所樂居，而允顧退然自托於小善，此古人所爲，不可及也。或饋楊震金，曰：「暮夜無人知者。」震曰：「天知，人知〔一〕，子知，我知，何謂無知！」宣德中，周忱薦龔詡爲太倉學官，詡辭不就，語人曰：「我仕無害於義，但恐負金川門一慟耳。」夫廉吏惡不義之財，雖使天地間無復有鬼神，震必不受金。忠臣疾不義之禄，雖金川門不痛哭，詡必不仕。且夫詡一門卒耳，非有知己之恩，國事之責也。即已更歷三朝，身逢賢聖之主矣，而介然不肯少汙其志，可不謂大賢矣哉！魏子曰：吾於允得保身焉。中牟既定，趙簡子義田基而賞之。基曰：「一人舉而萬夫俛首，智者不爲。我受賞，使中

【校勘記】

〔一〕人：《甯都三魏全集》本作「神」字。

牟之士懷恥，不義。」《書》曰：「滿招損，謙受益。」《易》曰：「君子以儉德辟難。」有以夫！〔二〕

〔二〕此文之後，《甯都三魏全集》本引録彭躬庵、汪魏美、諸子世傑等三人評語：彭躬庵曰：「絶頂眼力，絶頂學問，豈直三公知己，正復精義入神。筆力挺變，尺幅中有龍蛇不可控攫。」汪魏美曰：「通篇賓主錯綜，最妙中抽襲翊覆説一段，文格天矯摇曳，唱嘆不盡。而作者命意深遠，自然會心處，又出文字之外矣。」諸子世傑曰：「叔父嘗舉示《孟子》『禹稷當平世章』爲絶奇文字，雙峯突起，復以譬喻雙收，不找一語正意，而已饑已溺，單論禹稷一段，尤是格力最佳處。此文似從此章脱胎。」

續縱囚論

或曰：古之縱死囚而來歸者多矣，是小人之尤，或能爲君子所難，而一日之恩，其感人也亦有時過於五六年之德，奈何以是定太宗哉？魏子曰：歐陽子以縱囚定太宗之好名，吾則以好名定太宗之縱囚，何以知之？曰：吾乙太宗知之。太宗生平勇於好名，而過其情實。嘗觀其折群臣封禪之請，雖聖人之言不過是。及魏徵以爲不可，則盛氣驕婞，嫺然而不能自忍〔一〕，非初是而終變也。彼其心以爲群臣請之而吾辭之，吾辭之而又請之，至於再三，不得已而爲，是吾有封禪之榮名，而又不失乎謙德。天下臣民，盖知太宗之心久矣〔二〕。太宗自侈功德，每欲駕三代而上，彼成康號稱刑措，漢文帝斷獄三百，初未嘗有縱囚而自歸死之名之于德爲盛也，是以斷然爲之。上逆其必來而縱，而下亦逆其必赦而來，不然，太宗之德不如是盛也。三百罪人之多，而無一後期者，不如是之齊也。且吾嘗爲大宗計，人

【校勘記】

〔一〕嫺：《甯都三魏全集》本作「撊」字。

〔二〕盖：《甯都三魏全集》本作「蓋」字。

之入於死罪，桀黠者半焉，凶愚者亦半焉〔一〕，因有不能逆知太宗之心〔二〕，畏死而不歸者，其將置之乎？抑勅有司捕家屬〔三〕，勒其鄉裏親戚以要於必得乎？勒而捕之，則擾民之害甚於遽殺囚，置之則壞法，太宗其何以自解也？漢虞延、晉謝方明之徒，皆嘗縱死囚，刻期自至，無有逃者。此固盛德之事，不可與太宗比。然世之爲政，舍聖人不易之常法，而矯情好奇，以徼倖一時之名，往往求榮而反辱，擾無事而多事。嗚呼，吾未見其利也。〔四〕

〔一〕凶：《甯都三魏全集》本作「㐫」字。
〔二〕因：《甯都三魏全集》本作「囙」字。
〔三〕勅：《甯都三魏全集》本作「敇」字。
〔四〕此文之後，《甯都三魏全集》本引録兄善伯、弟和公等二人評語：兄善伯曰：「以縱囚定太宗之好名，不若以好名定太宗之縱囚爲更明確，而議論刻入淺出，文字沈摯悠揚，殆參六一、明允之勝。」弟和公曰：「古人縱囚自歸，殊非好名，故知歐公『小人之尤、一日之恩』等語，不足以折服太宗，得此文而後無遺議矣。愚意當時稍有不至者，太宗亦姑混然置之，因亦未必盡探太宗必赦之情而復來，或各處有司有以牽引根據，使其必來以成太宗之名，未可知也。然三百人必有逃逸者。」

唐肅宗靈武即位論

靈武即位之役，范祖禹氏以爲以子叛父。王生愈融駁之曰：馬嵬之留，明皇宣旨欲傳位太子，安得謂無父命？且明皇之不能興復，蜀僻遠，非興復地甚明，而太子不正位號，不足號召天下之豪傑。唐史曰：顔真卿頒詔江、淮、河南北，由是諸道知上即位靈武，殉國之心益堅。觀此則太子義當正位，何疑乎？魏子曰：是役也，當論其事與勢，不必以父命論。如必父命然後可，則宣旨欲傳位者，欲之云爾，非實有傳位之詔也。明皇至普安，制以太子亨充天下兵馬元帥，與諸王同領各道節度都使。及靈武使者至蜀，上皇喜曰：「吾兒順天應人，吾復何憂？」乃制自今改制敕爲詰表疏，稱「太上皇」。然則使者一日未至，明皇何嘗一日以太子爲天子哉。太子遽狥群臣之請，此因亂篡國，范氏叛父之説所由來，而特不能深窮其説耳。且子以爲不即位，則無以號召天下，史稱諸道知上即位，殉國之心益堅〔二〕，蓋非謂爲太子則殉國不堅〔三〕，必即位而後堅也。當時天子倉卒遠奔，太子諸王並莫知所在，天下無主，義士雖有殉國之心而無所屬，至是乃知太子實在朔方，雖不即位，諸道必踴躍以戴太子。唐之末造，僖宗亦嘗幸蜀矣，朱玫擁立襄王熅，雖無太子之號召，李克用猶倡義帥諸道以討之。天子竄處西蜀，而太子興復北方，其誰敢不受命！況以郭、李諸忠臣之爲將者乎？愈融不能對，已而請曰：「然則靈武即位非歟？」魏子曰：何爲其非也！論理者必深窮其是非之盡，論事者必深窮其利害之盡。今夫肅宗以太子號召，勢固無所不可，然天下將帥，必心懷疑貳，而不肯盡死力以效其上。蓋當日廹於忠義〔三〕，唯郭、李、二顔、張、許之屬，其他率思取富貴傳子孫以自利者也。昔者太宗率其謀臣勇士，爲高祖取天下。天下已定〔四〕，高祖爲天子，未嘗不重太宗之功。其後入諸子諸妃之讒，太宗幾危，而秦府文武重臣，皆不免得罪。劉文静首唱大謀，其死也，雖太宗力救不能得。使是時高祖爲太上皇，太宗爲天子，則豈有此！宋宣和末，金人逼京師，徽宗將出走，欲命太子監國，李忠定公綱曰：「今日之事，不正位號，無以鎮壓人心，監國不足用也。」明皇崇任小人，窮聲色奢侈之欲，毒亂天下，與徽宗略同。

【校勘記】

〔二〕殉：《甯都三魏全集》本作「狥」字。

〔三〕盖：《甯都三魏全集》本作「葢」字；殉：《甯都三魏全集》本作「狥」字。

〔三〕盖：《甯都三魏全集》本作「葢」字。

〔四〕已：《甯都三魏全集》本作「既」字。

向使肅宗以太子收兩京，而明皇爲天子，天子耄荒，小人因緣用事，必又將置其所愛而除其所憎，建功之臣，廪乎有首領不保之懼。且夫高祖已事，諸將夫誰不知者，而謂其肯安心竭力，致死以圖恢復乎？吾觀明皇既歸，以六等定從賊諸臣罪，肅宗欲免張均、張垍死，叩頭流涕爲請，上皇不可，卒流垍嶺表，而殺均。夫誅均於法誠當，然肅宗之心，豈不忍欲其生哉〔一〕？上皇如是，爲天子抑可知。故曰，不即位，則將師心懷疑貳〔二〕，恢復之功不成。故雖明皇無傳位之旨，而肅宗立焉可也。功成而退居東宫可也。父不許，尊爲太上皇，而已盡孝養可也。夫子之論，亦所謂不能深窮其説者也。〔三〕

〔一〕忍：《甯都三魏全集》本作「甚」字。

〔二〕師：《甯都三魏全集》本作「帥」字。

〔三〕此文之後，《甯都三魏全集》本引録門人鮑夔生評語：門人鮑□生曰：「前段論不當即位，正大詳盡；後段論當即位，深切曲當，皆妙有根據，理勢確然，可爲後世立法。而後段尤人所難見到。」

劉知遠論

劉知遠既帝，改國號曰漢，仍稱天福，曰：「余未忍忘晉也。」或曰：「忠矣乎！」魏子曰：惡寒者裹裘〔一〕，惡熱者表絺綌，愛其子者必食之。天福之稱，以爲名焉耳矣。知遠不諫晉主伐契丹，契丹伐晉，知遠不出師，知遠未嘗有毛髮之功於晉。及其滅也，未嘗求石氏子孫而立之，徒稱其紀年之號，是亦縞素發丧之名耳。漢高帝親率諸侯滅楚，爲義帝報讐，曰忠可也，且使知遠稱晉，則石氏子孫皆是也，不曰「晉」曰「天福」，則天福之亡於契丹久矣，安得復有天福者而君之？然則陶潛書義熙非欤〔二〕？孟子曰：「士之尊賢者也，非王公之尊賢也。」爲潛則名存而實存，爲知遠則名存而實亡也。〔三〕

【校勘記】

〔一〕裹：《甯都三魏全集》本作「衷」字。

〔二〕欤：《甯都三魏全集》本作「與」字。

〔三〕此文之後，《甯都三魏全集》本引録諸子世佼評語：諸子世儆曰：「循名責實，此《春秋》之義也，知遠不妨爲法受過，而文字韻折波峭，屢味不窮。」

續續朋黨論[一]

君子曰朋，小人曰黨。小人以勢利相比，有黨而無朋；君子以道義相輔，有朋而無黨。故孔子曰：「君子周而不比，群而不黨。」《書》曰：「無黨無偏。」《詩》曰：「靖共爾位，好是正直。」嗚呼，是可以爲君子矣！朝廷有黨則國將亡，漢、唐、宋是已。吾以爲三季之君子，漢、唐除宦官不勝，宋以新法取怨小人，其謀迂疎，或失之過与不及[二]，然莫不有皭然不滓之行，生不愧於君，死可以見祖宗於地下，雖殺身亡國，其志爲可悲也。近世則不然，所號爲君子者，其始類能廉潔勁直，嶄嶄然取大名於

【校勘記】

[一] 此題之下，《甯都三魏全集》本有以下一段文字：「歐陽文忠作《朋黨論》，辨君子小人之分，所以告其君；蘇文忠作《續朋黨》，教君子去小人之術，所以告其臣。傳曰：『惟無瑕者可以戮人。』君子自護黨，而欲除小人之黨，欲其君不以黨人目之得乎？世愈變，君子趨愈下，學術不明，毒壞天下之人心，而其禍歸于君父也。余評次二篇，已爲太息流涕，作《續續朋黨論》。」

[二] 与：《甯都三魏全集》本作「與」字。

天下，言人所不敢言，爲人所不敢爲，及其名日盛而權日歸，則異巳者去之惟恐不亟〔一〕。欲去異巳，必先植同巳，門生故吏，薦引稱譽之方不遺餘力，使布列於朝廷。於是同巳者衆，而其去異巳也愈力矣。從吾黨者，雖其人有可斥可殺之罪，則必率衆而援之，曰，是正類也，其罪可原也。不從吾黨者，其人雖有可用之才，可賞之功，則必排抑之，曰，是邪類也，不可令其得志。又或其父兄舉主，偶出於吾之所忌，必且窮究其源流，絶之於吾黨而後已。而一介之士，下僚之吏，其才氣足以犯難扞衆，而其身兩無所屬者，則必折節羅致之，時其緩急，而諆其榮辱，誘以功名之途，教之自固之術。及其得志，則甘爲死黨而不辭。羽翼蟠固之勢成，以天子之威，有不能令行禁止於其下。又其甚者，陽爲名高，而即以名高收厚利，近謀身家，遠慮子孫。盖嘗較其争名趨利〔二〕、專權怙黨之私心，與彼所謂小人而急欲去之者，求其毫髮之異不可得，猶詡詡然號於人曰，吾君子之黨也，則日取小人而掊擊之。彼小人者，獨肯甘心乎？是以上不足取信於君，下不足服天下之公論，而正直仁恕之士，則不屑身與於其間。此其人雖扞小人之禍，激世主之怒，以至於死，嗚呼，吾不知其何以爲死也！是故由歐陽子之論，可使人君不以君子之黨爲疑，而君子或借其説，以助標榜之私。由蘇子之論，可使君子善於去小人之黨，而不能使君子服小人之心，以取信於其君。唐文宗曰：「去河北賊易，去朝廷朋黨難。」吾以爲去小人之黨易，使君

〔一〕巳：《甯都三魏全集》本亦作「巳」字，當「己」之誤，下同。
〔二〕盖：《甯都三魏全集》本作「葢」字。

子自去其黨難。夫君子者，必使其身毋近於黨人之所爲則幾矣。〔二〕

〔二〕 毋：於：《甯都三魏全集》本作「毋」字。此文之後，《甯都三魏全集》本引録門人賴韋評語：門人賴韋曰：「描畫醜態，正是提醒良心，爲萬世下此針砭，亦可云功不在禹下矣。」並于文後「附録彭躬庵書後：「魏冰叔爲《續續朋黨論》，盡發三百年朝士之覆，謂宗社生民與其身家，由此而盡，可大哀矣。然亦有不爲貨賄威福所淫屈，不爲官爵子孫所貪繫，惟堅持其意見，佐之以學問之醜博、操行之孤介，乃欲驅一世而從之。惟吾言之，惟是其違乎！此者則斥以爲小人，去之惟恐不力，雖至於懟君父，殺其身，而亦有所不悔，此固世之所號爲賢者也。及措之於用，則反不如才臣之貪忮，猶足以濟一時之事，蓋其自視過高，求治大鋭，思以龍肉療天下之飢，而顧厭夫菽粟尋常之味，則亦終不免爲溝中之瘠，爲有識之所詘笑而已矣。天下之黨，莫盛于東林，東林始於顧公憲成，奮爲龜山講學之地，萬曆中，公嘗貽所知書其畧曰，竊觀近局，誠若冰炭，某從旁静察，亦只是始於意見之已，局外者宜設身局内，以公心裁之，乃可以盡人。何言乎虚，各就已分上求不就人分，上求各就獨見，獨知處争慊岐成於意見之激耳。夫局内者宜置身局外，以虚心居之，乃可以盡已局外者。宜設身局内，以公心裁之，乃可以盡人。何言乎虚，各就已分上求不就人分，上求各就獨見，獨知處争慊不就共見共知處，争勝也。何言乎公，是曰是，非曰非，不爲模稜也。是而知其非，非而知其是，不爲偏執也。如是將意見不期融而自融，不期平而自平矣。若乃自責則輕以約，責人則重以周，所愛則併其瑕而瑜之，所憎則併其瑜而瑕之，在事之人既然持議之人，復然如水濟水，如火濟火，是化君子而小人，化一家而敵國也。舉兩下有限之精神，盡爲各人區區之體面，用而不爲君父之宗社生靈用，豈不惜哉！顧公之言如是，蓋爲其時之君子言之也。是豈有私於朋黨者哉！愈趨愈下，遂至懸絶，必使其身無近於黨人之所爲卑者，舍其勢利，高者化其意見，亦庶乎其可矣。」

蔡京論

昔司馬光欲復差役之法，爲期五日，同列病其太迫，蔡京知開封府，獨如約。光喜曰：「使人人奉法如君，何不可之有！」其後紹聖、崇寧間，首以光爲姦黨，使賢士大夫盡遭荼毒，流禍生民，馴至亡國者，則皆京爲之倡也。魏子曰：知人之難豈不信哉！古之善用人者，非必盡有高世之識也。内設太公之心〔一〕，外破一成之見，因其跡之所可見者，參驗於衆論，而衡之以理，則久之而真僞短長可以互得。嘗觀世所號君子，必其愛君子而惡小人，然君子惡小人之異己者〔二〕，而愛君子之同己者。夫惟同己之愛，則小人可以出投其間而入，得其驩心〔三〕。故吾謂小人之難知，非獨其才足悦也，始莫不有過人之

【校勘記】

〔一〕太：《甯都三魏全集》本作「大」字。

〔二〕己：《甯都三魏全集》本作「巳」字，下同。

〔三〕驩：《甯都三魏全集》本作「懽」字。

行，嶄嶄然立名義於天下，足以大服君子之心，而及其後得天下之柄，禍遂至於不可救。蓋自古有之〔一〕，而宋之小人工此術者尤衆，是以接跡而不絶，以至於亡。青城之役，金人立張邦昌爲天子，秦檜与馬紳〔二〕、吴給共爲議狀金師，極言異姓不可立，願復嗣君以安四方，金人怒執檜去。及檜南還，高宗曰：「朕得一佳士。」方檜之以抗節北去，奔而南還也，其誰不謂忠，而惡知其後之至於此？王欽若請遣使除甫欠〔三〕，釋囚繫；丁謂請罷兵，撫蠻寇；而蔡卞知宣廣，貨貝一無所取，夷人廉其去，以薔薇露灑其衣而送之。且夫人有矯名立節以取榮譽，及于得志，恣行其私者；有砥行礪志，出於本心，晚節不終，一敗塗地者；有希君相風旨，以忠直爲謟諛，廉潔爲勢利者；有性之所秉，長短各殊，或直而不廉，或仁而不忠，或剛介而嫉妬，寬厚而貪汙者。是故君子之用人，以其善而信之，与以其善而疑之〔四〕，則皆可以失人。僱役本非當改，光以安石法必盡改之後快，至成見所持，則蘇軾之諍執，不免於忤；而京之將順，不免於喜也。秦檜在紹興爲奸一耳，或趙鼎以爲小人，張浚以爲君子；或浚以爲小人，

〔一〕蓋：《甯都三魏全集》本作「盇」字。
〔二〕与：《甯都三魏全集》本作「與」字。
〔三〕甫：《甯都三魏全集》本作「逋」字。
〔四〕与：《甯都三魏全集》本作「與」字。

鼎以爲君子，一人之見，先後倒易；豈非同己之蔽哉！噫，此爲學不能克己，終不可以爲宰相也與！〔二〕

〔二〕此文之後，《甯都三魏全集》本引録甘健齊、涂宜振、弟和公、沈甸華等四人評語：甘健齊曰：「就催役一事，蔡京一人，勘出諸小人之奸，諸君子之弊，反覆提撕，名言鑿鑿，不止爲一代關係成敗。」涂宜振曰：「惡小人異己，爲小人忌；惡君子異己，且爲小人喜。愛君子同己，非君子善；愛小人同己，尤非君子福。爲大臣者，不可不三復斯篇。」弟和公曰：「皆刺骨洞髓之言，莫作平正迂濶道理看過。」沈甸華曰：「此理本是平正，然在他人言之，則迂濶矣。方知格力二字正不可少，雖有至理，非高文不傳也。」

蘇雲卿論

或曰：蘇雲卿，嚴子陵之流亞也。魏子曰：不然。光武既定天下，朝廷之上多賢將相，亡一子陵不足患。故子陵以其高風厲天下，而東漢之氣節成焉。張浚爲相，小人狐媚於内，金虎視於外，此君社存亡、萬姓安危之日也，且雲卿亦既知浚之不足勝任矣。雲卿不踐土食毛，爲宋之民則可；雲卿而爲宋之民，坐視君父危亡，天下塗炭，漠然不動其心，則上不忠於君，下不義于友，是安得以比子陵也？曰：然則雲卿非欤〔一〕？魏子曰：吾於此見雲卿之知浚，而浚之不知雲卿。浚剛而愎諫，雖有雲卿不能用。當浚与趙鼎並相〔二〕，天下引領望治，浚卒使鼎罷位以去。後之論浚者曰：浚三將而三敗，非獨其才不足也。富平之役，李綱尚在，浚不能用淮西之舉。嶽飛在營，浚惡之，聽其歸終母喪，而不能留。符離之戰，虞允文遠在川、陜，浚知其賢不能舉以自副。故雲卿以浚爲德有餘，長于知君子者非

【校勘記】

〔一〕欤：《甯都三魏全集》本作「與」字。

〔二〕与：《甯都三魏全集》本作「與」字。

也。雲卿知浚不可同事，故婉辭以答人，而高蹈遐舉，若避水火之遽且甚者，此足以明雲卿之志矣。朱熹大儒〔一〕，其頌浚之辭，凡與伊〔二〕、周並駕，致後世疑爲朋黨，其亦不審也已。雖然，浚爲國至死不衰，公則未也，而忠則已至，論浚者兩存焉其可也。〔三〕

〔一〕大：《甯都三魏全集》本作「人」字。

〔二〕凡：《甯都三魏全集》本作「幾」字；與：《甯都三魏全集》本作「與」字。

〔三〕此文之後，《甯都三魏全集》本引録湯惕庵先生、友姪王源等二人評語：湯惕庵先生曰：「以雲卿知張浚不能用，婉詞以答，可謂特識名言。」友姪王源曰：「爲民亦有君國之責，真千古偉言篤論。爲石隱一輩下此，棒喝不小。文字直下刺入處，有寸鐵殺人能。」

趙鼎張浚陳俊卿虞允文論

君子之患，莫患乎勇於自信，而不能屈己以成國家之事〔二〕，故其功可以垂成而輒敗。宋紹興，趙鼎、張浚並相，天下稱「小元祐」。壽春之捷，浚欲乘勝攻河南，而鼎欲回蹕臨安，議不合。高宗意主浚議，鼎力求去，遂罷鼎知紹興府。孝宗鋭意恢復，以陳俊卿、虞允文爲尚書左右僕射，允文欲遣使請陵寢，俊卿議不合，而帝方向允文，俊卿力求去，遂罷俊卿，判福州。假令是兩君子者，各久於爲相，協心畢力以匡時難，則紹興、乾道所建立又何可量？而卒無所成者，則皆勇於自信，而或毅然奉身以退，或以一身任天下，遂聽其去而不留也。夫浚、允文豈不知老成難得，君子之寡助，而天下事之難爲也？胡越之人，生不相識，同舟而遇風，則相救如左右手。宋於斯時，盖亦岌岌矣〔三〕，雖博求天下之賢者與

【校勘記】

〔二〕己：《甯都三魏全集》本作「已」字。

〔三〕盖：《甯都三魏全集》本作「蓋」字。

之共事，猶懼其不克濟，而況以鼎、俊卿之爲相乎？且夫鼎、俊卿所諍執，非有綱常名義所不容貸〔一〕，与安危利害之不可須臾緩也〔二〕，非如李綱之論割三鎮，與論僞命，當以去就力争者也。昔者敖鄗之役，嬖人伍參欲戰，令尹孫叔敖弗欲，既南轅而反旆矣。伍參卒言於莊王，改乘轅而北之。及王逐趙旃，敖曰：「寧我薄人，母人薄我〔三〕。」遂疾進師而乘晉軍，大敗晉師於邲。夫欲戰者參，而所以戰勝者則敖。敖之不欲戰与急於戰〔四〕，皆所以爲國，而己之意見與功名無異焉〔五〕。不務於成己之志〔六〕，而犯難致力，以信伍參之言，古大臣之用心，不當如是耶？吾嘗論張耳〔七〕、陳餘之失，以爲餘失在褊躁〔八〕，而耳遽收餘之印綬，則忍且險。鼎、俊卿之失似陳餘，而浚、允文有類於張耳。夫浚、允文豈忍且險者

〔一〕容：《甯都三魏全集》本作「客」字。
〔二〕与：《甯都三魏全集》本作「與」字。
〔三〕母：《甯都三魏全集》本作「毋」字。
〔四〕与：《甯都三魏全集》本作「與」字。
〔五〕己：《甯都三魏全集》本作「已」字；異：《甯都三魏全集》本作「與」字。
〔六〕己：《甯都三魏全集》本作「已」字。
〔七〕論：《甯都三魏全集》本作「謂」字。
〔八〕躁：《甯都三魏全集》本作「燥」字。

哉！惜夫其君之不能兩用之，而宋遂終於宋也。〔二〕

〔二〕 此文之後，《甯都三魏全集》本引録丘邦士、弟和公等二人評語：丘邦士曰：「激揚張、虞二公，是深愛惜君子處。説發趙、陳二公，是深造大臣處。世推冰叔文勝蘇氏，在此等處可見。」弟和公曰：「絶頂之論。責備四人俱確，而趙、陳之失尤爲難明，蓋以勇於退者，大臣之節，而人且以是賢之矣。引証孫叔敖一段，寫盡古今忠臣賢臣苦心大度。此文與《蔡京》二篇，爲宰相者不可不日置坐右。」

宋論上

天下之亂，不亂於既亂，而亂於既治，國家之禍，不禍於小人，而禍於君子[一]。既亂之日，與小人之禍人國家，此不待智者而後見也；而既治之亂，君子之禍，則謹守繩墨之士，恒有所不及知，知之而不敢斷然出其言，以正告於天下。吾嘗觀北宋之禍，其罪在章惇、蔡京數奸，而實司馬光、吕大防諸賢自貽其患；南宋之禍，其罪在秦檜、韓侂胄數賊，而實嶽飛、韓世忠諸賢將坐失其機。何則？元祐初，宣仁擢用故老，黜安石之黨，以盡反神宗之政，司馬諸賢，言無不聽，行無不遂，勢不可謂不專。使此時能取小人之桀雄者斬殺之，其次者竄逐之，則太后雖崩，無足慮；哲宗雖暗，無能有蠱惑其心而奪其鑑者。慮不出此，而優柔養奸，行調停之説。其罪之極大重惡者，止從放逐，或罷使間居[二]，或使之仍立於朝，以爲足以致治而無憂，而不知逐者可還，罷者可起，在朝者可攀援窺伺以馴至於得柄。《書》

【校勘記】

[一] 以上數句中的「於」字：《甯都三魏全集》本皆作「与」字。

[二] 間：《甯都三魏全集》本作「閒」字。

曰：「樹德務滋，除惡務本。」蓋熙寧之禍〔一〕，延蔓於紹聖、政、宣，而根伏於元祐也。高宗既立，天下引領以望恢復，韓、嶽諸將戰無不捷，金師幾於北遁，然檜以一人主和其內，諸道之師悉罷，甚至矯制殺飛，而天下事遂不可爲。嗚呼！鬻拳兵諫，君子猶以愛君誦之。與其死于奸臣〔二〕，孰死於敵之爲烈。避專制之罪名，何如棄二帝、敗國家、塗炭生民之禍爲酷。向使飛不奉詔，不班師內覲，其師若同於叛臣之崛強跋扈而不可制〔三〕，而專力圖金，克中原以迎二帝，然後還戈而清君側，解柄伏闕，自屍抗命之罪，則雖有百檜，不足以爲憂者。而區區之金，其何不可剪此而朝食〔四〕？蓋嘗論三代以後〔五〕，人才莫盛於宋，其致治遠不及漢、唐，何也？漢、唐之立國在強固，宋之立國在忠厚。漢、唐以強固立國，而其法多蕩軼簡易，故一時臣工，類能敢作果爲，以自奮其才智，是以能成功。宋以忠厚立國，其法多繁委周密，而一時臣工，又皆循禮守分，不敢踰越尺寸，斤斤然規矩準繩之中，以自救過不給，是以不肖者不能爲大亂，而雖有大賢，不能遂志畢力，犯非常之舉，以至於大治。嗚乎〔六〕！排衆論，冒不韙，危天子，

〔一〕蓋：《甯都三魏全集》本作「葢」字。
〔二〕于：《甯都三魏全集》本作「於」字。
〔三〕師：《甯都三魏全集》本作「始」字。
〔四〕剪：《甯都三魏全集》本作「翦」字。
〔五〕蓋：《甯都三魏全集》本作「葢」字。
〔六〕乎：《甯都三魏全集》本作「呼」字。

以成大功者，終宋之世，吾以爲冦萊公一人而已矣。〔三〕

〔三〕此文之後，《甯都三魏全集》本引録温伯芳、曾止山等二人評語：温伯芳曰：「筆勢若飢鷹之搏兎，論似奇險，究竟不出人心口間，然誰敢形之於筆，而又能如此猛鷙迅悍耶！」曾止山曰：「《傳》曰：『惟仁人能愛人，能惡人。』叔子天性仁厚純謹，而其言若此，可以想見一班。」

宋論下

或曰：紹聖之禍，君子之病在憤激。吾則爲之言曰：君子之病在姑息。夫諸奸蠹國殃民，豈竄斥尚爲過罪〔一〕？且夫畢仲游、常安民深識遠慮，天下之奇才也，既未使之大用。而吕惠卿首附安石以害天下，自當誅不踰時，何元祐間尚在政府，必自求散地而後出之？章惇、蔡卞，死有餘罪，無一人就戮者，盖元祐諸賢〔二〕，徒守成規，謂祖宗朝未嘗輕戮大臣，不可自我壞之，而其間猶不能無狐死兎悲之感。自范文正争晁仲約之死，以爲恐他日吾輩亦未可保，而富鄭公使契丹還，身處危疑，乃亦嘆曰：「范六丈真聖人！」范、富大賢，其所見已如此矣〔三〕。語曰：「當斷不斷，反受其亂。」古之聖人〔四〕，無

【校勘記】

〔一〕罪：《甯都三魏全集》本作「耶」字。
〔二〕盖：《甯都三魏全集》本作「葢」字。
〔三〕已：《甯都三魏全集》本作「巳」字。
〔四〕人：《甯都三魏全集》本作「賢」字。

事不極於寬仁；獨至壬人奸臣，則痛絶之惟恐不亟。《傳》曰「惟仁人放流之」未已也，必曰「迸諸四夷」，又曰「不與同中國」。孔子爲司寇七日，誅亂政大夫少正卯，無非此意也。或曰：諸道師既先撤，岳忠武雖不受詔，豈能獨自成功？吾則曰：諸將雖悉罷兵，然嶽軍一出，金將聞風走死，且其時部人之輸欵者，日以千萬計，是獨力何不可辦也？或又曰：忠武抗王命，朝廷必檄兵誅之，天下皆疑忠武以爲叛，則其兵亦必不可以復用。吾則曰：忠武召還之時，當直言於高宗曰：二聖必不可不迎，中原必不可不復，奸臣如檜等必不可信，淵聖還，必德禮陛下不暇。且天下彊兵大帥，皆陛下所拔擢委置，陛下堅讓淵聖，淵聖斷無能復辟之理。願母爲奸臣所中〔二〕。臣能成功，則伏闕待誅，自服抗命之罪，以正君臣之義。如其不然，進而死敵，不徒還也。如此則辭直而義正矣。辭直而義正，則天下不疑。況河北義士聞用兵則喜，聞罷兵則感憤涕泣，安有不翕然來從者？朝廷畏金如虎，金畏忠武如虎，則朝廷安能制忠武哉？韓、劉諸公必不肯舉師而殲忠武明矣。故忠武一日爲縛臣〔三〕，則舉朝忌之殺之；忠武一日爲叛將，則舉朝畏之尊之。古今亡國之情勢，類皆如是。惜乎忠武之未可與權也。

吾友丘維屏曰：「元祐司馬諸公，惜其止奉太后，而置哲宗若無有，此其於格君之道，即有未盡，所以

〔二〕母：《甯都三魏全集》本作「毋」字。
〔三〕縛：《甯都三魏全集》本作「純」字。

小人得而中之。」是則可謂知言已矣〔二〕

〔二〕已：《甯都三魏全集》本作「巳」字。此文之後，《甯都三魏全集》本引録族祖石牀、謝曲齊等二人評語：族祖石牀曰：「兩論皆踔厲風發，悍不可當。然北論可存，宋人必不能行之。余謂宋人被理學二字束縛，雖武勇皆不能跳出圈格，如韓、嶽是也。又況以決裂望元祐諸賢相乎？然此義此理自是古今奇膽偉識，懸之千古必有能爲之者。」謝曲齊曰：「其語之獨到處，驚心駭目，皆義理具足二十分，故能有此識見，發此議論。」

周〔一〕

春秋之世，文、武之典禮未熄滅於天下，故辭命爲足恃，而莫著於鄭与周〔二〕。鄭以辭命自全其國，周之君臣，執典禮以折服天下之強疾者，則且代有其人。嗚呼，此周之僅存而不亡者也，然卒以此弱而不振。今夫衣冠揖讓，所以衛身，人之有羸毀之疾者，則必思劑藥物、適飲食以調治之。釋此不爲而獨恃衣冠揖讓，豈有濟哉？周之弱於天下也久矣。晉文公不敢請隧，楚子不敢問鼎，郤至不敢争鄇田，此皆可大有爲以与天下更始之機也〔三〕。當此之時，使内明政刑、外強主威，則天下強侯可以折箠而使。而顧若鄭之所爲何爲乎？鄭小國偪於強大，故僅恃此自全。然罕虎、公孫僑之徒尤孜孜焉，日求所以

【校勘記】

〔一〕此題目録爲「周論」。《甯都三魏全集》本在此題之前冠有《春秋列國論》總題，並有魏禧自敍：「余作《春秋列國論》十餘篇，録其可僅存者六篇。」

〔二〕与：《甯都三魏全集》本作「與」字。

〔三〕与：《甯都三魏全集》本作「與」字。

内治其國。周爲天下共主，其自強甚易，而君臣之號爲賢能者，則皆以空言守其虛禮〔一〕。爲之既效，上下相沿，遂以爲制天下之術在是也。嗚乎〔二〕！周言典禮，而卒於不振，後世以清談治國，而欲其不亡也，得乎哉？〔三〕

〔一〕虛：《甯都三魏全集》本作「虚」字。

〔二〕乎：《甯都三魏全集》本作「呼」字。

〔三〕此文之後，《甯都三魏全集》本引録門人孔之逵、彭躬庵等二人評語：門人孔之逵曰：「周以恃典禮不振，論似奇創。然君如惠、襄，臣如王孫滿、單襄公之屬，於典禮辭命外，並未見其有所作爲。即如富辰諫伐鄭，亦只能稱述親親之典，其所以處鄭者，毫未之及。細繹内外《傳》，乃知此論實正而確也。文字尤澹蕩波折。」彭躬庵曰：「周引典禮支延歲月，叔子卻就辭令上指□出自強機括，開發積弱人無數精神志氣，煞有深意。然須知古今來文者必弱，強者不文。夏、商之少康、武丁，越之句踐，絶無書本氣習。南宋禮樂詩書，雍容坐論，不到厓門舟中授《大學》不止也。哀哉！」

秦〔一〕

秦並天下，在范睢「遠交近攻」之一言。然其先世所以富強坐大西陲者〔二〕，則在近攻而遠者不交。何則？秦地介僻遠，与戎、狄爲伍〔三〕，不与中國朝聘會盟之事〔四〕，中國以此輕之，而不知秦人之謀，其所以得志者，正在於此。秦自穆公敗殽以來，初未嘗勞師於遠，《春秋》紀秦所夷滅，梁、滑而已，乃李斯所稱「並國二十，遂霸西戎」者，果何在也？然則秦之近攻亦可知矣。其後惠王不攻西周三川，而伐巴、蜀，至北攻上郡南取漢中〔五〕，猶用此策然使秦當日者求好於中國，比年而數盟，一歲而數聘，牽引

【校勘記】

〔一〕此題目録爲「秦論」。

〔二〕強：《甯都三魏全集》本作「彊」字。

〔三〕与：《甯都三魏全集》本作「與」字。

〔四〕与：《甯都三魏全集》本作「與」字。

〔五〕攻：《甯都三魏全集》本作「收」字。

宋、鄭，争長晉、楚，則將竭其財力，勞其心以奔走於道路之間，而日不暇給，又何暇畢力於耕戰之務，坐致富強〔一〕彊，卒兼天下也哉？吾故曰：秦所以得志，在近攻而遠者不交也。春秋列國，惟齊、晉、秦、楚最強大〔二〕，然秦滅國者二，齊滅國五，晉滅國十有二，楚滅國二十有一，秦之惡不如楚，而人稱虎狼之國，則不在楚而在秦，何者？楚縣陳而復，破鄭而不貪。若是者，自穆公以來所未嘗有。虎狼得獸而生之，世固無有是也。秦人之得志，莫有過於此者。秦建國六世始大，十二世而強彊，二十一世而並天下，不二世而國亡宗宗焉。嗚呼，吾未見其得也。〔三〕

〔一〕強：《甯都三魏全集》本作「彊」字。

〔二〕強：《甯都三魏全集》本作「彊」字。

〔三〕此文之後，《甯都三魏全集》本引録李咸齋、彭躬庵等二人評語：李咸齋曰：「旬吴傳十九世至王壽夢，始通中國，不數傳而夫差與晉争長，國因以亡。觀此，益知此論之精確。」彭躬庵曰：「文即有秦氣，其樸悍堅到處，豎儒作三千年夢不能到。」

春秋戰論〔一〕

《春秋左傳》，載兵戰幾數百事，余取其大且著者，摭其成敗之跡而論次之。夫古人之兵，務以奇勝。然非必有感忽悠闇，不可令後人之知，而後之人迠迠辭其所以成而就其敗。然則非知兵之難，知而不用之過也。語曰：「不見未然，當觀已往。」此事後成敗之論。後之人可以觀覽而慎其故焉。

城濮

古之善制勝者，必履天下之險，攻天下之難攻，而勝其所不可勝。盖不犯其至險〔二〕，則不足享天下

【校勘記】

〔一〕此題在目録爲「春秋戰論八篇」，並祥録有八篇目録。《甯都三魏全集》本作「春秋戰論序」。

〔二〕盖：《甯都三魏全集》本作「蓋」字。

之至安；不出其至難，則不足收天下之至易，其勢然也。且夫事有先難而後易者，亦有先易而後難者。吾力足舉其難，則易者必靡，如陳湯之破郅支，而呼韓入朝之類是也。力不足以舉其難，則先肆意于其易〔二〕，以豐吾之力，而徐爲之圖，如司馬錯不攻三川周室，而教秦惠王起兵伐蜀之類是也。難易之間，要無定勢。顧非吾力之所必不能及，則必爲其難者，以從事於一勞而長逸之勢。昔者楚方強大，侵食江、漢之諸侯〔三〕。齊桓公欲修方伯之威，興師問罪於陘，帥八國之車徒，徘徊於召陵之間，以待其盟而不敢戰。至於晉文，反國三祀，遽与楚師大戰於城濮〔三〕。觀其拘宛春，私復曹、衞，其君臣之所相与謀〔四〕，若唯恐其不得戰而遂已者〔五〕。此少年輕鋭，僥倖萬一者之所爲耳。然文公卒以大勝而覇諸侯。今夫天下之險，不可以徒犯，而艱難重大之事，非有百全之謀，定計於内，而成功於外，不可以輕出。文公外結齊、秦之大援，内有諸謀臣誘敵制勝之計。楚之君臣，其謀不協於内，而子玉以剛愎之才，僅以

〔二〕先：《甯都三魏全集》本作「姑」字。
〔三〕侯：《甯都三魏全集》本作「矦」字。
〔三〕与：《甯都三魏全集》本作「與」字。
〔四〕与：《甯都三魏全集》本作「與」字。
〔五〕已：《甯都三魏全集》本作「巳」字。

六卒〔一〕。蓋勝楚之略〔二〕，先定於胸中，是以横挑其釁而輕於一戰。宋真宗時，契丹大入。寇準建親征之策，固請渡河。於是契丹怖駭，不戰而請盟，其後數十年間卒無邊患，此盖所謂出險犯難以成大功者〔三〕。後之人觀其飲博歌呼，克禦大敵，疑若有鬼神天幸之助。然當其渡河，準言於帝曰：「王超領勁兵屯中山以搤其吭，李繼隆、石保吉分大陣以扼其左右肘，四方征鎮赴援者日至，此取威決勝之時也。」彼豈無百全之計，而以天子爲孤注哉？若寇準者，盖自唐〔四〕、宋以來一人而已矣。〔五〕

〔一〕以：《甯都三魏全集》本作「將」字。

〔二〕盖：《甯都三魏全集》本作「蓋」字。

〔三〕盖：《甯都三魏全集》本作「蓋」字。

〔四〕盖：《甯都三魏全集》本作「蓋」字。

〔五〕此文之後，《甯都三魏全集》本引録温伯芳、謝曲齋等二人評語：温伯芳曰：「論城濮人所同知，論澶淵人所未見。直以寇準收，絶不回顧，尤見力量。」謝曲齋曰：「裕齊作事，每先辦一穩字，其要緊處便辦一揀字，然揀中有穩，蓋事勢之交，有不穩則不可揀，亦有不揀則不能穩者。觀其論城濮之戰及范宣子禦欒盈，想見一班矣。」

殽一〔一〕

王者之師，計義而後動；伯者之師，計利而後動。苟有以自利其國，而卒免於後害，則違德拂義，顧有所不暇論，是則伯者之圖也。昔者晉与秦有數大惠〔二〕，而無毫髪之怨，晉無故而敗其師於殽，以先釁於強國。當是時，先軫以「不哀吾喪而伐同姓」爲秦罪。且夫滅曹分衛，晉身爲不道矣，而顧秦是責，何哉？夫予人者驕人，受人者制於人，此以知因人者之必不能免於自禍也。子糾依魯〔三〕，見殺於生竇。宋納厲公，責賂而無厭，鄭不能堪。獻公之死也，晉國内亂，夷吾因秦師，反辟於晉，其後卒敝之于韓原。吾觀夷吾，背惠反德，繆行誅殺，有自取死之道，亡國僇身，不足爲怪。然晉以新起最勝之國，師徒撓敗，葬骨郊原，秦人廢置其君，曾如反覆手之易。盖晉不足取重于秦〔四〕，而諸侯亦自此而輕晉矣。

〔一〕此題之下，《甯都三魏全集》本有魏禧自記，《魏叔子文選要》則將此記置於文末。
〔二〕与：《甯都三魏全集》本作「與」字。
〔三〕糾：《甯都三魏全集》本作「糾」字。
〔四〕盖：《甯都三魏全集》本作「蓋」字。

且夫文公復國，既又用秦人之力，文公死而襄公立。是故以分則秦太父也〔一〕，以德則造國者也。父死而孤立，則國家多難安危治亂之一日也。晉之君臣，以爲不立威則無以聾諸侯，而讋秦人非望之心，不戰勝強國，則無以立威。昔者齊桓公死，其子孝公因宋襄以定位。齊之後無復能伯諸侯者〔二〕，則以孝公因人定位，不能立威故也。山西之國，最強莫如秦。秦有廬柳之恩，而又有韓原之威，今方過軼於殽，乘其阻而虔之，制勝萬全而無後慮。此先軫所謂天奉之一時，不可失也。於是卒敗秦師而伯諸侯，雖然悖天道，絶人理，足以動天下之兵。晉之不終覆於秦也，盖蓋亦幸哉！〔三〕

如此立威，竟負大不義矣，此便開戰國狡毒之風。然鄭武公寄孥鄶君而取其國，彼急功利者不顧恩義，往往如此。晉人之謀，想當然耳。合吕相《絶秦書》擬之，論殽事者不妨作此觀。自記。

〔一〕太：《甯都三魏全集》本作「大」字。

〔二〕侯：《甯都三魏全集》本作「矦」字。

〔三〕盖：《甯都三魏全集》本作「蓋」字。此文之後，《甯都三魏全集》本引録丘邦士評語：丘邦士曰：「陰謀語出之詞氣紆徐平遠，不因古人狡險移我性情，此作者胸中造化處。」

殽二〔一〕

秦之襲鄭也，与〔二〕三大臣陰謀于戟門之内〔二〕，千里襲人。然晉人知其出師之故，其君臣之謀議所以從違之意，皆得而知之，如耳聞而面命然。古人之于敵國，未有不用間而能成功也。漢景之世，七國反叛，周亞夫討之。趙涉説曰：「吴王知將軍行，必置間人于殽、澠阨陿之間。」及亞夫至滎陽，使吏搜殽、澠間，果得之。于是安驅至于昌邑。吴、楚之謀，亦同欲以間人勝也〔三〕。孟明徑師于殽，而不虞人之乘其險，不知出趙涉之計，此所以爲晉禽哉！用間有四：有事于其國踏釁而圖之者〔四〕；有餌其臣僕漏言于我者；有離其君臣將相之交者；有使人入其境諜其事以告者。春秋時，衛欲伐邢，禮至以昆弟仕之，掖殺國子而滅邢；韓鄭國事秦，勸之開渠以罷其力；此所謂事于其國者也。越賂太宰

〔一〕此題之下，《甯都三魏全集》本有魏禧自記，《魏叔子文選要》則將此記置於文末。
〔二〕与：《甯都三魏全集》本作「與」字。
〔三〕同：《甯都三魏全集》本作「固」字。
〔四〕踏：《甯都三魏全集》本作「蹈」字。

嚭〔二〕，而勾踐反國；漢通項伯，沛公免死；此所謂餌其臣僕者也。秦欲圖趙而先去廉頗，漢欲滅楚而豫疎范增，此所謂離其交者也。趙括不知秦用武安君而敗，淮陰侯知趙不用李將軍而勝〔三〕，此所謂諜其事者也。夫用間而僅諜事以告，爭勝負于一時，此亦策之最下者。世之爲將者，則併舉其下策而棄之也。

用間之道，十三篇中已極言之〔三〕，此特因先軫一語拈出。至趙涉事，殆有巧合，其他直謂湊泊成之可也。自記。〔四〕

邲

善戰者不敗。善敗者持其勢而制之，不至于大潰而不可止。晉林父之戰于邲也，吾謂先縠獨濟之

〔二〕嚭：《甯都三魏全集》本作「且」字。
〔三〕侯：《甯都三魏全集》本作「矦」字；將軍：《甯都三魏全集》本作「左車」字。
〔三〕已：《甯都三魏全集》本作「巳」字。
〔四〕此文之後，《甯都三魏全集》本引録彭天若、李咸齋等二人評語：彭天若曰：「格力古峭，逼視周、秦。」李咸齋曰：「一結感慨，悲涼不盡。」

後，有可以救敗之道，而林父三失之。《兵法》曰：「順命爲上，有功次之。」〔一〕昔城濮之役，祈瞞奸命，舟之僑先歸，而顛頡負從亡功，咸殺無赦。蓋威克愛者勝〔二〕，愛克威者敗，所固然也。今夫毒蛇螫人指人則拔刀而斷之，非其指之不足愛，以爲愛指之足以賊吾身，故寧忍其小以不忍于其大。當是時，林父按甲堅壘，命司馬追斬先縠徇于師〔三〕，以厲三軍之用命，三軍之士，必戰栗激發以致死。苟其不能，則舉先縠而委之，或請濟師以戰，或全師而退焉，以尸亡屬之罪〔四〕，此不過棄其一指而不足恤，何林父之弗講也？惑于韓厥專罪分惡之謀，使違命者益驕而不可制。彼旃錡何所懲哉？且夫旃錡固嘗求公族與卿而弗得者也。夫拂于人者，則不可用人，非其人之所欲，則不可以使。奉使召盟，非二子之志明甚，而苟焉許之，以重其釁，其一敗不可救母惑也〔五〕。方楚之逐旃而薄晉軍，林父皷于軍中曰〔六〕：「先濟者有賞。」中下之軍爭舟而不得濟，是以大敗。吾觀鞌之戰也，郤克傷于矢，流血及屨，鼓音不絕，

〔一〕此句引自《荀子·議兵篇第十五》卷十：「临武君曰：『善！请问王者之军制。』孙卿子曰：『将死鼓，御死辔，百吏死职，士大夫死行列，闻鼓声而进，闻金声而退，顺命为上，有功次之……』」

〔二〕蓋：《甯都三魏全集》本作「葢」字。

〔三〕徇：《甯都三魏全集》本作「狥」字。

〔四〕尸：《甯都三魏全集》本作「屍」字。

〔五〕母：《甯都三魏全集》本作「毋」字。

〔六〕皷：《甯都三魏全集》本作「鼓」字。

遂大敗齊師，三逐而徑其國。林父其時使以先濟之賞，賞陷陣之士，以鼓先濟者而鼓楚師〔二〕，下令曰：「楚人薄我，我退不得濟，必殲于河，進而死敵，可以生。」林父請身先之。如此則士氣百倍，有死無二，吾未見楚之必勝而晉必敗也。士會、郤克僅殿上軍而不敗，況以三軍禦楚而不能自全，必不然矣。嗚乎〔三〕！致之死地而後生，背水決戰，争必勝之勢，此韓信所以破趙，而惜夫林父之不知此也。〔三〕

〔二〕鼓：《甯都三魏全集》本作「鼓」字。

〔三〕乎：《甯都三魏全集》本作「呼」字。

〔三〕此文之後，《甯都三魏全集》本引録丘邦士、温伯芳、門人鄧曦等三人評語：丘邦士曰：「責林父皆正論。議論一直到底，而中間自旋轉聯絡處，行文絶佳。」温伯芳曰：「前二敗真林父之罪。若謂宜以三軍進而擊楚，竊恐楚莊爲君，叔敖爲宰，有制之兵，有能之將，而欲以不和之師僥倖取勝，其必自殲於河上無疑。雖兵法有『置之死地而後生』語，然唯韓信可以料陳餘，馬謖一蹥之，遂取敗於仲達。誰謂林父乃韓信比，而楚莊、叔敖僅僅一陳餘輩乎？然則篇中移賞陷陣之議，所謂只可隔壁聽者也。但通篇行文，縱逸可誦，不得以寸短棄其尺長。」門人鄧曦曰：「救敗三道真名言確計。朱子謂林父合按兵不動，召先縠誅之。先殺違命，豈肯聽召？遣司馬追斬之可也。然春秋時偏裨皆命卿，從無主將專殺之法，則委縠于敵最爲得宜。温評謂移賞陷陣議不可行，不知此敗極爲狼狽。若致死以戰，雖不勝不過如此。是均一敗北，猶不失死綏之義。況以上軍推之，則勝負實不可知乎？」

崒

立威之道，不在于多戰勝，在于善養其威，以時動而不詘。不善養其威，則最勝之後可以敗衂而不能振。千金之弩，一發而徹三屬之甲，貫石而裂犀，及其罷也，則不能達魯縞。虎豹蕈于深山，樵蘇爲之不履；日出而攫人，人則阱而搏之。是故恃爪牙之利，以噬人無厭者敗也。猛虎暴然向逼，控拳而亢其怒，亦敗也。昔者楚靈王好戰，威殫怨積，以自斃于乾谿。吴王夫差數興征役，卒没于越〔一〕，盖二君者〔二〕，止知威在于戰勝，而不知養其威以立于不敗之道，是以戰敗而威挫。吾觀郤克聘齊，齊頃公幃婦人而笑之，于是克以魯、衛之役，請八百乘而敗齊于崒。郤子之去齊也，濟河而矢之曰：「所不此報，無能涉河。」故士會請老而授之國政，以逞其欲。彼頃公固遂以克爲泊然無所憾恨于其心耶？抑晋不足與耶？宋閔公蕲南宫長萬〔三〕，陳靈公戲夏徵舒〔四〕，雖其臣不免于弑僇，况大國之卿哉？克之

〔一〕没：《甯都三魏全集》本作「沼」字。
〔二〕盖：《甯都三魏全集》本作「葢」字。
〔三〕閔：《甯都三魏全集》本作「閿」字；蕲：《甯都三魏全集》本作「靳」字。
〔四〕公：《甯都三魏全集》本作「矦」字。

帥車徒以集于寀，其勢固若猛虎之暴然，必思搏噬而後已者〔一〕。頃公不辟其鋒，而桀然逞其輕勇，以爭一旦之命，宜乎折北不救，而幾爲晉禽也。藉富强之力，馮陵小國黷武而不止，而又以亢積怒之彊敵，所謂恃爪牙以噬人，控拳而搏猛虎，此二敗者，頃公兼之矣。晉襄公敗秦師于殽，彭衙之役又敗之，孟明增修國政，謀報其耻，濟河焚舟以伐晉。趙衰曰：「懼而增德，不可當也。」于是晉人不出。秦耀兵晉地，方洋數百里之間，取勝而還。楚子重侵衞及魯，布惠于國，悉師而起。郤克爲晉大政，不耻于失諸侯〔二〕，辟楚而不敢爭。蓋秦恃必死之心〔三〕，楚挾傾國之衆，二子知其必不可勝而不務强勝之，故不至於敗而失其盟主之勢。是殆所謂善養其威者歟？〔四〕

〔一〕已：《甯都三魏全集》本作「巳」字。

〔二〕侯：《甯都三魏全集》本作「矦」字。

〔三〕蓋：《甯都三魏全集》本作「葢」字；恃：《甯都三魏全集》本作「持」字。

〔四〕歟：《甯都三魏全集》本作「與」字。此文之後，《甯都三魏全集》本引録涂允恒評語：涂允恒曰：「養威之道，以不爭爲勝，惟能人知之。此與儒者之讓、老氏之退又自不同。議論最有實用，至其行文，則全乎蘇氏家法矣。」

鄢陵

鄢陵之役，申叔時憂楚之必敗，而范文子憂晉之必勝。楚之禍在于未敗之前，晉之禍在于既敗之後〔一〕。二子者皆老成憂國之言，而文子尤深遠而不可及。是役也，楚共王、晉厲公皆失之，是以並受其亂。古之善謀國者，必審其國之強弱而爲之制，因其弊而矯之，及其未窮而變之，則寬而不弱，强而不至于折。昔者秦以力戰取天下，亦欲以力戰守之，至于胡亥，勢已極而將斃〔二〕。使李斯于此知所變計，弛刑息兵，休役薄斂，以与天下安養〔三〕。因其郡縣，而爲之簡循良；因其銷兵器，而爲之勸農事、修禮教。則天下之民，既免於七國戰爭之患，畏其故威，而樂其新德，秦之享國雖六七百年，如商、周之曆可也。漢武黷兵，海內騷動，昭帝嗣立，此亦天下窮而將折之時也，霍光于此而不知變計，則漢可以立亡。善夫山濤之論伐吳也！杜預表請伐吳，張華推枰而贊於武帝。濤退告人曰：「外寧必有內憂，今釋

〔一〕敗：《甯都三魏全集》本作「勝」字。
〔二〕已：《甯都三魏全集》本作「巳」字。
〔三〕与：《甯都三魏全集》本作「與」字。

吴以爲外懼，豈非算乎？」宋李沆以真宗春秋方盛，天下太平，而日陳四方水旱盜賊之事。此皆有得于范氏之意者。是故得其道，則爲霍光之于昭帝；反其道，則爲李斯之于胡亥。守其弊而不變，弱則爲周之受制于諸侯〔二〕，宋之見侮于夷狄，而强則爲晉厲、楚共、秦苻堅、隋楊廣之好戰以自斃。若夫桓温、劉裕之徒，成功于外，挾震主之威，悍然行其弑逆而無所顧忌，此又師欒書之遺智，以自遂其私者。後世君臣，欲戰勝以立威于天下，其必達于范文子之説而後可也。〔三〕

平陰

善用兵者，能使戰之權在我而不在敵。是故我欲戰、敵不欲戰而能使之戰者，城濮之役是也；我不欲戰、敵欲戰而能使之不戰者，平陰之役是也。何以知平陰之不欲戰也？楚子伐隨，伯比請毁軍以

〔二〕侯：《甯都三魏全集》本作「矦」字。

〔三〕此文之後，《甯都三魏全集》本引録丘邦士、温伯芳等二人評語：丘邦士曰：「文子、山、李諸人，只能説其老成深慮耳。此更看出强盛後一種變計，非僅作憂危迂濶者，論更精實，文自縱横得大意。」温伯芳曰：「無一字不是至言要論。通篇錯引雜出，不離本旨，絶不墮喧客犯主之病，真老手奇文。」

納少師，晉得齊諜而殺諸絳市〔一〕，未有欲与人戰而洩其謀〔二〕，張其兵以示之者。然則晉何以不欲戰也？齊地大兵强〔三〕，不以謀攻之，而專務力以勝齊，齊未可必勝也。靈公無勇而輕叛晉伐魯，若童子之倡狂喜事，其發甚鋭，而持之不堅，此可以詐謀虛聲撼巳〔四〕。今夫攻人，攻其所必救；破人者，破其所恃。魯、莒之人，既脅以必救之勢，而齊侯馮陵小國〔五〕，所恃者衆耳，吾即以衆慴之，則所恃必丧，于是而齊侯果遁〔六〕。晉人乘勢攻略，与諸侯之師〔七〕，若馳無人之地，視鞌之敗又加甚焉。向使晉急於一戰，戰未必得；雖勝，未必若此其甚也。司馬懿禦蜀，孔明遺以中幗，卒不得戰。項羽戒曹咎，堅壁成皐，漢軍辱之，一戰而敗。兵無定勢，而謀無必行，要顧其敵何如耳。齊靈公使從夙沙衛守險之言，固軍高壘，以老諸侯之卒，役久食匱，必懈而還師，右奮鋭以要擊之〔八〕，晉其能果不敗乎？嗚乎〔九〕，此又

〔一〕齊：《甯都三魏全集》本作「秦」字。
〔二〕与：《甯都三魏全集》本作「與」字。
〔三〕强：《甯都三魏全集》本作「彊」字。
〔四〕虛：《甯都三魏全集》本作「虚」字；巳：《甯都三魏全集》本亦作「巳」字，當「己」之誤。
〔五〕侯：《甯都三魏全集》本作「矦」字。
〔六〕侯：《甯都三魏全集》本作「矦」字。
〔七〕与：《甯都三魏全集》本作「與」字；侯：《甯都三魏全集》本作「矦」字。
〔八〕右：《甯都三魏全集》本作「吾」字。
〔九〕乎：《甯都三魏全集》本作「呼」字。

用謀之難也！〔一〕

汋陵

鄭敗宋師于汋陵，宋恃勝也。恃勇者敗，齊頃公、晉觀虎之徒是也。恃强者亡，楚靈王、吴夫差之徒是也。天寵之，孰能殺之？問鄋瞞何以滅？恃長也。地不足欲，其誰貪之？問莒何以破三都？恃陋也。已試之利〔二〕，可以再取，何絞恃樵采之獲而踣于山下？成功之將，可以再試，何屈瑕恃蒲騷而隕于荒谷？兩國相頡，大者勝，問秦何以敗于芮？楚何以敗于羅？魯何以辱于魚門？恃其小也。再大相兩衆者勝〔三〕，問士魴何以敗于櫟？恃其少也。傳曰：「密邇仇讎。」幸而敵在千里之外，問黄何以亡？恃遠也。郥何以潰？恃城近也。《易》曰：「王公設險以守其國。」古者建國必立城，

〔一〕此文之後，《甯都三魏全集》本引録族祖石牀評語：族祖石牀曰：「駕空立論，逼真蘇明允，而空中生實尤過之，奇絶！奇絶！」

〔二〕已：《甯都三魏全集》本作「巳」字。

〔三〕再大相兩：《甯都三魏全集》本作「兩大相角」。

何邪〔一〕？問陳何以滅於楚？恃聚也。問康公何以敗于徐吾？恃戎無備也。《書》曰：「有備無患。」《兵法》曰：「攻其無備。」何邪〔二〕？吴之亡也，稻蟹不遺種。問庸何以殲于臨品？恃楚飢也。春秋子女玉帛賓服于鄰國焉，越用以霸。問許何以見伐？恃楚也。問鄧与弦〔三〕，何以滅？恃婚姻甥舅也。齊桓公死，小國不寧處，于是夫爲齊之會。滕何以恃晋伯而見伐于宋？無與者，謂之絶物；無援者，謂之絶地。徐何以恃齊救而敗于婁林？庸何以恃吴援而滅于楚？問楚何以敗吴于庸浦？恃楚喪不能師也。問吴何以敗楚于皐舟？恃吴不出不能師也。何以獻公喪而秦制晉？王官之役，晉人不出，而秦何以霸西戎？趙姬曰：「盾也才。」楚子重曰：「師衆而後可。」問何以潞滅于晉？恃才与衆也〔四〕。自單父以來，小國之以賂免者多矣。厥謂下策，然易危爲安，百不一失。問何以鄫滅于莒，萊滅于齊？恃賂也。《書》曰：「同德度義。」傳曰：「仁者無敵，不戰而服。」厥謂上策。問茲

〔一〕邪：《甯都三魏全集》本作「耶」字。
〔二〕邪：《甯都三魏全集》本作「耶」字。
〔三〕与：《甯都三魏全集》本作「與」字。
〔四〕与：《甯都三魏全集》本作「與」字。

父何以喪于泓？恃仁義也。〔二〕

〔二〕此文之後，《甯都三魏全集》本引録費所中、曾止山評語：費所中曰：「引類詳悉，可爲兵鑒。大都我可以加人者，不可恃其可加；人不可以加我者，不可恃其不加而已。覽古戒今者，莫辨於此。」曾止山曰：「文與《平論》四意格略同，此篇變化處微露巧妙耳。」

鬻拳論

兵諫之義，自古忠臣拂士之所亡有。宗社危亡之變在於呼吸，不力争而得之，則其後不可救。是以古之大臣敬其君，如天之不可犯，而其淫暴昏庸，足以危宗廟而覆國家，則放之，廢之，斷然而不疑。此其迫於所不得已，雖犯天下之公議，而不以爲非。其不濟，則殺身而無怨；濟，則富貴令名偃然受之，而不必有所引罪，賊身以自救。吾觀楚文，非有桀、紂、昌邑之不肖，而拳所以諫者，固未有安危呼吸之不可須臾緩也。且夫楚子襲息而取息嬀，以一婦人，滅人之國而不悔，此其逆天悖義，足以動天下之兵矣。彼息嬀者，非常婦人也，牀笫之間，遑其報復之心而無所不至，夫亦事之至危者，吾未聞拳於此時以死力争也。其君被大不義之名，朝夕燕臥於危亡不可測之地，而拳不之恤，顧區區於敗津之役，再行其劫君之術，則亦何所爲者？故吾以爲黄之敗，非楚人幸〔一〕，而鬻拳之幸。何則？使黄人乘楚

【校勘記】

〔一〕人：《甯都三魏全集》本作「之」字。

之敗，而楚師至於再辱，則拳雖欲死，其何以爲死耶？秦敗於殽而穆公悔過，晉敗於邲，荀林父修政以自強，其所以洗國恥而卒霸諸侯者，顧未聞其迫而出諸此。彼拳之爲人，剛狠任氣，而果於自遂。是以苟逞其心，而不暇於自擇，雖殺其身，直等之婦寺小人之愛君而巳矣〔二〕。故兵諫不足責，論其所以兵諫者，以爲人臣法〔三〕。

《魏叔子文選要》卷之中終

〔二〕巳：《甯都三魏全集》本亦作「巳」字，當「已」之誤。

〔三〕此文之後，《甯都三魏全集》本引録丘邦士、林確齋、弟和公、友姪王潔等四人評語：丘邦士曰：「別提出拳不諫不必諫處，發精鑿之論，卓肰不磨。」林確齋曰：「左氏稱爲愛君，後儒譏其不臣，此等道理，古今聚訟，得此而決。其議論精確處，足爲萬世人臣取法。」弟和公曰：「段段直接，一段數轉，行筆勁悍，氣勢奇險，格法堅緻，纖芥不得入。」友姪王潔曰：「從無証有，飄空立案，如律家比例。蘇氏最得此法，然多深文偏見，不能如此的確。先生奇文，每在恰當處，故不可及。」

《魏叔子文選要》卷之下

清　甯都　魏　禧冰叔　著

日本　美濃　桑原忱有終　選

封建一

或問于魏子曰：周之封建不可行于後世，柳宗元、蘇軾論之備矣。《詩》曰：「宗子惟城，無俾城壞，無獨斯畏。」王者易姓受命，使庶孽子孫無尺土，獨不已甚乎〔一〕！秦、漢、晉、隋之事可見已〔二〕。唐、宋聚族姓于京師，幸其易制。其後，朱温入洛，金人陷汴京，一朝而殲滅殆盡。明興，封諸王子于四方，倣漢中葉之制，世其爵不治其土，故自護衛削而天下無强藩。高煦、宸濠之亂，皆不旋踵夷滅。及其變也，子孫散處，而亦無朱温、金人之禍。子以爲何如？魏子曰：是賢于漢、唐、宋矣。然自秦以來，其制盖未有能盡善者也〔三〕。周封建仍夏、商之舊，諸姬在天下不及三十分之一，使周即不封同姓，而後世强侯侵伐天子，衰弱之害不可少減，又無晉、鄭之屬爲之依輔，故周之封建，皆不可以公私論。

【校勘記】

〔一〕已：《甯都三魏全集》本作「巳」字。
〔二〕已：《甯都三魏全集》本作「巳」字。
〔三〕盖：《甯都三魏全集》本作「葢」字。

自是而降，封國莫大于漢初，兵柄莫重于西晉，刻薄莫甚于魏，尊寵安富莫過于明。請言明制。藩王禮絕公卿，其支庶子孫皆爲王爲將軍，雖百世無或爲庶人者。然生長于深宫，老死于婦寺，不親政，不習兵，熙熙然食粟而高寢者方數百年，安不能以有爲，危不足自保。故獻賊暴起西南，所至屠戮諸王宗室不可勝數，而無能自免者，絀于勢而不習于事也。國家一敗塗地，宗子拱手奉頭而不知所救，其失盖在于不封建〔一〕。曰：周、漢之禍，明燕、漢、寧之變，不足慮歟〔二〕？魏子曰：吾非封建之如周、漢之君也，吾之封建，欲反周之制而師其意，可使國家無漢、唐、宋之害，而兼收其利。此其説莫善于顔師古。唐貞觀中，太宗令群臣議封建，魏徵、李百藥皆執爲不可，師古獨曰：「宜分王諸子，勿令過大，間以州縣，雜錯而居，互相維持，爲置官僚，皆省司選用，法令之外，不得擅作威刑，一定此制，萬世無虞。」至哉，古今不易之論也！惜其制終格不行，師古亦未能曲暢其説，而所謂置官僚者，則又有所未善。《立政》之篇曰：「夷、微、盧、烝，三亳阪尹。」傳曰：「尹，王官也；阪，險阻之地。不以封，而天子之命吏治之。」《地志》曰〔三〕：「王官所治非一，此特舉其重者。」今夫周之興也，封國盖千八百國〔四〕，盧天下之土，無不封建者，而王官所治尤多焉，此封建爲經而緯以郡縣者也。反其道而用之，故莫若以郡

〔一〕盖：《甯都三魏全集》本作「蓋」字。
〔二〕歟：《甯都三魏全集》本作「與」字。
〔三〕志：《甯都三魏全集》本作「制」字。
〔四〕盖：《甯都三魏全集》本作「蓋」字。

縣爲經而緯以封建。明幅幀之廣，軼于漢、唐，區天下而分之，凡爲京者二，爲省十有三，爲府一百五十有九，大小之州二百四十有四，爲縣一千一百七十有七，諸衞司之屬不與。誠以天子之子弟，差次以王公之封，王之略百有五十里，公之略百里，使世有其土而制其政令，以參錯于郡縣之間。且夫天下至大，天子之子弟至少也，度其人之封地，不足以當王朝十一，而又倣周阪尹之制，都會之處，險阻負隅之地，鹽鐵金錫山海之利，不以封。諸凡封建之邑，則皆夾之以大郡縣。當此時〔二〕，雖有吴、楚、淮南不肖之子弟，而亂無所于作。至于天下多事，京師有大故，則子孫之賢者可以投袂而起，而郡縣將吏，草澤之忠臣義士，得相与扶持〔三〕，藉其名實以奮發于下。諸侯王習吏事久，句練于世故，知其所以成敗，不至如飽食安寢者之驕蹇顓蒙而一無所識。其椎魯無用之人，則又散處于四方，而不虞乎聚族而殲之變。吾故曰：可使國家無漢、唐、宋之害而兼收其利者，此也。然使官僚皆選用于朝廷，則藩王終不得有爲于國，而積漸之久，必至如蕭齊典籤之禍。吾則以爲封國既小，力不足以作亂。天子但爲置師傅一人〔三〕，以公卿之老成有德量者充之。其長史以下，則廢置生殺，王得專之而報于天子。或曰：天子之子弟，是則然矣。聖人以天下爲公，其不得已而家天下者〔四〕，非徒欲富貴其子孫，亦以子孫蒙業而

〔二〕此：《甯都三魏全集》本作「是」字。
〔三〕与：《甯都三魏全集》本作「與」字。
〔三〕但：《甯都三魏全集》本作「但」字。
〔四〕已：《甯都三魏全集》本作「巳」字。

安，則天下之禍亂不作，而民生休息也。然乃使致死戮力，与我共定天下之人〔一〕，終身無尺土之奉。吾子孫之無功德而蒙先業者，富有四海，世世爲帝王不絕。此不獨無以服功臣之心，其何以謝天下？吾曰：封建之不當復，雖聖人不易也。而國家必不能不封宗子，封宗子則不得不善其法。若夫異姓諸侯之亂，其絕于天下久矣，而興之可乎？明興，報功臣以公、侯、伯三等之封，有爵而無土。嫡長世襲，支子或入武學，或立軍功，其才能者，或使掌五府之事，出平寇賊，坐鎮邊隅，非大逆無道，罕至誅削者，可謂善矣。然生不封王，裔子食禄閒居而任職者少，非制之盡善也。吾則以爲開國功臣，當差次以王、公、侯、伯、子五等之封，高其第宅，厚其田禄賜予，使其子孫世世爲王侯，与國家之支庶等〔二〕；而其賢才者，晉以將相卿貳之任，不限以文武之途，則不至於豢養無爲〔三〕。而繼世之後，文臣要吏，亦不敢侮蔑陵踐之，如昭代承平之弊，如是而功臣之心可以無憾矣。夫唐之藩鎮，封建之未成者也。當其末造，國家未至于覆亡，禍已不可勝言〔四〕，而況封建也哉。〔五〕

〔一〕与：《甯都三魏全集》本作「與」字。

〔二〕与：《甯都三魏全集》本作「與」字。

〔三〕於：《甯都三魏全集》本作「于」字。

〔四〕已：《甯都三魏全集》本作「巳」字。

〔五〕此文之後，《甯都三魏全集》本引録弟和公評語：弟和公曰：「本思古之論發爲雄文，大小本末無不兼該，折衷千古之紛紜，立百世帝王之大法。此文出，而子厚、東坡之論皆爝火矣。茅鹿門稱子厚爲千古絶作，惜其不見此耳。文分三大段，前段言封建不可廢，中段暢師古之論而補其未備，末段言異姓之不當封土，各極透暢。」

封建二

平居無土地人民政事，而欲望其扶危定傾于喪亂之日，雖湯、文之聖，難以崛起；少康之賢，難以中興。何則？其才無所布，德澤無所施，下無以懷其民，而四方無所望也。故曰：封建必世其土而制其政令。世之平也，郡國相安無事。及其變，郡縣將吏必能擇其近國宗子之賢者而戴之，宗國同時並起以誅逆亂，不待詔令，而文天祥藩鎮之勢已成〔二〕。吾嘗觀國家敗亡之際，忠臣義士代不乏人，然倉卒定策，不能深知其賢不肖，一旦戴之爲君，其後過惡顯著，或庸懦無所知識，雖心悔之不可得易，而祖宗大業亦遂因以淪胥。夫使涖政治民，威德加于百姓，賢聲聞于天下，則宗國中，苟有一人足爲少康者，天下州郡莫不願爲虞、仍。故曰：必世其土而制其政令者，此也。然明制之失，則又非特不有土治民而已〔三〕。請詳言之。明制，諸王之子，嫡長襲爵，而親王支子爲郡王，郡王支子爲鎮國將軍，鎮國

【校勘記】

〔二〕已：《甯都三魏全集》本作「巳」字。

〔三〕已：《甯都三魏全集》本作「巳」字。

子爲輔國，輔國子爲奉國，皆將軍。奉國將軍之子爲鎮國中尉，鎮國子爲輔國，輔國子爲奉國，皆中尉。自親王至奉國中尉，凡八世拜爵；而奉國中尉以下，世世拜中尉，傳于無窮。冠帶食禄不與四民之業，又凡嫁娶喪葬，主子命名〔一〕，必聞于朝廷，朝廷賜之財費皆厚贍。夫高皇帝之爲是制也，以爲遠至數十世，皆吾聖子神孫屬毛離裏之人。當時無他族屬，唯靖江王守謙一人而已〔二〕。後雖皇子浸多，除趙王已少子南之殤〔三〕，其長者二十五人耳。他日雖倍而百之，其數可知也。及神廟一十年〔四〕，宗正上屬籍者已十六萬〔五〕。烈廟之末，盖幾百萬人〔六〕，極天下之財賦，不足贍宗室之禄。而朝臣貪肆無狀，敢于凌蔑聖祖之子孫，諸凡乞請，非賄賂不行。于是有年長大而無名，男女壯且老不得嫁娶者。諸宗既奢侈成習，禄或不給，又不得業四民以贍其身，于是放僻邪侈，苟且于衣食者，至君子所不忍道。嗚乎〔七〕，高皇愛其子孫爲甚厚之制，亦豈知其敝之至于此！夫以公天下之心愛子孫，則子孫利而天下亦利；以私子孫之心治天下，則天下害而子孫亦害，故其法不可以不變。變之何如？王世貞曰：「君子之

〔一〕主：《甯都三魏全集》本作「生」字。

〔二〕已：《甯都三魏全集》本作「巳」字。

〔三〕已：《甯都三魏全集》本作「巳」字。

〔四〕一十：《甯都三魏全集》本作「十二」。

〔五〕已：《甯都三魏全集》本作「巳」字。

〔六〕盖：《甯都三魏全集》本作「葢」字。

〔七〕乎：《甯都三魏全集》本作「呼」字。

澤，五世而斬」是巳〔二〕。今夫古之族，非如今所謂同姓也。上自高曾祖考至于身，凡五世，服盡矣。下自身而子孫曾玄，凡五世，服盡矣。故雖曰九族，而實不過五世。請言其法。凡開國天子之子爲王，繼體之天子子爲公，漢明帝曰：「我子豈得与先帝子比〔三〕。」開創功大，繼體蒙業，故封子有差。凡始封之王至五世，其嫡長世世襲王爵，支子爲卿；卿之嫡爲大夫，支子爲郎；大夫之嫡爲郎，支子爲士；郎之嫡爲士，支子爲庶人。生而爵禄者，自王至于士而止。士之子嫡庶皆爲庶人，不通籍于天子而譜系其國，謂之庶宗。凡繼體之王，自六世以下，嫡子亦世世爲王，而支子爲大夫。不敢擬天子之懿親，亦五世之義。大夫以下無降，爵禄薄不得更降，此列國卿禄有異，而大夫以下從同之義。始封之公，五世嫡長襲公，支子爲大夫。繼體之公，自六世以下，嫡子亦世世襲公，支子爲郎。餘准此。凡爵命于朝廷，禄賦于其國，自卿大夫郎士皆禄而不官，官于國者必以賢。子孫衆，則卿大夫郎士多，其人未必皆賢，而王國官屬又少，此所以革世卿之弊，廣用人之途也。自卿至于士，王皆得以其賢者升于朝，天子試而用之，因其才不從其品秩。凡庶宗分執四民之業，而特免其徭，有故徙他郡國爲浮客者，王皆給以牒，使質于有司，復其家。凡生子命名，婚嫁喪葬，自王卿大夫皆聞于天子，天子賜以財；郎士則聞于王，而王賜之，其賜皆有制。凡王國必建學，庶宗爲士者，謂業儒者，非郎士之士。視其國人之士，王試

〔二〕巳：《甯都三魏全集》本亦作「巳」字，當「已」之誤。

〔三〕与：《甯都三魏全集》本作「與」字。

而録之爲生員，亦三年一試。八人王學〔一〕，三年試而録之，牒送于其省，中式者試禮部爲進士，皆不限其有無之數。國有奇材異能，堪將相方面大吏者，則王特薦之。郡縣之士可仕于王國，王國之士兼庶宗國人而言。可試於郡縣。此如周列國之制，有分土無分民之義也。但他試他仕者〔二〕，須有司及國王給牒爲驗，以防娼優、隸卒、罪人諸弊〔三〕。所録生員科舉，其名數皆有制。生員三年之試，仍照歲科並行例，廩增降黜如舊法。王官屬師傅而下，長史一人，總一國之政，任比天子之宰相，秩視三品之卿。吏、户、禮、兵、刑、工六曹各一人，任比天子六部尚書，秩視四品之大夫。學政則攝于禮曹，軍政則以兵曹爲帥。以武臣爲之，如宋之大尉〔四〕。其儀衛饍樂諸小吏，皆分統于六曹，制其員數。自長史六曹，王選之而報于天子，小吏不以聞。凡生殺廢置準此。王尊師傅而不名，非大朝賀，則師不拜，拜則王答之如賓禮。凡王五年一朝，師從，世子長史監其國。三年，王命長史及宗卿一人，無卿則以大夫。上治行于天子，貢其方物，有定制。王非朝不得出境内。此其大略也。爵公者帥，是制有差，凡軍王八百人，公五百人，郡縣有警，列國各守其境内，非調發雖追盜不得踰封。明王國有調發例。凡封國非謀叛大逆，兵入郡縣境殺天子命吏者，不絶其國，貪暴淫穢不道者，執而囚之京師，擇賢而立之。國不治者，謫

〔一〕八人：《甯都三魏全集》本作「入于」。
〔二〕但：《甯都三魏全集》本作「但」字。
〔三〕弊之前，《甯都三魏全集》本有「奸」字。
〔四〕大：《甯都三魏全集》本作「太」字。

讓其長史六曹，大則易置其吏，而朝廷三年一命大吏巡察其境。即以巡方行之，不必特命。如此則朝廷尊，藩王順，善足以治，惡不足以亂。無事，爲天子宣布德化，則收漢、唐、宋郡縣之利；有變，藉以扶持興復，則得周封建之益，豈惟子孫世世安如泰山〔二〕，雖使天下萬年有道可也。〔三〕

〔二〕如：《甯都三魏全集》本作「于」字。

〔三〕此文之後，《甯都三魏全集》本引録弟和公評語：弟和公曰：「文分三大段，首段暢前篇未盡之旨，而以有封國爲易於擇賢，爲從來右封建者所未道。次段論舊制之敝，原委洞達。末段詳封國之法，大綱既舉，萬目亦張。真三代以後未有之制也。而其文明切簡練，古法森然。」

封建三

或曰：子之法善矣。天下有變，郡縣各奉宗國，則亂賊既平，同姓必相攻而不已〔一〕，此晉八王之禍也。魏子曰：不然。晉八王無事而亂天下，吾之法，天下既失而群起以興宗國；宗國群起，而猶有一人焉得之，則吾祖宗之子若孫也。且子獨不見往事乎？秦之亡也〔二〕，陳氏一呼而天下崩裂，先後建國者二十有七。西漢末，僭國十有一；東漢末，僭國六；晉之亂，僭國十有六；隋亡〔三〕，僭國十有五；唐之衰，爲藩鎮者二十有二，爲亂賊者六；五代之際，僭國十有二；宋僭國一，亂賊九；元末僭國七。自秦至元，非帝王而僭號与竊據一方者〔四〕，凡一百四十有二家，而北之魏、齊、周，宋之遼、

【校勘記】

〔一〕已：《甯都三魏全集》本作「巳」字。

〔二〕亡：《甯都三魏全集》本作「亾」字。

〔三〕亡：《甯都三魏全集》本作「亾」字。

〔四〕与：《甯都三魏全集》本作「與」字。

金不与焉〔一〕。當是時，惟西漢劉永，東漢劉焉、劉表，北漢劉崇，四人者爲宗室，其餘一百三十有八家，則皆庶姓，非國家所建置者也，豈必同姓而後争哉。且從來國家喪敗之際，群雄並起，多竊故主名號，呼召天下。故秦之亡〔二〕，陳勝詐稱扶蘇，而項氏立楚懷王；王莽簒位，卜者王郎詐稱成帝子，盧芳詐稱武帝曾孫；至元末而乾林兒猶稱宋號〔三〕，其他忠臣義士，或親奉宗子，或遥假名號以興義師者，不可勝數。嗚呼，士大夫不幸而當其時，非甚狂悖喪心，未有不痛宗國之淪亡〔四〕，而奉異姓以滅其宗子者。吾故曰：吾之法，無漢、唐、宋之害，而兼收其利，蓋百世以俟聖人而不惑者也。〔五〕

〔一〕与：《甯都三魏全集》本作「與」字。

〔二〕亡：《甯都三魏全集》本作「亾」字。

〔三〕乾：《甯都三魏全集》本作「韓」字。

〔四〕亡：《甯都三魏全集》本作「亾」字。

〔五〕盖：《甯都三魏全集》本作「葢」字。此文之後，《甯都三魏全集》本引録弟和公評語：弟和公曰：「此篇分二段，前段明庶姓必争，不必同姓；後段言亡國之時，奉故姓者多，皆極根據的確。此篇只作第二篇餘波，而文似《漢書》論贊。」

變法上

法宜變者，乘天下之時而已〔一〕。吾辭其害，收其利，而又適當乎其時也。安於故常而不下則惑矣〔二〕。故聖人崛起，光復故業，此可大變以与天下更始之時也〔三〕。其法有三：一曰論策制科；一曰限田；一曰革奄宦。制科、限田予既論之詳矣〔四〕，請言革奄宦。夏、商以前，不聞奄人之名，至周以罪人供事，秦、漢以降，悉平民矣。天子作民父母，民有不遂其生者，則必扶養而補救之。傳曰：「山不槎蘖，澤不伐夭，殺鳥獸不以時者有禁。」仁人之於物如此其不忍也。今舉天地所生之人，使絶其生生不息之理，身瀕於死而幾幸以服吾事，何其不仁之甚也。古之聖王，日置仁人于側；下至攜僕藝人，

【校勘記】

〔一〕已：《甯都三魏全集》本作「巳」字。

〔二〕下：《甯都三魏全集》本作「變」字。

〔三〕与：《甯都三魏全集》本作「與」字。

〔四〕予：《甯都三魏全集》本作「子」字。

必極庶常吉士之選〔一〕。今賢士大夫既不得出入禁闥，与人主周旋講論〔二〕，而聚數千百匪類凶氣之人〔三〕，䍦然置一天子於其中。又其人始已犯法造惡而入於刑〔四〕，其心術既不可用，而功名之路又窮於無所往。論其罪則雖未至死，而亦極於無可加。以無所往之人，當無可加之罪，以濟其不正之心術，雜襲萃處，而不蠱惑以爲非，豈人情哉？然則聖王在上，雖使奄宦於朝廷有利無害，世固無復有可爲奄宦之人矣。吾故曰：奄宦之當革斷斷也。然女不可外，男不可內，嬪禦至多，宮中事至繁，此又不可以儒生常見擬也。革奄人則廢事而病法，法病而後復，其害必甚於未革。吾則設爲所以革之之道。盖爲之治其本〔五〕，一在於宮嬪之盛，一在天子罕接臣下，而必假奄人以出納其命。古者後妃嬪禦，有一定之數与其職〔六〕，今宜倣古而汰其餘。又常與臣下接見，早朝晏罷，或不時召見便殿，國家大政皆得面相諮覆，而中旨傳宣之事日寡，如是則其本立矣。然近世所以不能無宦寺者〔七〕，不過以宮中勞力之事無以給，則請選女子麤健者若而人爲宮婢，以供力役，備非常。以左右倉卒傳宣之命無繇得達，則請於內

〔一〕常：《甯都三魏全集》本作「掌」字。
〔二〕与：《甯都三魏全集》本作「與」字。
〔三〕凶：《甯都三魏全集》本作「兇」字。
〔四〕已：《甯都三魏全集》本亦作「巳」字，當「已」之誤。
〔五〕盖：《甯都三魏全集》本作「蓋」字。
〔六〕与：《甯都三魏全集》本作「與」字。
〔七〕近：《甯都三魏全集》本作「今」字。

外間增設一所。其男子則宿衛給事於外廷，女子則給事於内宫。内外之間，例選民間寡婦年五十以上，六十以下，端慎足使者充之。令外廷之人有擅入中舍一步者斬，宫之人有擅出中舍一步者斬。中舍之婦，可使出至廷入至宫，出入所至之地皆有限，越限者則亦必斬。唐昭宗悉誅宦官，其出監諸務者，皆令方鎮殺之。至莊宗即位，於是復求宦者。則此一二十年間，其不用奄宦亦明矣。然則奄宦固未始不可革也。〔二〕

〔二〕 此文之後，《甯都三魏全集》本有魏禧自記：「中舍選寡婦給事當有定數，不可過多，申明職掌，不得濫預他事。但不可自官府竟取，恐有中心不肯就者，官吏借法得以罔民。或使婦人親屬代爲自陳，如國初票本例，仍令其親屬通甘結狀以防奸。有司親觀選，觀其容止答應，足稱「端慎足使」四字而已。至於俸值當厚，人始樂就，法令當嚴，不許通問家信及親人來往，犯者身斬家没，人始畏法。其年過六十者未出不用，此在行法時所當斟酌周詳者也。乙酉自記。」此文之後，《甯都三魏全集》本引録彭躬庵、丘邦士、門人吴正名等三人評語：彭躬庵曰：「儒生説到奄宦，開口便不免動氣憤激，此獨從仁字説來，源委極大極正，更自動人。古乳母宫婢亂政者多矣，法可恃而不可恃。是篇根究情弊，思路曲盡，施行精審，以之治標，當無遺憾。」丘邦士曰：「議在而法井井不差，是大文章。維屏按，此不類乳母，但似宫婢，以較奄豎，亦宫婢較勝。且宫婢亂政，亦率少壯，兼與奄豎表裏，或得休沐出入耳，則此法又皆杜其端矣。」門人吴正名曰：「宫婢宿衛，久之未必無弊，然近臣下之時，多選妃嬪之數，少則端本澄源矣。余師論事，無一可議如此。」

變法下

古今之惡宦官，以其惑主擅權爲害天下也。而惡之甚者，至于欲絶其種類而後已[一]。夫獨以惑主擅權，爲宦官所宜去，則曹節、王甫之惡，未必甚於莽、卓，而李林甫、盧杞之奸不下于輔國、元振也。宦官爲惡易于廷臣者，特以其親近人主，市寵售奸，勢最便利耳。今即盡去宦官，豈能使人主左右無供奉使令之人，如其有之，則所謂市寵售奸者，昔在宦官，今在此人矣。爲此論者，不特宦官之心有所不服，其何以服人主也。古之明君賢相，思其不可去，而患其爲奸，則立法以救之，曰：卑其秩，少其數，不許讀書識字，交通外臣，言朝政是矣。然其類既得見用，則卑者可尊，少者可多，推魯者可文猾，以至于得柄。何則？宦官之在朝廷，譬猶惡草之在田，根株不盡，則滋息蔓延，必連阡引陌以害嘉禾者，勢也。昔太祖皇帝于宦官，法制訓誡，盡美盡善。及成祖之身，而其法太壞[二]。永樂元年，命内臣齊喜提

【校勘記】

[一] 已：《甯都三魏全集》本作「巳」字。

[二] 太：《甯都三魏全集》本作「大」字。

督廣東市舶。七年，遣鄭和領兵通西南夷。十三年，遣李達使西域。至十八年，而命內官主東廠，刺大小事情以聞矣。十九年，則繫尚書夏原吉、吳中等于內官監獄矣。黄福鎮交阯，馬琪誣奏其有異志。黄儼、江保等，數讒皇太子于上，詐傳上注意高燧之言于外，致孟賢變起，幾危宗社。嗚呼，以成祖之英明，親爲高帝子，而其法之壞已如此〔一〕，法尚可恃哉？吾故謂聖王在上，使罪人供事，及令人自宮以進，二者皆理法萬萬所不可，以爲陷于不仁之甚也〔二〕，則是天下不應復有宦官之類。盖吾非獨惡天下之已爲宦官者〔三〕，而實愛天下之將爲宦官者也。洪熙初，上諭刑部曰：「自官以求用者，惟圖一身富貴，而絶其祖宗父母。古人求忠臣于孝子，彼父母且不顧，豈有誠心事君。今後有自宮者，必不貸。」盖當洪熙初〔四〕，去洪武之法未遠，宦官得志者，亦未有王振、劉瑾之遇，顧自官以倖録用者，不可勝數，至職官亦或不免。上盖心傷之〔五〕，求所以革其害者而未有得也。而當時大臣，卒無有廣主上之仁心以施于仁政者。嘗讀史至光化、同光之際，未嘗不撫卷而大息〔六〕。以爲漢、唐之季，君子之欲除宦官者，殺

〔一〕已：《甯都三魏全集》本作「巳」字。
〔二〕陷：《甯都三魏全集》本作「蹈」字。
〔三〕盖：《甯都三魏全集》本作「蓋」字；已：《甯都三魏全集》本作「巳」字。
〔四〕盖：《甯都三魏全集》本作「蓋」字。
〔五〕盖：《甯都三魏全集》本作「蓋」字。
〔六〕大：《甯都三魏全集》本作「太」字。

其身，亂亡其國，後世莫不以爲戒。而莊宗承唐、梁驅除之餘，親見其害，而坐享其利，顧不思善爲之制，而詔求于四方，則何爲者？且夫莊宗當擾擾之時〔二〕，以強力取天下，其君臣不過勢利聲色之徒，初無學術忠識〔三〕，思以元后父母之道，爲天下君者，苟且自便，固無足責。仁廟以英聖之姿，守祖宗之法，天下治安，朝廷清和，此成、康、周、召制禮作樂之日也。當時蹇、夏、三楊，率皆起家經術，爲國元老，言聽計從，而不能改革制度，永絶朝廷之禍本。愛養天下之赤子，徒使聖謨數語，虚載史册〔三〕，失此萬世一時之機會。吁！可惜已〔四〕。雖然，宦官所以得志，則又有其故，不可不知也。天子高居深宫，好察察爲明。大臣專務容悦，以固位苟禄，欲求所以當上意者而亡由，故不得不寄其耳目于内侍，出漏天子之言于已〔五〕，入揚已之譽于上〔六〕。于是宦官勢日益重，而馴致於不可制。然則宦官之害，始于大臣自輕，而後宦官重；大臣自賤，而後宦官貴也。後世人主，苟不能行吾説，第倣《周禮》奄人掌于太宰之

〔二〕擾擾：《甯都三魏全集》本作「擾攘」字。
〔三〕忠：《甯都三魏全集》本作「志」字。
〔三〕虚：《甯都三魏全集》本作「虗」字。
〔四〕已：《甯都三魏全集》本作「巳」字。
〔五〕已：《甯都三魏全集》本作「巳」字，當「己」之誤。
〔六〕已：《甯都三魏全集》本作「巳」字。

制，使宰相得以制其死命，則亦庶乎得半之道矣。〔二〕

〔二〕此文之後，《甯都三魏全集》本有魏禧自記：「按，祖制不許用黥劓閹割之刑，臣下敢有奏用此刑者，文武群臣即時劾奏，將犯人凌遲，全家處死。夫有罪之人尚不許用閹刑，而乃忍加于無罪之赤子乎？雖民間自閹原非上令，而朝廷不革内官，甚或尊寵，不思左右此輩千萬人從何來耶？其勸民之閹甚矣，所謂驅而納諸罟獲陷阱也。可見聖主本有大不安之心，革去之意，特苦于無其代之之法耳。引君當道者，不可以事大情重，積習難變，而因循苟且，不致主于堯、舜也。乙酉自記。」此文之後，《甯都三魏全集》本引録彭躬庵、丘邦士等二人評語：彭躬庵曰：「革奄宦説到服其心，愛養天下赤子，古今從未有人談及。至推壞法之原，得志之故，三百年盤互奥區，盡情抉剔，如示掌中，有王者起，必來取法。」丘邦士曰：「上篇言立法，其文如清廟明神，拱挺異列。此篇言法中意，其文如后土富媪，保抱群生，絶大文字。此事理甚明白，世人反激成異論，又因而疑慮，竟不敢措手矣。此二篇只以公心正理言之，無一毫立異，與人相激之意。舅持論皆如此，直當許爲王佐之才。」

與毛馳黄論于太傅書〔一〕

夜挑燈讀大集，歎西陵才藪，文章一道，不得不首屬足下。而足下諸論，識議卓犖，尤不暇指數。獨《于太傅》上下篇，援經據史，辨論瀾翻，陸冰修、沈甸華皆深然其説，禧則最以爲未可。盖此論關係兄弟君臣大義〔二〕，言不合道，則貽禍天下萬世不小，不獨文章工拙之故，請極言之。土木之變，雖由英宗惑於小人，然年尚幼沖，初無大過。而即位廵邊，本遵祖制，非遊畋戲豫，又非逞彊黷兵，如宋襄公之取敗。景帝即不能師目夷之仁〔三〕，如何並其已立之太子廢之〔四〕？今有人出遊而爲盜所獲，弟代守其家以拒盜，及盜釋兄歸，弟終據兄産，並逐其子。若是者，使足下南面折其獄，則以爲當然否乎？雖景

【校勘記】

〔一〕此題《甯都三魏全集》本目録作「與毛馳黄書」。

〔二〕盖：《甯都三魏全集》本作「蓋」字。

〔三〕仁：《甯都三魏全集》本作「讓」字。

〔四〕如：《甯都三魏全集》本作「奈」字；已：《甯都三魏全集》本作「巳」字。

帝保國守宗廟，不同於匹夫守家，身據帝位亦已爲泰〔一〕；廢兄子，立已子〔二〕，而足下顧援父傳子之義爲解，以明太傅之不當諫。夫身本有天下者，傳子是也；兄失天下，而已百戰以得之者〔三〕，傳子可也；即坐享兄之天下，兄子未立，而立已子〔四〕，猶之可也。景帝以藩王承乏，雖天子蒙塵，京師實未破亡，其初非有百戰以恢復之，其後又非百戰勞心竭力以致迎復，坐享天下，錮兄南内，又廢其已立之子〔五〕，則是深幸其兄之災而重禍之，殘忍貪鄙於斯爲極。當時賢人君子，不惜斷要碎首，犯難而爭者，蓋義激於中〔六〕，不能自已故也〔七〕。知太子之不當廢，則知太傅之當諫。今欲曲護太傅之不諫，而並誣太子之當廢，豈其可乎？太傅手定社稷，不可以此一事没其大功，不諫之失，正不必爲太傅諱。又或大臣之諫，在造膝密勿地，非与臺諫形之章奏廷爭面折者同〔八〕。若必從爲之説，以不諫爲當然，則後世

〔一〕已：《甯都三魏全集》本作「巳」字。
〔二〕已：《甯都三魏全集》本作「巳」字，均爲「己」之誤。
〔三〕已：《甯都三魏全集》本作「巳」字，均爲「己」之誤。
〔四〕已：《甯都三魏全集》本作「巳」字，均爲「己」之誤。
〔五〕已：《甯都三魏全集》本作「巳」字。
〔六〕蓋：《甯都三魏全集》本作「葢」字。
〔七〕已：《甯都三魏全集》本作「巳」字。
〔八〕与：《甯都三魏全集》本作「與」字。

大臣，依附循嘿希旨取容者〔一〕，必皆自此說開之。夫曲護君子，固不失爲忠厚，然使人謂君子既已爲之〔二〕，又有君子從而許之，則小人僉士，率樂效尤，而中人以下皆被其惑，是全一君子，爲義甚小，而害天下後世之不得爲君子而反爲小人者甚大也。禧嘗竊謂論古人者，不可苟爲同，尤不可苟爲異。苟爲同者〔三〕，志識庸愚〔三〕，其不肖之過〔四〕，不足自顯名而已〔五〕；苟爲異者，志識高明，學問能鉤深索隱〔六〕，則附會穿鑿之處必多，足眩人聽聞，移其心術者必甚，此賢智之過，流毒所以無窮。蘇氏論文章横絶千古，後之君子不無遺憾，亦正坐此故耳。足下文當爲傳文，又虛心好學問〔七〕，信於遠邇。禧故忘其愚妄，與足下相盡，惟足下不罪且教之，幸甚！〔八〕

〔一〕附：《甯都三魏全集》本作「阿」字。

〔二〕已：《甯都三魏全集》本作「已」字。

〔三〕爲：《甯都三魏全集》本無此字。

〔三〕庸愚：《甯都三魏全集》本作「卑暗」二字。

〔四〕其：《甯都三魏全集》本作「愚」字。

〔五〕已：《甯都三魏全集》本作「巳」字。

〔六〕索：《甯都三魏全集》本作「素」字。

〔七〕虛：《甯都三魏全集》本作「虚」字。

〔八〕此文之後，《甯都三魏全集》本引録俞右吉、兄善伯等二人評語：俞右吉曰：「太子不當廢，其辨易明。文特如上水著篙，無些子鬆力處。至末叚推論尤關係學術，不獨爲一人一事救正也。」兄善伯曰：「議論放寬一步處愈刺骨，此真法家之文。」

答楊友石書

戊申六月日，禧頓首：承再賜書俱到。先生居鄉裏中簡酬答，獨拳拳於千裏外平生未嘗識面之人，厚意何可忘？孔子曰：「歲寒然後知松柏之後凋也〔一〕。」弟辛壬間曾作斯文抄寄左右，意謂非先生不足當。然今又更十五六年，乃益信。嗚乎〔二〕！人不極之嚴威之甚，歲月之久遠，亦安得有定論哉？蔡生來，敬問起居，知先生貧益甚，無一尺之土以自食。所爲冰雪草堂，苟完牆户，蔽風雨而巳〔三〕。或采摘野菜益粥食，或競日不舉火又每不免〔四〕。弟則居翠微山中，桃李梧桐之花高於屋，高竹成長林，庭中有周軒曲檻，檻前方池二丈，池上有露臺遊眺之樂。而先生顧如是。弟文有云：「貧賤患難之中

【校勘記】

〔一〕柏：《甯都三魏全集》本作「栢」字。
〔二〕乎：《甯都三魏全集》本作「呼」字。
〔三〕巳：《甯都三魏全集》本亦作「巳」字，當「已」之誤。
〔四〕競：《甯都三魏全集》本作「竟」字。

有歲寒，富貴安樂之中亦有歲寒。」見者訝其語。然竊觀二十年來，刀鋸鼎鑊，森列羅布，蹈義於前，趨死於後〔一〕，而天下士激發而起，其無所知名者，甘死如飴，百折而氣不挫，往往崛起於通都大邑窮鄉僻壤之間〔二〕。及其既已久，禁罔少疎〔三〕，時和物阜，天下相安無事，則委靡銷鑠、偷息屈首、走利乘便者，狷介賢明之士接踵而有，則何故也？然則富貴安樂，其以彫衆木而試松柏〔四〕，當更甚於貧賤患難矣！弟每自念：家日貧，舉責日重，教授所得不薄，不足以償主責者子母，而性好治居室，又不能三五日不肉食，是安所取資？惴惴然恒懼不免。每立一友石先生於其前，以當所南之九九礪礪，然未知他日究竟何似也。今年元旦試筆，得竹節箋，書其上曰：「虛汝心〔五〕，堅汝節，夏無烈日，冬無霜雪。」夫執節者久則不堅，堅節之士，則方自以爲塞兩間瀰六合，而不知事之當爲不止於是〔六〕。故其心嘗實而不虛〔七〕，不可以自益。噫！當今之世，其誰復可以聞此言者乎？禧竊言之而不自知其所終〔八〕，唯先生

〔一〕趨：《甯都三魏全集》本作「趣」字。
〔二〕起：《甯都三魏全集》本作「出」字。
〔三〕罔：《甯都三魏全集》本作「網」字。
〔四〕柏：《甯都三魏全集》本作「栢」字。
〔五〕虛：《甯都三魏全集》本作「虗」字。
〔六〕事：《甯都三魏全集》本作「士」字。
〔七〕虛：《甯都三魏全集》本作「虗」字。
〔八〕禧：《甯都三魏全集》本作「弟」字。

之有意鞭策之。蔡生傳索近作，謂將蒐輯遺文成一代文獻，弟何足與於此。謹呈《刻論》一卷，又雜抄僅十數紙不得盡，句使知已覽其得失如見肥瘦耳〔二〕。家兄《義死傳》及《論死義書》，惜不及抄。舍弟雜稿略在蔡生所，並取覽教之。〔三〕

〔二〕已：《甯都三魏全集》本作「巳」字。

〔三〕此文之後，《甯都三魏全集》本引録彭中叔、李咸齋等二人評語：彭中叔曰：「感世之言明切深痛，通篇就文字上展轉寫出自儆自懼之意，便爾怨而不怒。其就事點染，亦是陶寫悲痛，不令聲淚出紙上也。」李鹹齋曰：「凡工文字，喜聲名，愛受享，即矯矯自持，亦只做得芝蘭，做不得松柏。松柏有蒼然剥蝕意，不肯與芝蔄同芳潤也。篇中無限感慨，真堪爲我輩之礪，莫徒作一篇好文字看。」

上郭天門老師書

丙午四月既望，門下士魏禧九頓首，奉書天門夫子座下：禧贛州寧都之賤士也，崇正壬午之役〔一〕，先生較士江右，拔第五人，詰朝謁謝，先生置第一。人勿問，特召禧前曰：「往歲直指觀風，司李列子第二等，余拔而置之第一。」遂口誦首題文十數語，曰：「大破格例，非塲屋所宜。」又誦次題文數十語，曰：「此決科才也，勉之無怠。」夫士遇知已〔二〕，蒙拔識，亦其常耳。獨當時先生守嶺北，去較士之日幾二載，猶口誦其文，指其失而奬勸其美，雖父之愛子，當不過是。是以感激銘於肺腑，思得尺寸之効以報知遇。乃不二年，而有甲申之禍，馴至乙丙，東南益烈。禧亦遂棄帖括，竄伏草土，與同志十許人築室金精之第一峰，講《易》讀史，盖二十年于兹矣〔三〕。四方賢者時或惠臨，伏聞先生勁節清風，老且

【校勘記】

〔一〕正：《甯都三魏全集》本作「禎」字。

〔二〕已：《甯都三魏全集》本作「巳」字，均當「己」之誤。

〔三〕盖：《甯都三魏全集》本作「葢」字。

彌高，著作雄奇，有臨碣石觀滄海之概。禧益自幸得出門下，不敢重自菲薄，取愧長者。壬、癸之際，私念閉户自封，不可以廣已造大〔一〕，于是毁形急裝，南涉江、淮，東踰吴、浙，庶幾交天下之奇士。行旅無資，北不及燕、秦，南不得至楚，遂反山中。又以衣食無聊，授徒于建昌之新城，因得交湘潭王山長。山長才氣俯視一世，真楚風也。讀《了庵集》〔二〕，見其与先生往還書〔三〕，禧不覺正襟肅興，如對典型，乃藉手山長，奉書于左右。古人有言：「有文爲不朽。」今海内狼藉爛熳，人有文章，卑者誇博矜靡，如潘、陸、謝、沈，浮藻無質，不足言矣。高人志士，寄情于彭澤之篇，發憤于汨羅之賦，固可以興頑懦，垂金石，禧竊以爲非其至也。文之至者，當如稻粱可以食天下之飢，布帛可以衣天下之寒，下爲來學所禀承，上爲興王所取法，則一立言之間，而德与功已具〔四〕。然禧以爲傳之以文者，猶不若傳之以人。邵子曰：「人百二十年之物，故人壽有盡，而以人傳，人則無盡。」今夫寒食死灰，不能爇鳴鷄之羽，然人得以陰〔五〕，寘而熟食者〔六〕，火藏于槐柳，雖沃竈滅燭，終必可得而然。昔文中子老死河汾，其學得房、杜之

〔一〕已：《甯都三魏全集》本作「已」字，均當「已」之誤。
〔二〕庵：《甯都三魏全集》本作「菴」字。
〔三〕与：《甯都三魏全集》本作「與」字。
〔四〕与：《甯都三魏全集》本作「與」字；已：《甯都三魏全集》本作「巳」字。
〔五〕陰：《甯都三魏全集》本作「除」字。
〔六〕寘：《甯都三魏全集》本作「冥」字。

徒而傳，武德、貞觀之間，仲淹猶有生氣。龐德公之隱也，從子爲南州冠冕，諸葛公每拜牀下，其所造就此二人者，當必有道。二人遭逢昭烈，則德公可以入鹿門而不返。故曰以文爲不朽者，猶非其至也。先生抱道履德，二十年間，所著述之文与所交友造就之士〔一〕，必有偉論奇人，足以振天下之聾聵，開後世之太平者，恨禧不得羸糧侍側〔二〕，一一目見而耳聞之。比年妄有撰作，已成十卷〔三〕，無由請正，謹録雜詩文十餘紙以見意。居常披覽圖經，慨然洞庭、瀟湘之勝。及游江南〔四〕，見彭蠡、具區，以爲了不異人，不足以厭生平觀水之志，故去秋贈黄孝廉，有「生不上岳陽，死不瞑雙目」之句。他日授經之暇，倘得因束脯之餘資，沿江泝漢，泛洞庭稽天之浸，登先生之堂，瞻望容貌，讀其書，交其士，然後返跡杜影，老死窮山之中，無所復恨。先生録士多賢，如禧碌碌實不足數，故詳其本末于篇端〔五〕，亦使先生知天地變革之後，數千里之外，二十五年之久，窮邑下里尚有門下士惓惓不忘先生者如此。道遠難致，未獲莊肅，死罪死罪。〔六〕

〔一〕与：《甯都三魏全集》本作「與」字。
〔二〕羸：《甯都三魏全集》本作「贏」字。
〔三〕已：《甯都三魏全集》本作「巳」字。
〔四〕游：《甯都三魏全集》本作「遊」字。
〔五〕其：《甯都三魏全集》本作「具」字。
〔六〕此文之後，《甯都三魏全集》本引録彭躬庵評語：彭躬庵曰：「偉人偉論，此世間有數文字，所謂開拓萬古之心胸者，非此等文不足當之。」

答曾君有書

疊承教以兵學敘求治學敘書，欲使禧得獻其愚見。伏念禧知識足下久，愛足下爲文能脱去一切時俗庸人之氣，而志大才廣，不能測其所至。近諸門下生與足下周旋甚勤，頗知足下所自處，又方極齒牙之力推譽易堂，虛已下問〔一〕，不憚再三。僕則如何足爲報稱？尊敘書，日者披覽甚善。頃勺庭新甃地益敞潔，浄几明窗〔二〕，心緒恬豁。念足下意，更取二篇點次，而鄙意偶有觸發，遂出異同欲相正，非敢謂然也。然足下高明好學，當無取雷同之譽。兵爲治學之一，于天下事最爲難能，不可以輕談。敘中「兵者，人情而已〔三〕」；又謂「法者，皆情變之極致」；二言者，可謂廣大精微矣。特以文好斷續，格前後欲相爲工，遂令其指不暢。禧竊以謂明理而適于用者，古今文章所由作之本。然言之不文，行之不遠，

【校勘記】

〔一〕虛：《甯都三魏全集》本作「虚」字；已：《甯都三魏全集》本作「巳」字，當「己」之誤。
〔二〕窗：《甯都三魏全集》本作「囱」字。
〔三〕已：《甯都三魏全集》本作「巳」字。

是以有文。而天下之理与事〔一〕，有不可以盡言者，是以有含蓄之指，有難于直言者，是以有參差斷續變化之法，則皆其後起者也。辟之于水，浸灌萬物，通利舟楫，此水之本也。而江河之行，曲折洄洑，波瀾漪瀫激瀉，此水之後起而勢有不可得然者〔二〕，水蓋不恃此以爲貴〔三〕。兵法萬變不可窮詰，「人情」二語則已得其要領〔四〕，奈何不使一暢其指乎？ 天下之法貴於一定，然天下實無一定之法。古之立法者，因天下之不定而生其一定；後之用法者，因古人之一定而生其不定。蓋匪獨兵唯然也〔五〕。至於治學，則天下事無一不在其中，非有聖作明述之智，文武將相之材，鮮有能兼總而條貫之者。禧嘗欲集諸同學志當世之務者，各因所已知〔六〕，而討古論今以成其說。如平居留心官制，則使討論古人之官〔七〕；留心禮樂，則使討論古今禮樂，人任一曹或數曹。既各成書，然後合并貫穿，暢其利，杜其弊，而尤必使衆法雜陳之中，首尾不相扞格。蓋一代之治〔八〕，條分縷析，剛柔文質，各異其宜。然必有一代製作之大

〔一〕与：《甯都三魏全集》本作「與」字。

〔二〕可：《甯都三魏全集》本无此字；「然」之前《甯都三魏全集》本有「不」字。

〔三〕蓋：《甯都三魏全集》本作「葢」字。

〔四〕已：《甯都三魏全集》本作「巳」字。

〔五〕蓋：《甯都三魏全集》本作「葢」字。

〔六〕已：《甯都三魏全集》本作「巳」字。

〔七〕人：《甯都三魏全集》本作「今」字。

〔八〕蓋：《甯都三魏全集》本作「葢」字。

意，其纖悉畢到處，与其大意必相通屬〔二〕。一法雖善，不能獨行，必与他法爲表裏〔三〕。辟之作室，欂櫨、斗桷〔三〕、棟梁，必大小相灌輸扶持，一室之規模成，而後一榱一桷始有所附。故原其始，非一人獨見所能辨；要其終，又非衆人之各見所可成。時不我與，諸同志或阻隔千百里外，或以飢驅不得卒所學。禧略用心者，凡十數條，今成説者僅五六。至律曆、河渠、兵法，則尤不敢厝意。蓋自知終其身學焉而不能者也〔四〕。禧生平好讀《左氏》，于其兵事，稍有窺得失，曾著《春秋戰論》十篇，爲天下士所賞識。然嘗自忖度：授禧以百夫之長，使攻萑苻之盜，則此百人者，終不能部署，而小盜亦終不得盡。天下事口言之与手習相去有若逕庭〔五〕，有若南北萬里之背而馳者，而況于兵乎？今謹以評點二稿呈覽，惟足下更教。王生來，承賜《泰西宫室圖》，益奇妙。禧懸勺庭中，日視之，嘗若欲入而居者。非久即裁書報謝，乃竟未達。此函就，不敢輕寄，遂遲至今。禧白。〔六〕

〔二〕与：《甯都三魏全集》本作「與」字。

〔三〕与：《甯都三魏全集》本作「與」字。

〔三〕斗：《甯都三魏全集》本作「門」字。

〔四〕盖：《甯都三魏全集》本作「葢」字。

〔五〕与：《甯都三魏全集》本作「與」字。

〔六〕此文之後，《甯都三魏全集》本引録弟和公評語：弟和公曰：「語之精者可以爲經。極其用，雖《周禮》不能盡也。而氣力惇厚寬博，是集中有數文字。」

答南豐李作謀書〔一〕

僕生十一二歲，即思求友，得交志行純德者若而人〔二〕。年二十一，丁國變，則慨然願交奇偉非常之士。嗣是友道日廣，有若易堂之經術文章，程山之理學，髻峰、天峰之節義，以至四方文人奇士，僕皆得与游〔三〕，以自陶淑所不及，則又皆窺其籓籬，未登其堂奥，是以碌碌無所成立，不敢望諸君子項背。然所以恢弘其志氣，砥礪其實用者，雖不能盡變化其氣質之鄙陋，而身受諸君子之教，則既已多矣〔四〕。足下少年英篤，有古今之志，既得程山諸先生爲師友，僕所能知能言者，足下諒無不聞。而足下謙誠懇

【校勘記】

〔一〕此題《甯都三魏全集》本目録作「答李作謀書」。

〔二〕德：《甯都三魏全集》本作「篤」字。

〔三〕与：《甯都三魏全集》本作「與」字。

〔四〕已：《甯都三魏全集》本作「巳」字。

款，致書七八百言，自道嚮往之意，此誠於僕無當，僕亦何能更益足下？獨僕生平以朋友爲性命飢餓〔一〕，而十餘年間，則尤篤意於少年卓犖之人。蓋任天下難事〔二〕，當天下之變，非少年血氣雄剛不足勝任，而爲塗日長，其才与學皆可深造〔三〕，而不足量其所至。又僕所交程山、易堂、二峰之人，其長者年踰六十，少者亦且四十，皆漸就老死，終恐不獲得志於天，下以自驗其學〔四〕。古人有言曰：「火盡而火傳。」然欲火之不息，在於積薪；欲志之不滅，在于得人。頃者髻峰宋未有先生中風暴卒，易堂李咸齋先生病九日而死，僕益用危痛，而不意少年卓犖之人，遂得之足下。僕年四十有五而無子，絶續之間自有天命。然居常不憂身之無後，而憂後起者之無人。是以一見足下所論著，不勝其拳拳也。不得已而欲有以益足下〔五〕，則亦曰恢宏其志氣〔六〕，砥礪其實用而已〔七〕。所謂恢宏其志氣者〔八〕，人之患莫大乎自私自吝，安於卑俗而不以古人自期。故其下者，志在一身一家，苟安於温飽，而上不過謹言慎行，取

〔一〕餓：《甯都三魏全集》本作「渴」字。
〔二〕盖：《甯都三魏全集》本作「葢」字。
〔三〕与：《甯都三魏全集》本作「與」字。
〔四〕驗：《甯都三魏全集》本作「騐」字。
〔五〕已：《甯都三魏全集》本作「巳」字。
〔六〕宏：《甯都三魏全集》本作「弘」字。
〔七〕已：《甯都三魏全集》本作「巳」字。
〔八〕宏：《甯都三魏全集》本作「弘」字。

鄉里善人之譽。夫志極其大則安天下而有餘，極其小則事父母而不足。何者？志氣私吝，雖父母兄弟，皆視爲吾身以外之人，而不與共其休戚也。然使不能砥礪其實用，則志高而無當，言大而夸，井臼乾餱之任〔一〕，有不得其使者。故必自度吾才之所可成，孜孜然博覽古今之故，親明師良友以講求之，歷其身於事會盤錯以自試其能，而怵乎日抱處士虛聲之惧〔二〕，然後使之，任一職則必稱，爲一事則必成。雖身爲守令，下逮丞尉委吏，而其利國家、濟生民之心，則与宰相六卿等〔三〕。僕有志未逮，言之而不能行，故欲与足下共相勉〔四〕。而足下年富力强，他日如僕年歲，必當十百於僕。是故後起者，老死之所待而瞑目者也。今天下不乏卓犖之人，方其少年，熖熖然若火之始盛。既而志衰於嗜欲，氣奪於禍患，心亂於饑寒，行移於風俗，學術壞於師友，及至强立之年，則委靡浸溺〔五〕，而向時之志氣熸乎若死灰之不復然。僕願足下母以小挫而回〔六〕，母以小得而自足〔七〕，以必求爲古今有用之人，是則僕之所以報足下

〔一〕臼：《甯都三魏全集》本作「臼」字。
〔二〕虛：《甯都三魏全集》本作「虚」字。
〔三〕与：《甯都三魏全集》本作「與」字。
〔四〕与：《甯都三魏全集》本作「與」字。
〔五〕浸：《甯都三魏全集》本作「沉」字。
〔六〕母：《甯都三魏全集》本作「毋」字。
〔七〕母：《甯都三魏全集》本作「毋」字。

者，他固不足論已。〔二〕

〔二〕 已：《甯都三魏全集》本作「巳」字。此文之後，《甯都三魏全集》本引録彭躬庵、丘邦士等二人評語：彭躬庵曰：「至性噴薄而出之，切實寬平，其分殊處是《西銘》一篇着緊文字。」丘邦士曰：「其大論則恢弘，其爲論則肫實，真博厚之文。」

與諸子世傑論文書

汝近於古文已得徑路〔一〕，至入門庭，窺室堂〔二〕，則視學術至耳〔三〕。汝勇於學吾文，亦要知吾文所不工處。吾少工時文，遂術增熟，稍一放手，時弱之調，便湊筆下。又天资短〔四〕，不能多讀古書，讀輒就遺忘，以故踈薄，不能博洽出入不窮。又不曉星緯、九州、形勢、聲律、飛、走、植、潛之性，不能情狀物。審若不爾，則吾文當更磅礴也。吾好窮古今治亂得失，長議論，吾文集頗工論策。吾每謂文字古人格調已盡〔五〕，無復更有，唐宋大家，率皆割取甘羭，特出意煎烹，登俎成味，譬猶蜂采百花爲蜜，婁生聚五

【校勘記】

〔一〕已：《甯都三魏全集》本作「巳」字。

〔二〕室堂：《甯都三魏全集》本作「堂室」。

〔三〕術：《甯都三魏全集》本作「所」字。

〔四〕资：《甯都三魏全集》本作「姿」字。

〔五〕已：《甯都三魏全集》本作「巳」字。

侯之饌爲鯖〔一〕。然如蘇氏父子論，則古當不有是，不謂開創，殊不可得。吾諸論亦私自謂蘇氏後恐無其偶。吾策文《田制》、《封建》、《奄宦》等文不立規格，汩汩浩浩，雖文采不逮鼂、賈，亦竊希賈長沙〔二〕、李忠定。其他文工拙雜呈，有學不足學〔三〕，汝當以古人分別之，吾成集不能多汰故。吾前叙宗子發，言文章要在積理，吾所見地如是，非曰能至。《日録》是吾積理之書，後輩足可玩味。要如寠人數家珍，先代留遺不無好玩，而瓦釜、脚折鐺，亦充十指所伸屈。吾少好《左傳》、蘇老泉，中年稍涉他氏，然文無專嗜，惟擇吾所雅愛賞者。至於作文，則切不喜學何人，人何篇目，故文成都無專似。孔子所謂不入於室，意當在是邪〔四〕？汝學文須學古人文，不當以古人子孫爲祖父。然同時人情事相比近，吾可得知用意力處艱難所在，如見大匠斲樸〔五〕，易爲工巧，吾吮毫久不就，就了不異人，或苦繁多，求清省無處。又當轉收，左右礙滯，計乃無所出。譬猶誤上峻石，臨浪沸之水，面百筋弛〔六〕，慄不得下，見能者掉臂引足，武之所布，皆有尺寸方法，達於平地，豈不遂暢？故學今人文，有功速於古，何以，以此也。便不當

〔一〕侯：《甯都三魏全集》本作「矦」字。
〔二〕竊：《甯都三魏全集》本作「窃」字。
〔三〕學：此本有批註曰：「『學』字上下，必有脱誤。」
〔四〕邪：《甯都三魏全集》本作「耶」字。
〔五〕斲：《甯都三魏全集》本作「斵」字。
〔六〕百：《甯都三魏全集》本作「白」字。

視今人爲準的，則子孫之説，吾又故言之。舟中日視吾兄論文數十則，最得大意。其天姿高，乃都於近人近情處，故爲特妙。吾前後与陳元孝論文及他書論中〔一〕，汝采掇附之，与兄弟共觀習〔二〕，令不勝人，亦成吾一門之學。初八日，舟泊三墩，隔會城數百步，阻風不得上，書此寄汝。又因歎文章難到家處亦如此，不在多也。辛亥二月叔父書。〔三〕

〔一〕与：《甯都三魏全集》本作「與」字。
〔二〕与：《甯都三魏全集》本作「與」字。
〔三〕此文之後，《甯都三魏全集》本引録胡心仲評語：胡心仲曰：「淩碎斷續，不經意出之，其撲拙處乃益雋永，似東漢魏晉人自述之文。」

答施愚山侍讀書

己未五月朔日〔一〕，禧伏枕山中，得奉戊午長至手書暨大刻數帙，鼓舞慚愧，何如何如！往執事監司臨吉，廉仁之聲，暢于鄰郡。又聞躬自講學，會者千人，禮樂雍容，爲近世所未嘗有。易堂諸子心竊嚮往，而短垣不可踰越，歎息企踵，望風慨然。嗣桐城方密之先生郵致手札，敝邑羅山人傳口語，禧雖未獲一望顏色，聆察至論，私心感激，何日忘之。因報汪舟次書，略道傳人傳文之故，屬其轉致鄙私，未知遂達否？今具刻拙集中。執事論人，必先器識，文必先根柢，此古人所以可傳者，舉世好文之士不察也。執事書中論議，往往先得我心，而立身爲文，本末具見於此。執事爲人廉静仁厚，徵于服官。家食之日，禧又得讀執事文，簡潔而雅醇，意思深長，与古法會〔二〕，望而知爲有道者之言。嘗同兄弟省覽他刻，卷首敘論，累牘連篇，覆其姓名，忽得爽心之作，摇頭吟哦，驚喜不定，視之則必執事也。故禧平

【校勘記】

〔一〕己：《甯都三魏全集》本作「已」字。

〔二〕与：《甯都三魏全集》本作「與」字。

日最稱道執事之文。比云今之名家，清真自放，而波瀾不潤，光焰不長，則固見垣之視矣。夫才士稍涉韓、蘇，未有不能是者，顧彊出議論以爲波瀾[一]，綴拾文藻爲光焰。且夫大海之瀾，無風自生，火之炎上，虛明而無物[二]。盖水足于精則波瀾不窮[三]，火足于神故光燭物，有不知其然而然者。然不可強而有者，則未始不可學而至。愚嘗以謂爲文之道，欲卓然自立于天下，在于積理而練識。積理之説，見禧敘宗子發文。所謂練識者，博學于文，而知理之要；練于物務，識時之所宜。理得其要，則言不煩，而躬行可踐；識時宜則不爲高論，見諸行事而有功。是故好奇異以爲文，非真奇也。至平至實之中，狂生小儒皆有所不能道，是則天下之至奇已[四]。故練識如練金，金百練而雜氣盡而精光發[五]。善爲文者，有所不必命之題，有不屑言之理。譬猶治水者，沮洳去則波流大；爇火者，穢雜除而光明盛也。是故至醇而不流于弱，至清而不流于薄也。禧頻年客外，賣文以爲耕耘，求所猝應之文[六]，動多違心，

〔一〕彊：《甯都三魏全集》本作「強」字。
〔二〕盖：《甯都三魏全集》本作「虛」字。
〔三〕盖：《甯都三魏全集》本作「葢」字。
〔四〕已：《甯都三魏全集》本作「巳」字。
〔五〕而：《甯都三魏全集》本作「則」字。
〔六〕所：《甯都三魏全集》本作「取」字。

主人利于流布，輒復登板。捫心自忖，其不逮已之所言〔一〕，盖十而八九矣〔二〕，惟執事有以知其然也。若夫性理之學，禧生平疎于治經，儒先之書，間一瀏覽，未嘗專意討索。而嗜欲深重，所謂耳目之于聲色，口于味，四肢于安逸者，皆不能自克，治其氣質。又性疾僞儒，每耻言行背馳，是以粗有撰述，皆不敢依附程、朱，謬爲精微之論。自甘暴棄，固宜見絶于大君子矣。何日維舟敬亭之下，滌洗腸胃〔三〕，敬求提澌〔四〕，得聞所爲上焉者，則死且不朽。狂言無緒，暢率胸臆，奉答知已〔五〕，伏惟執事寬其罪且還教之。林確齋昨歲已作古人〔六〕，彭躬庵遠遊齊、豫，近方得信。丘邦士授經他山，頗病風嗌。易堂諸子希如晨星，不勝俯仰之感，况海内知舊零落强半〔七〕，古人所云「未免有情，誰能遣此」者，不禁俛頭歎息也〔八〕。承詢及，並報。〔九〕

〔一〕已：《甯都三魏全集》本作「巳」字，均當「己」之誤。

〔二〕盖：《甯都三魏全集》本作「蓋」字。

〔三〕滌洗：《甯都三魏全集》本作「洗滌」。

〔四〕澌：《甯都三魏全集》本作「撕」字。

〔五〕已：《甯都三魏全集》本作「巳」字，均當「己」之誤。

〔六〕已：《甯都三魏全集》本作「巳」字。

〔七〕强：《甯都三魏全集》本作「彊」字。

〔八〕俛：《甯都三魏全集》本作「低」。

〔九〕此文之後，《甯都三魏全集》本引録彭躬庵評語：彭躬庵曰：「論文一段，精要深潤，可爲文家金丹。」

孫豹人像記

墨所加縱六寸，衡八寸。有衣，有裳，有幅巾，有帶，有履。有大銅盂，平底闊中而巨口。有杯，有高木杯托。有盤，磁達且蹲，有安石榴，有桃。桃三實，榴二，綻其衣，子齒齒然，皆有緑葉藉于盤中〔一〕。左手拊盂有長瓢，見其柄。右肘露加盂口，手握柄，袒胸而笑，白須，胥疎掀動，目耽耽視木托上杯。左手拊膝，膝左竪，右膝衡屈狥地坐，朱履，裳所不掩者。頭三分加二〔二〕，裳色薄青，衣形擎，衣白而青其純，幅巾，色視裳淺，類綃，見短髪。大銅盂深碧，彫文疏〔三〕，有環。杯磁白，木托朱色，實榴桃盤，類杯。杯盂居右，榴桃盤居左。身倚盂正面，而身右欹。帶左委，自巾放履，高數盡於縱。是爲溉堂先生像。其腹皤然。盂所有，人不得見也，吾見於瓢，於杯。皤然其腹，所有人不得見也，吾見於目、眉、鼻、口、須、

【校勘記】

〔一〕于：《甯都三魏全集》本作「於」字。

〔二〕二：《甯都三魏全集》本作「一」字。

〔三〕彫：《甯都三魏全集》本作「雕」字。

髭、巾、衣、带。辛亥立夏日，易堂魏禧記。〔二〕

〔二〕此文之後，《甯都三魏全集》本引録汪舟次、劉彦度等二人評語：汪舟次曰：「從昌黎《畫記》變出一格。《畫記》人物多，故文以整齊明白爲難；《像記》人物少，故文以錯雜紛複爲奇，亦古人所論建都衢巷曲直法也。溉堂好飲酒，以詩名天下三十年。此文不著一詩酒字，並無一之字助語，特特見奇。」劉彦度曰：「文在《儀禮》、《考工》之間，句法於突拙中極變化之巧。」

燎衣圖記

《光武燎衣圖》，唐吴道子画，友人程邃得之新安僧漸江。邃字穆倩，博雅能詩，攻書画，好藏古人名跡，此圖尤有神理。画人八、馬一、驢一、牛二、犬一。大石立若闕者二，一茅亭。樹葉脱，枝槎枒高出亭上者二。亭内三人，并釜竈雜器。亭外五人。大樹一在亭前，右倚石；一倚亭後。前樹下，二牛互臥。石後立驢，見頭頸。有黑犬半出，唁唁張口吠，左立人。亭外五人：左二，带劍服弓箭，牽馬立石下，旁剌二旆卷其帛；右三，面兜鍪出石背，亦見劍鐔、矢之羽、弓、簫。亭内三人：短項隼鼻，要弢弓，左膝跪地下[一]，手厝薪吹火者一人，鄧禹；兩手奉麥飯向釜間來，豐頤者一人，馮異；一人光武帝，鞠身燎衣，背胡床向火立，細視亭屋内。又二人從壁柱間窺，各見半面。光武帝豐頤隆準，大耳高額，微髭須，縝髮，眉端從際額，目光澄渟，不耀其武，伏波將軍所謂「帝王自有真」，信與？左壁上有

【校勘記】

[一] 跪：《甯都三魏全集》本作「跽」字。

更始日曆，下壁泥落見編竹。茅亭烟突出屋脊，北風斜吹，烟穗拂高樹枝，想見于時寒冽。通幅周尺從五尺有奇，衡二尺五寸。所画人皆長尺有三寸、四寸，牛馬稱是。樹木大徑二寸八分，亭柱徑一寸三分。穆倩云：漸江盖名諸生〔二〕，世變棄妻子爲僧，更以画學名，言此得之新安吴氏也。予季弟禮嘗經光武村，作詩，予讀之慨然。今覽此圖，不勝歎息，呵凍書此。辛亥臘月朔日，易堂魏禧楊州記。〔三〕

〔二〕盖：《甯都三魏全集》本作「葢」字。

〔三〕楊：《甯都三魏全集》本作「揚」字。此文之後，《甯都三魏全集》本引録朱錫鬯、錢梅仙等二人評語：朱錫鬯曰：「不意昌黎《畫記》後，更有此作及《孫像記》，他人無此膽力。妙在筆筆變化，無一雷同處。」錢梅仙曰：「處處細碎敘寫，鈎連繩貫成一大片段。須看其著意處有著意之妙，不著意處有不著意之妙。著意處如畫龍點睛，不著意處如頰上三毛。若徒以昌黎《畫記》擬之，猶未知其深也。至結處忽入感慨，又動人千古悲涼。」

翠微峰記

翠微峰距寧都城西十里，金精十一峰之一也〔一〕。四面削起百十餘丈。西面金精者，蒼翠衺延如列屏；東面城，大赤如赭，中徑坼自山根至絶頂若斧劈然，或曰：長沙王吴芮之所鑿也。張麗英飛升，盖即其處〔二〕，相傳自上古來無或登而居者。歲甲申國變，予采山而隱。聞邑人彭氏因坼鑿磴架閣道，于山之中幹〔三〕，辟平地作屋。其後諸子講《易》，盖所謂易堂者也〔四〕。予同伯兄季弟大資其修鑿費，丙戌春，奉父母居之，因漸致遠近之賢者，先後附焉。山左幹起西閣，平石建木，簷牙窻户欄楯出雲木之

【校勘記】

〔一〕一：《甯都三魏全集》本作「二」字。

〔二〕盖：《甯都三魏全集》本作「蓋」字。

〔三〕「于」之上，此本與《甯都三魏全集》本均有小字「句」字。

〔四〕盖：《甯都三魏全集》本作「蓋」字。

半〔一〕，右幹作横屋，東面大江，城郭歷歷，東南隅閣之腋搆草堂，阻石爲池，蓮華滿其中，曰「勺庭」，予獨居之。環屋樹桃華，彭子躬庵詩曰：「雲中蓮葉秋池艷，天半桃花春井香。」盖謂此也〔二〕。山前後各有並石如桃實，皆曰「雙桃石」。自易堂郎門經高柳，度方塘，北循左厓，亂藤幽蔭數十步，有泉從石罅出，味清洌，秋冬大旱無絶流。瀦以爲井，而後之桃石當其缺，故謂之曰「桃井」。加露板爲汲道，行人望之如雲中。壬辰秋，土賊四起，彭氏屬於賊〔三〕，諸子去之，彭氏遂據諸財物，因以脇諸子。于是邑帥遣人謀誅之，詭而登，彭氏衷甲飲之，顧謂其人曰：「吾嘗笑荆軻提一匕首入不測之强秦〔四〕，自尋誅滅〔五〕，豈不甚愚哉！」其人笑不答。既与爲觀要害地〔六〕，因左顧，遂發匕首揕其喉〔七〕，据石礫首碎之，復還飲所，取二佩刀去，山遂墟〔八〕。明年，伯子歸自廣，卒復之，諸子之散處者咸集，以謂彭氏既當罪，功不可滅，乃祔而祀諸社。凡登山左自金精、右山塘至者，皆經前雙桃石。迤北至山門，緣坼上磴四十

〔一〕窻：《甯都三魏全集》本作「囱」字。
〔二〕盖：《甯都三魏全集》本作「蓋」字。
〔三〕於：《甯都三魏全集》本作「于」字。
〔四〕匕：《甯都三魏全集》本作「七」字。
〔五〕滅：《甯都三魏全集》本作「威」字。
〔六〕与：《甯都三魏全集》本作「與」字。
〔七〕匕：《甯都三魏全集》本作「七」字。
〔八〕墟：《甯都三魏全集》本作「墟」字。

餘步，穴如甕口，登者默從甕中出，側身東向，僂行十餘步，又直上百十磴，曰「烏榖」。谷如陶穴，鞠躬進之。上穹隆如屋，架樓其中，矚蹊徑、眺城邑，爲守望焉。又上數百步，梯磴相錯，凡數絕，乃至于頂。蓋此峰迤邐竟里〔一〕，旁無援輔，自下仰之，如孤劍削空，從天而仆。上則岐而三之：中高，与縮〔二〕，左展。結屋者必山翼。山中灌木鬱勃陰森，見者疑有虎豹。然自猿狖飛鳥而外，則皆不能至焉。庚辛間，有西北善兵者至門而窺去，謂人曰：「就使于甕口徹其閘，使二尺童子折荊而守之〔三〕，雖萬夫誰敢進者？」先是豐城人數百里來覓躬庵，問關山下，遇樵者指之曰：「從此登。」客笑而怒曰：「此豈人所到耶？」遂竟去。壬寅三月，伯子將北行，画圖于扇〔四〕，命予記其略。或曰：此山名石鼓峰也。土人以其東面赤峰〔五〕，呼曰「赤面石」〔六〕。躬庵舊有記，特詳。〔七〕

〔一〕盖：《甯都三魏全集》本作「葢」字。
〔二〕与：《甯都三魏全集》本作「右」字；此本有批註曰：「与，恐『右』字誤。」
〔三〕二：《甯都三魏全集》本作「三」字。
〔四〕画：《甯都三魏全集》本作「畫」字。
〔五〕面：此本有批註曰：「面，一作『南』。」峰：《甯都三魏全集》本無此字。
〔六〕「呼」之前，《甯都三魏全集》本有「群」字。
〔七〕此文之後，《甯都三魏全集》本引録陸冰修評語：陸冰修曰：「奇地、奇事、奇文，此等文唐人以下不能作。」甘健齋曰：「寫登山處，文中有畫。」

吾廬記

季子禮既倦於游[一]，南極瓊海，北抵燕，於是作屋於勺庭之左肩，曰：「此真吾廬矣。」名曰「吾廬」。廬於翠微址最高，郡山宫之[二]，平疇崇田，參錯其下，目之所周，大約數十里，故視勺庭爲勝焉。于是高下其徑，折而三之。松鳴于屋上桃、李、梅、梨、梧桐、桂、辛夷之華蔭於徑下。架曲直之木爲檻，堊以蜃灰，光燿林木[三]。客曰：「斗絶之山，取蔽風雨足矣，季子舉債而飾之，非也。」或曰：「其少衰乎？其將懷安也？」方季子之南游也，驅車瘴癘之鄉，踏不測之波[四]，去朋友，獨身無所事事，而之瓊海。至則颶風夜發屋，臥星露之下。兵變者再，索人而殺之，金鐵鳴於堂户，屍交於衢，流血溝瀆，客

【校勘記】

[一] 游：《甯都三魏全集》本作「遊」字。

[二] 郡：《甯都三魏全集》本作「群」字；此本有批註曰：「郡，恐『群』誤。」宫：此本有批註曰：「宫，恐『宇』誤。」

[三] 燿：《甯都三魏全集》本作「耀」字。

[四] 踏：《甯都三魏全集》本作「蹈」字。

或以聞諸家，家人憂恐泣下，余談笑飲食自若也。及其北游山東，方大飢，飢民十百爲群，煮人肉而食，千里之地，草絶根，樹無青皮，家人聞之，益憂恐，而季子竟至燕。客有讓余者曰：「子之兄弟一身矣，又唯子言之從，今季子好舉債游，迬迬無故衝危難〔一〕、冒險阻，而子不禁，何也？」余笑曰：「吾固知季子之無死也。」吾之視季子之舉債冒險危而遊〔二〕，与舉債而飾其廬〔三〕，一也。且夫人各以得行其志爲適，終身守閨門之内，選耎趦趄，盖井而觀〔四〕，腰舟而渡，遇三尺之溝則色變，不敢跳越，若是者吾不强之適江湖。好極山川之奇，求朋友，攬風土之變，視客死如家，死亂如死病，江湖之死如衽席，若是者吾不强之使守其家。孔子曰：「志士不忘在溝壑。」夫若是者，吾所不能也，吾不能而子弟能之，其志且樂爲之，而吾何暇禁？季子爲余言渡海時，舟中人眩怖不敢起，獨起視海中月，作《乘月渡海歌》一首；兵變，闔門而坐，作《海南道中》詩三十首。余乃笑，吾幸不憂恐泣下也。廬已成〔五〕，易堂諸子自

〔一〕迬迬：《甯都三魏全集》本作「往往」。
〔二〕遊：《甯都三魏全集》本作「游」字。
〔三〕与：《甯都三魏全集》本作「與」字。飾：《甯都三魏全集》本作「餙」字。
〔四〕盖：《甯都三魏全集》本作「葢」字。
〔五〕已：《甯都三魏全集》本作「既」字。

伯子而下皆有詩〔二〕，四方之士聞者，咸以詩來會，而余爲之記。〔三〕

〔二〕子：《甯都三魏全集》本作「兄」字。

〔三〕此文之後，《甯都三魏全集》本引録涂宜振、丘邦士等二人評語：涂宜振曰：「記吾廬只數語，通篇全寫季子生平胸次，文字便活脱不羈。其著眼著手處，别有懇到，慎勿作《逍遥遊》、《齊物論》看。」丘邦士曰：「此文之妙，寫季子意全不著慷慨磊落意。況文字亦全不爲活脱不羈，只語語真到，而徒著一志字，並不指悉志何所屬。余嘗謂昔人稱《左傳》文字高深若山水，《左傳》高深處，三千年來看見者絶少，此文正是得《左傳》高深處。」

文木屏記

余客橫溪，得文木之屏三。一方九寸；攢嵐積嶂，岩壑百狀；夾山之間，瀑布潰下，注而復瀉，波瀫沫起迴薄，流於無際〔一〕。屏陰亦然。文皆隆起，山水之皴，可捫而得也。一方六寸，空濛中，見羅漢騎獅子，頭、目、口、耳、鼻、須、眉、卷髮、毛尾畢具。一峰再成〔二〕，有大鳥翔起，展翅垂尾，眼味頭頸歷歷，向朝陽而鳴〔三〕，若丹山鳳翥，高七寸，廣視高減七之三、加二之六也〔四〕。狀層巒飛瀑及鳳翥者，得板

【校勘記】

〔一〕「流」之上，此本與《甯都三魏全集》本均有小字「句」字。

〔二〕此本有批註曰：「『峰再成』三字，恐有脱誤。」

〔三〕「向」之上，此本與《甯都三魏全集》本均有小字「句」字。

〔四〕二：《甯都三魏全集》本作「一」字。

於橫溪文學孔生家〔二〕。羅漢獅者，友人貽槃一枚，予察其異，命工截之，製爲屏。橫溪盱〔三〕，新城之西鄉也。地連閩，閩多産此木。然文必數百歲，合抱之，得人五六手。異者：山、水、人、獸、龍、鳳、雨、雲、花、樹、螺、蛤，奇怪一一如寫〔三〕。竊嘆天地至文，不假彫琢〔四〕，自然變化，既生樟、柏〔五〕、松、杉，爲人上棟、下宇、榱桷、欂櫨，以安其身，而娱耳目、悦心志之物，迸迸錯生其間〔六〕，天地之於人亦至矣〔七〕！閩山中人利其木炭堅，每伐以爲薪，或爲屋壁脚櫓圕之屬。工云，木皮一二尺許，白無文，其美在中，故人不易識。解木心者，四面橫斜曲直鋸之，錯節根盤處，文最奇密。工雜作槃榼、筆斗、硯匣、厨、床、几，几或長丈，廣尺二寸以上，粤東花梨、滇櫻木皆文不及。孔生雅好之，嘗求木數百里外，鳩工作而市，故器盛于新城〔八〕，而橫溪工爲能。新城人呼曰「花木」。余客五載，購之衆，獨此三板爲絶也〔九〕。

〔一〕板：《甯都三魏全集》本作「版」字。
〔二〕盱：《甯都三魏全集》本作「旴」字。
〔三〕怪：《甯都三魏全集》本作「恠」字。
〔四〕彫：《甯都三魏全集》本作「雕」字。
〔五〕柏：《甯都三魏全集》本作「栢」字。
〔六〕迸迸：《甯都三魏全集》本作「往往」。
〔七〕於：《甯都三魏全集》本作「于」字。
〔八〕于：《甯都三魏全集》本作「于」字。
〔九〕板：《甯都三魏全集》本作「版」字。

桐城方太史云：即紅豆樹，所謂相思木是也。一云瀏翅木〔二〕，一云鷄翅木，皆以其文似之，故名。近有司誅求甚盛，工頗失業，閩界木亦垂盡云。〔三〕

〔二〕翅：《甯都三魏全集》本作「鸂」字。
〔三〕此文之後，《甯都三魏全集》本引録彭躬庵評語：彭躬庵曰：「寄託深而無跡，尤妙能脱去韓、柳。」

邵子湘五真圖記〔一〕

邵子命梁谿生圖其像，凡五變，屬予記之。人不變者心，然唯心能變境，故意之所造，則無求不得其意。西方之書曰：「思蹋縣崖，足心酸澁，談説酢梅，口中出水。」二柱曰：「内想大火，久之覺熱，内想大水，久之覺寒。」知此説者，天地之德皆可同之。且夫一人之身，意至而境變，境至而形變，雖倍五至于十，遞至百千万億〔二〕，而且何有焉？邵子高才工文章，有用世之志，爲遺世之想；以讀書始而將以逃禪終。其一，貂冒赤纓，坐大石，左手展卷，右手著膝上，听然而笑〔三〕。梧陰覆之，修竹環其旁，水淙淙循竹間去，曰《展卷圖》。其二，披襟摇羽扇，坐大柳樹下，左手反据樹根〔四〕；一童驅黑牛，

【校勘記】

〔一〕此題《甯都三魏全集》本於目録作「五真圖記」字。

〔二〕万：《甯都三魏全集》本作「萬」字。

〔三〕听：《甯都三魏全集》本作「聽」字。

〔四〕据：《甯都三魏全集》本作「據」字。

過其前水田中；白鷺三，一飛去，二掠波欲下，曰《課耕圖》。其三，戴淵明巾，棕屦布袍，支方竹杖，向丹厓疊嶂間行，曰《遊岳圖》。其四，坐小漁舩〔二〕，翦笠持竹竿，一手自撚須，眼著釣絲；舩尾隱汀蘆中〔三〕，蓬艙施幔，幔中見書帙茶具，曰《垂竿圖》。不作洞庭烟水〔三〕，盖邵子青門圃間溪汀也〔四〕。其五，爲頭陀形，趺坐山巖下，巖上翠藤青蔓，纏絡摇綴，藤花簌簌欲墜，曰《蕉團圖》。〔五〕

〔二〕舩：《甯都三魏全集》本作「船」字。

〔三〕舩：《甯都三魏全集》本作「船」字。

〔三〕烟：《甯都三魏全集》本作「煙」字。

〔四〕盖：《甯都三魏全集》本作「蓋」字。

〔五〕此文之後，《甯都三魏全集》本引録陳椒峰評語：陳椒峰曰：「嘗憾昌黎《畫記》一結不稱全文之古。如此格力，真爲過之，而用意處更高邁絶倫。」

白渡汎舟記

丁巳四月，予訪蕭子孟昉于白渡〔一〕，舍龍眠陳子之室。門臨清溪，平坡曼衍，緑草延緑〔二〕，洲渚廻間〔三〕。黄犢烏犍，散放其間〔四〕，或嚙或飲，或寢或犇。隔岸有高樹斷林，屋瓦上下，隱隱見大江。遠山黛横，平截天末。予甚樂之，獨恨未有亭閣足游憩。五月八日，晴天無雲，江水倒入，浸灌坡陀，緑頂微出。明日大漲，東西瀰漫，勢合大江。極目所周，不下千里〔五〕。五抱之樹，叢篠瓠蔓，植半水中。孟昉

【校勘記】

〔一〕于：《甯都三魏全集》本作「於」字。

〔二〕緑：《甯都三魏全集》本作「緣」字。

〔三〕廻：《甯都三魏全集》本作「迴」字。

〔四〕放：《甯都三魏全集》本作「牧」字。

〔五〕千：《甯都三魏全集》本作「十」字。

方營滕寓，予薄莫過之，登黛横樓以觀，漲水周虎落，樓在中央。孟昉曰：「月出風微，与子汎舟乎〔一〕？」予大喜。於是牽野航、懸躡板而坐，浮乎中流。波平如絙〔二〕，人影在江。予謂孟昉曰：「吾性翫花月，觸緒紛來，不能自定，唯臨流水則忘憂。」孟昉曰：「人生適意爲樂耳，苟能自樂，何往非水？吾明年六十，其何不自解天之弢爲？《詩》曰：『子有酒食，何不日鼓瑟？且以喜樂，且以永日。宛其死矣，他人入室。』」時同汎者，孟昉二子從湞、從沛，弟子從泓，妹壻陳子則象，白水僧寂聞。孟昉乃指二子而謂予曰：《詩》所謂「他人」，匪他，此即是也。人苦樂不相代，如食木果，甜酸自知耳。既夜，舟子廻船鼓枻〔三〕，予扣舷而歌曰：「山杳靄兮月霏微，水澹澹兮吾何之？洞庭無風兮彭蠡不波，葉陂。吾徜羊兮風吹衣。」〔四〕

〔一〕与：《甯都三魏全集》本作「與」字。
〔二〕絙：《甯都三魏全集》本作「紘」字。
〔三〕廻船：《甯都三魏全集》本作「迴船」。
〔四〕羊：《甯都三魏全集》本作「徉」字。此文之後，《甯都三魏全集》本引録蕭孟昉評語：蕭孟昉曰：「寫景處有難画之工，無一筆依傍《赤壁》，而旨益高妙。歌寓意自深，但覺瀟灑出塵耳。」

重建平山堂記

平山堂距楊州城西北五里許〔一〕，宋歐陽文忠公所建。公守郡時，當慶曆末，天下太平，公治尚寛簡，故獲興是役，与賔僚飲酒賦詩其中〔二〕。今六百餘年，廢興不一，至於蕩爲榛蕪，盜據爲浮屠，而其地以公故，益名於天下，登臨者慨然有峴首之思焉。楊州古稱名勝〔三〕，然絶少山林邸壑之美〔四〕。城以内惟康山一阜頗三面見邗水外，則平山堂望江南諸山最暢。泰山既屋〔五〕，而平山堂又久廢矣。自堂建

【校勘記】

〔一〕楊：《甯都三魏全集》本作「揚」字。

〔二〕与：《甯都三魏全集》本作「與」字。

〔三〕楊：《甯都三魏全集》本作「揚」字。

〔四〕邸：《甯都三魏全集》本作「丘」字。

〔五〕泰：《甯都三魏全集》本作「康」字。

後，楊州數遭兵禍〔一〕。至紹定初，歷一百八十有二年，而李全之亂，猶置酒高會於平山堂。豈斯堂倖免兵火，抑燬廢復有賢者修舉之耶？今觀察金公，前守斯郡，政既成，慨先賢之不祀，郡之最勝地久廢，与鄉大夫汪君蛟門謀〔二〕，廓然新作之，不以一錢會諸民。五旬而堂成，有堂、有臺，其後有樓翼然，以祀文忠公。軒敞鉅麗，吐納萬景，視文忠當日，不知何如？而觀察公化民善俗之意，亦因可以推見。盖楊俗五方雜處〔三〕，魚鹽錢刀之所輳，仕宦豪強所僑寄，故其民多嗜利，好宴遊〔四〕，徵歌逐妓，袨衣媮食以相誇耀，非其甚賢者，則不復以文物爲意。公既修舉廢墜，時与士大夫過賔〔五〕，飲酒賦詩，使夫人耳而目之者，皆欣然有山川文物之慕，家吟而户誦，以文章風雅之道，漸易其錢刀駔儈之氣。而楊土洿曼平衍〔六〕，惟此山差高，足用武之地。公建堂其上，又習以俎豆之事，仰將以文章靖兵氣焉〔七〕。公名鎮，字

〔一〕楊：《甯都三魏全集》本作「揚」字。
〔二〕与：《甯都三魏全集》本作「與」字。
〔三〕盖：《甯都三魏全集》本作「蓋」字；楊：《甯都三魏全集》本作「揚」字。
〔四〕宴：《甯都三魏全集》本作「晏」字。
〔五〕与：《甯都三魏全集》本作「與」字。
〔六〕楊：《甯都三魏全集》本作「揚」字。
〔七〕仰：《甯都三魏全集》本作「抑」字；章：《甯都三魏全集》本作「事」字。

長真，浙之山陰人。丁已仲秋[一]，余客楊州[二]，公適自江南來攝鹽法，乃停車騎，步趾委巷而揖余，以記見屬。余惟康山以康公海得名，平山堂以歐陽公名天下。嗟乎，地以人重，公其自此遠矣。[三]

[一] 已：《甯都三魏全集》本作「巳」字。

[二] 楊：《甯都三魏全集》本作「揚」字。

[三] 此文之後，《甯都三魏全集》本引録黄仙裳、汪蛟門二人評語：黄仙裳曰：「紆徐逸宕，歐陽子之文也。長真先生得之擊節，報書云：『當日廬陵搆此，竟未作記，而東坡諸公何以亦無文紀其事，不獲比于《醉翁》、《豐樂》？得先生大文補此缺陷，不獨山靈生色，併有光昔賢多矣。』附誌此，以爲一則佳話。」汪蛟門曰：「歐陽公建堂，當太平無事之日，金觀察修復，直兵戈屢廢之餘，前後相映，自是有情。文中大關鍵在化民善俗，立論得體，而波瀾淡宕，回折多姿，尤見用筆之妙。」

大鐵椎傳

庚戌十一月，予自廣陵歸，与陳子燦同舟〔一〕。子燦年二十八，好武事，予授以《左氏》兵謀兵法。因問數游南北，逢異人乎？子燦爲述大鐵椎，作《大鐵椎傳》。

大鐵椎，不知何許人，北平陳子燦省兄河南，與遇宋將軍家。宋，懷慶青華鎮人，工技擊七首〔二〕，好事者皆來學，人以其雄健，呼宋將軍云。宋弟子高信之，亦懷慶人，多力善射。長子燦七歲，少同學，故嘗与過宋將軍〔三〕。時座上有健啖客，貌甚寢，右脇夾大鐵椎，重四五十斤，飲食拱揖不暫去。柄鐵摺疊環複如鎖上練，引之，長丈許。与人罕言語〔四〕，語類楚聲。扣其鄉及姓字，皆不答。既同寢，夜半，客

【校勘記】

〔一〕与：《甯都三魏全集》本作「與」字。

〔二〕七首：《甯都三魏全集》本作「七省」。

〔三〕与：《甯都三魏全集》本作「與」字。

〔四〕与：《甯都三魏全集》本作「與」字。

曰：「吾去矣！」言訖不見。子燦見窻户皆閉〔一〕，驚問信之。信之曰：「客初至，不冠不襪，以藍手巾裹頭，足纏白布。大鐵椎外，一物無所持，而腰多白金。吾与將軍俱不敢問也〔二〕。」子燦寐而醒，客則鼾睡炕上矣。一日，辭宋將軍曰：「吾始聞汝名，以爲豪；然皆不足用。吾去矣！」將軍彊留之，乃曰：「吾嘗奪取諸响馬物，不順者，輒擊殺之，衆魁請長其群，吾又不許，是以讎我。久居此，禍必及汝。今夜半，方期我決鬭某所。」宋將軍欣然曰：「吾騎馬挾矢以助戰。」客曰：「止！賊能且衆，吾欲護汝，則不快吾意。」宋將軍故自負，且欲觀客所爲，力請客。客不得已〔三〕，与偕行〔四〕。將至鬭處〔五〕，送將軍登空堡上，曰：「但觀之〔六〕，慎弗聲，令賊知汝也。」時雞鳴月落，星光照曠野，百步見人。客馳下，吹觱篥數聲。頃之，賊二十餘騎四面集，步行負弓矢從者百許人。一賊提刀縱馬奔客，曰：「奈何殺我兄？」言未畢，客呼曰：「椎！」賊應聲落馬，馬首盡裂。衆賊環而進，客從容揮椎，人馬四面仆地下，殺三十許人。宋將軍屏息觀之，股栗欲墮，忽聞客大呼曰：「吾去矣！」地塵且起，黑煙滚滚東向

〔一〕 窻：《甯都三魏全集》本作「囱」字。
〔二〕 与：《甯都三魏全集》本作「與」字。
〔三〕 已：《甯都三魏全集》本作「巳」字。
〔四〕 与：《甯都三魏全集》本作「與」字。
〔五〕 鬭：《甯都三魏全集》本作「鬬」字。
〔六〕 但：《甯都三魏全集》本作「但」字。

馳去。後遂不復至。

魏禧論曰：子房得力士椎秦皇帝博狼沙中，大鐵椎其人與？天生異人，必有所用之。予讀陳同甫《中興遺傳》，豪俊俠烈魁奇之士，泯泯然不見功名於世者，又何多也！豈天之生才，不必爲人用與？抑用之自有時歟〔二〕？子燦遇大鐵椎爲壬寅歲，視其貌，當年三十，然則大鐵椎今四十耳。子燦又嘗見其寫市物帖子，甚工楷書也。〔三〕

〔二〕歟：《甯都三魏全集》本作「與」字。

〔三〕此文之後，《甯都三魏全集》本引録彭躬庵、陳椒峰等二人評語：彭躬庵曰：「若滅若没，疑城八面。須知是寫鉅鹿、昆陽、王鐵鎗筆法，不是傳紅線、聶隱娘，局段中有物在故。」陳椒峰曰：「摹寫處，奕奕有生氣；頓挫虛實之妙，真神明于《左》、《史》者。」

賣酒者傳

萬安縣有賣酒者，以善釀致富。平生不欺人，或遣童婢沽，必問：「汝能飲酒否？」量酌之曰：「毋盜瓶中酒〔一〕，受主翁笞也。」或傾跌破瓶缶，輒家取瓶更注酒，使持以歸。由是遠近稱長者。里有事醵飲者，必會其肆。里人有數聚飲平事不得決者，相對咨嗟，多墨色。賣酒者問曰：「諸君何爲數聚飲，平事不得決，相咨嗟也？」聚飲者曰：「吾儕保甲貸乙金，甲逾期不肯償，將訟，訟則破家，事連吾儕數姓人，不得休矣。」賣酒者曰：「幾何數？」曰：「子母四百金。」賣酒者曰：「何憂？」立爲出四百金代償之〔二〕，不責券。乙得金欣然，以爲甲終不負巳也〔三〕。四年，甲乃僅償賣酒者四百金。客有

【校勘記】

〔一〕母：《甯都三魏全集》本作「毋」字。

〔二〕立爲：《甯都三魏全集》本作「爲立」。

〔三〕巳：《甯都三魏全集》本亦作「巳」字，當「己」之誤。

囊重資於塗〔一〕，甚雪，不能行。聞賣酒者長者，趨寄宿。雪連日，賣酒者日呼客同博，以贏錢買酒肉相飲啖。客多負，私怏怏曰：「賣酒者乃不長者耶？然吾已負，且大飲啖，酬吾金也。」雪霽，客償博所負行。賣酒者笑曰：「主人乃取客錢買酒肉耶？天寒甚，不名博，客將不肯大飲啖。」盡取所償負還之。術者談五行，立決人死，疏先後宜死者十許人〔二〕，尅以日月，賣酒者名第七。諸應期死者六人矣。賣酒者將及期，置酒召所買田舍主，畢至，曰：「吾往買若田宅，若中心願之乎？價無虧乎〔三〕？」欲贖者視券價，不足者追償以金。又召諸子貸者，曰：「汝貸金若干，子母若干矣。」能償者損其息，貧者立折券還之，曰：「母使我子孫患苦汝也〔四〕。」及期，賣酒者大會戚友，沐棺更衣待死。是日也，賣酒者顏色陽陽如平時，戚友相候視，至夜分迺散去。其後第八人以下各如期死，賣酒者更活七年〔五〕。魏子曰：「吾聞賣酒者好博，無事則与其三子終日博〔六〕，喧呼無家人禮〔七〕。或問之，曰：『兒輩嬉，否則博他人家，敗吾產矣。』嗟乎，賣酒者匪惟長者，抑亦智士哉！」賣酒者姓郭名節，他善事頗衆。余聞

〔一〕塗：《甯都三魏全集》本作「途」字。
〔二〕疏：《甯都三魏全集》本作「疏」字。
〔三〕無：《甯都三魏全集》本作「毋」字。
〔四〕母：《甯都三魏全集》本作「毋」字。
〔五〕更活：《甯都三魏全集》本作「活更」字。
〔六〕与：《甯都三魏全集》本作「與」字。
〔七〕呼：《甯都三魏全集》本作「争」字。

之歐陽介庵云〔二〕。

〔二〕余：《甯都三魏全集》本作「予」字。此文之後，《甯都三魏全集》本引録歐陽介庵評語：歐陽介庵曰：「予習聞賣酒者事，欲往見之，未果而卒，嘗嘗爲人道之也。今得此文寫生，筆筆活動，似長者，似俠客，似詼諧，于古今盛德中別標一種風格，便將其人逼出紙上矣。篇中連用十四『賣酒者』，筆法從《史記》來，見市民中有如此人，尤不易得。」

丘維屏傳

丘維屏，字邦士，寧都河東人，禧之姊之婿也〔一〕。祖一鵬，万曆丙子舉人〔二〕，官至湖廣按察司僉事，以廉聞天下。父如泰，直諒好學，先徵君与爲至交〔三〕，故特以吾姊字邦士也。或謂邱生貧甚〔四〕，君女不思噉飯處乎？徵君曰：「在我耳！」分僮婢田宅錢財嫁之。而邦士性不事生産，内外皆倚辨吾姊〔五〕。嘗欲炊〔六〕，姊屬邦士借米鄰家，久不至，使人瞷之，則袖手立塘塍上看往來行人。姊别借米，炊既熟，使

【校勘記】

〔一〕婿：《甯都三魏全集》本作「壻」字。

〔二〕万：《甯都三魏全集》本作「萬」字。

〔三〕与：《甯都三魏全集》本作「與」字。

〔四〕邱：《甯都三魏全集》本作「丘」字。

〔五〕辨：《甯都三魏全集》本作「辦」字。

〔六〕欲：《甯都三魏全集》本作「絶」字。

人請邦士食，邦士食竟，亦終無一言也。爲人高簡率穆，讀書多元悟〔一〕，生平最得意所自作時文，謂包籠三百年先輩大家之長，而别出機軸。然其所作古文，乃獨爲吾黨所推，司馬子長、歐陽永叔而下庶幾焉。性静默〔二〕，与人對〔三〕，數日不發一言，不識者以爲村老，嘗不与拱揖〔四〕。有問之者，日夜言娓娓不倦。至争辯事理，輒高聲氣涌，面發赤，頷下筋暴起如箸。嘗与予争辯時文〔五〕，體制盡善，及繼統者必爲之子，至座中人皆罷酒，聲震山谷，鼾睡者悉驚寤不爲止。廉於財，非其義一介不取也。志意慷慨，若揮擲千金不介意者。与人必誠直〔六〕，視達官貴人与田父牧子無異〔七〕。所居室如斗大，牀竈雞彘雜陳衣破敝不能易，然人嘗迎致精舍居之，衣以裘緞，直著不辭，盖視之与陋室敝衣等云〔八〕。晚尤精泰西

〔一〕元：《甯都三魏全集》本作「玄」字。
〔二〕默：《甯都三魏全集》本作「嘿」字。
〔三〕与：《甯都三魏全集》本作「與」字。
〔四〕与：《甯都三魏全集》本作「與」字。
〔五〕与：《甯都三魏全集》本作「與」字。
〔六〕与：《甯都三魏全集》本作「與」字。
〔七〕与：《甯都三魏全集》本作「與」字。
〔八〕盖：《甯都三魏全集》本作「盍」字；与：《甯都三魏全集》本作「與」字。

筭〔二〕、《易數》、曆法，皆不假師授，冥思力索而得之。桐城方公以智以僧服來易堂，嘗与邦士布算〔三〕，退而謂人曰：「此神人也。」青州翟君以翰林院出知韓城，傲僻苛暴，獨禮迎邦士講《易數》。邦士著《易數》書，偶乏紙，即用牌票紙背書之，翟君悉以錦軸裝演其草稿〔三〕，敬事如師禮，而暴亦爲少霽。青州宰相欲邀一見，邦士卒不見也。所著《易勦説》、《易數》、《曆書》，高二尺許〔四〕，皆垂成未竟。他時文、雜古文各百數十篇。邦士爲文深思窮力，一字不輕下，嘗數月數日不成篇。既脱稿，隨手散漫，或爲鼠囓去，或人傳覽相失，亦不自惜也。予嘗謂易堂諸子曰：「邦士和而介，今之柳下惠也，其不恭亦絶似之。」又曰：「吾輩立意爲世所不可少人，邦士自然爲世所不可及人。」諸子以爲定論。邦士年二十三，補弟子員第一，督學侯公峒曾奇賞其文，再試皆第一，餼。甲申後〔五〕，同諸子隱翠微山中，時人高之，謂邦士棄貢士矣。易堂彭士望曰〔六〕：「邱邦士乃棄會元〔七〕。」邦士年六十餘尚健，嘗自河東一日

〔二〕筭：《甯都三魏全集》本作「與」字。
〔三〕与：《甯都三魏全集》本作「與」字；筭：《甯都三魏全集》本作「算」字。
〔三〕演：《甯都三魏全集》本作「潢」字。
〔四〕二：《甯都三魏全集》本作「三」字。
〔五〕此句之後，《甯都三魏全集》本有「棄諸生服」四字。
〔六〕望：《甯都三魏全集》本作「朢」字。
〔七〕邱：《甯都三魏全集》本作「丘」字。

往還翠微山。教授弟子，手批口講，日夜不輟業。己未九月〔一〕，病噎不食死，年六十六。先是淮海閻氏以椿繭一疋將書求爲其妻銘墓，未作也，死之先日，邦士命家人取繭出曰：「以付冰叔，還淮安閻氏。」時余方就醫泰和未歸〔二〕。魏禧曰：「邦士，易堂之一。禧少蓋從邦士學古文也〔三〕。廣東陳恭尹爲彭士望言〔四〕：『吾游羅浮，經絶壁，人力所不到處，仰視有邦士二字，横勒丹壁。』蓋不得其解云〔五〕。」〔六〕

〔一〕已：《甯都三魏全集》本作「巳」字，當「己」之誤。

〔二〕余：《甯都三魏全集》本作「予」字。

〔三〕蓋：《甯都三魏全集》本作「盇」字。

〔四〕望：《甯都三魏全集》本作「朢」字。

〔五〕蓋：《甯都三魏全集》本作「盇」字。

〔六〕此文之後，《甯都三魏全集》本有「附彭躬庵書後」，全文如下：余與丘邦士交三十五年，從不聞其毀一人。然生平尤未嘗服人，獨私語其妻曰：「吾所服，冰叔耳。」嘗館同邑謝氏，謝問曰：「君於儕輩人何所服？」曰：「吾生平服冰叔一人。」顧嘗貽冰叔書有曰：「拒諫飾非者，大惡也；不拒諫而嘗自拒諫，不飾非而嘗自飾非，尤惡之惡也。足下不幸以敢於自信、自處有故而持之益堅，拒諫飾非盇有如此者。」冰叔得之痛服。易堂諸子大駭異，破口直言，爲邦士生平所未有。余歎曰：此其所以服冰叔也矣。晚更作《黄池夢》雜劇二十齣，奇偉悲壯，不輕示人，垂歿，示子成鉌曰：「食有菜飯，著可補衣，無譎戾行，堪句讀師。」余聞之，三百里寄書程山甘楗齋，謂：「此十六字，元氣包裹，令千古人父子濃心妄想一切都盡。可爲世則。」因附書傳後，補冰叔所未盡。庚申伏日，友兄彭士望記。」

桃花源圖跋

右《桃花源圖》，廣陵于君王庭屬其友寫以壽母夫人者。予敘母七十文成，相与夜飲酒〔一〕，有詩客在坐中，主人目客而謂余曰〔二〕：「此吾郡李君辰暉也，丹青妙一時，新爲吾母作《桃花源圖》。」明日張于屏而觀之〔三〕，山水、田疇、林舍、人物衣冠，丹碧攢簇，而氣韻蕭古，乍疑其非近代作也。桃源中人，自辟秦歷晉、魏，爲年已六百數十〔四〕。漁父問津之後，壽更不知何所紀極。桐城方密之先生，世亂後常僧服訪予翠微山。山四面峭立，中間一坼，坼有洞如甕口，伸頭而登，凡百十餘丈。及其頂，則樹竹千萬

【校勘記】

〔一〕与：《甯都三魏全集》本作「與」字。

〔二〕余：《甯都三魏全集》本作「予」字。

〔三〕于：《甯都三魏全集》本作「於」字。

〔四〕已：《甯都三魏全集》本作「巳」字。

株〔一〕，蔬圃亭舍，雞犬池閣如村落，山中人多著野服草鞵相迎問。先生笑謂予曰：「即此何減桃花源也？」而先生又常与予論桃源爲無有是處〔二〕，本五柳公寓言，其曰「山有小口，髣髴若有光，豁然開朗，士地平曠〔三〕」云云者，以喻人之心闇静而光明發也。予友李咸齋，舊作「方寸桃源」石印，以爲人生當亂世，禍來無方，雖積鐵爲室，有不可倖免。唯居心寬厚光明，無罪于天与人〔四〕，則隨其所之，城市山澤，無往非桃源者。其論旨乃与方先生合〔五〕。予覽金壇于君《圖敘》，道母平生仁孝，晚長齋繡佛，盖不特以節著〔六〕，是母不出中閨，下堂階，而桃源之山水田疇，已環列其左右矣〔七〕。于君兄弟家楊之塘頭村〔八〕，村去龍耳河一里，四面皆水，河岸夾植榆柳，水中央有竹木亭臺，其風景亦頗与桃源似〔九〕。國變

〔一〕千：《甯都三魏全集》本作「十」字。
〔二〕与：《甯都三魏全集》本作「與」字。
〔三〕士：《甯都三魏全集》本作「土」字。
〔四〕于：《甯都三魏全集》本作「於」字；与：《甯都三魏全集》本作「與」字。
〔五〕与：《甯都三魏全集》本作「與」字。
〔六〕盖：《甯都三魏全集》本作「蓋」字。
〔七〕已：《甯都三魏全集》本作「巳」字。
〔八〕楊：《甯都三魏全集》本作「揚」字。
〔九〕与：《甯都三魏全集》本作「與」字。

時，楊屬罕寧土[一]，獨此村無恙[二]。予出家門二年，因于君請跋圖尾，盖不勝故山之思云[三]。

[一] 楊：《甯都三魏全集》本作「揚」字。
[二] 此：《甯都三魏全集》本作「是」字；無：《甯都三魏全集》本作「亾」字。
[三] 盖：《甯都三魏全集》本作「葢」字。此文之後，《甯都三魏全集》本引録崔兎牀、王正子等二人評語：崔兎牀曰：「桃源本自虛無，卻將畫本，翠微兩兩映帶，又從居心上發出避世人一段大本領，證入壽母懿行，卻仍結到桃源世外之事，虛虛實實，變宕不窮。惜龍門無此等題目，故讓吾冰叔獨步耳。柳州諸記，未易方齒。」王正子曰：「煙雲萬狀，分明是一幅絶妙丹青，可謂工於形容辰陬之畫矣。」

淩記跋

石潮道人在天峰寺，雨中遣侍者持《淩記》示余，且曰：「二記不知淩于人間爲害〔一〕，獨寫其變幻之狀，亦可怪也。」按木冰曰「樹介」，亦曰「木稼介」，若草樹衣甲冑，「稼」不知何義，豈以其澌裂淩雜若介穗耶〔二〕？古諺曰：「木若稼，達官怕。」予居金精第一峰頂，變幻之狀，裂竹折樹聲与此無異〔三〕。時同彭躬庵〔四〕、季弟和公躡屐遊，目光驚摇，人人不知有身，有登強臺、臨傍皇、樂以忘死之意。忽念圭竇中人，釜無米，胸背無衣絮，漁樵蘇不得入山澤；而達官坐紅氍毹上〔五〕，旁列肉屏風，彈琵琶三絃

【校勘記】

〔一〕于：《甯都三魏全集》本作「於」字。

〔二〕介：《甯都三魏全集》本作「縠」字。

〔三〕与：《甯都三魏全集》本作「與」字。

〔四〕庵：《甯都三魏全集》本作「菴」字。

〔五〕氍毹：《甯都三魏全集》本作「氍毺」。

子，飲酒燒羊，熾羊家炭，猛獸開口向人，歡笑達旦夜。「木若稼，窮人怕」耳。然天地不顧窮人，特造此奇文，供我欣賞。我輩不賞其奇，直令天地此舉有禍無功〔二〕，故知二記非是多事。〔三〕

〔二〕禍：《甯都三魏全集》本作「過」字。

〔三〕此文之後，《甯都三魏全集》本引録門人彭厚本評語：門人彭厚本曰：「小題中具大意義，非止錯落爲工也。」

讀宋李忠定公集

余嘗推宋李忠定公爲漢以來第一人。加宋之韓、范上焉〔二〕，然使忠定當西邊之任，其事業豈止此哉？忠定敢於擔當，而措置濶大，能得要領，其細碎處不必一一周到，然已無不舉矣〔三〕。國朝王文成公，思慮周密，能通權達變，以合于道，亦三代後第一流人物也。其奏劄与忠定相上下〔三〕。然就二公較量，文成當大事，鎮定精詳，發無不當，但微覺心力有竭盡處〔四〕；忠定則安閑揮擲〔五〕，神力沛然有餘，

【校勘記】

〔一〕加：《甯都三魏全集》本作「如」字；焉：《甯都三魏全集》本作「矣」字。
〔二〕已：《甯都三魏全集》本作「巳」字。
〔三〕与：《甯都三魏全集》本作「與」字。
〔四〕但：《甯都三魏全集》本作「但」字。
〔五〕閑：《甯都三魏全集》本作「閒」字。

其才具似較大也。忠定安撫江西，區畫虔寇之方，仁至義盡。文成撫贛，金以此爲模本〔一〕，便成三百年第一功業。推爲漢後一人何疑哉？文成奏議，剛健精明〔二〕，昭昭然若日月之經天；忠定奏議雄深曉暢，浩浩乎如江河之行地。古今排儷之文〔三〕，能使事情剴切者，惟陸宣公耳。讀公《乞罷僕射》諸表，但有過之無不及也。或問：子言忠定當西邊之任，其功業必不止於韓、范，又嘗言，忠定爲岳武忠〔四〕，必不聽金牌召還，何以明之？曰：忠定才具揮霍，又能度外用人，韓公最有膽略，然如張、吴二生，遂不敢用而以資敵。忠定當此，必不爾也。但觀其用張所、傅亮〔五〕，便復見一斑〔六〕。且仁宗之主，何如欽、高，慶曆、皇祐之時，何如靖康、建炎，西夏之強，何如金人，加以童、蔡、汪、黄之奸，譖毁忮毒，無所不至，而稍一柄用，立見功効。都城危困，倉卒受命，四日而戰守之具備。朝廷草創，虜寇交侵，七十日而中原之大勢舉。吾故以爲公在西邊，必能滅夏臣夏而有餘也。議和之時，奸相昏主，陰許割地，公聞而力争，且留三鎮詔書，戒中書吏，以輒發者斬，又欲候勤王之師大集，因以將帥意，檄軍前以改誓書，

〔一〕金：《甯都三魏全集》本亦作「金」字，疑「全」之誤。
〔二〕健：《甯都三魏全集》本作「徤」字。
〔三〕儷：《甯都三魏全集》本作「驪」字。
〔四〕武忠：《甯都三魏全集》本作「忠武」字。
〔五〕但：《甯都三魏全集》本作「但」字。
〔六〕斑：《甯都三魏全集》本作「班」字。

此皆敢於犯難，爲反經合道之事。吾故以爲公爲忠武，必不聽金牌之召還也。然則公任行營使，任樞密使，任安撫使〔一〕，皆總兵之任，何不能矯制清君側，而一升一黜，如提小兒之易，安在其不爲岳忠武乎？曰：公以文臣統制，非素握兵柄者，且行營使倉卒受命，職在守城，樞密使有兵權而無兵，安撫使任既非久輒罷〔二〕，又皆新兵，又多削其兵數，是皆不可以有爲者。使公久于安撫之任，得兵心固而離京師遠，張所、傳亮未罷，河北河東之勢已成〔三〕，則罷兵之詔雖百反，吾知公不直搗黃龍舟必不止矣〔四〕。

《魏叔子文選要》卷之下終

〔一〕「使」之後，《甯都三魏全集》本有「矣」字。
〔二〕久：《甯都三魏全集》本作「从」字。
〔三〕已：《甯都三魏全集》本作「巳」字。
〔四〕舟：《甯都三魏全集》本作「府」字。此文之後，《甯都三魏全集》本引録門人丘邦士評語：丘邦士曰：「以忠定較量王、韓、嶽三公處，大則金�островоpm擘天，小則牛毛破析，勺庭胸中所具大小如此，非徒論忠定也。」

續魏叔子文粹

《續魏叔子文粹》敘

予曩抄選魏叔子文數十篇而刻之，既而書鋪更請續選。予曰：不亦可乎！叔子之文不止于前選，尚有不可不選者，如《正統論辨》，取國之正邪，誅姦雄簒竊之心；《平論》則審毀譽好惡之平；《制科策》則論人才長養之要。其議論正而不迂，新而不詭，盡時变而合人情，尤不可不選者也。遂抄前選所漏者，凡六十有餘篇，併選季子之文若干而附其後。盖季子以叔子爲師友，其行文雖規度小異，然練識与叔子同，而其妙者不知孰兄且弟也。且如《叔子行狀》，讀叔子之文者不可不知者，亦録之于卷尾。或曰：三魏子一體也。已選叔、季，何獨遺伯子？岂伯子之文不足選歟？予曰：否！伯子之文雖少遜于叔子，於季子固無差等也。顧此選以叔子爲名，而季子則波及而已。且季子，弟也，授業也，附録於其後固宜矣。伯子則兄也，以附弟後，無乃不順乎。叔子友義甚厚，必所不安也。如伯子之文，宜別選之而已。若夫叔子之文，所以可賞誦者，前選序言之詳矣。

就峰逸人桑原忱撰

《續魏叔子文粹》卷上

日本　美濃　桑原忱有終　選要

正統論上

古今正統之論，紛紜而不決，其説之近是者有三，歐陽修、蘇軾、鄭思肖是也。歐陽子之説，曰正統有時而絶。故曰正統之序，自唐虞、三代歷秦、漢而絶，晉得之又絶，隋、唐得之又絶。蘇氏之説，曰正統之爲言，猶曰有天下云爾。無其實而得其名者，聖人亦以名與之，名輕而後實重，故曰正統聽其自得者十，曰堯、舜、夏、商、周、秦、漢、晉、隋、唐，序其可得者以存教，曰魏、梁、後唐、晉、漢、周。鄭氏之説，曰以正得國，則篡之者爲逆，不以正得國，則奪之者爲非逆。故曰正統三皇，五帝，三王，東、西、蜀漢，宋而已。三者之説皆近於理，而鄭氏爲尤正。然各有其偏見，不可以不辨也。辨其非，則是者出矣。天下不能一日無君，故正統有時絶而統無絶。絶其統，則彼天下將何屬乎？而其予西晉而不與東晉，等後唐後漢于朱梁石晉，尤爲非是。此歐陽子之蔽也。偏安之主，篡竊之人，吾予之以正統，彼正統者孰肯與之？蘇氏曰：猶夫大夫士與民也，而或爲盜，勢不得不與之偕坐。夫吾非有誅賞進退之權，則隱忍而偕坐，固其勢也。旁觀之君子，則必别其爲盜，而不齒之大夫士與民，且以爲舉天下而授之，魏晉、漢魏之過，與之統者何罪。猶舅以妾爲妻，而婦奈何不以爲姑，則大不然矣。生於篡君之子孫，親爲其臣子，謂之姑可也，然君子有微辭焉，《春秋》於桓西元年書「春王正月」，於三年書「春正月」之義是也。至於後世之公論，則是人以妾爲妻，而國人則妾之耳。使當時之名一定而後不可更，則公議無權，亂臣賊子不畏身後之誅，以爲吾固可與二帝三王儼然而並列也*〔二〕，孔子之《春秋》可無作矣。故以爲歐陽子重與之而吾輕與之者，此蘇氏之蔽也。鄭氏身當宋亡，發憤于《心史》，雖元魏之修禮樂興制度，亦所不取，其尊宋之極，至於黜唐。夫以爲不正而得國，則陳橋之變與隋禪唐何異？而唐除隋暴，尤正于宋之取周。故以爲三皇、五帝、三王、漢、宋者，忠臣之心，義士之見，非古今之公論，此鄭氏之蔽也。然則正統之説惡乎定？魏子曰：古今之統有三，別其三統而正統之説全矣。曰正統，曰偏統，曰竊統。正統者，以聖人得天下，德不及聖人，而得之不至於甚不正，功加天下者亦與焉。偏統者，不能使天下歸於一統，則擇其非篡弑居中國而彊大者屬焉。竊統者，身弑其君而篡其位，縱能一統乎天下，終不與之以正統，而著之曰竊統。是故因其實而歸之以其名者，正統也，唐、虞、夏、商、周、西漢、東漢、蜀漢、東晉、唐、南宋是也。正統絶而其子孫無足以繫天下之望，而後歸之偏統，後唐、後漢是也。天下之偏統絶，雖亂賊固已正乎其爲天子有天下〔三〕，則不得不歸之竊統，秦、魏、西晉、宋、齊、梁、陳、隋、後梁、後晉、後周、北宋是也。吾故折衷歐陽子正統有時絶，鄭氏篡正爲逆，奪不正非逆之説，以明

*【校勘記】

〔二〕然：《甯都三魏全集》本作「肰」字。

〔三〕已：《甯都三魏全集》本作「巳」字。

三統。三統明，然後天下之統不絶。偏安之士〔二〕，篡弑之人，亦終不得以於正統，而正統之論定矣。〔三〕

〔二〕士：《甯都三魏全集》本作「主」字。

〔三〕此文之後，《甯都三魏全集》本引録丘邦士、宋未有、王山長等三人評語：丘邦士曰：「議論筆力十分強健，直開直下，不用一些波瀾頓挫，最是兵叔本色絶佳處。」宋未有曰：「折衷三家之説，而别爲三統，義正例全，允爲定論。」王山長曰：「格力在兩漢之間。」

正統論中

或問：以東晉興復爲正統，是矣，元帝爲牛氏子，非司馬子孫也。曰：秦政以呂易嬴，未嘗有絶之于秦者〔一〕，而獨絶元于晉乎〔二〕？且元帝與始皇尤不同，不韋初進孕婦，後亂太后，始終事蹟，鑿然可據〔三〕。牛氏之通，出於曖昧，庸或有污蔑以快私怨者。故尋常閨門，君子所不道，况執此莫須有之事，而絶人之宗、滅人之國哉〔四〕！是非良史之法矣。自記。

秦何以不爲正統也？歐陽子曰：「諸矦共起而弱周〔五〕，非獨秦之暴也。」且夫周棄豐、鎬以賜襄

【校勘記】

〔一〕于：《甯都三魏全集》本作「於」字。

〔二〕于：《甯都三魏全集》本作「於」字。

〔三〕然：《甯都三魏全集》本作「肰」字。

〔四〕滅：《甯都三魏全集》本作「剷」字。

〔五〕矦：《甯都三魏全集》本作「侯」字。

公，赧王稽首獻邑，自歸于秦，秦雖有滅周之罪，亦與後世之弑君簒國者異矣。秦何以不爲正統也？魏子曰：諸矦不敢滅周〔二〕，而秦卒滅周，周無幽、厲之罪，而秦有桀、紂之惡。取之以詐力，守之以殘暴，惡在其爲正統也？唐高祖廢酅國公，與晉武廢陳留王，隋文廢介公，宋太祖廢鄭王，同一簒也，何以不爲竊統？魏子曰：陳留、介公、鄭王初無罪，不足以失天下，其臣又皆以勛戚居中用事，爲先君所依托託〔三〕，一旦欺人孤寡而攘奪之，故雖晉武、隋文，成混一之業，息南北之兵，宋太祖禪受之後，奉其故君與子孫無失禮，深仁厚德，浹數百年，而其得國之不正，終不可以貰。隋之淫虐，過于桀、紂，李氏興兵而誅，湯、武之業也。而惜乎其立侑而禪之，以湯、武始，而以莽、操終，謀之不善，非其本志，固不可以爲簒。混一之功比晉、隋，而仁恩之在天下者等宋祖，故予之也。後唐、後漢何以不爲竊統也？朱温滅唐，而李存勗帝鄴；契丹滅晉，而劉智遠帝晉陽。歐陽子曰：「李氏、朱氏共起窺唐，而梁先得之，李氏因之者，非也。」克用忠唐，志在滅梁。存勗後雖自帝，始未嘗不欲承父志而報國仇，故欲並之于梁者非也。歐陽子曰：「劉智遠始不與契丹戰，以幸其敗後不能奉從，益以存晉，與梁晉無異。」夫滅梁不自帝，與奉從益以存晉，此聖賢之用心，忠臣之盛節，而可責諸五代之君乎？今夫責人以聖賢爲忠臣不得，而遽同之于亂賊，此學者欲苟成其説而文致之，非天下之公論。故歐陽子之説不可訓也。東晉統承西晉，南宋統承北宋，何以祖宗之一統者爲竊，而子孫僅有天下之半得爲正也？曰：

〔二〕矦：《甯都三魏全集》本作「侯」字。

〔三〕先：《甯都三魏全集》本作「光」字。

晉、宋之君天下，天下奉爲共主久矣。雖其始不正，前後相承，而元帝、高宗當滅亡之餘，有特起之勢，又以子孫復其祖業，義不得不進之于正統。楚子僭王，滅諸姬，罪在不赦，至昭王失國而復之，則聖人有取焉。歐陽子之黜東晉，亦不可訓也。且夫義得爲正統者，其子孫雖甚微弱，不可不存以爲正。故三十六邑一日未獻，不可不書周。禪宋之筆一日未操，不可不書晉。崖山之舟一日未覆，不可不書宋。奈何既以正統予西晉，而其子孫尚有天下之半者，乃以偏安斥乎？革姓受命之事，非天心所欲，勢也。君子必不得已而後絶其統〔二〕，所以不傷忠臣孝子之心，仁人之志也。吾故曰：正統絶而後歸之偏統，偏統絶而後歸之竊統也。〔三〕

〔二〕已：《甯都三魏全集》本作「巳」字。
〔三〕此文之後，《甯都三魏全集》本引録門人涂尚岠評語：門人塗尚岠曰：「正統之義，古今實如聚訟。章氏『王統』『覇統』之分似矣，然予正統者未必可進于王，非正統者弊又不止於覇，蘇氏雖辨其非而無以服之也。吾師立三統之説，而萬世之論定矣。篇中疏別疑義，足令觀者曉然。至於退晉、宋而進元、高，尤深得《春秋》之旨，非尋常考古論世之文也。」

正統論下

所謂括其大略者，如載秦始皇阿房宫事，則云始皇以先王宫庭小，乃營作阿房宫渭南上林苑中，廣袤三百餘里，殿閣臺榭，窮極奢麗，役作數十萬人，死者亡算。如載宋子業、齊東昏殺人事，則云，以非刑殺人亡算，慘毒所施，求死不得。如載隋煬帝荒淫諸事，則每一事書曰，某事費財幾何，殺人幾何，民失業幾何，激變幾何，不妨極言其甚，而規制節目可以娱心志爲倣法者，則没而不書。齊主高緯問南陽王綽曰：「在州何以爲樂？」綽以蠆盆對。緯即日命捕蟲蝎，殺人以取歡笑，曰：「如此樂事，何不馳驛奏聞？」夫哀號慘痛，有何可娱，而命爲樂事。然緯性雖兇惡，使不聞綽言，則蠆盆一事亦亡由作。後世暴君，豈無見此等于史册而欲倣行者？至淫樂奢侈之具，則中主亦不免見獵心喜矣。自識。

魏子曰：吾于竊統其書法猶有説焉。鄭氏之言曰：「史簒弑之君，所稱某祖、某帝、及朕、詔、封禪、郊祀、太子、后諸禮，宜書曰某名僭行某事。」魏子曰：讀史者，其知懼乎？然是道也，施于始簒之君，其子孫則不加焉。夫身簒弑者，雖爲天下君，終不貰其實罪而予之美名。子孫襲成業而安，不可以重誅也。故篡國子孫，其臣有能服義死節者，則君子必以爲忠。是故貶削其身，所以正古今之名，寬其子孫，所以存天下之實，名實得而史法立矣。*〔一〕雖然，吾猶有説焉。作史者多務博而徵信，務博則不諱不經之言，徵信則盡當時之實事。故凡人君之奢淫殘暴，必詳書于册，爲後世鑒，而不知夫不肖者之見而適中其欲也，則且或倣而行之。《詩》曰「毋教猱升木〔二〕」，楊子曰「勸百而懲一」，而獨何取焉？昔唐太宗元夜大張燈火，以問隋蕭后曰：「煬帝時亦如此乎？」蕭后盛述當時華侈百倍太宗，太宗蓋口刺其奢，而心服其盛也。夫心服其盛，雖賢君猶不免是，而況于不肖者乎？吾則以爲史凡宫室、田獵、聲色、奇技、淫巧、非刑、酷殺之事，記載詳悉者，盡删除其文而括其大略，足知致亂之故而巳〔三〕。至于生民愁苦、怨詛、天災、人禍、盜賊、危亾之狀〔四〕，則極書之，以顯示于册，使後之人主荒淫可喜之形，慘毒快意之具，無所接于其目，而愀然生其危懼。宋真宗時，陳恕久領三司，嘗命條具中外錢穀以聞。恕久不進，屢詔趣之，恕對曰：「陛下富于春秋，若知府庫充實，恐生侈心，是以不敢。」李沆爲相，日取

【校勘記】

*〔一〕此段文字之上，此本録有門人楊復晟評語：「門人楊復晟云：『以下單論書法，與正統無涉，文格極古。』」《甯都三魏全集》本無此評語。

〔二〕毋：《甯都三魏全集》本作「毋」字。

〔三〕巳：《甯都三魏全集》本亦作「巳」字，當「已」之誤。

〔四〕亾：《甯都三魏全集》本作「亡」字。

四方水旱、盜賊奏之，以爲人主少年，當使知四方艱難，不然〔二〕，血氣方剛，不留意于聲色犬馬，則土木、甲兵、禱祀之事作矣。古之大臣防微杜漸，以謹人主之耳目，而絶其萌孽，道蓋如此。余于司馬氏《通鑑》，常欲以竊統之法改書之，删除其文足眩世主之心者，有志而未逮也。夫正統定，書法明，史其幾于道矣。〔三〕

〔二〕然：《甯都三魏全集》本作「肰」字。

〔三〕此文之後，《甯都三魏全集》本引録門人楊復晟評語：門人楊復晟曰：「上篇統引三家之説，而辨蘇氏處最詳；中篇單辨歐陽之説；下篇又以余意發明鄭氏之説，分合詳略之法，井井可觀。」門人涂尚葎曰：「或云簒君書法不同，考于《春秋》，桓、宣無異辭，則鄭氏非通論也。不知孔聖親爲桓、宣臣子魯之敗執且諱，況斥其大惡乎？且《春秋》之法，貴通其意，聖人於定、哀多微辭，而後世史官貴直筆。魏孝文曰，人主威權在已，無能制者，若史册不復書其惡，何所畏忌？況以異代而書前君，豈得執諱國惡之義以相非乎？獨如宋太祖者，其得國雖不得不以簒書，而深仁厚德實爲後世賢主，郊祀詔勅之類，亦豈得同于王莽、朱温。議功議賢，《春秋》之法，如趙盾雖冒弑君，聖人必不夷之華督、慶父之列明矣。要之，三統言其大綱，至于簒而不弑與簒而弑者，救其敗而簒與毁其成而簒者，情罪互有輕重，此又作史者所當通其義例也。」

太平興國論

古正統之君，未有以四字建元者，有之，自宋太宗始。太宗頻歲改元，曰太平興國元年，何謂也？曰所以自異于禪受之故也。古之開創有天下者，則人知其爲開創；世及有天下者，則人知其爲世及。若夫功在開創，而名同于世及，無所以自異，則其心有所不甘。太祖以軍士之戴，驟爲天子，密謀大計，太宗之功必多焉。太祖將崩，而太宗嗣位，彼固曰：此天下者，吾所共經營而得之者也。天下不知吾之功自足以有天下，而咸歸德於太祖之讓，以謂舍子而立弟。夫唐高祖以秦王之力取天下，而立建成爲太子，建成豈能一日居之哉？于是頻歲改元，而又必表異以名之，曰太平興國，以爲國自吾興故也，而後天下後世顯然知吾自有天下之功。或曰：真宗改元大中祥符，徽宗改元建中靖國，何也？曰：真宗以神人之告，當降天書《大中祥符》三篇，因而改元，固無足異。徽宗時，曾布爲政，欲合元祐、紹聖之黨而調和之，蓋有所變革，以風示臣民，故特殊其號以見意。而其事則皆太平興國爲之倡。或曰：漢光武末，亦改元建武中元，是不始于太宗矣。曰：光武本改中元，而仍以建武冠之，時帝方惑于圖讖封禪，以爲日可再中，壽可更益，如文、景中元、後元，梁武中大通、中大同之類耳，非以四字表異者也。若夫太武之太平真君，武氏之天册萬歲，西复之天授禮法延祚*〔二〕，蓋僭亂而不足數，然皆有翹然自異之心焉。故古今之以四字建元者，莫不各有其故，考其故，而太平興國之故益可見矣。〔三〕

【校勘記】

〔二〕复：《甯都三魏全集》本作「夏」字。

〔三〕此文之後，《甯都三魏全集》本引録陸冰脩、温伯芳、丘邦士等三人評語：陸冰脩曰：「從興國窺見太宗心事，殺弟殺姪之根便伏於此。」温伯芳曰：「只發改元之意，而太宗人品具見。此含光宵練，殺人無跡者也。」丘邦士曰：「體力健。」

平論一（有序）

平論者，平已之情以平人情之不平〔一〕。宣之于口爲是非，誌之于心爲好惡，騰之于衆爲毀譽，施之于事爲賞罰。是非、好惡、毁譽不平，則風俗亂于下；賞罰不平，則朝廷亂于上。此四者，相因而成，故吾之文亦連類而互見。

今曰某某然，必有起而不然之，吾不然其不然，彼將亦不然吾然。今日某某不然，必有起而然之，吾然吾不然，彼遂亦然其然。是故天下之是非嘗相半，則吾之是非有時窮。然則奈何？曰：必衷之以聖人之説。聖人之説如權衡，物有大小輕重，以權衡之，各如其數而止。來吾之昆若弟，詔之曰，吾父以某某爲是，某某爲非也，必曰唯。揖伯叔于庭而諗之，曰唯否，出而詡于其鄰人，必曰否。吾之父未嘗如此是非也。聖人之説不足以厭非聖之徒，則聖人之是非又窮。然則奈何？曰：莫如跡其説

【校勘記】

〔一〕已：《甯都三魏全集》本作「巳」字，當「己」之誤。

而攻之，毋務勝之以吾説〔一〕。凡説之偏，必有所蔽，見于徑者蔽于庭，見于奧者蔽于竈，循其端而披其所疵，則其首尾必有所不通。吾格其所不通〔二〕，則彼之是非屈。言理者猶談天然，一人以爲天之外有天，吾烏乎辨之？一人以爲天之外無天，吾亦烏乎辨之？故辨理如搏虚。然則奈何？曰：是必有以實之。實之何如？曰：古之人不朽者三：曰立德，曰立功，曰立言。且夫古之人不言而功德立，未有無德與功而徒言者。功德不立，言雖美而弗是也，吾以是平之。〔三〕

〔一〕母：《甯都三魏全集》本作「毋」字。

〔二〕所：《甯都三魏全集》本作「陽」字

〔三〕此文之後，《甯都三魏全集》本引録丘邦士、温伯芳、方密之先生等三人評語：丘邦士曰：「文格古。」温伯芳曰：「奇恣飄忽，最是文家神技，老泉《六經》，潁濱《老子論》是其一班。」方密之先生曰：「筆力矯健，真作史之才。」

平論二

匹夫而好人惡人，其好不足恃，而惡之無所害。使一旦操賞罰之柄，則一人之意足以治亂天下而有餘。故欲善賞罰之道者，必先平好惡。吾嘗觀好惡之所以不平，其故有五：一曰性悖，一曰習慝，一曰眩于目，一曰驚于耳，一曰域于智之所不知。是故能反乎此五者，則好惡平矣。惡賢而好不肖，性悖者也。好其所親近焉而已〔二〕，習慝也。有善不能擇，擇而不能善者，耳目之過。好惡其所知，而不能擴其所不知，以已量人者〔三〕，域于智也。且夫吾之于人，必有所好惡于其間，則將人乎五者，而不能以自捄。是故反乎此五者奈何？性悖之人，謂之天殃。天殃者，千萬之中，不可一二見。習慝奈何？非聖之書不敢奉，非義之士不敢親。吾討之古，吾之好惡于是焉法之。吾諏之今之賢，吾之好惡于是焉衷之。潔其好惡之宅，則其來也，有以應之而不亂。眩于目奈何？碔砆之石，其光璘然，人或以爲

【校勘記】

〔二〕已：《甯都三魏全集》本作「巳」字。

〔三〕已：《甯都三魏全集》本作「巳」字，均當「已」之誤。

琺璞而不琢，則苴之矣。故能諂吾之目，吾則好之；不能諂吾之目，吾則惡之。錐之處囊也，其穎立出。襓劒弢弓，雖有長技不得見。是故必謹持其所諂，母忽其所不足〔一〕。鶩于耳奈何？十人譽之，則吾不敢惡；十人毀之，則吾不敢好。且夫好惡者必慎于所先入，先者主之，後者奴之，殉其虘〔二〕，必□其實，執其先必距其後。域于智奈何？一人之智匹十人，絜以百人則詘矣，智匹千人，萬人絜之又詘矣。故守一人之智者必愚，一人之好惡出于性焉，性則懼其悖也；因于習焉，習則懼其慝也；用目則眩，用耳則鶩也，其何敢以吾爲然？四者免矣，懼智之所域也，其敢以吾爲然〔三〕？

〔一〕母：《甯都三魏全集》本作「毋」字。

〔二〕虘：《甯都三魏全集》本作「虛」字。

〔三〕「敢」之前，《甯都三魏全集》本有「何」字。此文之後，《甯都三魏全集》本引録丘邦士、温伯芳、梁公狄先生等三人評語：丘邦士曰：「局排而別，語琢而秀，似荀、韓諸子中一篇文字。」温伯芳曰：「章法、句法、字法，無所不備。」梁公狄先生曰：「本是誠意致知平實道理，以奇文出之。競爽争流，令人應接不暇。四論以『平』命名，而文字篇各一格，極力不平。故是文人狡獪，亦最善出脱理學徑遂者。」

平論三〔一〕

是非定則好惡正，好惡正則毀譽平矣。雖然，毀譽有道。畫姝麗者必極天下之粲，畫鬼怪者必極天下之醜，非德于姝而讎于鬼，以爲否則不足成吾畫。是故譽人者腴其骨，而毀人者瘠其肉，蓋必如是然後可以成其毁譽之説而已〔二〕。天道善善而惡惡，聖人之道，善善長而惡惡短，故君子有譽人而無毁人，與其失諸毁，寧失諸譽。請言譽者。毁能賊人，譽亦能賊人。善毁者，如飲之瞑眩之蘗。不善譽者，如餉炮炙，有毒焉腊其中而不覺也。是故以譽之不平爲恐，失已者小也〔三〕，譽人而失已〔四〕，他日吾

【校勘記】

〔一〕此題《甯都三魏全集》本正文誤作「二」字。

〔二〕已：《甯都三魏全集》本作「巳」字。

〔三〕已：《甯都三魏全集》本作「巳」字。

〔四〕已：《甯都三魏全集》本作「巳」字，均爲「己」之誤。

有譽人不我信而止，又其甚，則吾不自信，終其身不敢譽一人而止。大賢之人，知爲善而已〔二〕，故其于毁也呺然，從而譽之也呺然。中材之人，其始也歆于善，毁焉則輟矣。曰：是則然，烏乎然？爲之或譽則輟焉。曰：苟能然然，且足矣。雖然，士之伏于蓬蒿也，呿口而言，莫或然之，刻躬而行，莫或先之，然底節不衰，好學而善下。矗然公卿之上，愎過拂衆，則莫之敢京，何前後之戾也？此無他，富貴者人所不敢忤，而譽之者衆也。〔三〕

〔二〕已：《甯都三魏全集》本作「巳」字。

〔三〕此文之後，《甯都三魏全集》本引録丘邦士、門人楊復晉等二人評語：丘邦士曰：「側破譽邊，有見。」門人楊復晉曰：「文有鑱峭之氣，而筆力運轉於内。」

平論四

古今賞罰〔一〕，未有一成而不變者。故平賞罰者〔二〕，平其義而已矣〔三〕。先賞後罰〔四〕，奈何？不忸之以恩而蹈以威，則從我者懼而解，囷然如石之脱，不可合也。是道也，其在造國。先罰後賞〔五〕，奈何？國媮民玩，不摘其桀，不可慴也。先之以賞，是以水濟水也。迄其後而束之，則棄前惠，怨黷生。是道也，其在亂國。賞克厥罰〔六〕，奈何？天下攝然，大兵不興，大獄不作，大役不發，于是乎抉經而疏

【校勘記】

〔一〕罰：《甯都三魏全集》本作「罸」字。

〔二〕罰：《甯都三魏全集》本作「罸」字。

〔三〕已：《甯都三魏全集》本作「巳」字。

〔四〕罰：《甯都三魏全集》本作「罸」字。

〔五〕罰：《甯都三魏全集》本作「罸」字。

〔六〕罰：《甯都三魏全集》本作「罸」字。

之〔一〕，天下不弛。是道也，其在治國。罰克厥賞〔二〕，奈何？國可弱不可亾〔三〕，民可涣不可叛也，峻法以勑之，母敢作亂〔四〕。是道也，其在衰國。疑賞疑罰〔五〕，奈何？賞疑則從重，罰疑則從輕〔六〕。是道也，仁主以之。功同而賞異，罪同而罰異〔七〕，奈何？不能者生民心，其能者有機焉，以操天下之智勇，非賞罰之平也〔八〕。是道也，權主以之。數賞而不勉，奈何？國無綱紀，臣不共君，民不畏吏，于賞則往〔九〕，如僦市傭，可以緩不可以急。是道也，闇主以之。數罰而不懾〔一〇〕，奈何？君以徼爲明，吏以多殺人爲能，民習搒掠，視斧鑕若耒耜，不護其生，慄而思動，可以戰不可以守。是道也，鷙主以之。一舉

〔一〕經：《甯都三魏全集》本作「綱」字。
〔二〕罰：《甯都三魏全集》本作「罰」字。
〔三〕亾：《甯都三魏全集》本作「亡」字。
〔四〕母：《甯都三魏全集》本作「毋」字。
〔五〕罰：《甯都三魏全集》本作「罰」字。
〔六〕罰：《甯都三魏全集》本作「罰」字。
〔七〕罰：《甯都三魏全集》本作「罰」字。
〔八〕罰：《甯都三魏全集》本作「罰」字。
〔九〕于：《甯都三魏全集》本作「千」字。
〔一〇〕罰：《甯都三魏全集》本作「罰」字。

而已〔一〕，功則賞之，有罪議罸〔二〕，奈何？功大從賞，罪大從罸〔三〕，或薄其賞以塞其罸〔四〕。是道也，厥謂以大蔽小。罪則罸之〔五〕，有功議賞，奈何？緩則從罸〔六〕，急則從賞，或薄其罸焉，售之可也。是道也，厥謂以急易緩。親儷于罸〔七〕，奈何？可議者議之，不可議者不以親骫法。是道也，厥謂以公滅私。雠儷于賞，奈何？賞之而已矣〔八〕。是道也，厥謂以直報怨。賞菹于親，罸菹于雠〔九〕，奈何？吾無怍于吾心，斷之可也，違其跡焉不可。或虞其時焉，訾之可也。是道也，厥謂以義制事。賞盡則恩窮，罸盡則威窮〔一〇〕，大賞大罸〔一一〕，不可以輕用也，故摩世者必先之小賞小罸〔一二〕，以持其心，是故善用罸賞者留有

〔一〕已：《甯都三魏全集》本作「巳」字。
〔二〕罸：《甯都三魏全集》本作「罰」字。
〔三〕罸：《甯都三魏全集》本作「罰」字。
〔四〕罸：《甯都三魏全集》本作「罰」字。
〔五〕罸：《甯都三魏全集》本作「罰」字。
〔六〕罸：《甯都三魏全集》本作「罰」字。
〔七〕罸：《甯都三魏全集》本作「罰」字。
〔八〕已：《甯都三魏全集》本作「巳」字。
〔九〕罸：《甯都三魏全集》本作「罰」字。
〔一〇〕罸：《甯都三魏全集》本作「罰」字。
〔一一〕罸：《甯都三魏全集》本作「罰」字。
〔一二〕罸：《甯都三魏全集》本作「罰」字。

餘〔一〕。驟賞奈何？賞極而不盈，是謂大受。驟罸奈何〔二〕？誅不待教，是謂大憝。驟賞其魁，則不足賞已〔三〕；驟罸其魁〔四〕，則不足罸已〔五〕。當賞而財絀，奈何？吾罸其不用命者〔六〕，則用命者榮矣。是之謂以不罸爲賞〔七〕。或曰：非嗇之也，豐之以情。故仁人之言，温於纘纊，富於車馬。《詩》曰：「非女之爲美，美人之貽。」是道也以之。當罸而勢絀〔八〕，奈何？吾賞其用命者，則不用命者愧。是之謂以不賞爲罸〔九〕。或曰：謹持其禮以正之，則人不敢犯也。故仁義可以爲干櫓，尊俎之間折衝。《易》曰：「威如之吉，反身之謂也。」是道也以之。〔一〇〕

〔一〕罸：《帝都三魏全集》本作「罰」字。

〔二〕罸：《帝都三魏全集》本作「罰」字。

〔三〕罸：《帝都三魏全集》本作「罰」字；已：《帝都三魏全集》本作「巳」字。

〔四〕罸：《帝都三魏全集》本作「罰」字。

〔五〕罸：《帝都三魏全集》本作「罰」字；已：《帝都三魏全集》本作「巳」字。

〔六〕罸：《帝都三魏全集》本作「罰」字。

〔七〕罸：《帝都三魏全集》本作「罰」字。

〔八〕罸：《帝都三魏全集》本作「罰」字。

〔九〕罸：《帝都三魏全集》本作「罰」字。

〔一〇〕此文之後，《帝都三魏全集》本引録弟和公、危習生等二人評語：弟和公曰：「分晝條列，於古今賞罸經權得失之故，無不詳盡透切，而高典樸茂，卓然三代之文。」危習生曰：「文如精金百鍊，然鈐錘之跡盡化，但見一片寶光，使人驚戀耳，真絶搆也！」

魯論〔一〕

魯之所以自全者，蓋在于固事大國，忍辱含垢而不妄發。夫魯之治近於周，周守典禮以持天下，而魯少被侵伐，則亦以爲秉周禮之故，非也。昔者晉取汶陽之田而魯不叛；成公朝晉，晉人不敬；欲事楚，而季文子不可；晉會於向，二卿並行，孟獻子請稽首。若衛孔達之伐晉，唐、蔡之叛楚者，終魯之世未有也。秉周禮之説，始於仲孫湫覘魯之一言，當時魯所以存者，亦幸耳，而後世遂以爲然。嗚乎〔二〕！主昏臣悍，弑逆僭亂之事，史不絶書，誰謂周禮之虚文而可以捍强大耶〔三〕？虢之役，季氏勞叔孫旦，及日中不出，曾夭曰：「魯以相忍爲國。」是則魯之自全者也。夫能弭其外，而不知彊其内，此

【校勘記】

〔一〕此題《甯都三魏全集》本無「論」字。

〔二〕乎：《甯都三魏全集》本作「呼」字。

〔三〕虚：《甯都三魏全集》本作「虚」字。

魯所以終弱，亦同于周與？〔二〕

〔二〕此文之後，《甯都三魏全集》本引録門人涂大諏、彭躬庵等二人評語：門人涂大諏曰：「據實平論，不起局勢。就中平波疊瀾，使人流連。」彭躬庵曰：「魯忍宋和，被養身湯藥毒殺。」

鄭論〔一〕

孔子曰：「始作俑者，其無後乎！」是以首禍之人不死亾則亂且病〔二〕，不於其身，則於其子孫。吾于是而知鄭之所以受兵與春秋相終始，國瀕于亾而終莫之振也〔三〕。或曰：鄭處南北之交，左晉右楚，故盟長中國者必争焉，亦其地使然也。是不然。宋、衛與鄭，並列中原，其介晉、楚而國者，不可勝數，而何以鄭獨受兵乎？蓋鄭自武公以奸淫取鄶，而莊公首與周室爲仇敵，至射桓王中其肩，當時天下諸侯之不臣，未有甚于鄭者。郤至、韓厥再獲鄭伯而不敢執，曰「傷國君有刑」，况天下之共主乎？宜其子孫之速禍也。當莊、厲之世，齊、晉未興，楚師未交于中國也，其興兵搆怨，恃威力以侵陵小國

【校勘記】

〔一〕此題《甯都三魏全集》本無「論」字。

〔二〕亾：《甯都三魏全集》本作「亡」字。

〔三〕亾：《甯都三魏全集》本作「亡」字。

者，莫鄭爲甚。夫以兵始者，則必以兵終。語曰：「天道好還。」人亦慎無爲首禍也哉！〔二〕

〔二〕此文之後，《甯都三魏全集》本引録門人曾宗播、門人涂尚峻等二人評語：門人曾宗播曰：「名言可監。」門人涂尚峻曰：「無王、好兵是二意，不劃然分兩段，格意最古。」

晉楚論〔一〕

晉、楚狎主中國，汝上、北林諸役，晉之辟楚者，葢數數焉。楚非能有加于晉也。晉、楚皆恃其詐力，而晉猶彬彬然以禮義持其外，楚則濟以凶悖，惟利所在，悍然輕犯大難而不復顧，此楚所以嘗彊也。然諸侯服從晉久而不叛者，亦在于是。韓、趙、魏三分其國，足以抗楚，而楚顧能加于晉哉？自陳勝、吴廣之徒起而亾秦〔二〕，其後天下之亂，國家敗亾之由〔三〕，大半皆起于楚，然卒亦鮮能收之者。昔晉、楚相遇于繞角，析公曰：「楚師輕窕，易震蕩也。」楚人剽悍，敢于有爲，固其天性，善用楚者，慎其所發，而謀其所收，亦庶乎其可矣。〔四〕

【校勘記】

〔一〕此題《甯都三魏全集》本無「論」字。

〔二〕亾：《甯都三魏全集》本作「亡」字。

〔三〕亾：《甯都三魏全集》本作「亡」字。

〔四〕此文之後，《甯都三魏全集》本引録彭躬庵、門人黄光會等二人評語：彭躬庵曰：「借楚説法，可運用古今數千年局勢於掌指。」門人黄光會曰：「嚴悍而曲折，如三峽之水，激流於險仄巉叢之間，而具有江河千里之勢。」

吴越論〔一〕

智小而謀大，力輕而任重，積之博〔二〕，而發之驟，未有不速其敗亾者也〔三〕。部婁而生松柏〔四〕，其根必蹶，膏將竭而揚其燄，其火必滅。是以城雀生鸇而宋亾〔五〕，徐偃王崛起自雄于周，不旋踵走死。古今小國，非有聖人之德，葢莫有能暴興者。夫匹夫無故驟獲千金，識者以爲災禍之至，況僻小在□，一旦

【校勘記】

〔一〕此題《甯都三魏全集》本無「論」字。

〔二〕博：《甯都三魏全集》本作「薄」字。

〔三〕亾：《甯都三魏全集》本作「亡」字。

〔四〕柏：《甯都三魏全集》本作「栢」字。

〔五〕亾：《甯都三魏全集》本作「亡」字。

取人家國，暴起于天下，顧望其能久得也哉？此吴、越之所以速亾者也〔二〕。

〔二〕亾：《甯都三魏全集》本作「亡」字。此文之後，《甯都三魏全集》本引録門人孔尚典、曾止山、門人涂大詢等三人評語：門人孔尚典曰：「文只一意，卻疊成六段，遂覺議論疊疊，波瀾浩浩，忘其爲短篇。末只一語結出本題，立格尤高。」曾止山曰：「論旨深長。子由古史論爲鹿門所亟賞，諸篇文足頡頏，而識議過之。」門人涂大詢曰：「合六篇讀之，如屈子《九歌》，離奇變化，章法之妙，未宜有兩。」

欒盈論

自古未有得士而不興者。有道之世，賢者連類而升，各奮其智能，以自效於上，故養士之權，在上而不在下。世之衰也，君臣之間競智力以相勝，天子諸侯，疑薄大臣，而别樹黨人，其卿大夫莫不厚養死士，以備旦夕之急，故養士之權，在下而不在上。於是有得士以興，亦有得士以亾者〔二〕。自春秋晋欒盈以好施多得士特聞，亡逐之餘，猶能因其力以入絳，士樂爲之死，而晋國幾殆。其後流風遺烈，轉相慕效，而孟嘗、信陵四君之徒，益汎濫於天下，悲夫！盈以好施得士，自趣死亾亡〔三〕，吾徒見其害而不見其利也。君子立危亂之世，務修德以辟難，不務植黨以自固。吾誠引釋權勢，不犯衆人之忌，則徒裼

【校勘記】

〔二〕亾：《甯都三魏全集》本作「亡」字。

〔三〕亾：《甯都三魏全集》本作「亡」字。

而獨行于中國〔一〕，無有敢扼之者。若夫侈汰不度，而懼人之謀巳〔二〕，必多其與以備之。備寡則勢孤而不立，備多則恃勢而犯難。古今黨人之亂，互相攻擊，必交燼而後巳〔三〕。欒盈不能外平大族之怨，内正其閨門，而區區收武力之人，爲腹心爪牙之用，以爲足自立而不危，其亦惑矣。蓋嘗論之，古之能成功名於天下者〔四〕，必有智深勇沈之士以左右之，招之不來，麾之不去，吾即欲結以恩而不能。此其人顧不可以多得，誠得一二人用之，而吾事畢矣。陳平憂呂氏之亂，陸賈一言而亂定。季布亾命〔五〕，魯朱家爲見滕公，布遂免死。今盈内亂幾於亾室〔六〕，而荀、范、韓、趙之族合志而怨之，此亦至危難之日矣，吾未聞欒氏之士，有出而謀其危者。及其亾也〔七〕，求一朱家之智不可得，此其士豈不可哀也哉？孟嘗君賴雞鳴狗盜之士脱秦厄，此固倖而中耳。使其出齊，客有抽劒斷靷而止之者，則其計巳無事矣〔八〕。雖然，

〔一〕中國：《甯都三魏全集》本作「國中」字。
〔二〕巳：《甯都三魏全集》本亦作「巳」字，當「己」之誤。
〔三〕巳：《甯都三魏全集》本作「已」字。
〔四〕古：《甯都三魏全集》本作「占」字。
〔五〕亾：《甯都三魏全集》本作「亡」字。
〔六〕亾：《甯都三魏全集》本作「亡」字。
〔七〕亾：《甯都三魏全集》本作「亡」字。
〔八〕巳：《甯都三魏全集》本作「已」字。

此特賢於欒氏之士者也。〔二〕

〔二〕此文之後，《甯都三魏全集》本引録丘邦士、涂允協、曾省之等三人評語：丘邦士曰：「其文流連蕩軼，集中别調。」涂允協曰：「以欒盈爲養士之祖，自是創論。而名言至論，大有關係。」曾省之曰：「冰叔少負才氣，敢於有爲。及歷世既深，身經蹉跌，乃能近裏見大，著論如此，世稱東坡海外文字亦當由進德日深，故爲文愈高耳。」

子展論

鄭子展當國，游販奪人妻，其夫殺販而以妻行。於是子展廢販子，立其弟以爲卿。求亾妻者復其所〔一〕，而使游氏勿怨，曰：「無昭惡也。」販見殺而并廢其子，罪不已重乎〔二〕？殺販者無罪，猶求之使復其所，恩不已濫乎〔三〕？且夫國人而專殺命卿，則私仇讎者，擬兵以相向，不知其百十也，國必大亂。嗚乎〔四〕！毒蛇螫指，則人斮而去之；癰疽發於背，則不敢決去。何者？懼去之足以害其身也。鄭以小國介在晉、楚，不虞薦至，而簡公幼冲嗣位，此所謂主少國疑之日也。當此而不能制變亂于未作，

【校勘記】

〔一〕亾：《甯都三魏全集》本作「亡」字。

〔二〕已：《甯都三魏全集》本作「巳」字。

〔三〕已：《甯都三魏全集》本作「巳」字。

〔四〕乎：《甯都三魏全集》本作「呼」字。

自開内釁，則危亾可翹足而待〔二〕。今夫亡妻之人，力能殺游販於邑，奪妻以歸，無有能禦之者，是豈淺謀寡黨，區區庸人所能爲哉！急之則作亂於内，以啓鄰國之兵，不急之而不求復其所，彼必畏罪而不敢居，不西走晋，則南走楚。晋、楚愛其能，而喜爲鄭間，必寵秩之，以覷釁於鄭，益以成破鄭之謀，此子展所深憂而國人不知也。然使游氏怨之，相怨則相備，相備則相攻，而亂作於内，抑又不可復彌，此其意不可以告也。是故善莫大於掩親之惡，使之勿怨，若爲游氏愛也，而後其名順；使販子爲卿，則父母之仇也。楚平王殺伍奢，以君戮臣，而子胥鞭其屍而破其國。是故販子非甚賢則不可立，立販之弟，然後可以義裁其情，而游氏亦可以勿怨。噫！若子展者，殆所謂智深而慮遠者歟〔三〕？昔伯州犁奔楚，晋軍以國士在，懼其知情。楚申公巫臣以夏姬故〔三〕，楚人族之，於是巫臣爲晋謀主，教吴伐楚，令尹司馬相繼誅死，而楚以不振。晋、楚且然，此子展之所爲慮也。〔四〕

〔二〕亾：《甯都三魏全集》本作「亡」字。

〔三〕歟：《甯都三魏全集》本作「與」字。

〔三〕申：《甯都三魏全集》本作「中」字。

〔四〕此文之後，《甯都三魏全集》本引録門人曾師庠、涂宜振、友姪任瑞等三人評語：門人曾師庠曰：「議論周内處，大有強力，若不可攻。」涂宜振曰「子展廢良而立大叔，曰：『國卿，君之貳，民之主也，不可以苟。』蓋以販有罪而良又不賢，爲國計耳。愚謂殺販奪妻，其人亦義憤所激，未必真有才能如冰叔所料者。冰叔蓋大有所見，爲後世驅才入敵者計，特借此事發論。使杲憂爲晋、楚用，當必才智過人，子展不殺則用，寧區區令復所已耶？」友姪任瑞曰：「彊力之人，有激之可爲亂，用之未必致治者，則不殺不用而復其所，正當如此區置矣。要之，此文與涂評互相發明，益人智力不小。」

崔成崔彊論

自古廢長立愛，未有不敗亂者。立長，則愛者可以自安；立愛，則長者必怨。而愛或不止於一人，是故其變如楚成王、趙主父之屬，身被弑僇之禍，而晋獻、齊靈身死之後，兄弟戕賊*〔一〕，亦大亂其國而幾於亾〔二〕。蓋父母不可有所偏愛，偏愛以害其正，必其兄弟賢，有伯夷〔三〕、子臧之節，則國家晏然可以無事。不然，猶幸有賢人焉，匡救彌縫於其間，則可以轉禍而爲福。苟非然者，其生平之仇讐，日窺伺其隙，以甘心而圖之，使其兄弟必至於交斃而後已〔四〕。吾嘗讀《傳》至崔成、崔彊而重有感於兄弟之際矣。天下勢孤者易敗，力合者難折。從來國家敗亡之禍，未有其親戚宗族不離心而人得以制之者。

【校勘記】

〔一〕戕：《甯都三魏全集》本作「（左片右戈）」字。

〔二〕亾：《甯都三魏全集》本作「亡」字。

〔三〕伯：《甯都三魏全集》本作「目」字。

〔四〕已：《甯都三魏全集》本作「巳」字。

《易》曰：「二人同心，其利斷金。」異姓之人，苟相要結，可以攻堅而出險，况其爲天性之親乎？昔者季武子廢公鉏而立悼子，使公鉏爲馬正，慍而不出。閔子馬見之曰：「子患不孝，不患無所。若能孝敬，富倍季氏可也；姦回不軌，禍倍下民可也。」公鉏從之。於是悼子嗣有卿爵，而公鉏終身安富，保兄弟之愛，全其父之令名。當是時，季孫之不能於孟叔久矣。使公鉏出成、彊之計，眯勢傷義〔一〕，快其一逞，則崔氏之禍見於季孫，而孟叔必坐收慶封之利。嗚呼！彼崔氏滅亾之速〔二〕，則何足怪也！且齊莊以戎子之故，誅斥公族，孤立於上，故崔杼得以專制其國，其弒之也，若弋鳧雁之易。成、彊親見所以成敗，冒然逞其貪心，而不知却顧。慶封之殺崔氏，視崔氏之弒莊公又加易焉，蓋崔氏自殺，而非慶封殺之也。雖然，處人骨肉之間，爲慶封則不可，爲閔子馬其可矣。〔三〕

〔一〕眯：《甯都三魏全集》本作「昧」字。

〔二〕亾：《甯都三魏全集》本作「亡」字。

〔三〕此文之後，《甯都三魏全集》本引録丘邦士、涂宜振、李咸齋、謝君求等四人評語：丘邦士曰：「皆天理人情之言，妙在透發於事勢利害之中，盤互通透而變化萬端，以至文爲奇文也。」涂宜振曰：「盧蒲嫳曰：『彼君之讐也。天或者將棄彼矣。』意崔杼弒君之罪未討，生明以啓成、彊之釁，而假手慶封以斃之，俾亂賊以杼爲鑒與？然則崔氏覆滅與尋常争立取敗，似未可同年而語。第凡有國家者，不可不三復斯篇。吐穀渾折箭之喻，最爲明切也。」李咸齋曰：「文如巧繡，鍼線甚密，而不露刺痕。」謝君求曰：「古今善處人骨肉間者，如李鄴侯、韓魏公，立心忠誠，出手圓敏。冰叔生平最得此意，文亦專從此處覷入，故言之親切有味如此。」

制科策上〔二〕

古者取士之途廣，國家則專出于制科，而其法尤未善。八股之法，一在于摹聖人之言，不敢稱引三代以下事，不敢出本題以下之文，一在于排比有定式。夫題之義理，有博衍數十端然後足以盡者，有舉其一端扼要而無遺者。今必勒爲排比，則是多端者不可盡，而得其一説而畢者，必將彊爲一説以對之。其對之，又必摹其出比之語，斤斤然櫛句比字，而不敢或亂。六朝之文，排儷爲工，雖雜施于游咏箋記，而後人尚譏其陋。今之以長對排儷而譯經傳，其陋抑可知已〔三〕。聖賢之理，適用爲本，故言理不徵事則迂疎。古人之言，不徵後世之得失，則言之富且精者不得見。今必以爲不可毫髮有所損益，則是古人所一言者，吾從而再言。所短言者，吾從而長言。言之毫髮逮聖人無益，況必不逮耶。□□朝，黜雜學，尊孔子，勒《四書》、《五經》爲題目，法視前代爲獨正。販夫監子，莫不知仁義道德之名，然才略迂

【校勘記】

〔二〕此題《甯都三魏全集》本目録無「策」字。

〔三〕已：《甯都三魏全集》本作「已」字。

疎，不逮漢、唐遠甚，及其後，則遂欲求爲東晉、南宋，而有不可得者。天下奇才異能，非八股不得進，自童年至老死，惟此之務。于是有身登甲第，年期耄，不識古今傳國之世次，不知當世州郡之名，兵馬財賦之數者。而其才俊者，則于入官之始而後學。故居今以救制科之敗，愚則以爲莫若廢八股而勸之以論策。故曰，八股之爲經濟者，施於論則腐矣。論施于策則迂，策施于奏議則疎。何者？言理者易僞，而覈事者難欺。是故法未有久而不敝，然其立法之始，則不可不盡善。論策之制，其敝也，必有勦襲靡衍，夸而不適用。而天下之人，則勢不得不取古今治亂之書而讀之，而講求天下兵馬財賦、關阨險阻、時務利害之事。今夫采魚者，必張綱于大澤；獵獸者，必設罝於深山〔二〕。夫固有不得獸者，顧涉澤以求獸，而越山以問魚，是所謂索燧人以三淩之冰，縶騏驥之足而責千里者也。〔三〕

〔二〕深：《甯都三魏全集》本作「滨」字。

〔三〕此文之後，《甯都三魏全集》本引録兄善伯評語：兄善伯曰：「破八股之陋處，字字的確公平，可以息天下之辨矣。然猶有謂八股爲盡善者，真不可解。」

制科策中〔一〕

聖人之學不明于天下，而較事功，則刑名功利之説起，求其治必亂。吾故曰：吾之説非舍《四書》、《五經》而别求之，《四書》、《五經》命題以正其本，變八股，制論策，使人得盡其才，適于實用，以救其敗。請言其法：凡童子試，《小學》論一道，科經書白文〔二〕。《四書》一，《易》、《書》、《詩》、《禮》所占經一，《春秋》、《胡傳》一，令自某處起，默書至某處止，兼唐人考字、宋人帖括之意〔三〕。弟子員試，《四書》一道，所占經一道，策一道。鄉試，策一道，《春秋》一道，判一道，《四書》一道，所占經一道。會試，策二道，判六道，皆一試。凡《小學》、《四書》經爲論，無定體，無長短格，及稱引秦、漢以下得失當

【校勘記】

〔一〕此題《甯都三魏全集》本目録無「策」字。

〔三〕括：《甯都三魏全集》本作「帖」字。

代時務諸禁。凡命題，母割裂章句以巧文〔一〕，如虛縮巧搭拈難題之類〔二〕，母褻而不經〔三〕。如鑽穴、踰牆、殺雞、攘羊之類。凡判必依律，去對偶，如讞獄之語。或設事造題，使議其罪。假立一事，令議甲乙所犯，據律例應得何罪。凡試策、試州縣者，策以其州縣之利害，或問地方現在何事，作何區處，或泛問利弊。鄉試策，以其鄉、會試，策以天下之利害。會試之策，概論國勢治道，或古人當國事業者一，分吏、户、禮、兵、刑、工六職命題者一。身爲弟子員〔四〕，使各占其所能。如習吏，則書一「吏」字于卷面，同占經例。專才者對一科，通才者對數問。中進士，廷試則使雜陳其所見而考難之，以定其官。人有平日識略出有司命題之外者，故令雜陳所見，而相考難〔五〕。或天子自試，或公卿雜試之，參用虞廷敷奏《周官》辨論之意。于是以通才者署郡縣選。專某職者，就某部觀政，授某部官。既受官以奏疏，疏之體必簡而直，簡無繁文，直無隱事。天子一日萬幾，文繁則目眩，驚虛而失要〔六〕，事隱則不足知事之利害與人之賢否。奏某事曰，某臣奏爲某事，若何則利，否則害。言者能行，則曰臣所見如此，臣實堪朝

〔一〕母：《甯都三魏全集》本作「毋」字。
〔二〕拈：《甯都三魏全集》本作「枯」字。
〔三〕母：《甯都三魏全集》本作「毋」字。
〔四〕身：《甯都三魏全集》本作「自」字。
〔五〕而：《甯都三魏全集》本作「面」字。
〔六〕虛：《甯都三魏全集》本作「虛」字。

廷試而用之。否則曰臣能言，臣不能行，以臣所察，某臣能堪臣言，朝廷試而用之。又否則曰，臣所言臣與僚友不能堪，朝廷懸其言于朝，以待能者。〔二〕

〔二〕此文之後，《甯都三魏全集》本有魏禧自記，其云：「或謂所言事廷臣舉無能者，言之何益？不知吾所知之人，雖皆不能，天下或有能人而吾不知。即一時無其人，有必不可不存此論者，如漢武帝下詔募使絶域，雖非當務，其法可倣也。愚謂國家有大難事，竟當另設一科，懸格以募異人，儲材以備急用，事畢即罷其科，不爲定制可耳。乙酉自記。」此文之後，《甯都三魏全集》本还引録了兄善伯、弟和公、諸子世傚等三人評語：兄善伯曰：「法度簡要，一語一字皆有精思達識，真經國大文章也。」弟和公曰：「吾兄時務諸策，如此等文字，皆高出陸宣公、蘇文忠之上。」諸子世傚曰：「徑敘有頓挫，無一繁字。」

制科策下[一]

童子何以試《小學》？天下之亂繇風俗壞，風俗壞繇《小學》廢。是故使之孝親敬長，奉法守禮，童而習之，外柔其筋骨，而内植其心。故孔子曰：「少成若天性，習貫成自然。」今之人，幼習章句，稍長治文藝，童子能時文，則泰然以謂成人。于是有身登甲第年壯强不能隨行後長之禮者。何以不兼試《四書》？《四書》之旨深而博[二]，兼則麤，專則精，兼則《四書》重，《小學》必廢。何以離《春秋》于四經？董子曰：「不學《春秋》，處經事不知宜[三]，處變事不知權也。是故人君不能辭首惡之名，而人臣不能免亂賊之誅。」故不人習户曉，則匹夫不能治一家。何以鄉會試首策也？中式者必得官，故以練事爲先也。鄉試之策，何以不分六職？守一職者，必兼知六職之故。故官欲其專，學欲其通也。會

【校勘記】

[一] 此題《甯都三魏全集》本目録無「策」字。

[二] 深：《甯都三魏全集》本作「湥」字。

[三] 宜：《甯都三魏全集》本作「宐」字。

試則今日中式，而明日授官爾。何以鄉會一試？能者一而足，不能者十試之以百篇無益。專才者，何以授部官？將使之死于其職已矣〔一〕。官禄以能遷而職不變，終身習其事不去，則勢便而智力出，唐、虞、三代未之能易也。朝刑暮禮，則起皋契而生之必不能。通才之能大，郡縣之選卑，曰：吾將是以爲宰相。古者宰相必歷試州郡，使知民情。《書》曰：「其在高宗，舊勞于外。爰暨小人。」夫天子不可坐而理，而宰相專用翰林，國家所以無相業者以此。然則治《小學》何以不治《孝經》？曰：此非聖人之言，膚已甚〔二〕。于《小學》、《孝經》之美存焉，而去其膚，漢儒僞作無疑也。《春秋》合題可乎？曰：或事反而理同，或理同義相表裏，于《四書》、于他經則可擬而行也，合傳則不可。《春秋》之文簡，又去其弑逆崩卒爲不祥，故不得不取傳，割裂而牽附之，以多其目，若射覆然，勞心殫智而無用。且夫武王卜洛曰：「有德易興，無德易亡。」弑逆崩卒，聞之者足以戒焉，安在其不祥也。雖然，于《禮》、于《詩》、于《小學》，則又有説。禮出小戴，其書多尨雜而叛道，不可不釐正也，否則不得尊于經。鄭、衛之詩，紫陽以爲淫風者十七八，然則聖人何以不删？曰：示戒也。示戒則宜存《新臺》〔三〕、《鶉奔》，男女贈答穢褻之詞何以録？考乎古傳得之矣。《小學》精，可爲聖人，矗之不失常人〔四〕。然而有

〔一〕已：《甯都三魏全集》本作「巳」字。
〔二〕已：《甯都三魏全集》本作「巳」字。
〔三〕宜：《甯都三魏全集》本作「宐」字。
〔四〕矗：《甯都三魏全集》本作「麄」字。

古禮若内則不適時者，有闕略若朋友之義當補次者，有義精深不可喻童子者〔二〕，則必考定焉，勒爲不刊之書。〔三〕

〔二〕 深：《甯都三魏全集》本作「滐」字。

〔三〕 此文之後，《甯都三魏全集》本有魏禧自記，其云：「吾變法三策，唯制科法，雖擾攘之時、中才之主，無不可行，然其法與學校官制相爲表裏。革奄宦則君必聖賢而後能，葢非減宫嬪之數，定時見羣臣之制，寡欲勤政，未易言也。限田則與保甲相表裏，及篇中先事數款。故曰：法必相輔而後行。古人制度有此一事爲盡善，而此一事所以盡善處，實不專在此一事也。三策作於乙酉五月，其後稍損益之云。癸卯自記。」此文之後，《甯都三魏全集》本还引録了彭躬庵、弟和公等二人評語：彭躬庵曰：「洗發重《小學》是根本之論，試《春秋》是特識，辨别分通才、專才是實用。其諸附見，關係學術治理，精鑿不磨。」弟和公曰：「樸厲勁轉，開闔有節，似《文武解》、《王會》諸篇。」

師友行輩議

易堂之交，如親兄弟，降及三世，其尊卑有不可班例者。又，予年近五十未舉子，而門人之長者，僅少余四五歲，以下門人之子與通家子，子有舉子者矣。假令吾今即舉子，而其子且長于吾子，乃令其父以行輩爲後進，非情也，義也。故作《師友行輩議》質諸同堂，使後之人有所依據焉。

師也者，師其德；友也者，友其義。惟師友以德義爲名分，故兄弟子孫行輩，非族姓姻戚之有定可遞推也。古者師友無服，義無一定，故不可以制服。知服之不可制，則知行輩之不可遞定矣。請言其例。德業之師，以父道事之。師之父，尊其稱曰祖；師之妻，尊其稱曰母，此名不可殺者也。至所以事之之禮，則不盡如祖與母也。其父有名德而妻賢，齒且長，以祖與母事之可也；不然，則奉以名焉可也〔一〕。師之至親伯叔兄，師俯然爲子弟，吾不可以雁行也，非名德，宜自居于後進。師之弟，學與

【校勘記】

〔一〕也：《甯都三魏全集》本作「已」字。

齒可雁行，則雁行之矣。曰師伯叔者，俗稱也。師之弟，有可以爲吾弟子者，則分非有定也。師之子，以兄弟禮之，常也，然師有以門人爲其子師者，故學與齒相去也遠，而師視其門人如至友，則師之子可事以父執。有初相友而後爲師弟者，有本爲師弟而情義實如朋友者。師之子，隅坐隨行拜跪，當如通家子禮，但以伯叔姪稱呼則不可，以先後輩可也。漢昭烈謂後主曰：「汝與丞相從事〔一〕，當如事父。」是君臣且然矣。昔者吾以父事師楊一水先生，而先生使二子晟、晉以父執事予，及其長也，乃爲弟子焉。彭躬庵曰〔二〕：「師之子可以先輩事其門人，以父執則不可。」同立乎一師之門，有先輩焉，有後輩焉，其禮不可班也。父與子、師與門人，可共進而師一人，門人子於師之子爲後進〔三〕，常也，學與齒可雁行則雁行之矣。吾友之子以吾爲父執，友之孫視吾子爲前輩，常也，友之子稱父執曰友伯叔，自稱曰友侄子〔四〕。同輩以齒序相稱，曰友兄弟，子之子相稱曰世兄弟。稱父執曰世伯叔，自稱曰世侄。以世別友者，原以世誼相推故也。齒與學相等，則雁行可也。友之子與吾子，不徒以通家爲兄弟而自爲兄弟，其孫與吾子，雖齒學等焉，而雁行不可也。父自爲兄弟者，其子皆稱友，不稱世。友之中有可以兄視其父而弟視其子者，父友之，子亦友之，古人所謂群紀之間也。交親如兄弟者，則不可，必視其所始交，或

〔一〕與：《甯都三魏全集》本作「事」字。
〔二〕庵：《甯都三魏全集》本作「菴」字。
〔三〕「門人」之後，《甯都三魏全集》有「一」字。
〔四〕子：《甯都三魏全集》本作「于」字。

父其父，或子其子，不可移也，此其大較也。嶺南之東莞，有九姓祠焉，遠祖九人相厚善爲兄弟，其子孫世世以行輩敘叔侄，絶婚姻，此賢者之過，然而不易及也，其子孫必賢者也，否則再世如路人矣。彭躬菴曰〔一〕：「愚意易堂九人，即不得如九姓，而子與孫世次必不容混，即齒學等不擠也，過此則出入可矣。」父之友或親爲兄弟，或同齒同學，出入同友善，則皆可以伯叔禮之。今夫伯叔之服，自期至于緦，以及同姓，其親疏固有殺也。故父之友有事之如親伯叔父者，有如從、再從以下者，有僅奉之以其名者，天子稱同姓諸侯曰父，異姓日舅是也。余少于前輩甚重伯叔之名，或不得已循其稱焉而心慚〔二〕，則過也。〔三〕

〔一〕菴：《甯都三魏全集》本作「庵」字。

〔二〕已：《甯都三魏全集》本作「巳」字。

〔三〕此文之後，《甯都三魏全集》本引録了謝約齋、丘邦士等二人評語：謝約齋曰：「於無例中一一以情義例之，使於情於義安，則言之必可行而例定矣。既提德義，又參以學與齒，權衡出入，如理亂絲而扣其端緒。至運筆參差變換，又有『曲徑通幽處，禪房花本深』之趣。拈出二『學』字，正有激勸，意在使爲人前輩者，須求免無學而忝爲前輩之慚；爲人後輩有學，雖謙抑自居，卻令分尊者有降而雁行之禮，不特定一義例已也。」丘邦士曰：「文與理皆能如意曲折，得《禮記》、《爾雅》之意而忘其跡，固爲大佳。」

孔廟襲爵議

按宋建炎初，孔聖四十七代孫中散大夫傳率其子端問、從子衍聖公端友，從高宗南渡，賜家衢州，世封衍聖公於衢。金人亦世封曲阜孔氏爲衍聖公，元因之，由是曲阜與衢分爲二。元既並宋，以衢爲孔氏宗子，召端友六世孫洙封之。洙赴闕，讓爵居曲阜者。明興，仍元舊，衢孔氏悉復其家，代官博士一人。禧窃以爲孔子作《春秋》[一]，□□□尊桓、文，仁管仲，□□□□明於日月。中散大夫傳，義不忘宋，衍聖公洙辭爵於元，皆善守聖人家法[二]。譬於養親，曲阜孔氏功在陵廟，所謂養口體者也；衢孔氏，養志者也。衢絶封四百歲，而曲阜世公世縣令，自元訖今不絶，非先聖意。禧議曲阜子孫宜世衍聖公，奉陵廟祭祀；衢子孫宜世推擇賢者爲曲阜令。後世爵人以功，官人以賢，自西漢以下率是制。曲

【校勘記】

[一] 窃：《甯都三魏全集》本作「竊」字。

[二] 守：《甯都三魏全集》本在「聖」字之下。

皁世爵，從祖功也；衢世官，從祖賢也。且以越人遠治魯地，雖宗親無所私，不失後世易土而官之義。〔一〕

〔一〕此文之後，《甯都三魏全集》本引録了彭躬庵評語：彭躬庵曰：「明确簡健，偪真漢人訟議文字。」

賢溪孔氏廟祀議

建昌新城之賢溪，故有孔氏，始元末温寵公自臨川來者也。臨川始遷之祖，爲迪功郎莘夫。其先支分自衢州，宋南渡時，中散大夫傳實爲之祖。遡而上之，至於至聖，故賢溪有至聖廟。孔氏子孫祀至聖，以伯魚、子思、傳、莘夫、温寵爲之配，而聖母無位。蓋以仕宦之過賢溪者，必拜至聖廟，於禮爲不便。然至聖惟學宫得祀，今孔氏得特立廟者，非以凡民祀聖人，以子孫祀祖宗也。以子孫配食祖宗[一]，而不及其妣，可乎？伯魚、子思，闕里有常祀，可無配食。若推至聖以父及子，則何不當推至聖以子及父，而啟聖公又可不祀耶？是小宗之祀與太宗無别也[二]。禧以爲至聖廟宜立聖母位，並藏寢室，過客之拜者，則出至聖主於堂，而子孫時祭，並設聖母，昭穆以中散、迪功及温寵公配食，皆有妣。蓋自至聖以下，中散、迪功、温寵皆各爲遷地始祖，以德以功，以傳世之序配食爲宜。是祭也，宜於冬至一陽之

【校勘記】

〔一〕配食：《甯都三魏全集》本作「祀」字。

〔二〕太：《甯都三魏全集》本作「大」字。

復，與祭者惟孔氏之大夫士，擇其爵與齒之賢者，以爲祭主。温寵公則又特立廟，以尊賢溪之始，而昭穆其子孫，以大合其宗人，主祭者惟孔氏之宗子，歲舉其禮於春秋。議別立温寵公廟，立聖妣位者，南豐甘京議也。或謂支子不祭賢溪祭至聖，於禮爲僭。夫至聖雖用帝王之禮，與生爲天子者不同。國朝定尊號曰「至聖先師」，先師則他姓士庶人無不可奉，特不敢用學宫之禮樂耳，而况孔氏子孫乎？是烏乎其不可也？寧都魏禧謹議。〔二〕

〔二〕此文之後，《甯都三魏全集》本引録了孔正叔評語：孔正叔曰：「議論酌古通今，如揭日月，而文筆高古，與《儀禮·表記》相配。」

學官議

今生員之補廩者，不知其幾何歲也，又最久挨次始貢，又幾年始選官。至于選官，而向之所稱俊秀者，亦甚老矣，故天下之學官，率皆傴僂荒耄不能拱揖之人。孔子曰：「及其老也，戒之在得。」于是又多貪污庸鄙，爲有識笑，以故少年子弟輕之，于以興教明化无繇也。請申爲令，曰，凡州縣每三年以廩生册送于學政使者，分爲二班，一曰以德行補廩者若而人；二曰以文才補廩者若而人，俱就試，試畢，觀其德行者之文才何如。其文優則貢之；或優于行，不足于文，則將取文之優者貢之，必面召本學師生詢之曰，此能文者之行若何〔一〕？僉曰「有行」，三詢三告如初，則貢之；三詢而不答，則貢其有行者。文雖不足，重行故也。既貢，上之太學凡三年，年滿四十以上者，欲就官則選使之任，欲科舉者聽之。年五十授官無辭，未滿四十者，雖欲官不得授。何者？師表多士，不可少弱故也。夫如是而爲學

【校勘記】

〔一〕若何：《甯都三魏全集》本作「何若」。

官，造士有功，當使歷試州縣，或躋卿相，不可爲資格矣。〔二〕

〔二〕此文之後，《甯都三魏全集》本引録了丘邦士評語：丘邦士曰：「愚謂文行當分貢，既以德取者，便且不必論其文之工拙；但以文取者，須詢其行，用三詢三告之法。若於兩者中合取一人，則各就文行中分定等第。貢其俱上者，無則先儘行上等，文次等、平等者貢之；後及行次等，文入上次等者，後及文上等，行入平等者；後及行次等，文止平等者；後及行上等，文劣等者亦貢；後及文次等行亦平等者。等同仍以食廩年月多少爲序，不以本考等中名列高下爲序。」

擬褒崇岳忠武王議〔一〕

禧伏讀《宋史》，每至賊擒殺岳忠武王飛事〔二〕，輒椎胸泣下，呼天自恨不生其時與之同死。蓋自古大功至忠之臣，蒙冤以死，未有若忠武王之甚者。後雖易謚追王，建廟封墓，而百世之下，人情未愜，雖愚夫奸人，莫不痛心發憤，若殺其父母之恨。自非天挺聖哲，格外賞罰，則何以平萬世之怨憤，補天地之缺陷。禧伏見關漢壽亭矦羽，至忠大義，歷代褒封，累爵帝號，通都窮鄉，五家之聚，莫不有廟，婦人孺子，咸知尊親。然考其行事，純疵互見，食報如此。惟忠武王，精忠神武，亙古無二，立心制行，至純無疵。古今名將賢將，可謂集其大成矣。顧遭趙構昏逆，秦檜凶賊，闔門屠戮，死無怨言。禧嘗代爲自反，未有纖毫致咎之故，銜冤如此，日月長昏，人類當絶。伏望聖明，破格褒崇，如漢壽亭侯故事，尊以帝號。詔天下州縣市鎮鄉村，悉立廟塑像，忠武衮冕居中，岳雲、張憲、施全配享，侍立庭墀。仍列秦檜

【校勘記】

〔一〕此題《甯都三魏全集》本卷四目録將其列於第二篇，即置於《師友行輩議》之後。

〔二〕擒：《甯都三魏全集》本作「檜」字。

夫婦、萬俟卨、張俊、王俊跪像，如今制，凡拜謁祈請者，必加捶撻。而趙構不孝不弟，暱奸仇忠，罪亦不容於死。則當剗夷陵墓，刻碑於上，宣示其罪。庶人心憤怒可平，昏主賊臣知所鑒戒，天理明，國法彰，而萬世忠臣義士有所激勸。或謂忠武本人臣，尊以帝制，非其所安，封爵鬼神，不合古義。禧又以爲禮緣義起，非常之事不在常格，生人耳目，必以人爵爲榮。是以孔子匹夫，袞冕無嫌；關公帝號，通于夷、夏，未有非而革正之者。葢精忠奇冤，非極格外褒崇，不足厭服衆心，發揚正氣，譬如嚴冬雪霜，百草夭絶，使無春氣怒發，則天心閉塞，終不可得而見。謹議。[二]

[二] 此文之後，《甯都三魏全集》本引録了門人王愈融評語：門人王愈融曰：「議論斬截，字字如削鐵。尤妙引關公作例，是極有斷制手。」

書歐陽文忠論狄青劄子後

予嘗推古今奏議，漢賈誼、鼂錯，宋李忠定，明朝王文成爲第一〔一〕。及再讀歐陽文忠奏劄，則又未嘗不反復流連而不能已〔二〕。公爲人正直和平，而遇事敢言，特其措置之方〔三〕，天下大略大計，不能與四公比，而政事之闕失，人之賢不肖，則知必言，言必盡，而其言直切而婉至，反復而不窮，其移人之性情，入人之深，爲前古奏議所未有。吾則所特不滿公者，在論包拯、狄青二事。拯劾去二三司使而已居其位〔四〕，於形跡不無嫌疑，然拯豈貪美官敗人以自成者？公亦嘗出一二言爲拯回護，何至謂其「不知廉恥，壞國家之紀法」，以重詆賢者，而推致其罪乎？至論狄青則又甚。青立大功，爲當世名將，公既多

【校勘記】

〔一〕明：《甯都三魏全集》本缺此字。

〔二〕已：《甯都三魏全集》本作「已」字。

〔三〕特：《甯都三魏全集》本作「持」字。

〔四〕已：《甯都三魏全集》本作「已」字，疑爲「己」之誤。

鄙夷不屑之辭；而小心謹慎，朝野共知，公則曰「今雖未見顯過」，是隱然以其心爲不可問也。又曰：「外人謂青用心有不可知，此臣所不敢決。」是顯然以青爲叵測也。至采「身應圖讖，宅有火光」無稽之訛言，以聳動主上，而又引朱泚以爲證，其後又因水災並建皇嗣極言。噫，幸其君爲仁廟耳，使遇漢景、宣，唐肅、德，則公一言殺青而有餘，而青滅族之禍，固已不旋踵矣〔一〕。而其間則仍爲一二護青之語，操縱出入之間，似乎持平，而實深文巧詆，以中人于深禍，而自脱於小人。吾則以爲險狠陰猾，若古小人害君子之術而又工焉者，蓋莫甚於此也。宋武功最衰，當時將帥，未有賢於青者〔二〕。藉令青功大謗興，主上危疑，公爲侍從，尚當出力曲相保全，而顧無端以啟君臣之釁哉！然則公皆不當言與？曰：言之可也，所以立言非也。然則如何？曰：言拯也，但當曰「拯劾去三司使，而己居其位，雖非出拯初心，然拯宜避嫌辭位以自白，朝廷亦宜授拯他官，以全其名節」而已〔三〕，他已甚之言〔四〕，可無言也。言青也，但當曰「青功大而賢，甚得軍心，浮議沸騰。雖青萬無他志，然不宜久掌機密，滋

〔一〕已：《甯都三魏全集》本作「巳」字。

〔二〕未：《甯都三魏全集》本作「木」字。

〔三〕已：《甯都三魏全集》本作「巳」字。

〔四〕已：《甯都三魏全集》本作「巳」字。

谗慝之口。朝廷宜授青外藩，以保全其功名」而已〔一〕，他已甚之言〔二〕，可無言也。嗚呼，公正直和平之君子，如此等類，豈君子所宜出？吾深惜此爲公盛德累，而疑公之未必純出於君子也。公爲後世所信服，未有非之者。吾懼夫誤後世之爲君子，不擇言而自陷于小人，故特表而出之。或曰：「宋乘五代後，如郭威、藝祖，黄袍加身之事，庸或有之，公忠愛不得不言。」不知杯酒釋兵之後，將帥不能爲大惡者，已百有餘年〔三〕，而顧於青之賢，將爲已甚之言以危之乎〔四〕？或又曰：「青武人典機密，列爲大臣，公惡非其類，故言之狼戾如此。」噫，信斯言也，則甚矣！〔五〕

〔一〕已：《甯都三魏全集》本作「巳」字。

〔二〕已：《甯都三魏全集》本作「巳」字。

〔三〕已：《甯都三魏全集》本作「巳」字。

〔四〕己：《甯都三魏全集》本作「巳」字。

〔五〕此文之後，《甯都三魏全集》本引録了彭躬庵評語：彭躬庵曰：「持論極公平，代論青及拯，立言之法極得體。至慮後世君子不擇言而陷于小人，尤苦心世道之言。」

書蘇文公諫上後

蘇子曰：「諫亦有術焉。用諫之道，通於游説，説之術可爲諫法者五：一曰理喻〔一〕；一曰勢禁；一曰利誘；一曰激怒；一曰隱諷。」魏子曰：術之中尤有術焉，得其術，則五術皆濟；失其術，則五術可至殺身。夫用術者，亦在審其機而己〔二〕。機之所伏，不在理，不在勢，不在利，不在激，不在隱；機之所發，可以諭，可以禁，可以誘，可以怒，可以諷。夫所謂機者，何也？機先則失疾，機後則失遲，機顯則失盡，機微則失晦。疾則罔，遲則誤，盡則厲，晦則忽。《書》曰：「若虞機張，往省括於度，則釋。」莊周曰：「庖丁之解牛也，批卻導窾，則砉然迎刃而解。」是所謂得其機者也。五術未用，先用其機。機有在于五術之中，有出于五術之外，曰理、曰勢、曰利、曰激、曰隱，術也。孰當諭，孰當禁，孰當誘，孰當怒，孰當諷，則術之術也。或可偏舉，或可並進，或可終守，或可更端，此所謂在五者之中。

【校勘記】

〔一〕喻：《甯都三魏全集》本作「諭」字。

〔二〕己：《甯都三魏全集》本作「巳」字，均爲「已」之誤。

主好色，我不諫其色；主好貨，我不諫其貨；主好刑，我不諫其刑；主好勇，我不諫其勇。時其起居飲食，伺其嬉游燕寢，而引之于善，若無意於入焉，而無所不入。主好色，吾與其色；主好貨，吾與其貨；主好刑，吾與其刑；主好勇，吾與其勇；吾入得其歡心，則可以惟吾之所爲，此所謂出五者之外也。古之讒人，其言無不聽用，非有奇術也，得其機而用之。故譽人而不居其功，殺人而不任其罪。是故諫之道通於說，則十可得九；諫之術合于讒，則百舉而百有功。語曰「抱薪救火」，夫火可救火，水可濟水，顧其術何如耳！[一]

[一] 此文之後，《甯都三魏全集》本引録了魏禧自記，其云：「全部《國策》只一「機」字可了。故同一說也，今日不效而明日效，此人從而彼人不從，乃知縱横家非有硬法可學，全在心細手敏處得力耳！讀老泉諫論，因及此。自記。」此文之後，《甯都三魏全集》本還引録了丘邦士、弟和公等二人評語：丘邦士曰：「立論之精，似偏極正，似通極確。於諫讒一道，韓非子爲原病，蘇老泉爲開方，今裕齋復爲鑑肌切脈之術，無遺義矣。」弟和公曰：「勢險節短，峭利可畏中具有變化之筆。」

書蘇文公諫下後

人君苟樂聞其過，不刑不賞，天下之人樂就之，況誘之於前而驅之於後乎？進諫則不然，雖有奇術，不能必聽；雖有至道，不能必行。以余之機行蘇子之術而又不得，則雖聖人無如之何。且夫説易而諫難，説之爲説，多動於利害，而諫常争以理。理非賢者不能信，而利害者，愚不肖所共明。且吾誠説其人，一事從吾説，吾無求矣。吾立人之朝，而思諫其君，雖多至千百事，皆不可以嘿嘿而與爲苟且。吾則以爲百諫而百從，非格心之臣必不能也。古之善格君心者，莫如伊尹、周公。太甲不義，伊尹放之於桐，悔過遷善，三年而後歸于亳。周公負扆以佐成王，自六卿九牧，内至綴衣小臣，非公之所取，則不得侍于天子。向使伊尹不得放君，而周公無權，則雖欲使太公〔一〕、成王遷而之善，亦未可以必得。吾觀三叔流言，周公居東而作《鴟鴞》之詩。《書》曰：「王亦未敢誚公。」則成王葢甚有畏于公。成王雖畏

【校勘記】

〔一〕公：《甯都三魏全集》本作「甲」字。

公，而亦未始不有疑于公。嗚呼，周公之于此，蓋其岌岌矣乎！孔子相魯三月，卒不得志於季氏；昌邑無道，霍光廢之而立孝宣。夫得其權，則伊尹之事再見於霍光；不得其權，則孔子不能爲周公。嗚呼，誰謂孔子而不能於光耶？〔二〕

〔二〕此文之後，《甯都三魏全集》本引録了丘邦士評語：丘邦士曰：「前篇欲諫之行，則推諫之術，下至於譏然後盡；此篇嘆諫之難行，則上至格心，尤藉權勢，皆獨到切至之論。文亦老泉所謂淳健簡直者。」

書蘇文公明論後

惜哉，蘇子之明何其小也！日月不矜小明，故其明大；雷霆不褻用其威，則無所不威。聖人之明，如此而已[一]。《書》云[二]：「舜流共工於幽州，放驩兜於崇山，竄三苗于三危，殛鯀於羽山，四罪而天下咸服。」夫共工、驩兜以比周而並誅，此二子皆有過人之才，而官與族又甚大，意當時從而比周者，必不止于二子。後世黨人之禍，株連動至千百，以謂不取而盡殺之，則其黨必不止。乃舜自誅二子外，不聞復有所誅責。孔子曰：「舜其大知也歟？」正其大不正，則小不正者自正，此所以爲日月雷霆之明威歟？蘇子言不及此，區區舉阿即墨之事，且欲以一知而欺天下之士[三]，天下窺吾之所不知，將并

【校勘記】

[一] 已：《甯都三魏全集》本作「巳」字。

[二] 云：《甯都三魏全集》本作「曰」字。

[三] 士：《甯都三魏全集》本作「十」字

吾所知者亦遂疑之而不疑，惜夫蘇子之不善全其説也。既而讀《辯姦》一篇，噫，蘇子之明不小！〔二〕

〔二〕此文之後，《甯都三魏全集》本引録了丘邦士評語：丘邦士曰：「推黨禍處，無中生有，酷類蘇氏之文。然立論之旨，絶正絶大，不獨勝於蘇氏，竟足以助儒先所不及。」

書蘇文公辨姦論後

姦人不易辨也，人之大姦，尤不易辨。辨之之道有二：凡事之不近人情者，其忍僻足以賊天下也；凡事之太近人情者，其柔媚足以殺天下也。姦人之欲取于人，必先有以予之；欲大有所忍也，必先以不忍嘗之。搏虎之家多傷人，阱而致之，則人不傷，而虎已倍得〔一〕。是故阱虎者必置其牷，釣魚者必設餌，入廟之犧則被之以文繡。方魚之見餌，虎之見牷也，以爲我愛也，犧牷之曳錦而被繡〔二〕，以爲尊榮我也，投所欲焉，而遂制其死命。《兵法》曰：「攻城爲下，攻心爲上。」故小姦竊位，其上竊權，大姦竊心。王莽謙恭下士，卑節而事太后，卒移漢祚。唐德宗曰：「人言盧杞奸〔三〕，朕殊不覺。」竊心

【校勘記】

〔一〕已：《甯都三魏全集》本作「巳」字。

〔二〕牷：《甯都三魏全集》本作「牲」字。

〔三〕杞：《甯都三魏全集》本作「杞」字。

之術，顧不雄歟〔二〕？千金之子，偶中於飢寒，不求衣而衣至，不求食而食至，彼固思有取之者矣。千金且然，而況萬乘之主乎？〔三〕

〔二〕歟：《甯都三魏全集》本作「與」字。

〔三〕此文之後，《甯都三魏全集》本引録了温伯芳、兄善伯等二人評語：温伯芳曰：「風調絶好，似西京文字。」兄善伯曰：「不近人情與太近人情，皆忍者也。水火皆足殺人，而水惟尤甚，此近情者所以難防也。子瞻嘗謂楊雄以艱深文淺陋，余謂：『若以淺陋文艱深，當更不易辨耳。』」

書蘇文公遠慮後

臣之忠奸不易知，臣之才不才，與其才之大小不易知。吾失知於群臣，吾可以改制其後；失知於腹心之臣，則其禍害遂一失而不可再曠。然則人主非甚神明，不與群臣生同里，長同居，寢處出入與共，亦安識所謂腹心之臣而任之者？吾故曰：「言腹心于創業之主易，而守成之主難。」堯之用舜，舉匹夫爲天子，如此其易也。釐降二女，主五典，賓四門，宅百揆，納于大麓，其所以試舜者〔一〕，如此乎其至也。夫以堯用舜而汲汲焉，必不免于試，況爲之君者，未必如堯，而其臣萬萬不及舜。後世之用人也，或以世家，以名望，以相薦引，或偶中人主意，或以言語，或積俸按秩貫魚而升之。問其臣之生平何若，人主不知；才能大小何若，人主不知；何以膺上位大權，人主不知如；如是而欲求腹心之臣難矣。吾故曰：「不重有以試之不可也。」試之之道，不於引爲腹心之時，而在吾所等夷視之爲群臣之

【校勘記】

〔一〕其：《甯都三魏全集》本作「共」字。

日。蒞政之暇，時降體而接之，引以議論，使得以舒達其志，道一；屈之以非禮，觀其偷容，道二；驟榮之以恩爵，以觀其喜，懼之威以觀其畏，道三；授之卒然難應之事，道四；功大賞薄，觀其怨望否也，道五；吾有過言、有過行，其諛我，或從而諍我，道六；吾觀其所譽果君子乎？其所毀果小人乎？不狥私恩，不懷小怨，道七；使之作非常，不好名而懼謗，道八；考所論設有深思遠慮，不苟于目前，不惑于群議，道九；九者皆善，而出於其中心之所誠然，道十。夫習與之處，可以觀性情；屈之非礼〔一〕，可以觀其自立；不矜賞，不畏威，可以觀守；授之卒然難應之事，可以觀才；不怨望、不諛、不私，可以觀忠直；不好名，懼謗，可以觀力；深思遠慮，可以觀識；如是而出其中之誠然，可以觀心術。夫如是，而曰「吾有所不能知之臣」，吾不信也。〔二〕

〔一〕礼：《甯都三魏全集》本作「禮」字。
〔二〕此文之後，《甯都三魏全集》本引録了丘邦士評語：丘邦士曰：「九道説試人處，經權互用，自是實用奇才。」

書蘇文定重臣論後

君有重臣，士庶人有畏友，其義一也。君無重臣則國危，士庶人無畏友，則其身可陷于大不義而不救。是故君欲得重臣以安其國，必豫有以養之，人欲得畏友以立其身，必豫有以求之。且吾所謂畏友者，固非徒畏之而已〔一〕，有所甚信服於吾心而不肯叛吾，甚有所親愛之而不敢褻，父母妻子不可得間〔二〕，而其人所不可告語於其家人與其不能自對者，舉無不可以相告，是故人之交友，必以爲能拂吾之過，而引之於善也。苟其不然，則必便辟而不足交。然吾觀國之大事，小臣不能言，則其重臣言之；小臣不敢争，則重臣力争之。一介匹夫，莫不有性情之錮，學術之偏，紆結於其心而不可解。又或乘於竟見之所悮〔三〕，而必求以自遂。此其事雖父母之尊親，妻子之愛，有所不能奪，是豈可汎然而恃此二三

【校勘記】

〔一〕已：《甯都三魏全集》本作「巳」字。

〔二〕間：《甯都三魏全集》本作「問」字。

〔三〕竟：《甯都三魏全集》本作「意」字。

等夷直諒之友，以要之於必折？且夫人之失德，固有出于呼吸之間，及其後雖悔之而不及者。惟有其畏友以持之，有所大逆於吾心而不敢拂也，吾大有不服於此一事而不敢違也，蓋情足相取，而勢足以相制。及夫得失成敗較然大見，然後快於其心，而其初固無幾微怨惡之意。是故可以居吾之功名而不爲泰，與吾蹈湯火而不爲德，庭辱我而不爲嫌，遂殺其妻子而無所忌憚，若此者蓋所謂畏友者也。〔二〕

〔二〕此文之後，《甯都三魏全集》本引録了丘邦士、弟和公等二人評語：丘邦士曰：「説所以爲畏友處，乃創闢之論。筆性亦嚴悍可畏。説到遂殺妻子，語似駭人，然貴戚易位正是此理，如伊尹於湯是矣。君相可行而朋友有不可行者，推其意言之耳。」弟和公曰：「前面特提出一『求』字，截然便住，蓋欲人思所以自求也。彭中叔因作《求友説》，可以並讀。」

書蘇文公高帝論後〔一〕

吾嘗讀蘇洵《辨奸》，深服其智，而惜其不幸不見用於時。及觀《權書·高帝》一篇〔二〕，則幸其不用；其不幸而用，害將與安石等。孟子曰：「所惡于智者，爲其鑿也。」鑿智之害，與陰賊險狠同趣。洵論高帝，鑿已甚矣〔三〕。其言曰：安劉氏者必勃。是時劉氏既安，又將誰安？蓋帝知有吕氏之禍也。昔者成王將崩，命召公、畢公受顧命曰：「用敬保元子釗，弘濟于艱難。」當時海内乂安，康王立，四方無虞，彼其艱難者安在耶？夫君崩而嗣子幼，則天下將有意外之患，故必屬諸大臣以鎮撫之。高帝在位十二年，反者九起，濵死而黥布、陳豨作亂，其欲屬大臣以安劉氏，情也，豈必知吕氏哉？洵既鑿其私智，欲附會以苟成其說，則不得不推其不去吕氏之故于將相大臣。吕氏留而亂作，則不得不推

【校勘記】

〔一〕論：《甯都三魏全集》本目録及正文標題均無此字。

〔二〕高帝：宋·蘇洵《嘉祐集》（四部叢刊景宋鈔本）卷第三作「高祖」篇。

〔三〕已：《甯都三魏全集》本作「巳」字。

其欲損吕氏之權於斬樊噲。且夫噲忠烈，鴻門譙羽，非諸將所敢望；其諫處咸陽宫，及排闥涕泣，雖良、平、何、參有不能。噲不阿帝於生，則必不叛帝於死，其不肯阿后以危劉氏明矣，而洵顧以椎埋屠狗斥之。孟子曰：「此之謂失其本心。」洵之謂矣。且洵又曰：帝意百歲後，將相大臣有武庚、禄父而無以制之，家有主母，則豪奴悍婢不敢與弱子抗，故留吕氏以待嗣子之壯。吾不知洵所謂豪奴悍婢者何人也。信、越、布、豨，帝既生而誅夷，當時存者，何、參、平、勃、陵、嬰諸人耳，非有梟桀難制，内握重兵，外據大國者也。坐城市而憂猛虎，乃先飲鴆食堇以倖虎之斃，吾見虎未至而身先死矣。宋明帝時，后兄王景文忠貞，帝倚任之。既慮晏駕後后臨朝，景文有異圖，遂遣使賜藥死，顧以褚淵受顧命蕭道成爲右衛將軍，後世人主欲爲子孫計，而以不可知之故，横生疑忌，賊殺親臣以亾其國者〔二〕，則皆洵之智也。洵賢者，工于文，智足以文其辨，其害于人心尤甚，故吾惡之。吾非惡智，惡其鑿也。洵論子貢：魯可存，齊可無亂，吴可無滅。嗚呼，其智若此，吾蓋惜之〔三〕！

〔二〕亾：《甯都三魏全集》本作「亡」字。

〔三〕「之」後，《甯都三魏全集》本有「矣」字。此文之後，《甯都三魏全集》本引録了丘邦士、兄善伯等二人評語：丘邦士曰：「老泉論之謬，不駁自明，然如此文説出許多當國大本領、論人大頭腦來，則此駁大有關係，爲世間所不可少之文。」兄善伯曰：「高帝不去吕后，自是人家常事，北魏之俗，何可訓也？可笑後人處處要想出古人權術，此皆不達人情，不識時務之人。其實喜用權術者，亦只用一二而已。英雄末節，恒多衰耗，即其身家子孫，亦有付之無可如何者，何曾步步設計，事事合著，勞後人揣摩奉承乎？此篇正論，固足以修慝而辨惑也。」

寄托説上

受寄托於人者難，能寄托人者不易。夫以垂死之身，得其人舉妻子而托之，人亦孰不願且易爲者？然而甚難者何也？始無知人之明，既任之不篤，則其人必不可用。且夫知人之明，其得失易知，任之必篤，此不於寄托之日也。吾以垂死之身，吾威令將不行，而驟托一人以臨之。此一人者，威令素不行于吾妻子，吾妻子素未嘗相嚴憚，而欲受托者之必得行其志，豈有是乎？爲將者必素拊循其士大夫，然後可使之致死。君必素尊嚴其將，然後將可以御其士大夫。驅市人使戰，匹夫而驟加之三軍之上，非高祖、韓淮陰必不能。夫無高祖、淮陰之能，而希其事以爲常試，必敗之道也。世之寄托者吾惑焉，知其人可以任矣，亦既信而敬之，然其威令不使行於吾妻子。妻子之言有時而入焉，則不能以無惑。夫當吾之身，吾妻子不嚴憚其人，其人展轉不得行其志，而欲一言屬於身死之後，是君薨而以遺命將匹夫也，雖韓淮陰必不能。昔者成湯崩*〔一〕，以天下托伊尹，歷外丙仲壬六年，太甲立而無道，伊尹遷之於桐，太甲不敢忤。夫以太甲敗度敗禮之才，不惠於阿衡，諄諄訓戒，終罓念聞〔二〕，一旦乃彊使之去深宮之中〔三〕，遷丘墓之側，其勢必不可得行。然太甲卒徂桐宮而不敢忤者，湯所以托尹者專且篤。故雖身死六七年之久，尹之威令必行，而太甲嚴憚之者素也。漢昭烈將死，屬其子曰：「汝與丞相從事〔四〕，當如事父。」吾之子爲天子，顧使之父事吾臣，世俗鮮不謂悖謬。然而以劉禪之昏，加黄皓奸邪，終亮之世，皓不得肆其志，刑賞征伐，惟亮所爲，而禪不敢齟齬，延漢祚者數十年。世之人孰不愛其子孫？而不知求人以托之；得其人，而惑於妻子之言，狗庸人之見，信之不篤，任之不重，托之不早，乃廢然嘆曰：「世無可寄托之人也。」嗚呼！人亦安得如昭烈者，而爲之死哉？〔五〕

【校勘記】

〔一〕昔：《甯都三魏全集》本作「昝」字。

〔二〕罓：《甯都三魏全集》本作「罔」字。

〔三〕彊：《甯都三魏全集》本作「疆」字。

〔四〕與：《甯都三魏全集》本作「事」字。

〔五〕此文之後，《甯都三魏全集》本引録了孔正叔、丘邦士等二人評語：孔正叔曰：「理本平常，經一番洗發，遂爲古今創闢獨至之論，而筆力矯悍異常。」丘邦士曰：「此論特爲得其人者抉發，方爲反日補天之手。」

寄托説下

或曰〔一〕：得其人敬而信之，妻子之言可入而惑乎？曰〔二〕：寄托之人，有利於妻子者，有不利於妻子者，恤飢寒，救災患，内理其紛，外禦其侮，此妻子所樂聞者也。匡之以義，責之以善，不從則徵色發聲，或告諸其人而譴怒之，此妻子所不樂聞者也。方吾之身存也，吾紀其衣食，而莫之或侮，則其人之見德於吾妻子者少，然且日以義繩之，則易於見怨。今夫人即甚賢〔三〕，豈無一二過舉？即甚厚吾妻子，豈無一二疏薄之事？是故誣以其情之所反，事之所必無，則聽者疑焉。文致其所近似，則疑信半焉。徵其所有，則信者十矣。善讒者去其誣，蒙所近似，而實以其所有，雖賢明者不能無惑也。然則奈

【校勘記】

〔一〕曰：《甯都三魏全集》本作「日」字。

〔二〕曰：《甯都三魏全集》本作「日」字。

〔三〕夫：《甯都三魏全集》本作「大」字。

何〔一〕？曰〔二〕：是人也，吾知之真，而信之篤矣。於其誣也，吾辨之；於疑似之迹〔三〕，吾諒之；於其所實有，吾恕而勉之，然則讒者之術窮矣。久之，吾妻子亦有以信之而不疑。雖然，受寄托者，必使吾之言行有以服其妻子之心，持其大而不苛其細，周恤其所不言之情，教以義，獎其善而隱其過，於是乎有督責而無怨怒，有憤激而無疏薄也。積誠以行之，久而不效，然後可以責人之妻子。死者復生不悔，而生者不媿也哉！〔四〕

《續魏叔子文粹》卷上終

〔一〕奈：《甯都三魏全集》本作「柰」字。

〔二〕曰：《甯都三魏全集》本作「日」字。

〔三〕迹：《甯都三魏全集》本作「跡」字。

〔四〕此文之後，《甯都三魏全集》本引録了孔正叔、錢梅仙、丘邦士等三人評語：孔正叔曰：「從天埋人情至精透處發爲篤論，真天地間不可磨滅之文。」錢梅仙曰：「至論中具實際識力，令人卓然可行，何異凶年之穀？叔子立言必本忠恕，於此亦見一班。」丘邦士曰：「後段於受托自盡中特挈責善一事，發於前段提挈上説信篤任重要害處，相形方見獅子捉象捉兎之力。」

《續魏叔子文粹》卷中

日本　美濃　桑原忱有終　選要

禹貢翼傳敘

太倉錢梅仙纂《禹貢翼傳》，屬余敘之。余嘗以謂《尚書》史之太祖，而書法尤莫尚於《禹貢》。既讀錢子《翼傳》，知其用心耑而功博，乃相與論曰〔一〕：《禹貢》者，禹治水之書，史臣篇首書「禹敷土，隨山刊木，奠高山大川」，《禹貢》之綱領也。紀禹治水之書，挈其綱以示萬世，而不曰治水〔二〕，何哉？蓋水不犯土，民可宅而粒，雖洪水無庸治，故曰敷土者〔三〕，治水之意，則壤成賦，弼服建官統此矣。水不可治，治山與木則水治，故曰隨山刊木〔四〕，治水之用也，道山道水，南條北條之施統此矣。水不行地中，懷

【校勘記】

〔一〕「乃」之前，《甯都三魏全集》本有「入」字；曰：《甯都三魏全集》本作「日」字。

〔二〕曰：《甯都三魏全集》本作「日」字。

〔三〕曰：《甯都三魏全集》本作「日」字。

〔四〕曰：《甯都三魏全集》本作「日」字。

山襄陵，則疆界不定，故曰奠高山大川〔一〕，治水之功效，海岱惟青，華陽黑水惟梁，以至肇十二州統此矣。蓋不言治水，而言水之所以治。然而定貢賦，錫土姓，弼服建官者，天子之事。禹專天子之事，則上無舜，人臣而逼天子，天子尸位無爲，雖舜、禹聖人，不可法於後世，而史臣於其終篇也曰「告厥成功」〔二〕。然後萬世之下，見禹所爲，皆奉舜之命，而不敢自專其功，人臣無成，代終之節也。舜舉之，得其人，任之不疑，權專而不見其逼上，功高而不以爲震主，人君知人善任之道也。然而成功者，聖人之跡，其本不在於是。《孟子》曰〔三〕：「雖大行不加焉，雖窮居不損焉。」禹不受命，治水不告成功，而禹之爲禹自若。何者？其德足以爲聖人也。史臣於其中篇則特書之曰〔四〕：「祇台德先，不距朕行。」明乎前之所以成功者本乎此，後之所以保功者由乎此，而禹之興，鯀之殛，皆於是乎在。蓋史氏之書法如此。錢子曰〔五〕：子之言，吾書所不逮，然實《禹貢》之綱領，其即以爲序。予惟錢子隱居好學，志當世

〔一〕曰：《甯都三魏全集》本作「日」字。

〔二〕曰：《甯都三魏全集》本作「日」字。

〔三〕曰：《甯都三魏全集》本作「日」字。

〔四〕曰：《甯都三魏全集》本作「日」字。

〔五〕曰：《甯都三魏全集》本作「日」字。

之務，故其書援古證今，足以資興利除害者，其大旨又見於自序，固無煩於余之辭。〔二〕

〔二〕 此文之後，《甯都三魏全集》本引録了姜如農先生、吴秉季、錢宫聲等三人評語：姜如農先生曰：「唐、虞之史，作者幾於聖人，《禹貢》雖夏書，而實成於舜時，如此洗發，洞見聖作，本領學問不獨開後人史法也。」吴秉季曰：「議論開闢，而文字直起直落，格力亦高。」錢宫聲曰：「獨將《禹貢》大義發論，直見原本，猶之行山表木，源流井然。手眼高絶，卓乎良史之才。」

李忠毅公年譜序

天啓中，逆閹擅國，日月晦蝕，天地易位，正人竄斥誅死，最著者，楊、左、周、繆以下二十餘人，江陰李忠毅公其一也。公諱應昇，字仲達，年二十四，中萬歷〔一〕丙辰進士，謁選得南康推官。既爲御史〔二〕，敢直言。時逆閹恣横，公屢疏糾之，削籍歸里，復追逮詔獄，身被毒刑以死，天下痛之。公死四十七年，禧客毘陵，公子遜之出公《年譜》見示，且命之敘。禧受而卒讀，氣結填膺，涕下不能止。則又竊自奮發，以爲日月晦蝕，天地易位之時，尚有人如是。禧讀國史，自建文遜國，至逆閹之禍，又身所歷甲申以還，凡數大故，天下忠臣義士，殺身成仁者，不可勝計，莫不烈烈然上爲日星，下爲河嶽。竊嘗私論，人之賢不肖，當觀其大節，大節既立，其餘不足復較。然不深究其生平，則賢與尤賢無以見。有當死生患難，不奪其所守，而事功無可稱，或節與功並著，立身居心不無遺議者。蓋人之醇雜偏全稟于性，成于

【校勘記】

〔一〕歷：《甯都三魏全集》本作「曆」字。

〔二〕御：《甯都三魏全集》本作「禦」字。

學問，不可得而強。是以論人者必先大節，而其不徒以節見者爲尤賢。今觀公《年譜》，歷官所至，清彊仁明〔一〕。爲諸生時，師事吴霞舟先生，所相與摩厲，皆聖賢仁義之指。然則公即幸不爲忠臣，已足爲名臣〔二〕。又使布衣坎壈終其身，而公之爲賢者亾疑也〔三〕。孔子曰：「國有道不變塞焉，國無道至死不變。」孟子曰：「君子所性，雖大行不加焉，雖窮居不損焉。」葢必如是而後可以爲君子也已〔四〕。方公被逮時，道出毘陵，留霞舟先生家，賦詩論學二日，然後去。而先生後公二十五年，仗節自焚於東海。嗚呼，豈偶然哉！〔五〕

〔一〕彊：《甯都三魏全集》本作「疆」字。
〔二〕已：《甯都三魏全集》本作「已」字。
〔三〕亾：《甯都三魏全集》本作「亡」字。
〔四〕已：《甯都三魏全集》本作「巳」字。
〔五〕此文之後，《甯都三魏全集》本引録了陳椒峰、吴野翁、丘邦士等三人評語：陳椒峰曰：「敘一人却兼數十人，敘一代却綜數代，而起結高古，真史筆也。」吴野翁曰：「李公大節，海内知之。此更爲精義之論，微顯闡幽，實關古今至極。」丘邦士日：「勺庭議論，從全理推到一偏獨至，發爲雄論者多矣。此則從一偏之至，推向全處，爲名論。推偏則多用蘇氏家法，推全則又用歐陽家法，亦各惟其當也。」

脉學正傳敘

壬子歲，予在吴門，臥疾十三日，試諸毉不效〔一〕，還客毘陵，詢此地高手爲誰，皆曰石君瑞章精脉理，著書甚多，且其人，有德君子也。予延至，見之輒喜，温良謹厚，若飲我以參苓，試其藥輒愈。石君乃出所輯《脉學正傳》，屬敘之以行。予十四得羸疾，自是至今三十六年，行必以藥裹。孔子曰：「三折肱爲良醫。」余愚，性不習毉〔二〕，病且老，不識六脉何屬，然竊喜讀書，《素問》、《難經》、《本艸》之屬〔三〕，時一瀏覽，雖不甚解，偶或得其大意。歐陽氏曰：「切脉于手之寸口，其法自秦越人始。然越人

【校勘記】

〔一〕毉：《甯都三魏全集》本作「醫」字。

〔二〕毉：《甯都三魏全集》本作「醫」字。

〔三〕艸：《甯都三魏全集》本作「草」字。

對魏文矦曰〔一〕：『長兄視色，故名不出家；仲兄視毫毛，故名不出門；臣鍼人血脉〔二〕，故名聞諸矦〔三〕。』」醫家以望、聞、問、切爲要術，望色知病，此其至神者。顧名出鵲下，其鍼人血脉〔四〕，固亦得切脉之術而能然耶〔五〕。病之最可見者莫如症，然症有必死而反生，必生而反死，大熱似寒，大寒似熱，非脉則何以辨之〔六〕？故求之可見者，易知而難必；求之不可見者，易必而難知。故王符曰〔七〕：「療病者必知脉之虚實〔八〕。」韓愈曰〔九〕：「善毉者〔一〇〕，不視其人之肥瘠，視其脉之病否〔一一〕。」青城之難，作于徽、欽，而伏于熙寧之全盛。煤山之變，不在甲申，而在萬歷承平之日〔一二〕。蓋熙寧以多事紛更，萬歷

〔一〕曰：《甯都三魏全集》本作「日」字。
〔二〕脉：《甯都三魏全集》本作「脈」字。
〔三〕矦：《甯都三魏全集》本作「侯」字。
〔四〕脉：《甯都三魏全集》本作「脈」字。
〔五〕脉：《甯都三魏全集》本作「脈」字。
〔六〕脉：《甯都三魏全集》本作「脈」字。
〔七〕曰：《甯都三魏全集》本作「日」字。
〔八〕脉：《甯都三魏全集》本作「脈」字。
〔九〕曰：《甯都三魏全集》本作「日」字。
〔一〇〕毉：《甯都三魏全集》本作「醫」字。
〔一一〕脉：《甯都三魏全集》本作「脈」字。
〔一二〕歷：《甯都三魏全集》本作「曆」字。

以廢事養癰而臘毒〔二〕，所謂病未深而脉先敗焉者也〔三〕。古賢之論脉不一〔三〕，書散漫龐雜，不可以類求，石君簡而輯之，斟酌次第，證以巳之所得〔四〕，可謂仁人之言，其利溥矣。世之欲起死人而生之者，舍是書何以哉？〔五〕

〔二〕歷：《甯都三魏全集》本作「曆」字。

〔三〕脉：《甯都三魏全集》本作「脈」字。

〔三〕脉：《甯都三魏全集》本作「脈」字。

〔四〕巳：《甯都三魏全集》本作「巳」字，均當「己」之誤。

〔五〕此文之後，《甯都三魏全集》本引録了陳荞峰評語：陳荞峰曰：「敘致錯落，忽人感慨，無痕跡可尋。『求之可見』四語，置《關尹》中莫能辨。」

静儉堂文集序

《静儉堂集》凡二十卷，清江熊極峰先生所著也。序記五卷，誌傳雜著四卷，書啟三卷，詩一卷，奏疏六卷，公移一卷，板行于世。先生負才好古學，年二十六，中萬歴辛丑進士〔一〕，爲行人十年，歴官御史川東道〔二〕。既國變，間關嶺海，巳丑〔三〕，當事欲迫見之，先生謂其家人曰〔四〕：「吾老矣，何用復生斯世爲？」以腦子密置茶盃中，食之不效。佯曰：「趣輿來！」衆出，乘間自投池水，水淺救免，先生大怒，謂其兒子曰〔五〕：「吾死決矣，且汝亦知大義者，何遲我死也？」于是閉户自經。蓋自甲申七八年間，

【校勘記】

〔一〕歴：《甯都三魏全集》本作「曆」字。

〔二〕御：《甯都三魏全集》本作「禦」字。

〔三〕巳：《甯都三魏全集》本同，疑爲「己」之誤。

〔四〕曰：《甯都三魏全集》本作「日」字。

〔五〕曰：《甯都三魏全集》本作「日」字。

吾江西之節義，臨江爲盛。其登進士，官無大小，無一人倖生者。而先生三死以就義，爲尤難。時兵人驛騷，居者無寧宇，先生文集遂亾其板〔二〕，他藏本亦盡。最後仲子兆行購得印本六册，藏于家。禧與兆行爲昆弟交，子頤更受業，於是頓首以書來請曰〔三〕：「子爲舉其要，選而序之，兆行將更謀諸梓人。」禧頓首受書，既卒業，因得論定先生之文。先生爲文，正大曲暢，無纖佹佶曲靡麗之音，而奏議爲第一〔三〕。禧嘗竊謂，奏議有以直切剛果、使人動色驚心爲貴者，有和平朗暢、移人情志爲貴者。批天子之逆鱗，扼權奸之吭而褫其魄，則剛直者人所難爲而尤貴也。然以論神廟中晚則有異，天子端穆深居，内外奏記多留中不報，始或譴怒一二言者，其後視爲故常，而天下士大夫方矯矯然，敦尚名義，厲風節，至不難訶斥乘輿以自見，此雖主聖臣直，千載之一時，然風尚所在，爲之或無甚難，故公道持平，則又當日所尤貴。先生《内外治安疏》，明達治體，《遼事疏》中于時務，其《論時政》及《重國本》、《罷首輔》諸疏，侃切可畏，而心平氣和，無奮鬣怒張之態，矯激以取直聲。葢先生澹于勢利，生平不通干請，出入風議當路，手書往復，則皆惓惓于明是非、平意氣、持公論，以消黨禍，爲致治之大且急者。嗚乎〔四〕，先生深

〔二〕亾：《甯都三魏全集》本作「亡」字。
〔三〕曰：《甯都三魏全集》本作「日」字。
〔三〕而：《甯都三魏全集》本作「面」字。
〔四〕乎：《甯都三魏全集》本作「呼」字。

言於萬曆之朝〔一〕，而其禍大發于天啟、崇禎之際，以至今日。禧每爲低徊拊膺太息而不能已也〔二〕。方先生官行人，奉使朝鮮，其詩文爲東國傳誦，既去，兵曹李聖徵猶追書求其文，而朝鮮王餽之金，不受。先生東國諸文字中，絕未之及。壬寅，禧伯子際瑞游塞外，道遇朝鮮使者兵曹佐郎鄭嵩于叢人中，忽把伯子衣袖入官署，曰非中國奇士也〔三〕，相與畫灰終夜語。乃言足下江西人，熊公化、姜公日廣，先後使吾國，並却贈金，吾王爲却金亭〔四〕，又題詩刻石，王皆建亭覆之，今猶在也。遂取東房文集以去。嗚呼，先生生而外國服其義，死與日星爲烈。讀先生之文者，其亦可以自奮。先生諱化，字仲龍，葬其贈公于太極峰〔五〕，因自號極峰，而學士大夫皆稱極峰先生云。〔六〕

〔一〕 歷：《甯都三魏全集》本作「曆」字。

〔二〕 已：《甯都三魏全集》本作「巳」字。

〔三〕 曰：《甯都三魏全集》本作「日」字；非：《甯都三魏全集》本爲「此必」二字。

〔四〕 「爲」之下，《甯都三魏全集》本有「建」字。

〔五〕 葬：《甯都三魏全集》本作「葬」字。

〔六〕 此文之後，《甯都三魏全集》本引録了酆嶐中、倪闇公等二人評語：酆嶐中曰：「春容博大之章，而行以錯綜之法，惟歸震川諸奏議序有之。後朝鮮一段，豐神滅没，又逼史公矣。」倪闇公曰：「高嚴典重，中間考時論世處，前輩所未見及，真有關係之文。」

孔正叔楷園文集〔一〕

老而好學，能下人者難矣，余嘗得三人焉。十四歲受業楊一水先生，時先生年五十二三〔二〕，每命予論定其文〔三〕，年八十，讀書講論不倦，人有一長者，雖齒在曾元〔四〕，必禮而敬之，欿然自以爲不及。余游高郵得一人，曰李于庭〔五〕。最後客新城得一人，曰孔正叔〔六〕。正叔先生少負才，氣岸巉峭，有籠罩一世之概。爲文韻折多奇氣，與人交少當意者。既以建寧李又元言〔七〕，手録所撰詩文一册，作書數百言遺

【校勘記】

〔一〕此題「集」後，《甯都三魏全集》本有「叙」字。

〔二〕二：《甯都三魏全集》本無此字。

〔三〕予：《甯都三魏全集》本作「余」字。

〔四〕元：《甯都三魏全集》本作「玄」字。

〔五〕曰：《甯都三魏全集》本作「日」字。

〔六〕曰：《甯都三魏全集》本作「日」字。

〔七〕元：《甯都三魏全集》本作「玄」字。

余。余受而甲乙，歸之先生，乃徒步五十里，自山中出相見。是時先生蓋年六十有七，長余以倍而加五歲，余謬爲鴈行之禮，先生方嗛然未足也。又二年，盡出其《楷園集》授余評次，而命以敘。先生廉直方介，隱居賢溪深山中〔一〕，前後著書八十餘卷，多傷國嫉俗之辭，或好玩山水自陶寫。吾謂先生就使其文不工，亦足以傳於世夫。夫五經之文，五嶽也。屈原、莊周、左邱明〔二〕、司馬遷、班固，五邱也〔三〕。天下之山必五嶽五邱〔四〕，非是不足名山。及讀柳子厚《黄溪》、《鈷鉧潭西小邱〔五〕》、《袁家渴》諸記，則又爽然自失，其幽峭奇雋之氣，未嘗不與五岳、五邱並名天壤〔六〕，然則先生之文之傳無疑矣。李于庭爲文法柳子厚，而最愛王安石之文，惡其爲人，遂終身不讀其集。余在高郵，于庭年六十九，日以其文若詩命予定之〔七〕。及余將歸山中，于庭襆被來送，與同里諸老就地下寢，夜半，于庭忽發嘆曰〔八〕，吾今無所願，但願高郵百姓□湖上耳。同寢者驚問故，曰若是則魏先生不得歸矣。予以于庭似先生，故並述于庭，

〔一〕此句之前，《甯都三魏全集》本有「國變棄諸生」五字；深：《甯都三魏全集》本作「滨」字。
〔二〕邱：《甯都三魏全集》本作「丘」字。
〔三〕邱：《甯都三魏全集》本作「丘」字。
〔四〕邱：《甯都三魏全集》本作「丘」字。
〔五〕邱：《甯都三魏全集》本作「丘」字。
〔六〕邱：《甯都三魏全集》本作「丘」字。
〔七〕予：《甯都三魏全集》本作「余」字。
〔八〕曰：《甯都三魏全集》本作「日」字。

使附先生以傳。于庭名思訓，興化李文定公孫也。〔二〕

〔二〕此文之後，《甯都三魏全集》本引録了朱秋崖評語：朱秋崖曰：「賓主離合，閒情牽佛，便作鍼線，在有意無意之間。」

京口二家文選序

京口二家之文，何雍南意思深厚，程千一才氣英多，然其工古人格調，出入諸大家，則皆同，故能蔚然爲東南之望。南北士過京口，識不識，必以二子爲歸。辛亥夏〔一〕，余自揚州渡江游金、焦，就訪二子，則知名姓甚熟，蓋曾得余文鄒程村處，選入《文概》中，於是屬予敘其二家之文。予曰：夫二子豈獨當以文名天下哉。《易》曰：「二人同心，其利斷金。」朋友之義，相濟以異，而相成以同。吾聞二子之爲朋友也，學同業，居同財，疾病患難同扶持，出入同交游，數十年未之有變，世以管、鮑目之。巳亥之難〔二〕，京口被兵火，雍南將逃死，紆廻烈焰中，逾數時，求千一，既得，然後同去。山在水中央者，恒名「孤」，金、焦皆峙水中，而二山相望終古，若朋友之相同，宜其有二子以應之。故游京口者，山必曰金、

【校勘記】

〔一〕亥：《甯都三魏全集》本作「亥」字。

〔二〕巳：《甯都三魏全集》本同，疑爲「己」之誤；亥：《甯都三魏全集》本作「亥」字。

焦，友必曰何、程。然余竊疑天下之衆不可億萬計，一人方甚微〔一〕，而《易》稱其利至於斷金，理未可以遽明。葢嘗深觀古今得失成敗之故，而有以知之。今夫天下之勢，始於以衆用寡，卒於以寡御衆〔二〕。今以二人合志併力而臨一人，則一人服矣，以三人臨二人，則二人服矣，是二人常得五人之用也，以五臨人，積而至於十百千萬，勢莫之有異，其端實自二人同心始。故曰一介之士，必有密友；大有爲之君，必有所不召之臣，葢言同也。周之共和，齊之鮑叔、管仲，鄭之子皮、子產，以至霍光、田延年之廢立，羊祜、杜預之平吴，裴度、李愬之平蔡，寇凖、王瓊之渡澶淵，李綱、吴敏之請内禪，率由是道。二子推是以往，豈惟文章，雖濟天下之事可也。〔三〕

〔一〕方：《甯都三魏全集》本作「力」字。

〔二〕御：《甯都三魏全集》本作「禦」字。

〔三〕此文之後，《甯都三魏全集》本引録了余不遠、宗鶴問等二人評語：余不遠曰：「深識偉論，等閒於文敘發之，如此疏經，方是有用之學。」宗鶴問曰：「開首道破文敘，只十數句便住，通篇暢發友義，絶不牽涉，末只以一句收拾，格法最奇。」

南北史合註序

天下有不可少之書，禧嘗得見之，皆未板行于世。揚州之興化李廷尉清著《南北史合註》，錢塘吳文學任臣著《十國春秋》，常熟顧處士祖禹著《方輿紀要》，吳、顧二君余與友，讀其書而序之，廷尉公先進，爲忘年交。丁己七月〔一〕，禧自江右來揚，聞公疾，往省，再讀《合註》，竟日夜而爲之序。曰：是書也，于世爲不可少者三焉：《卅一史》文册浩繁〔二〕，好學之士有終身不得讀者，是書成，則宋、齊、梁、陳、魏、齊、周、隋八史可廢，其甚便于學者，一也；十史所重出删之，不備者補之，訛者辨之，爲文簡而愈詳，博而愈確，二也；又間以《春秋綱目》書法正其名義，不失古史之指，三也。禧因是而慨然太息以悲焉。南北士各相呰警，又采拾耳聞以爲信，故其言多牴牾不合〔三〕，幸而各國書具在，可參質以折其

【校勘記】

〔一〕己：《甯都三魏全集》本作「巳」字。

〔二〕卅：《甯都三魏全集》本作「廿」字。

〔三〕言：《甯都三魏全集》本作「書」字。

衷。百世之後，又得深思好古如廷尉公者〔一〕，斟酌條貫，以嘉惠于後人，然後是書稱信史焉。明興三百年之史，自嘉靖後，朋黨日起，私議互興，其成書者，已漸不可徵信〔二〕，而崇禎季年以來，邪正之混淆，黨人之相傾，國是之顛錯，封疆之壞，仗節死義、叛降賣國者，真僞之相亂，譬如雲霞倏忽無定形，而海市蜃氣變幻不可方物。嗚呼，不更有如廷尉公者，以練事之久，博見多聞，而主以至公虚巳之心〔三〕，勒成一代書，則自此以往，日久年湮，老成彫謝，聞見希闊，僞書雜售，將千百世後其終無信史矣乎！雖然，公是書暨《十國》、《方輿》，吾不知其果得傳後世否也？作者不能自刓板〔四〕，兵火相尋，水旱盜賊之災多有，書其可恃長存乎？海内貴富豪宕之士，好古有力者指不勝屈，倡優樗蒱之費，亭池之費，文繡鼎食游宴之費以萬計，即不急之書剞劂之費以千百計，而顧忍令是書之湮没無傳耶？古者書多傳寫，少板刓〔五〕，故《漢·藝文志》及古今經籍書目，其不見于後世者十恒六七，而《永樂大典》二萬餘卷，以内府之藏，終于散失。常熟錢虞山謙益，常自修《明史》，卒燼于絳雲樓。嗚呼，此禧所爲低徊是书，庶幾

〔一〕深：《甯都三魏全集》本作「□」字。
〔二〕已：《甯都三魏全集》本作「巳」字。
〔三〕巳：《甯都三魏全集》同，疑爲「己」之誤。
〔四〕刓：《甯都三魏全集》本作「刻」字。
〔五〕刓：《甯都三魏全集》本作「刻」字。

于好古有力之士，再三而不能巳也！〔二〕

〔二〕 巳：《甯都三魏全集》同，疑爲「己」之誤。此文之後，《甯都三魏全集》本引録了楊紉芷評語：楊紉芷曰：「前段發《合注》，後段屬望刻布，而中段忽從《南北史》感慨到《明史》上，悲憤嗚咽，遂成奇文。」

方輿紀要敘

《方輿紀要》一百二十卷，常熟顧祖禹所述撰也。其書言山川險易，古今用兵戰守攻取之宜，興亾成敗得失之迹所可見[一]，而景物遊覽之勝不録焉。歷代州域形勢凡七卷，南北直隸十三省凡一百七卷，《川瀆異同》凡六卷，《天文分野》一卷。《職方》《廣輿》諸書，襲謬踵譌，名實乖錯，悉據正史考訂折衷之。祖禹沈敏有大略，爲人奇貧而廉介，寬厚樸摯，不求名於時，與寧都魏禧爲兄弟交。禧既篤服其書，祖禹因請爲之敘。禧愀然而歎曰[二]：有是哉！此數千百年所絶無而僅有之書也！惟禧學不足貫穿諸史，足跡不及天下五分之一，顧何足推明祖禹意，然竊嘗得舉其論之最偉且篤者[三]。蓋其一以爲天下之形勢，視乎建都，故邊與腹無定所，有在此爲要害，而彼爲散地，此爲散地，彼爲要害者。一以

【校勘記】

[一] 亾：《甯都三魏全集》本作「亡」字。

[二] 然：《甯都三魏全集》本作「肰」字。

[三] 然：《甯都三魏全集》本作「肰」字。

爲有根本之地，有起事之地，立本者必審天下之勢，而起事者不擇地。嗚呼，古今豪傑暴起草昧，迮迮迫而應天人之會，初未嘗遷地而謀形勝也。用其地之人，因其地之勢，以驅策天下，而天下無以難之，蓋其故可思矣。失其術，則據十二百二之雄而可以亾[一]；得其術，則雖迫狹瘠弱而無不可批郤導窾，以中天下之要。祖禹貫穿諸史，出以巳所獨見[二]，其深思遠識，有在於語言文字之外，非《方輿》可得紀者。嗚呼，非其人誰與知之？此則禧所欲爲祖禹叙而不復辭讓者也。北平韓子孺時從余案上見此書，瞪目視予曰：「何哉？吾不敢他論。吾僑家雲南，出入黔、蜀間者二十年，頗能知其山川道里，顧先生閉户宛溪，足不出吴會，而所論攻守奇正、荒僻幽仄反之地[三]，一一如目見而足履之者，豈不異哉！」禧於是並識之。[四]

[一] 亾：《甯都三魏全集》本作「亡」字。

[二] 巳：《甯都三魏全集》同，疑爲「己」之誤。

[三] 仄：《甯都三魏全集》本作「玄」字。

[四] 此文之後，《甯都三魏全集》本引録了彭躬庵評語：彭躬庵曰：「近文益樸，不作議論間架，是水落石出時矣。只就原篇中摘出扼要關楗數語，便自得力。」

曹氏金石表序[一]

檇李曹侍郎好古法書，聚之數十年，嘗破析衣食資求而得之，自大禹《岣嶁碑》以下，凡八百七十餘卷，懼其散失，欲以示後之人，於是自爲《表》，屬予敘之。考歐陽文忠《集古録》一千卷，趙明誠《金石録》二千卷，公所《表》皆不及數，蓋去古益遠，所遭喪亂、寇兵、水火之殘益多，勢固然也。然爲卷且八百有七十，則公求之之勤，嗜古之篤，於此益見[二]。書爲六藝之一，取指事、象形通其義而已[三]。後世乃耑論筆法，猶文章本以明道記事，而非有法度文采以輔之，則不可傳於後世。古之作者必兼此二美，故後人尊而尚之，雖斷缺消釋其點畫，苟有存，必寶之不敢棄。然其用匪特書法而巳[四]。歐陽子曰，撮

【校勘記】

[一] 此題《甯都三魏全集》本目録無「曹氏」二字。

[二] 此：《甯都三魏全集》本作「以」字。

[三] 巳：《甯都三魏全集》本同，當爲「已」字之誤。

[四] 巳：《甯都三魏全集》本同，當爲「已」字之誤。

其大要，别爲録目，因并載可與史傳正闕謬者。公博學，文章高天下，所得助金石不少。予則又嘗以謂古人所以可傳，不在一點一畫，而人情貴古賤今，尊虚名〔二〕，棄實事，往往不憚鑿山沉淵以求必得。嗚呼，古人不得見，見古人遺跡如見古人。使得如古人之人者見之，其愛慕當百什於是。然世之學士大夫，不乏愛古人一點一畫，游覽之處，好玩手口之澤，慨慕咨嗟，而於當世賢人君子，能知愛而重之者，何不少見也？公好士，敏於知人，士有一能一才，必傾身下之爲之地，其賢不在好古法書。雖然，公年將老，志壯，天下士屬望公甚重。吾願公所好止此，不復更措意，而取歐陽子所謂得於有力之彊者，合并用于好士，則必有奇偉特達如古之士者歸于公，當不止如今日所得。公名溶，號秋岳，秀水縣人。寧都易堂魏禧敘。蓋辛夬仲秋日。〔三〕

〔二〕虚：《甯都三魏全集》本作「虗」字。

〔三〕夬：《甯都三魏全集》本作「亥」字。此文之後，《甯都三魏全集》本引録了秦湘侯評語：秦湘侯曰：「議論皆從空際轉發，無中生有，卻字字有實義，筆力亦如鐵畫銀鉤。書之用，不特在筆法，則實書之道已難言之，況更欲得此以實士乎！」

八大家文鈔選序

諸子世儆將負笈從游，請曰：「茅氏《八大家文鈔》卷帙多，唯伯父擇其尤者，俾抄而讀之。」于是得若干首以命儆而告之曰：八大家文，遠者千餘年，近者數百年，言者備矣。自茅氏《文鈔》出，百十年間，天下學者奉爲律令。予生平尊法古人，至其所獨是獨非，每不能自貶，以狥古今之衆，故論列或不盡同茅氏，而韓、歐陽諸名文，亦往往有所疵議。蓋吾用以私教夫門人子弟，而不敢以出諸人，爲有識所訢笑。然吾聞《史記》爲太史公未成之書，使太史公而在，當必更有改定。安見韓、蘇諸公，于其文遂謂一成不可易也？古人之文，自《左》、《史》而下，各有其病。學古人者，必知古人之病而力洗滌之。不然者，吾既自有其病，而又益以古人之病，則天下之病皆萃于吾一人之身，其尚可以爲人乎哉？吾又嘗謂，文章之根柢，在于學道而積理。守道不篤，見理不明，而好議論以刺譏于人，翻古人之成說，則雖極文章之工，取適于巳〔一〕，而有悞于人，君子蓋有所不取。退之潮州謝表，介甫、子固論扬楊雄〔二〕，明允論樊噲，永叔論狄青，既皆有害其生平。而東坡于西伯受命改元之事，論武王引以爲據〔三〕，論周公則闢其謬⿺乚安〔四〕。《諫用兵書》，以唐太宗之征高麗爲戒，爲《策斷》，則據以爲可法。明允《上仁宗書》，極言任子之不可，于《文丞相書》，又言減任子非是。子由策民事，欲行國服，論青苗，則極言官貸之害。夫理明者辭必簡，議論多則意見亂，而自相牴牾者必甚。是以三蘇氏之論，于古今爲獨絶；而議論之失平，亦蘇氏最多。孟子曰：「予豈好辯哉？予不得已也〔五〕。」嗟乎，人非有不得巳之意〔六〕，而好議論，蓋鮮不蹈其失者也。予記諸語，並示兄子世傑，而因命傚録于篇端，以爲序。〔七〕

【校勘記】

〔一〕巳：《甯都三魏全集》本同，當爲「已」字之誤。

〔二〕楊：《甯都三魏全集》本同，當爲「揚」之誤。

〔三〕據：《甯都三魏全集》本作「據」字。

〔四〕⿺乚安：《甯都三魏全集》本作「妄」字。

〔五〕已：《甯都三魏全集》本作「巳」字。

〔六〕巳：《甯都三魏全集》本同，當爲「已」字之誤。

〔七〕此文之後，《甯都三魏全集》本引録了兄善伯評語：兄善伯曰：「詞格嚴微，如寒霜烈日，淩逼莫逃，而高明爽豁之氣，乃復令人暢悦。篇中所謂理明者詞必簡，斯有文焉。」

陽明别録序〔一〕

門人庠復請序《陽明别録》，禧告之曰：吾所以序《四此堂》盡矣，然猶可爲子言者。文成公之成功也，虚巳以集衆人之議〔三〕，謀之也豫以密，而發之曲以斷，此人之所知也。其曲調人情之至，若惟恐有傷夫一人之私者，此則人之所難知也。夫文成位尊權重，其才智足以籠罩天下，天下事宜斷然爲之，無所瞻顧，迺其于君相，于僚友，下至屬吏部民，莫不委曲周至，務有以先得其心，若退然不敢自行夫一事者。吾生平主斷，朋友姻黨之間，往往忠而獲罪，而乃發憤無聊，慨然于世不我知。及讀公《别録》，然後自悔其學之不足也。庠曰：「可得聞乎？」曰：「吾試與子舉其一二：崇義新立，公請授縣丞，舒富知縣，既歷序其行誼與功，然猶曰或于例礙，則量授府州佐貳，令署新縣事，數年之後，别行改選。

【校勘記】

〔一〕此題《甯都三魏全集》本作「陽明别録選序」。

〔三〕巳：《甯都三魏全集》本同，當爲「己」字之誤。

公辭巡撫兼任〔一〕，舉能自代，意實主伍文定矣，復以梁材、汪鋐並進，蓋公既不敢主斷，而專舉一人，朝廷或疑有所私屬，又此一人，苟不合當軸意，則一請不遂，勢將用其私人，今得其再其次者而用之，猶不失賢者也。桶妄之役〔二〕，賊巳蕩滅〔三〕，湖廣兵尚在郴州，公欲止其來，則犒賜其統兵官曰，桶妄天險〔四〕，一鼓而破，固將士用命，亦湖廣兵威，有以攝服其心，故巢破之日，不敢四出。夫用兵之道，實有不戰而功多者，不顯其功，則摧鋒奪級而外，誰復宣力。且兵非賊境，則無所掠，吾拒之而不賞，後有調發，孰肯用命哉？今二省夾勦，吾獨成功，即湖廣之督撫，豈能無忌？尤不可不平其心也。」嗚呼！此皆公所爲曲調人情者，其所以成功不易知者也。若夫告諭公移，雖尋常事，必有深思切論，爲他人所不能言，則《別録》與《四此堂稿》皆有之。禧故嘗謂二書當全讀爲有益，選而去存之，非予志也。乙卯七月朔，魏禧敬序。〔五〕

予作《別録序》之三月，彭躬庵示以丁明登所輯《古今長者録》，内載文成公初第時上《安邊八策》，

〔一〕巡：《甯都三魏全集》本作「廵」字。
〔二〕妄：《甯都三魏全集》本作「岡」字。
〔三〕巳：《甯都三魏全集》本同，當爲「已」字之誤。
〔四〕妄：《甯都三魏全集》本作「岡」字。
〔五〕此文之後，《甯都三魏全集》本引録了丘邦士評語：「丘邦士曰：「按事發議論，頗抉其要，而文體則樸而古矣。」而在丘邦士评语之後，再录魏禧自记。

世稱爲訐謨，晚自省曰：「語中多抗厲氣，此氣未除而欲任天下事，其何能濟？」筮仕刑曹，言于大司寇，禁獄吏取飯囚之餘豢豕，或以爲美談，晚自悔曰：「當時善則歸已〔一〕，不識置堂官同僚于何地？此不學之過。」或問寧藩事，曰：「當時只合如此，覺來尚有揮霍，微動於氣者，使今日處之更別。」躬庵曰：「公語誠然，觀《處兩廣事宜疏》〔二〕，便自不同矣。」予論公三事與此意合，而序已成〔三〕，不復可引証，附記于此。自記。

〔一〕已：《甯都三魏全集》本作「巳」字。

〔二〕宜：《甯都三魏全集》本作「宐」字。

〔三〕已：《甯都三魏全集》本作「巳」字，均爲「已」之誤。

四此堂摘鈔敘

門人曾庠請選王文成公《陽明别録》竟，復請選《四此堂稿》。《四此堂》者，吾伯子東房所爲浙江幕府奏記、告諭、公移之文也。世郡縣吏至方面大臣，莫不有客，其文字例不自作。而是時巡撫范公名羕謨〔一〕，字覲公。以廉公名震動天下，至賑荒蠲賦諸事〔二〕，所活兩浙民數百萬計，蓋百數十年所僅見聞，而其講求區處之方，文告之辭，客與有力焉。伯子既摘抄所作，歸示兒輩，予因得盡觀。嘗謂諸子世傑、世傚曰，《陽明别録》，有識者推服爲古今文告第一，蓋文成公《平賊》諸疏及《區處平服地方疏》，其思慮精密，仁之至，義之盡，雖聖人復起無以過，而文章雄肆鉅麗，則又漢、宋以來文人所不逮。其他明健簡切，使言無餘意，筆無溢字，則東房所作，時或過之。東房天性疾惡，其論爲治也，曰不去小人，必不能用君子；不除民之害，必不能興民之利。如治田者，不斬荆棘、薅藜藋，而欲以種良苗，則必不

【校勘記】

〔一〕羕：《甯都三魏全集》本作「承」字。

〔二〕荒：《甯都三魏全集》本作「荒」字。

能。故其生平所建白規置，往往怯於興利，勇於除害，以爲利民之事，甞或至於害民；而民害苟除，則雖不興利而固已利之[一]。此其説自申、韓以至聖人，不能易也。吾甞觀文成書，開府贛南以來，所當皆盜賊叛逆，其日夜之所思，身之所爲，率皆斬殺攻取慘酷之事。然其去小人也，必使有自容之地；罪人也，必使有可贖之路；殺人也，必有哀憐惻怛，求其生不得之心；征調戰伐，旁午紛紜，必經營夫厚風俗、興禮教之本。故雖疾惡如仇，除惡者務盡，而廓然見天地之量焉，藹然見父母之心焉，雍容寬裕見儒者之器焉。今夫鉏草所以衛苗，而鉏之過甚或至於傷苗；汗下所以已疾[二]，而過用之亦多至於益疾。是故善治者，能使惡人不害民而已足矣[三]；善田者，能使惡草不傷苗而已足矣[四]。而草之爲類，雖愛苗，固不可得而盡除，則亦天理之所兼容，人情之必至也。知此説者，可以讀東房之書。世傑退以告伯子，伯子聞而是之，遂敬書以爲敘。時乙卯閏五月。[五]

[一] 已：《甯都三魏全集》本作「巳」字。
[二] 已：《甯都三魏全集》本作「巳」字。
[三] 已：《甯都三魏全集》本作「巳」字。
[四] 已：《甯都三魏全集》本作「巳」字。
[五] 此文之後，《甯都三魏全集》本引録了丘邦士、兄善伯、弟和公等三人評語：丘邦士曰：「暗將《別録》轉移《四此堂稿》，方是極贊美《四此堂稿》處。」兄善伯曰：「亦可謂言無餘意，筆無溢字，而寬博春容之氣，翕然中人。」弟和公曰：「文極補瀉之妙。論文成公處，皆入髓入神之言。」

三教經圖賦序

棘端之猴，齋戒三月而見；象之楮葉，三年工而後成。列子曰：「使天地三年爲一葉，則物之有葉者寡矣。」然而宋人爲之，宋之君説之，不以爲無益者，以其巧也。而楚王憚齋戒，不得見棘猴。黎川劉君茂，作《三教經圖》，是象葉之巧也。鄧子爾及序而賦之，不憚三月而齋戒者也。無有齋戒以求見，則棘猴不必欺楚王。楚人熊宜僚善弄丸，手一丸，而八九常在空中〔一〕，無益之藝也，而楚王以敗宋師。《書》曰：「不作無益害有益。」《老子》曰：「當其無，有室之用。」此鄧子所爲賦也。見其賦，索其圖；索其圖，釋其經；釋其經，奉其教，則天地不必不爲象葉，而見棘猴不必齋戒。關尹子曰：「牛臂魚鱗，鬼形禽翼，恠不及夢，夢恠不及覺，有耳有目，有手有臂，恠尤矣。圖巧於夢，賦巧於覺者也。」

【校勘記】

〔一〕 九：《甯都三魏全集》本作「丸」字。

故曰，人人之夢各異，夜夜之夢各異。雖然，唯覺者能道之。〔二〕

〔二〕此文之後，《寗都三魏全集》本引録了俞右吉評語：俞右吉曰：「古而彌雋，腰而益腴，詭而愈妙，如食餘甘，津液滿口。」按，俞右吉這段評語，《寗都三魏全集》本刊爲眉批。

聽鸝軒詩敘

烏鳴于春，蟲鳴于秋，觱發栗烈，風之聲也，及冬加厲，因時而觸，迫乎其不得已〔二〕。古人之于詩亦然。而後世摹而倣之，不春而鳥，不秋而蟲，失其質矣。然倣之工者，春而聞觱發之風，冬而百鳥和鳴，變四時之氣，造萬物之情，是亦不可以廢也。引而譬于自然，所謂因時而觸，迫乎其不得已者〔三〕，則其相爲工也葢遠。吾之論詩，無有工而不好，而貴依其質。虎豹之毛，蔚然其文；狐貉之深厚，爲煖于人身而餙觀，然而皮以爲質。《傳》曰：「皮之不存，毛將安附？」失其質者，如剞敗其皮，而綴虎豹之毛者也，而安所得餙？此其弊古人葢多有之。呼天而叱鬼神，沈冤幽懮，懷沙而沈水，于是乎《離騷》、《九歌》、《九辨》之文作焉。而屈、宋以下摹而倣之者，何多也！賈生悲憤不得志，其文近于情實，視諸家爲獨工。他則皆無病而呻焉者，雖工，吾未嘗不厭。江陰李子膺公，以工詩聞于人。先君忠毅公

【校勘記】

〔二〕已：《甯都三魏全集》本作「巳」字。

〔三〕已：《甯都三魏全集》本作「巳」字。

死魏奄之難，膚公痛之。既壯，遭時不偶，棄諸生自晦。其爲詩感慨悲愁，若大冬之風，觱發而不可遏，其質固有然者。而當春秋佳日，朋好往來，爲文酒之會，自適其意者，亦往往見之。吾聞江陰多志士，甲乙間，嬰城而守，甘死禍如飴，至闔門數十人，趣死無噍類者不勝數。今其遺民剩夫，當猶有存。作爲詩若文，以自遣釋，亦當不乏。李子試爲我求之，母徒冶鐵沈諸井〔二〕，納諸瓠而浮乎江海也。〔三〕

〔二〕母：《甯都三魏全集》本作「毋」字。

〔三〕此文之後，《甯都三魏全集》本引録了伯兄善伯、吴公及等二人評語：伯兄善伯曰：「往復百折，情深無已。其音致蒼涼淵忽，亦似從《離騷》《史記》得力。」吴公及曰：「看來只是『詩本性情』耳，此語卻被今之敘詩者説得套腐可厭，如此清新刻深，使人悟化臭腐爲神奇之法。」

龍塢遺詩敘

有山林岩谷，閉户著書，亨高名于時，而懷市心；有操奇贏於通都大市，而端方特立，灑然抱物外之志者〔一〕。嗚乎〔二〕，知人豈不甚難哉！休寧黄君鳴岐，居質隸〔三〕，高義動大江南北，自縉紳先生，下至負販之夫，莫不稱黄君盛德長者。癸卯夏，自翠微峰來，壽君七十，爲言先人養素先生之爲人，出其遺詩示予〔四〕。余卒讀而嘆：先生之詩固如是！先生少好學，遇奇，棄而講積著理且數十年。昔孔子稱丹烏之藏，晏平仲以蘭本告曾子。先生雖天資高，數十年出入寢食於貨利，宜稍有所汨没剥蝕，不得全其天真。今觀先生詩，夷猶清適，若山林有道之士，夫豈無故而然哉？先生爲人方直，能緩急人。

【校勘記】

〔一〕志：《甯都三魏全集》本作「致」字。
〔二〕乎：《甯都三魏全集》本作「呼」字。
〔三〕隸：《甯都三魏全集》本作「肆」字。
〔四〕予：《甯都三魏全集》本作「余」字。

性愛梅，環屋樹之，故其詩梅下作居多。周濂溪先生爲《愛蓮説》，言「人皆愛牡丹，予獨愛蓮」。今世人所愛者何物，而先生獨愛此天地閉塞，草木黄落之時之皎然清且寒者，則誠何故也？嗚岐忠孝彊立〔二〕，隱然有歲寒後彫之氣，有以也夫！〔三〕

〔二〕彊：《甯都三魏全集》本作「疆」字。

〔三〕此文之後，《甯都三魏全集》本引録了彭躬庵評語：彭躬庵曰：「論旨周旋不俗，末結風神矯舉。」

與友人論省刑書

乙卯月日，禧白：　遠書至，勞勉禧，持齋誦經咒，放生魚蝦鳥雀，延福滅愆罪，意甚厚，敢有以報德。《傳》曰：「天地之性，人爲貴。」〔一〕班氏《刑法志》曰：「人肖天地之貌，懷五常之性，聰明精粹，有生之最靈者也。」〔二〕故《書》曰：「惟天地萬物父母，惟人萬物之靈。」所謂人，凡戴目含齒，手持足行者皆是，豈當貴人賢智乃謂之人？負樵糞除，人奴婢子，莫匪靈貴，特有差等耳。孟子曰：「親親而仁民，仁民而愛物。」横渠曰：「民吾同胞，物吾同與。」西方之書曰：「佛視衆生如一子地。」往見足

【校勘記】

〔一〕這段文字見漢·孔安國《古文孝經·聖治章第十》（清知不足齋叢書本）：「子曰：『天地之性，人爲貴。人之行，莫大於孝……』」

〔二〕這段文字之主體，見春秋戰國·列禦寇《列子》卷七（四部叢刊景北宋本）：「楊朱曰：人肖天地之類，懷五常之性，有生之最靈者，人也。」

下走使僮奴妾婢，不均勞逸，不恤饑寒疾苦，意有小失茶酒之過，笞棰便下，動以十百數不止，剥衣裸形〔一〕，啼號宛轉，唇鼻沾地塵，涕淚流沫不斷如帶，血射肉飛，裂皮筰骨，數唱而更人；伏偃塵土者，四肢委脱，喘息不屬，寂而微喘〔二〕，足下之餘怒方未息也。然足下不以爲艱難，或間一二日行，或日二三行。嗟乎，吾不知足下此時持齋誦經咒之口，放魚蝦鳥雀之心置於何處？所滅之罪、所延之福歸于何處？吾恐以足下父親爲佛，母親爲菩薩，必不以足下持齋誦經咒、放魚蝦鳥雀、諂事曲謹而佑足下，足下死而脱足下於牛鬼猛蛇之口，出足下於純火純鐵純石之地獄明矣。夫人有貴賤血肉之氣，莫不畏痛。物類皆然，况並屬父母所生養？今石觸吾趾，則啃而僂拊之；木竹小刺，口呵求拔；臀腓生瘡癤，召瘍醫祝藥〔三〕，倚枕屈席，臀屎而不快。吾之子若女，幼則乳婦童妾交抱持，失手傾跌，以爲驚怛，扶婢而跳神。長入小學不率，嚴師傅衣薄笞，意猶以爲惡。噫！彼走使者，獨非人哉？其殺之而不知恨，榜掠毒之不知痛也〔四〕？陶淵明遺奴誡諸子樵汲〔五〕，誡之曰：「彼亦人子也，可善視之。」且今

〔一〕剥：《甯都三魏全集》本作「剥」字。
〔二〕喘：《甯都三魏全集》本作「嚅」字。
〔三〕瑿：《甯都三魏全集》本作「醫」字。
〔四〕榜：《甯都三魏全集》本作「楴」字。
〔五〕誡：《甯都三魏全集》本作「代」字。

何時日，足下不親見之乎？貴家世官，誤觸禁絏〔一〕，妻子没爲官奴，下卒邑廝，皆得役作笞駡。平居鄉城，突如遭兵寇。老妻艾妾，弱女文子，繫頸貫手〔二〕，纍纍如豬羊，踐籍摧拉〔三〕，無所不至。已或賣爲人奴婢〔四〕，蓬頭跣趾，衣袴穿空；又或流落倡户，辱門滅性。當今之時，禍來無方；流矢在前，白刃在後，雖有鐵室，莫知所蔽。吾兢兢戰戰，蚤夜思修德愛人，利濟庶物，覬要天赦〔五〕，猶恐德不勝罪，十五未免，况于殘賊天地所嗳之人〔六〕，痛刓人父母之子〔七〕，任性恣情，無有厭限，以結人怨，而千天怒〔八〕？禧竊夜不寐，三數思忖，殊可寒心。况又有如賈生所云，「子胥、白公報于廣都之中，剸諸荊軻起于兩柱之間」者，書籍所載，父老野人口所記述，積虐之報，不可枚筭〔九〕。近如翟韓城闔門受屠，此所親見。昔

〔一〕絏：《甯都三魏全集》本作「緱」字。
〔二〕手：《甯都三魏全集》本作「乎」字。
〔三〕籍：《甯都三魏全集》本作「藉」字。
〔四〕已：《甯都三魏全集》本作「巳」字。
〔五〕覬：《甯都三魏全集》本作「覬」字。
〔六〕嗳：《甯都三魏全集》本作「愛」字。
〔七〕刓：《甯都三魏全集》本作「刻」字。
〔八〕千：《甯都三魏全集》本作「干」字。
〔九〕筭：《甯都三魏全集》本作「算」字。

者漢文帝廢肉刑，易以笞，及景帝即位，下詔曰：「加笞與重罪無異。幸而不死，不可爲人子〔一〕。」于是定笞律：笞五百曰三百，笞三百曰二百。後又下詔減笞，五百曰二百〔二〕，三百曰一百〔三〕。是笞五百者減爲二百，三百者減爲一百也。又曰：「笞者所以教之，其定箠令。」于是丞相、御史大夫請笞者，箠長五尺，其本大一寸，竹爲之。末薄半寸，皆平其節。當笞者笞臀，母得更人〔四〕，畢一罪乃更人。凡此皆以代肉刑之用，非尋常罰適之刑，其遞輕遞慎如此。故《書》曰：「鞭作官刑，朴作教刑。欽哉，欽哉，惟刑之恤哉！」言所恤者，不獨五刑之大，雖學校之刑，夏楚之朴，亦不得過。古帝王重民命，護愛其肌膚，至于如此。故《康誥》曰：「小子封，念哉！恫瘝乃身。」又曰：「如保赤子。」言凡人畏痛愁刑，與己身己子同也〔五〕。由此觀之，帝王且然，況士庶人乎！足下少貴，分地與平人殊，然其實士庶人耳。使足下不幸爲官府，則必且爲嚴延年、來俊臣、薛文傑之徒，又不幸爲帝王，必且爲高緯之蠆盆，劉宏熙之宏生地獄〔六〕，憤冤相結，世世不解，魂魄梏拲，精神荑糜〔七〕，其將何以自救？夫儒者非地獄，此

〔一〕子：《甯都三魏全集》本無此字。
〔二〕五：《甯都三魏全集》本作「三」字。
〔三〕三：《甯都三魏全集》本作「二」字。
〔四〕母：《甯都三魏全集》本同，當「毋」之誤。
〔五〕己：《甯都三魏全集》本作「巳」字。
〔六〕宏：《甯都三魏全集》本作「弘」字；後一個「宏」字，《甯都三魏全集》本標示此字缺。
〔七〕荑：《甯都三魏全集》本作「煎」字。

愁儒拘墟之見也。足下篤信釋氏，當不疑此。足下試思，地獄中亦殊貴賤主僕乎[一]？亦當有人侍衛乎？父兄之勢業可藉，錢財可要結乎？孝子順孫可陳情而受代乎？亦當以名士能詩文假借乎？是皆無有，雖足下亦必以爲無有也，則足下之危甚矣。而足下特恃有持齋誦經咒放禽魚之説。且足下以爲佛君子耶？小人耶？雖僕必以爲君子。佛誡君子，親見足下殘暴生人，讐怨蝟磔，特以能奉媚我，輒使主者脱其罪而降之福，此則李林甫、秦檜之屬所爲，而謂佛爲之乎？今有路人橐百金而宿我者，吾醉而殺之，四分其金，以一分延僧誦經咒懺罪，又以一分布施人祈福，其餘金二分者，以奉妻妾、養子孫、袨衣美食，樗蒱歌舞，天下之事孰便于是，吾恐伯夷亦將抽刃而殺人，曾參調鴆而酯客矣。足下明智博覽，見豈出僕下？特率性怙習，久成自然，又無畏友苦口，惛不自知，遂積漸而陷此耳？僕與足下同學，暨他日所見，無改於德。人年增衰，暴氣應消滅，少壯之失，老當改圖。孔子曰：「年四十而見惡焉，其終也已[二]。」足下長僕五年，僕已五十有二[三]。六十者，生人之大數。然則僕與足下死期甚近，足下不自悟，僕又不言，悔不可追。惟足下反覆愚言，敬念上天生人之意，推禽魚之愛，設身痛苦之情，慕古帝王慎恤之典，知天道之可畏，怨毒之不測，禍敗之無常，死而沉淪，報應不可以智力貸，以節性而矜人命。昔衛武公年七十有九而進德，及其死也，衛人謚之曰「睿聖武公」，則足下改過未爲

[一] 殊：《甯都三魏全集》本作「殊」字。
[二] 已：《甯都三魏全集》本作「巳」字。
[三] 已：《甯都三魏全集》本作「巳」字。

遽遲。僕生無氣力，足下脱有兵寇非常之難，僕不能排救；又無德，死不能拔足下于幽冥。惟及今苦言，或亦曲突徙薪之客。〔二〕

〔二〕此文之後，《甯都三魏全集》本引録了林確齋評語：林確齋曰：「以儒者愛人爲經，釋氏報應爲緯，蓋與好佛人言宜爾也。文一千七百言，珠聯繩貫，斜拂横牽，格致之妙，使讀者唯恐其盡。至語意痛刻，情緒淋漓，視温舒《緩刑》，方平《用兵》，未知伯仲矣。」

答許甫草書

伏承下問某公文得失，似不以禧爲狂惑而可與言，敢言其所及見以相質。禧嘗好侯君、姜君及某公文，今又得足下。竊謂足下文多高論，讀之爽心動魄，失在出手易而微多。韓子曰：「及其醇也，然後肆焉。」侯肆而不醇，某公醇而未肆，姜醇、肆之間，惜其筆情稍馴〔二〕，人易近而好意太多，不能捨割。然數君子者，皆今天下能文之人，故其失可指而論。某公之不肆，非不能肆，不敢肆也。夫其不敢肆，何也？葢某公奉古人法度，猶賢有司奉朝廷律令，循循縮縮，守之而不敢過。今夫石所以量物，衡所以稱物，天下有日蝕、星變、山崩、水湧，衡之所不能稱，石之所不能量者矣。是故春生、夏長、秋殺、冬藏者，天地之法度也。哀樂喜怒中其節，聖人之法度也。然且春夏之間，草木有忽枯槁，秋冬有忽萌芽。子之武城聞絃歌之聲，笑曰：「割雞焉用牛刀？」遇舊舘人之喪而出涕，是有過乎喜與哀者矣。

【校勘記】

〔二〕情：《甯都三魏全集》本作「性」字。

葢天地之生殺，聖人之哀樂，當其元氣所皷動〔一〕，性情所發，亦間有其不能自主之時，然世不以病天地聖人，而益以見其大。文章亦然。古人法度猶工師規矩，不可叛也。而興會所至，感慨悲憤愉樂之激發，得意疾書，浩然自快其志，此一時也，雖勸以爵禄不肯移，懼以斧鉞不肯止，又安有左氏、司馬遷、班固、韓、柳、歐陽、蘇在其意中哉？至傳誌之文，則非禮度必不工〔二〕。此猶兵家之律，御衆分數之法，不可分寸恣意而出之。生動變化，則存乎其人之神明，葢亦法中之肆焉者也。某公文得力在歐、王之間，而碑誌最工；法度緊嚴，於碑誌最得宜，是以冠於諸體。然禧所尤賞者，又在《復仇》一篇。韓、柳有此作，能不相襲，而其文甚類《西京》，此禧所以篤好而欲有以告之也。雖然，此猶夫枝葉之論，葢極其工，不過文人之能事。若夫文章根本，則又有說也。〔三〕

〔一〕皷：《甯都三魏全集》本作「鼓」字。

〔二〕禮：《甯都三魏全集》本作「法」字。

〔三〕此文之後，《甯都三魏全集》本引録了丘邦士評語：丘邦士曰：「文思文勢，風發泉湧，然正是極中法度不差累黍之文。」

上某撫軍書（代）

某往客江、淮，輒知有某先生者，深思好古，具人倫之鑒，私心嚮慕，恨未得見其人。近聞閣下在内閣，能斷大計，出撫江北多善政，然後益知閣下非徒好文章以立言自見者。某伏處窮山二十年，浪跡吴、越，後先五、六年，壬午南歸，又方三年，杜户未出。然此三年間，天下之變方興未定，生民之水火深熱，而未知所底。環視海内，其足以定危亂，救生民，作中原之氣者，唯河北諸將相耳。爰於今七月，率弟子德音、門人伍玉，負擔南行，欲親詣京、洛，開口一言天下事。間關險阻，僅至皖城，而從者告病；客久貲盡，欲進不能。某之初至皖城也，友人某君迎而謂某曰：「足下亦知某中丞之願見足下乎？」某曰：「何以爲也？」某君乃述次中丞語，始知閣下癖好某文。某與閣下相知，皆在謀面之表。士之爲文，能自言其志而已*〔一〕，不能使天下人之好之也。一且而得天下之大賢人〔二〕，好之不巳而譽之〔三〕，有力之人遥爲之禮而重其名節，雖固窮蹊刾之士〔四〕，有不欣然而自幸者，非人情巳〔五〕。某竊以爲士不立品者，文雖貴實賤；士不適用者，文雖切實浮。君子雖愛之賞之，不過如鸚鵡之能言，孔翠之羽毛已耳〔六〕。嗟乎！文人方自恃其文，爲撑天地、光日月、流川峙嶽之物，而君子乃等之於禽鳥耳目之玩，不亦大可哀耶？閣下之文，某無從得讀。閣下於德於功，亦既見諸行事，其爲文則可知。士之最能有功德於天下者，内則宰相、外則撫軍與縣令耳。縣令專制一邑，與民最親，朝令而夕被。撫軍專制一道，如古者千里大諸侯之國，亦與民爲近，朝令而夕被。某嘗謬言縣令莫先於簡訟，訟簡，而後民事可爲也。撫軍莫先於清吏，吏清而後民安，民安而後可以行法，法行而後政舉，政舉而後禮教興，禮教興而後風俗成。故撫軍者，必久於其道，五年而政舉，十年而俗成者，大較然也。夫爲政至於俗成，則雖

*【校勘記】

〔一〕已：《甯都三魏全集》本作「巳」字。
〔二〕且：《甯都三魏全集》本作「旦」字；而：《甯都三魏全集》本在「一旦」之前。
〔三〕巳：《甯都三魏全集》本同，當「已」之誤。
〔四〕刾：《甯都三魏全集》本作「刻」字。
〔五〕巳：《甯都三魏全集》本同，當「已」之誤。
〔六〕已：《甯都三魏全集》本作「巳」字。

百數十年之後，天地之氣運有時而移，國家之政教有時衰息，而其民皆循禮守分，藹然有士君子之風。唐、魏之勤儉，鄒、魯之文學，此其徵也。古人所謂浹肌膚、淪骨髓者，道不越此。韓魏公曰：「琦爲相，歐陽永叔爲學士，天下文章孰大於是？」某固以閣下之大文在此，當拭目以觀政化之成。某君皖城人也，其文章巳有名於世〔一〕，而其爲人某知之獨深，葢志氣卓犖有用之才也〔二〕。雖獲一第，視之若芻狗之不足惜。今以桑梓之故，千里請事，毫無所于求于當世。申包胥痛哭秦庭，興楚而逃賞，意者此其人歟？某不揣疏賤，竊具啟事於當路，有副稿在某君行篋，閣下試一取覽，亦足以知其志矣。〔三〕

〔一〕巳：《甯都三魏全集》本同，當「已」之誤。

〔二〕犖：《甯都三魏全集》本本作「犖」字。

〔三〕此文之後，《甯都三魏全集》本引録了蕭孟昉評語：　蕭孟昉曰：「精深閎大，本末燦然，此儒者有用之文也。」

復六松書

死友一語，此僕十數年來最傷心事。每登高望遠，輒愴然涕下，有子昂「天地悠悠」之歎。吾輩德業相勗，無兒女態。然氣誼所結，自有一段貫金石、射日月、齊生死、誠一專精不可磨滅之處。此在千百世後猶得而想見之，況指顧數十年之間耶？僕於天性骨肉中頗不可解〔二〕，外此則一腔熱血，亦欲一用，非用於君，則用於友，悠悠泛泛，無所用之，又安能禁實劍沈埋之恨？僕所以期待一二三至友者，頗不以世人所謂遂足相計〔三〕。旅寓屏營，百感交集，聊因人來，爲一及之。

六松曰：子不以死友許我，豈謂不能共患難耶？臨難不苟免，於他人尚能之。予曰：此不論。到當患難時，若真是死友，即共享富貴壽考，亦與共蹈湯火白刃無異，蓋身雖生，而神明精魄已爲之死

【校勘記】

〔二〕肉：《甯都三魏全集》本作「月」字。

〔三〕計：《甯都三魏全集》本作「許」字。

久矣〔二〕。是以死相許〔三〕，粗者發於氣，精者動於義。然發於氣，是爲氣所乘；動於義，是爲義所使，於其人便已有毫厘千里之隔〔三〕。曰：不發於氣可也，并義而非之，豈不義亦可死？曰：乘于氣者，有不期然而然之勢，此從我起見，不從友起見。使於義者，有可勉强而至之理，此從理起見，不從友起見。古有路見不平拔刀相助者，有臨難畏葸，迫於名義，婉轉而自遂者。雖是以死相從，豈便筭得密友石交一路？故知死友，舍氣、義二字，説不得；沾氣、義二字，亦説不得。微乎！微乎！此可與知者道也。愚此等自非聖賢中正之論，然天地間自有此一種獨到之理，一往之性，未可以其不中正少之也。

附記。〔四〕

〔二〕已：《甯都三魏全集》本作「巳」字。

〔三〕「以」字之前，《甯都三魏全集》本有「故」字。

〔三〕巳：《甯都三魏全集》本同，當「已」之誤。

〔四〕「附記」之後，《甯都三魏全集》本引録了彭躬庵評語：彭躬庵曰：「可謂肝腸火熱，膽魄金堅。但中不可無窮理盡性作骨子，否且流入情癡意氣一路。結束處難得中正，毫釐千里，當自辨之。」

答翟韓城書

巳酉五月日〔一〕，禧頓首。禧伏草土之日久矣，年少善病，二十後益困羸，遂謝塲屋。又自知録録無足舉似，公卿貴人不敢以名姓自通。然河潤九里，漸濡三百里，執事弭節芝城，禧竊得被其風教，既於姊壻丘邦士，具聞執事好士如飢渴，以當世自命，所自處處人皆在牝牡驪黄之外，願望見顏色，自昔至今。既念子輿氏尚友之義，則同此天地，千里萬里，自有偉人傑士，精神氣魄，默相感召，雖不必聞名姓，如執手於一堂之上，况必區區謀面然後愉快。頃者伏承過聽，五千里遣使，辱以書幣，惶愧悚息。行當整毛唧轡，策其駑鈍以副知巳〔二〕。獨是貞疾不瘳，頗艱跋履，膝下無一尺之男，室有瀕死之婦。比年以債食授徒新城，去家山不過四百里，亦且倏來忽逝，教事不終。今歲主人以鄉試之役，又復强而致之。語云：「獸鹿惟薦草而就。」是用拜書反幣，罪何可言！罪何可言！禧聞野人憂君之無食，而獻

【校勘記】

〔一〕巳：《甯都三魏全集》本同，當「己」字之誤。

〔二〕巳：《甯都三魏全集》本作「已」字，均當「己」字之誤。

之芹；憂君之寒，教以曝日。其事誠足鄙笑，然意則無惡也。禧敢爲不急之言以薦於左右。禧資弱才鈍，幼習帖括。病廢以來，始學古文。兵、農、禮、樂、天官、地理、讖緯之學，下至毉藥〔二〕、筮卜、筭、書、画〔三〕、博奕、彈琴、歌曲、命相、射弓、擊劍、走馬，皆不能有毫末之技足自鳴於人。獨好讀史，論古人成敗，議天下古今之變，則又皆空言無當實事。嘗笑謂彭躬菴〔三〕、丘邦士曰：「吾近讀留侯〔四〕、武鄉侯傳，各有所得。」二人問所得維何？曰：「於留侯得善病〔五〕，於武鄉得食少耳。」然博觀古今成敗，則亦有可言者。方今天下休息，年和穀豐，萬里昇平，亦何有萬分一足以厝意。聞之子范子曰：「夏則資裘，冬則資絺，陸則資舟，水則資車。」故《書》曰：「惟事事乃其有備，有備無患。」《詩》曰：「雖有絲麻，無棄菅蒯。雖有姬姜，無棄蕉萃。凡百君子，莫不代匱。」《記》曰：「凡事豫則立。」天下之事，利害嘗兼，故有以豫成，亦有以豫敗。蟻避水以徙封，水未至而鸛已鳴於垤〔六〕；鵲知來歲大風，巢於下枝，風未動而童子探其卵。禧竊以爲當今之世，豫備之逆有百利而無一害者〔七〕，亦曰求士愛民而

〔二〕毉：《甯都三魏全集》本作「醫」字。
〔三〕画：《甯都三魏全集》本作「畫」字。
〔三〕菴：《甯都三魏全集》本作「庵」字。
〔四〕留：《甯都三魏全集》本作「畱」字。
〔五〕留：《甯都三魏全集》本作「畱」字。
〔六〕已：《甯都三魏全集》本作「巳」字。
〔七〕逆：《甯都三魏全集》本作「道」字。

已矣〔一〕。屏絶虚僞躁幽之士，而求沉深明達膽决之人〔二〕，則不至如賓嬰、郭解之以客自累。愛民而民親之，則緩急有以自保。《傳》曰：「民保於城，城保於德。」伏聞執事廉清介義，無所求取於民，此韓城百萬家之福也。執事下士愛賢，亦既篤於其性矣。今夫廉者，稜角峭厲；義勝者，威足以掩其仁，古今賢士大夫之所同也。天下嘗有號安富無事，井里熙恬，而民生日蹙困於徵求，死亾於高扑撲囹圄〔三〕，爲仁人君子所不忍見聞者。故曾子曰：「如得其情，則哀矜而勿喜。」龔遂曰：「治亂民猶治亂繩，不可急也。」蘇文忠《論刑賞忠厚》則曰：「仁可過，義不可過。」此愚每讀路温舒《尚德緩刑書》，未嘗不痛心而流涕也。且夫堯、舜好生，不廢象刑；漢文、景、唐太宗，號稱盛治，不能不斷死罪。《傳》曰：「惟仁人惟能愛人，能惡人。」擊斷之用，亦豈可少？然如古人所謂求其生而不得，則殺之之心與生之之功等。是故除大憝，赦小過，持綱紀，禁暴苛，束濕薪于胥吏，而更絃於細民，使百姓曉然見吾心，而實被其澤，則近悦遠來，戴之如父母，仰之若神明。時平則歌頌興於路，禱祀延於身存；有故則若手足之捍頭目，決千尺之溪於山而注之壑也。古之聖人任天下於一身，而托一身於天下，及其有爲，則事半而功倍者，率此道也。嘗讀「子張問仁」，至「信則人任」一語，以爲君子立身處世，不可不豫養其望，養望在於立信，立信在於吾之表裏可見於人，而人無所疑。此士之出處皆有之，處者之信，

〔一〕已：《甯都三魏全集》本作「巳」字。
〔二〕沉：《甯都三魏全集》本作「沈」字。
〔三〕亾：《甯都三魏全集》本作「亡」字；高：《甯都三魏全集》本作「敲」字。

以不苟利禄去就，不侵然諾爲大，出者之信，以好士愛民爲大〔二〕。伏惟執事無書不讀，無事不周知而討論之，意中所見，當千萬倍於尋常，此腐儒小生之言，何足一充其耳。然苟當緩急，奇謀秘計之所不及施，則其言未必無萬一足用。蓋芹曝之説，施於肥甘輕煖之日，則鄙而笑；會當饑寒，雖王公亦有時可取，不審執事其終以爲野人而吐之也？禧於戊子、己丑間〔三〕，編次《救荒策》一篇，居今固無所事，或亦所謂代匱之物，謹録一册呈覽。外《上郭天門先生書》《左傳經世敘》《吾廬記門人熊養及字説》四首，以補報書所未盡。惟禧學無所短長，稍知執筆爲文。李太白《嘲魯儒》云：「問以濟時策，茫如墮烟霧〔三〕。」無已〔四〕，故終以文章進。處士虚聲，今古同然，執事即有以知其不可用矣。臨書惶恐。〔五〕

〔二〕大：《甯都三魏全集》本作「太」字。

〔三〕己：《甯都三魏全集》本作「巳」字。

〔三〕茫：《甯都三魏全集》本作「茫」字；

〔四〕已：《甯都三魏全集》本作「巳」字。

〔五〕此文之後，《甯都三魏全集》本引録了彭躬庵評語：彭躬庵曰：「爐冶百奇，融液變化中有大經權在。」

與休寧孫無言書〔一〕

無言足下：四方士至廣陵者，無不願交無言，足下無貴賤賢愚，皆出□左右之〔二〕，垂二十年不倦，故聲譽重于時。而足下非有勢利板附〔三〕，惟好所謂能詩古文者，可不謂賢矣哉！天下文章道喪，五車之書，不足當一石之弩。使公卿貴人皆能好文如足下，雖不敢遽謂其有益于世，而詩書之氣，自賴以不衰。僕愚鄙無似，常以謂文章者士之末節，篤行氣矜之士，經世之儒，以至一才一藝，則莫不可與游，而差別輕重之以定其交。其性情氣誼與我爲親者，尤必專意一志，以爲終身之宗主，然後緩急有所恃而不孤。若夫汎愛兼收，可致好士之譽，而平居不得聞吾過，以進德徙義，一且當患難死生〔四〕，則涣然若

【校勘記】

〔一〕此題《甯都三魏全集》本目録作「《與孫無言書》」字。

〔二〕□：《甯都三魏全集》本作「力」字。

〔三〕板：《甯都三魏全集》本作「扳」字。

〔四〕且：《甯都三魏全集》本作「旦」字。

行路之解携而去。語曰：「一介之士，必有密友。」蓋謂此也。古之賢宰相，莫不以人才爲急，而稱相業者，必先度量。夫度量不易言，世僅以容德當之，非也。《書》曰：「同律度量衡。」故曰，度者，度也，尺中見寸，寸中見分，蓋分寸井然而不紊。量者，量也，以升歸斗，不見有升，以斗歸石，不見有斗，升斗泯然無跡也。夫井然不紊而泯然無跡，然後可以兼容賢不肖而器使人，托孤寄命之才，與筦庫各奏其效。推而下之，士庶人之交友，亦莫不然。僕往敘足下歸黄山，欲足下于屠沽賈衒中，物色天下非常之人，其言倜儻，而或不切于用，故更以布帛菽粟之言進。夫布帛菽粟，則人之所以自全者也，願足下無忽。〔二〕

〔二〕此文之後，《甯都三魏全集》本引録了曹秋岳先生評語：曹秋岳先生曰：「用人交友，爲經世之要，中有大學問在。勺庭負治安之略，而於尺牘發之。其文醇雅，又餘事耳。」

答友人論傳誌書[一]

承教以鄙爲人所作家傳誌銘，不无過情失實之譽，非古人是非褒貶之義。伏讀悚息，内熱增慚。聞之古史，于善惡無所不書，墓銘誌則有善无惡。葢緣孝子之心，无録先過之義，而作者又多據行狀事蹟綴緝成文，是以諛墓之作，自唐韓愈已不能無譏[三]。蔡邕自言生平碑版文，唯《郭有道》唯无愧。則過情失實，勢有不得不然。特古人立言，體尚簡質，雖不録過，而褒善者少溢辭，其子孫受之以爲榮而不怪。今之人纖悉畢備，又從而增餙之，甚或反其生平之所爲，作者有所簡略，則其子孫怪而不悦，其親戚党友，動色張口，以相訾謷，則亦安得有傳信之文乎？至其所不習聞，據狀綴緝者，抑又可知。禧謬以文章知于人，所屬碑版，有出于習見聞者，有據狀綴緝者，豈能无失如尊指所云。然苟屬己所

【校勘記】

〔一〕此題《甯都三魏全集》本目録作「《論傳誌書》」字。

〔三〕已：《甯都三魏全集》本作「巳」字。

知〔一〕，則雖爲書美，然實斟酌軒輊，必不敢以私交私意，大失其情實，以欺天而罔人〔二〕。禧常以謂作文者母輕毀人〔三〕，一點一畫，在上在左右，赫然有鬼神臨之；匪惟毀人，譽人者，其在上在左右，亦赫然有鬼神臨之。然而交遊滋廣，情面日熟，請托日繁，其不能如心以出，反之而多愧者，雖他敘論，亦時有之，不獨傳誌爲然。抑史傳之作，所以紀善惡也。善惡之人往矣，而必書者，所以備法戒也。今日某也善〔四〕，其善事可爲法，則法之已矣〔五〕，不必其善果出于某也。今日某也惡〔六〕，其惡事可爲戒，則戒之已矣〔七〕，不必其惡果出于某也。是故真與僞之可辨者，不可以不辨；无所從辨者，得法戒之意而存之。其名氏等于莊列之寓言，稗官小說所稱道，則亦庶乎其不可廢矣。禧敬奉教言，日慎一日，进述所愚以

〔一〕己：《甯都三魏全集》本作「已」字。
〔二〕罔：《甯都三魏全集》本作「冈」字。
〔三〕母：《甯都三魏全集》本同，當爲「毋」之誤。
〔四〕日：《甯都三魏全集》本作「曰」字。
〔五〕已：《甯都三魏全集》本作「已」字。
〔六〕日：《甯都三魏全集》本作「曰」字。
〔七〕已：《甯都三魏全集》本作「巳」字。

廣來指〔二〕，求質是焉。〔三〕

〔二〕迸：《甯都三魏全集》本作「并」字。

〔三〕此文之後，《甯都三魏全集》本引録了丘邦士、林確齋、彭中叔等三人評語：丘邦士曰：「自道爲人應求作文字，銖兩如畫，末及史傳語，遥爲中自首實處作注解也。」林確齋曰：「末論史傳一段，此達人之見，亦苦心之至，無可奈何之語也。雖似作者自爲解嘲，然足令古今讀史人積滯豁然矣。」彭中叔曰：「爲傳誌者解嘲，爲傳誌者發深省。」

與門人王愈融簡[一]

初學古文，不可急求好，用力誦讀揣摩，當有好日，聖人所謂先難後獲也。吾少時，見事風生，動輒成篇，和公嘗笑云：兄可謂題見怕。然余十年内，所斥抹廢毀者，不知幾許帙，亦每自笑。金聖嘆費壽語，殊耐咀嚼。余作文頗敏，頃刻數紙[二]，特搜剔删削，每旬日不休。大較用工作之十三，琢之磨之十七也。爲文有驕心怠氣、疎慢苟足之情，皆不可以入室，及其至處，工候所到，自然臻之。嘗看大文微巧之妙，若須一一想頭布置，雖十年不能成，似只信手湊泊，天機相觸，然非工苦積久，不可㚣希。

【校勘記】

[一] 此題《甯都三魏全集》本目録及正文均無「簡」字。

[二] 刻：《甯都三魏全集》本作「刻」字。

與涂宜振簡〔一〕

報書委悉，謙沖真有道者之言。所云蹈履規矩，負俗免譏，可以持身涉世，誰曰不然〔二〕。先君家訓，具載傳録，意在謹厚，此可知矣，弟亦非欲以季良豪宕相益也。王曾曰：「平生志不在温飽。」陳蕃曰：「安事一室？」范文正公做秀才時，便以天下爲己任〔三〕。古人此等志氣，絶不從一身一家子孫饗保起見。葢人必有與天下相痌瘝之情，然後封巳自全之私，可以洗剔起拔〔四〕。此雖閉户一室，未始不見其浩浩落落、横絶四海者。昔諸葛武侯〔五〕，抱膝南陽，初無豪舉，如徐元直報仇殺人，及其相蜀，鞠躬

【校勘記】

〔一〕此題《甯都三魏全集》本目録作「《與涂宜振四》」，正文標題無「簡」字，此篇爲此題第四篇。

〔二〕曰：《甯都三魏全集》本作「日」字。

〔三〕己：《甯都三魏全集》本作「巳」字。

〔四〕起：《甯都三魏全集》本作「超」字。

〔五〕侯：《甯都三魏全集》本作「矦」字。

以死，而成都遺財，不過桑八百株，然則抱膝時所經營思慮蓋可識矣。此乃天下之大規矩、大準繩，而非踰閑以爲高，亦非踽步以求合者也。本意如是，敢再一疏之。

答孔正叔簡〔一〕

碣文附上。竊思君子爲文章，務使顯可示於天下後世，幽可質于鬼神。故善善雖長，不敢爲不試之譽。此豈獨於子弟交遊，在所必慎，即尊親如祖父，亦不可奉以虗美〔二〕，使吾親爲聲聞過情之人。且人之善否，宗族鄉黨，未有不知。吾九實一虗〔三〕，則人將執虗例實，既因一事以没其九，而人情不服，必加謗訕，是求榮而反辱也。故曰：虗譽其親〔四〕，與自謗其親等〔五〕。吾輩立言，自有本末，即此，便是立

【校勘記】

〔一〕此題《甯都三魏全集》本目録作「《答孔正叔二》」，正文標題無「簡」字，此篇爲此題第二篇。

〔二〕虗：《甯都三魏全集》本作「虚」字。

〔三〕虗：《甯都三魏全集》本作「虚」字。

〔四〕虗：《甯都三魏全集》本作「虚」字。

〔五〕謗：《甯都三魏全集》本作「誨」字。

身大節，不可以爲迂且小而忽之也。大約世俗好諛，人已同聲[二]，以至生死謬誤，忠佞倒置。家有諛文，國有穢史，襲僞亂真，取罪千古，皆自一念之不誠始。弟願先生取大集，細細討求，凡所稱譽，務使名稱其實，不爲世俗之情所惑。區區之忠，欲相期爲傳人傳文，不獨在一事一篇也。

[二] 已：《甯都三魏全集》本作「巳」字。

長林里泰伯祠記〔一〕

歙縣之長林里，吴氏聚族而居．新有泰伯祠，吴君孟明與其弟之子棨第所建也，先是吴氏祖遺泰伯畫像，歷代並著璽書，相傳天下有六，長林吴氏得一焉。棨第之父幼符更命工斵木摶土，按画以像〔二〕，幼符又走四方，博訪子姓散處者，聯敘世次爲譜，謀建祠奉像，因以合其宗人，而早世弗克就，死乃屬其兄與子。祠成，棨第謁予爲記。惟泰伯之讓，孔子稱爲至德。其後以季子之賢，世不能無議。獨是泰伯無子，仲雍有子季簡，天下吴氏皆仲子孫，乃咸祖泰伯，祠祀者所在而然，何哉？豈以伯至德，爲聖人所稱，慕於其名而祖之？抑仲子孫君長吴國千有餘年，其食報最長，而伯以至德無子，後人祖而祠之，亦天所以報善人與？然吾于是蓋有見于古人兄弟之義也。泰伯、仲雍兄終弟及，名爲兄弟，而情同父子。伯于仲之子爲世父，世父與父所殊不過尺寸之間。漢疏廣、受燕居相告語，猶有父子之稱焉。

【校勘記】

〔一〕此題《甯都三魏全集》本目録作「《泰伯祠記》」。

〔二〕画：《甯都三魏全集》本作「畫」字。

後世不明此義，世父、叔父僅虚名相奉，而真意消亾。仕宦之家至有弟建祠祀祖父，其子孫奉弟以配食，而兄不與，一廟之中，弟蔑其兄，而父絶其嫡者。且夫泰伯讓，而仲雍不從，則國非季歷有也。伯讓而仲即讓，伯逃荊蠻，仲即逃荊蠻，兄弟孝友無間，雖其形體如一人之身。又計伯、仲之卒，在商盛時，商人弟及，于禮尤篤。其後子孫亦遂忩伯之無子，與其姓之蕃衍在天下者，實仲之祚孕〔二〕，故相率祠祀泰伯，群然祖之而不以爲怪。是祠也，蔽志于幼符，經始于孟明，成于縈第。某歲月，縈第更丹雘其像，冕服裳舄，咸庀以妥神靈而記諸豐碑。縈第少年，能承父志，終世父之事，蓋不失吴氏孝友家法。又于祠旁建别屋祀其父，使後世子孫無忩祠所由肇，皆盛事也，遂不辭而爲之記。〔三〕

〔二〕孕：《甯都三魏全集》本作「胤」字。
〔三〕此文之後，《甯都三魏全集》本引録了越辰六、涂子山等二人評語：越辰六曰：「從兄弟一體處發明相祖之義，自是特識至論，非回護也。中間插出天報善人一語，與至德之嘆，更相表裏。」涂子山曰：「惇雅湥厚，不設議論波瀾之態，真維風善俗之文。」

吾廬飲酒記

吾廬左瞰三巘峰〔一〕，前俯石閣。開門，群山來几案，主人坐而延之，是於月夜惟良。丁未仲春月望，同新城涂宜振、家伯子、季子、諸子世傑、宜振從孫尚葎，夜飲前楹。月益明，遠山四周，塹若堤岸，烟月沈浸空濛。下視閣頂，若巨石瀵屹立澄波中。時諸人馮闌相對，寂寥無聲。彭躬庵負杖獨來〔二〕，儵然若遊魚出于水際。余顧彭子曰：「樂乎？」彭子漫應曰：「子非魚，安知魚之樂？」諸人乃大笑，皆曰「良會不易得」，更索酒飲，盡歡久之。聞巘中兒啼聲〔三〕，淒淒然若杜宇鳴夜半，於是宜振病新愈，明日復病。雨沈沈不休，天霽，而余同二涂之新城。〔四〕

【校勘記】

〔一〕巘：《甯都三魏全集》本作「巘」字。

〔二〕庵：《甯都三魏全集》本作「菴」字。

〔三〕巘：《甯都三魏全集》本作「巘」字。

〔四〕此文之後，《甯都三魏全集》本引録了江玉仲、兄善伯等二人評語：江玉仲曰：「縹緲恍惚，光景不窮。」兄善伯曰：「一結寓消息剥復悲樂無數大理，較坡公『蜉蝣一粟，有盡有主』等語，更爲含畜。」

觀行堂記

蔡子璣先以「觀行」名其堂，取《論語》「父没觀其行」之義，請記於余。余告璣先曰：世之爲子孫，誰不曰「繼志」、曰「述事」哉？考其所行，與賢祖父若相背而馳焉者。且爲常人之子孫難而易，爲賢人之子孫易而難。璣先不欲以虚志大言爲孝，而思實見于其行，其知之也審矣。子之父抑庵公爲名進士，有治行，以恬退終。推而上之，子之王父二白公，以死抗魏閹之黨，以散僚出奇計平妖賊，以郡守除大憝而格直指使者，爲古名臣所難爲。又推而上之，子之曾王父守塘公，以匹夫躬至德，然則子之行亦難矣哉！且夫人有親没既久，而哭泣哀思不少輟者，此不可不謂之孝子。然泣血深墨者，人子之情，乃與其祖父何與？《孝經》曰：「立身行道，揚名於後世，以顯父母。」世所謂顯揚：掇科名、取大官富貴、邀誥贈而已[一]。夫操、莽不難以天子之禮樂享其先，李林甫、秦檜，不難以宰相推封祖父。

【校勘記】

[一] 已：《甯都三魏全集》本作「巳」字。

然而指操、莽、林甫、檜以命之，則九爲人子孫者不樂居〔一〕，而祖父有所不願。故曰「立身行道以顯父母」，璣先「觀行」之名意取諸此。吾聞守塘公之爲匹夫也，鄉有兄弟争産而訟句，仇不解者。公未明，懷金數十兩入其兄之臥室，長跪于牀下，兄寤而驚問曰：「公何爲者？」曰：「子之弟有悔心矣。令我私進金以求田，勿爲人言也。」兄喜諾。翼日又長跪其弟之牀下曰：「子之兄使吾道其悔，願以田予子，勿終訟也。」弟又喜。久之，乃知守塘公所爲，兄弟相與抱頭而哭，遂相好如初。又聞歲除有貧士難衣食者，公手橐米與金，暮扣其門。門將闢，委之去。嗚乎〔二〕！守塘公厚德若此，此古獨行君子之所未聞也，是以克生二白公、抑庵公以及于子之兄弟。子兄弟並少負才，好文學，樂交四方之賢士，而鋒穎可畏，于二白公剛烈之風，庶幾近之。其將母益務乎守塘公之厚德矣乎〔三〕？《易象》曰：「觀我生，觀民也。」人之觀子也衆矣，其先自觀始。璣先賢者，余故于其請，盡言以告之。遂爲記。〔四〕

〔一〕九：《甯都三魏全集》本作「凡」字。

〔二〕乎：《甯都三魏全集》本作「呼」字。

〔三〕母：《甯都三魏全集》本同，當爲「毋」之誤。

〔四〕此文之後，《甯都三魏全集》本引録了梅定九、王璞庵、施虹玉、屈翁山等四人評語：梅定九曰：「於三世重敘守塘公，規勉婉篤，使讀者之情悠然而深。」王璞庵曰：「偉論、切論，層見疊出，妙有推就安頓，即具見文字中經濟手也。」施虹玉曰：「詳寫守塘公事，筆筆如畫。亦是潛德所宜表章，與已登仕籍者不同。而文之段落最古。」屈翁山曰：「蔡氏先人之善不勝書，只舉一二見意，此記體也。然讀一二事令人想望無已，是最善於表章者。」

泰寧三烈婦傳

嗚呼！自甲申之變，烈皇帝身殉社稷，皇后從天子死。一時若馬公世奇、汪公偉、陳公良謨，皆妻妾同時死節，而海内通都大邑，下至窮僻鄉，婦人女子守身不辱，視彊死如歸，以禧所見所傳聞不勝紀。吾寧都蕞爾邑，有若職方主事彭鋹妻李氏，城破，同夫自經死；東門曾氏，一門三烈婦；禧再從姨葉芊妻謝氏，詒賊自揕其喉〔一〕，皆禧所親見。他或名氏無所考，或久失其傳。嗚乎〔二〕！二《南》之化，亂離析蕩之日〔三〕，抑何其速且遠也？節義之故，夫豈不以一人哉？禧讀新城孔鼎紀泰寧李氏事最奇特，其二妾從死甚烈，作《三烈婦傳》。

李氏者，逸其名及其家世，蓋泰寧縣□諸生廖愈達之妻也。好讀書，通詩書大義。愈達嘗學制舉

【校勘記】

〔一〕喉：《甯都三魏全集》本作「喉」字。

〔二〕乎：《甯都三魏全集》本作「呼」字。

〔三〕析：《甯都三魏全集》本作「板」字。

業，寒暑每且至夜分不少輟〔一〕。李氏辟纑以待，然嘗有不豫之色，愈達怪而問之，數不應。久之目愈達曰：「君尚無子，子與科名孰重？」愈達憮然。於是勸愈達納汪氏女爲妾。數年，又無子，更爲娶張氏。而愈達益事制舉業，不樂家居，築别業于隔河石壁下。李氏每女紅間〔二〕，則持《女孝經》及《女小學》，正席南向坐，二妾坐東西向，爲講章句大義，旁及古今貞淫善惡感應事，一妾遞當日供茶果餌以爲常。愈達一日自别業歸，聞講書聲，駐户外竊聽。李氏則教二妾識「仁」字，語諄復不休。已，愈達入而笑。李氏正色曰：「志士仁人有殺身以成仁，母求生以害仁〔三〕。」歲丙戌，愈達挈家避亂石輞之新塘坑，于寓室得《國變録》一册。愈達取閲之，瘧作，中止。李氏乃盡夜讀至竟。明日，呼二妾告曰：「予昨夜讀《國變録》：甲申三月十八日，筒討汪偉知京城不守〔四〕，誓死爲厲鬼殺賊。夫人耿氏曰：『妾則請從。』十九日，聞城破，耿夫人執榼承飲，請偉共酌〔五〕，畢，五拜，起，偉縊于右，夫人縊于龙〔六〕。夫人既引頸就帛，忽顧偉曰：『雖顛沛不可失夫婦之序。』乃皆出帛易左右位，縊以死。」李氏語至是，哽

〔一〕且：《甯都三魏全集》本作「旦」字。
〔二〕間：《甯都三魏全集》本作「閒」字。
〔三〕母：《甯都三魏全集》本作「毋」字。
〔四〕筒：《甯都三魏全集》本作「簡」字。
〔五〕共：《甯都三魏全集》本作「其」字。
〔六〕龙：《甯都三魏全集》本作「左」字。

咽不能出聲，淚落如雨，二妾亦相持悲號。主人婦疑愈達妻妾失歡，競來慰藉，卒不知爲何事。八月，三山失守。九月初三日，敵兵逼新塘。愈達携妻妾同鄉人夜走南石砦。砦素號天險，四壁牆立，遠近薦紳富人處其中。明晨，敵兵前後攻砦門甚急，砲聲震天地。砦中人欲竄徙他去，愈達亦率妻妾至砦口，則萬人奔擠不得下。李氏謂愈達曰：「君何必出砦門？出砦門者吾三人事耳。」愈達曰：「汝輩顧得出？」未及答，群呼兵自後門入，李氏即從砦口展兩手投崖下。愈達既已無可奈何〔二〕，更携二妾奔別崖岩中。岩多荆刺〔三〕，男婦數十人先伏處。未幾，搜牢兵至。愈達遽瘧發倒地〔三〕，而張氏投崖死矣。愈達出金進兵，兵得金去，汪氏牢把愈達衣，伏其後。頃之，遥見一朱纓窄袖者，拔刀南向立，諸小卒執鎗挺東向侍，指揮廵邏山前後，猙獰無人狀。汪氏乃大哭曰：「君善自保！」聳身投崖石，石右擊句，搏於崖左，若支解然。是夜雨甚，兵宿崖頂。明晨兵退，諸鄉人婦與愈達同伏岩中者皆得免。

魏禧論曰：三烈婦誠少須臾緩其死，則皆可以不死，而竟死，或曰天也句，非與烈婦計，須臾緩其死，則懼夫求死而不可得也。求死不得死，與可以不死而死，孰得孰失，亦講之久矣。士大夫死生出處之際，濡忍不斷，身敗名惡，取笑千載者，何可勝道也？孔鼎曰：愈達妻妾有殊色。李烈君之死年三十有九，汪氏二十有五，張氏十有八。李烈君之爲教亦奢矣，豈非然哉？烈婦死四日，愈達求其屍，合

〔一〕已：《甯都三魏全集》本作「巳」字。

〔二〕荆刺：《甯都三魏全集》本作「刺棘」字。

〔三〕倒：《甯都三魏全集》本作「仆」字。

而葬之，人過其處者，皆呼「三烈婦墓」。〔二〕

〔二〕此文之後，《甯都三魏全集》本引録了俞右吉、倪闇公等二人評語：俞右吉曰：「寫三人正氣處，各各生氣不同。用視筆處，俱是化工。此神化超絶之文，不可思議。」倪闇公曰：「必傳之文。前後論贊，逼真《五代史》。」

王氏三恭人傳

明錦衣衛僉事王世德，有妻曰徐氏，繼室曰魏氏，曰蕭氏，皆賢。作《三恭人傳》。

徐恭人，錦衣衛鎮撫文燦女也。性端凝，寡言笑，事舅姑以孝聞〔一〕。僉事常病失血，恭人侍藥不解帶者五年，崇禎間，天下多故，僉事念國事將不可爲，世受大恩，無以報，欲痛哭陳言，召總兵官周遇吉、黄得功拜大將軍，掌京營事，藩王要害地，當變祖宗成法，授以兵柄。而堂上官貪恣，屬吏不得越次言事，僉事獨居鬱鬱，益不治家，凡細大皆恭人主之。初，恭人生子潔，有奇兆。一日撫潔變色曰：「吾殆將死矣！常夢此子長與案齊，我當死。」而僉事亦夢再娶婦，容貌歷歷可記，因相與欷歔。未幾病卒〔二〕。繼室以魏氏。

魏恭人者，甲申李自成陷北京，投井死，世稱烈婦魏夫人者也。本南昌人，隨叔父光禄寺卿士章在

【校勘記】

〔一〕舅：《甯都三魏全集》本作「舅」字。

〔二〕未：《甯都三魏全集》本作「木」字。

京師。好學，識大義，歸僉事，相敬禮如賓，常課潔夜讀書。僉事指恭人謂潔曰：「阿母故是我夢中人也。」李自成圍京師急，僉事召家人曰：「吾義當死，若等自爲計。」恭人曰：「噫！吾志決矣。」僉事遂馳馬出巡北城，而恭人匿徐恭人所生女他處，抱己女及率長侄女媵婢十七人〔一〕，環第中井立。久之，家奴徐成走報曰：「賊入矣！」恭人仰天大哭，擲懷中女于井，家人以次下，哭聲撼墻屋。恭人乃整衣振袂，右手持長侄女，踴起呼天投井死〔二〕。五日，徐成至，綆而上，顔色如生。第中賊皆感動，槀葬井傍榆樹下〔三〕。

初，僉事即喪徐恭人，蕭御史淳之子鼎，欲妻以女，未果而没。國變後，僉事私念：吾所以不死，將身守此兒女爲耶？欲舍去，無所依倚，而鼎之子，追父志，以其妹來歸，由是僉事數往來盧龍、上穀間，蕭恭人善治家，撫前子女如己出〔四〕，故僉事無内顧心。已生子源〔五〕，益南遊，交天下奇士，僑江、淮間，六年不歸。家貧，内外多難，恭人獨支吾。既，舅舅氏護恭人南下〔六〕，會僉事于山陽，曰：「妾力竭

〔一〕己：《甯都三魏全集》本作「巳」字；侄：《甯都三魏全集》本作「姪」字。
〔二〕侄：《甯都三魏全集》本作「姪」字。
〔三〕槀：《甯都三魏全集》本作「槁」字；葬：《甯都三魏全集》本作「塟」字。
〔四〕己：《甯都三魏全集》本作「巳」字。
〔五〕已：《甯都三魏全集》本作「巳」字。
〔六〕舅：《甯都三魏全集》本作「舅」字。

矣！幸女將嫁，長子已成立〔一〕，獨恨不及見夫子得志也。」家人皆泣下，然頗怪其言。後一年果卒。潔之幼也，恭人酷愛之，而督甚嚴。有戚姥私謂潔曰：「阿母非生汝者，故如是。」潔泣，以告恭人，恭人與潔相抱哭，戚姥慚遁去。自是家人無間言。將死，召二子曰：「兒毋甘小成〔二〕，忘大義，吾目瞑矣。」潔哭之，兩目盡瘇流血，恭人慈益聞〔三〕。源以潔爲師友，並知名。

魏禧論曰：閨門之際難言矣。王僉事三娶皆賢婦，幸哉！然身立義，教行門内，可以爲賢矣。當僉事巡北城時，自署名牙牌，並寶刀佩之。將趨帝宮，道逢宮女四竄走，曰：「駕崩！駕崩！」僉事拔佩刀自刭，老僕楊坤奪刀，趣馬至金剛寺，諸兄弟咸來勸曰：「盍留身爲後圖〔四〕？」而潔先匿寺中，僉事見潔，遂不忍。其後僉事常流涕語人曰：「不意忽忽老至，志無所成就，吾甚慚吾魏恭人也。」〔五〕

〔一〕已：《甯都三魏全集》本作「巳」字。

〔二〕母：《甯都三魏全集》本同，當爲「毋」字之誤。

〔三〕聞：《甯都三魏全集》本作「問」字。

〔四〕留：《甯都三魏全集》本作「畱」字。

〔五〕此文之後，《甯都三魏全集》本引録了門人黄之清、門人梁份等二人評語：門人黄之清曰：「敘三恭人皆以僉事作綱領，卻一毫不失賓主，意法最老。而筆筆簡潔，字字有生氣。未知史、歐當此，更復何如也？」門人梁份曰：「歐公嘗以後世事不及古人，故不得如司馬子長爲序事之文。然如此篇，魏恭人固有烈節，而徐、蕭二恭人亦但家人行耳，而文乃極工，則歐公之言亦未爲定論也。」

訓導汝公家傳〔一〕

嗚呼，崇禎之季，事可勝道哉？三百年士氣，一辱於靖難，再挫於大禮，三辱於逆璫。由是士宦，率多寡廉鮮恥，賄賂請託，公行無忌，至以封疆爲報仇修怨之具〔二〕。一二賢者，矜立名節，又多横執意見，遂其志而不顧國家之事，不通達於世變，好同巳而植黨人〔三〕，卒使九廟陸沈，帝后殺身殉社稷。然甲申乙酉以來，忠臣義士，其知名者與不知名者，不可勝數。至於浮屠老子之徒，傲然執夷齊之節，則烈皇之死有以激發之也。而甲申以前，内外交訌，降叛相繼，於此有無官守之人當倉卒之交，毅然殺身以成仁者，斯爲加于人一等矣。吴江汝君録奉其曾大父死義事來乞傳，余不勝三歎息焉。傳曰：公諱可起，字君喜，吴江縣之黎川鎮人。生平磊落多氣概，爲諸生，受知于督學熊公廷弼。熊公奇才，任

【校勘記】

〔一〕此文《甯都三魏全集》本缺。

〔二〕具：當爲「具」字。

〔三〕巳：當爲「己」之誤。

邊事，功未就，以讒死，公傷之，嘗憤然有請纓之志。崇禎庚辰，以貢士對大廷，時天下多故，天子重騎射，臨軒親試。公矢發，則中的，試高等。壬午授常州府訓導。閏十一月南下，至河間府故城縣，值東兵大入躪畿輔，哨騎充斥，城門盡閉不得入，乃間行十餘里，寓宿韓生家，天明設食將行，寒甚，與同行人燎薪向火，而數騎突入户，衆皆走散，公獨整衣冠端坐，騎呵曰：汝官耶？速降則免死。露刃脅公。公罵曰：我天朝臣子，豈爲汝輩屈耶？罵不已，騎怒，攢刃斫公，臨絶，以手拭頭血印壁間，大呼崇禎聖上數聲，倒火死。久之，同行人稍集，得公屍灰炭中。韓生曰：義士也。殯而瘞之，年六十有五。或謂公無守土責，即司訓導未至官所，可無死。魏禧曰：公遜避不死可也，不幸與騎值，欲屈公，公負至性，雖不爲貢士司訓導，爲諸生，爲匹夫，吾知其不偷生以自污必矣。夫屈巳自辱〔二〕，於義所不可，雖宰相匹夫其不可均耳，士君子自愛重其身，豈以官不官有守土職與否哉？若汝公者，可謂之烈士也矣。〔三〕

〔二〕巳：當爲「己」之誤。

〔三〕此文之後，录有錢礎日评语：錢礎日曰：「起將三百年大局逐項説來，得汝公而士氣一振，最有關係。傳簡至而複激切，入後推原至性，一一發明，真寫生神手。」

獨奕先生傳 〔一〕

膠山黄氏有癮君子曰在龍，性不治生産，絶世務而好奕。常閉户居，户外人聞子聲丁丁然，窺之則兩手各操白黑子，分行相攻殺。或默然目上視而思，或欣然笑也。人稱曰：「獨奕先生。」先生與人無争，輕財樂施與，鄉人懷其德，嘗避盜踰嶺，嶺半盜起邀先生，先生色不變。盜呵曰：「汝何爲者？」先生曰：「予黄在龍也。」盜相顧笑曰：「母驚我公〔二〕。」送之嶺下。盜焚鄰人居，延先生廬，盜群起撲火，火不滅，乃共捶其始禍者。先生兄弟三人，伯善鼓琴，仲好藝花竹，先生好獨奕。或求對亦不辭也。先生開枰布子，子伯仲常侍局。先生微問可否？二子各以意對。先生曰：「若長于守，若長攻，然皆偏將材也。使握中權決機兩陣，難哉！」年七十有七，卒其獨奕未嘗少哀云。

魏禧曰：或曰，古嗜奕者衆矣，未有獨奕者。曰：有之。奕攻圍沖劫變化，通于兵法。諸葛武

【校勘記】

〔一〕此文《甯都三魏全集》本缺。

〔二〕母：當「毋」之誤。

侯卧隆中時，未聞有十夫之聚，指揮旌幟教坐作也，一出而戰必勝。以仲達之智，畏之如虎。吾意其獨居抱膝時，日夜之所思，手所經營，未嘗不在兩陣間也，非獨奕而何哉？先生之意，其不可測識哉！先生名道明，仲子庭，亦君子也，與禧交，請爲先生傳。〔二〕

〔二〕此文之後，录有顧景范、張秋紹等二人评语：顧景范曰：「先生盛德守默，此偏寫得奇特可喜，此文之能變四時之氣者。一贊若著若離，論旨尤大。」張秋紹曰：「獨奕先生人奇，事奇，著傳者便合著善陣不戰之意。贊中引武侯虛證。向見王崑崙《古今奕譜》，留侯、武侯懼在列，此處正暗符。論人第一，論兵亦第一。」

高士汪渢傳

魏禧曰：余癸卯游浙江，聞三孝廉名，國變並謝公車，有監司欲見之，知其不可屈，艤舟載酒西湖上，屬所親招之，唯汪渢不至。渢，錢塘人，字魏美。嘗獨身提藥褁往來山谷間，宿食無定處。渢故城居，母老思得渢一見，時兄澄、弟澐亦棄諸生服，乃奉母徙城外，渢間來定省。然渢自能來，家人欲往跡之即不可得。予客西湖，身造澐，使道意。久之，渢不出。微聞渢到湖上，予乃寓書澐以告渢曰：「魏美足下：足下知僕至，意當倒屣過我。顧以常客遇我，足下則可謂失人。」渢得書，輒走舍舘相見。自是常出就予〔二〕，出則必之愚庵所，抵足臥，往往談至雞數鳴，或更起坐行不肯休。愚庵，僧明孟〔三〕，兩浙所稱三宜和尚，與天界、覺浪、靈巖繼起，並以忠孝名天下。予二人會，三宜設食畢，輒掀白鬚笑曰：

【校勘記】

〔二〕予：《甯都三魏全集》本作「余」字。

〔三〕孟：《甯都三魏全集》本作「盂」字。

「伹喫吾飯〔一〕，臥吾床，吾不來溷也。」闔户去。初，渢爲諸生，試輒高等。爲文奇恣汪洋，頃剌數千言〔二〕，未嘗懷刺一見當事，與人落落，性不好聲華，時人號曰「汪泠」〔三〕。年二十二，中崇禎巳卯舉人〔四〕。未聘婦，里富人欲女女以千金，渢不許，而錢太守以女字之。既成禮，渢從容謂錢氏曰：「吾本寒儒，得連婣貴室，所望知禮義，孝事姑嫜，和妯娌足矣，侈簪珥綺繡之飾母庸也〔五〕。」錢氏於是去服飾〔六〕，屏侍婢，以疏布親操作。乙酉，渢執友大行陸培自經死，渢私爲文祭之，一慟幾絶。内婣欲強渢試禮部，出千金視渢妻曰：「能勸夫子駕則畀汝。」對曰：「吾夫子不可勸，吾亦毫不愛此金也。」當事或割俸金爲渢壽，不得却，坎而埋之。里貴人請墓銘百金，拒弗許。自是嘗出游，之天台，居石樑左右，反河渚，徙孤山，之匡廬、黄山、白岳，所至與異人高士游。晚好道，能數日不食飲。有授黄白術者，試之驗〔七〕，尋棄去。教以驅役鬼神亦驗〔八〕，而棄之。年四十八卒。渢病痰咳五月餘，一日晨起，視日曰：

〔一〕伹：《甯都三魏全集》本作「但」字。
〔二〕剌：《甯都三魏全集》本作「刻」字。
〔三〕泠：《甯都三魏全集》本作「冷」字。
〔四〕巳：《甯都三魏全集》本同，疑爲「己」字。
〔五〕飾：《甯都三魏全集》本作「餙」字；母：《甯都三魏全集》本同，當「毋」之誤。
〔六〕飾：《甯都三魏全集》本作「餙」字。
〔七〕驗：《甯都三魏全集》本作「騐」字。
〔八〕驗：《甯都三魏全集》本作「騐」字。

「可矣。」命子蓮具紙筆，書五言詩十句，投筆就寢而逝。〔二〕渢與予既相見，以齒序爲兄弟。予嘗私問渢曰：「兄事愚庵謹，豈有意爲弟子耶？」渢曰：「吾甚敬愚庵，然世之志士，率釋氏牽誘去句。削髮爲弟子，吾儒之室幾虛無人，此吾所以不肯也。」魏禧曰：渢往來談甚多句，不能記句，於當世盇熱中人也。惜哉！〔三〕

〔二〕此文之後，《甯都三魏全集》本录有全诗十句：「詩曰：『大化無停軌，道術久殊轍。住世守頑形，問途猶未徹。至人本神運，可會不可說。冰泮水還清，雲開月方潔。一旦破樊籠，逍遥從此別。』」

〔三〕此文之後，《甯都三魏全集》本录有弟和公评语：弟和公曰：「寫高士行徑，如雲中神龍，現没無端，真寫生之文也。叔兄嘗謂予曰：『汪先生藉令不遭變革，自是風塵外人，於世之志士高人又進一格。』」

大湖灘賦

乙酉玄月，沿舟大湖，石急水悍，矼而虛舟，踞盤石以觀之。賦曰：湖水如馬，盤石若舟。水乃下走，山則上流。波漰而欲立，石砯砰以疑浮。〔二〕

《魏叔子文選要續編》卷中終

【校勘記】

〔二〕此文之後，《甯都三魏全集》本录有温伯芳评语：温伯芳曰：「字少語錬，意積境奇。」

《續魏叔子文粹》卷下附錄

清　甯都　魏　禮和公　著

日本　美濃　桑原忱有終　選要

周公論

吾讀《金滕》，而益歎周公之聖也。而世儒疑之，以謂代死者，理之所無，鬼神不可以珪璧要。我爾之稱，不可施諸祖父，其説似矣，而實非也。忠臣孝子之愛其君父，誠有所必至，不可以恒情恒理論，其事往往近于孺子愚人所爲。周公欲求其兄之生而不得，而當是時，天下初定，反側未安，武王又決不可以死禱祀常禮，以爲不足動鬼神也。於是迫而出于代死，代死而無説，則其事不行。于是迫而出于自誇其材藝，歆之以能事鬼神，又懼夫材藝之不足歆也，于是迫而出于要激。曰「墜天命」、曰「先王有依歸」、曰「屏璧與珪」，而曰我曰爾，則人子膝下之辭耳。嗚呼！周公蓋所謂孺子慕者也。周公之請命于三王，猶孺子之請食于父母，倏啼倏笑，必期于得食而後已者[一]。故知夫孺慕之説，則知周公《金滕》之説矣。今夫舜聖人之大智者也，父殺之爲非理，夫豈不易明？而號泣于旻天，負罪引慝，近于愚矣。

【校勘記】

〔一〕已：《魏季子文集》（易堂原板）本作「巳」字。

老萊子戲著斑斕之衣，詐跌而啼，其去俳優也。蓋無幾，夫古今忠臣孝子，固未有不愚者，雖聖人猶是也，而特未可爲智者道。孔子曰：「其愚不可及。」嗚呼！何恠夫智者之紛紛歟〔二〕！

〔二〕歟：《魏季子文集》（易堂原板）作「與」字。此文之後，《魏季子文集》（易堂原板）本录有伯兄善伯评语：伯兄善伯曰：「自是至論，而筆力勁透，其轉折處如屈鐵。」

田子方论

君子之道，何爲其可驕也？古之人抱道自樂，視富貴如脱屣。若田子者，未聞道也，田子處澆季之世，不忍囂然以靡于流俗，豈可謂非賢者耶？當子擊持富貴見詰，其所以驕貧賤者特甚，故承其言而折抑之，不足爲子方過。且夫以千乘之儲君，遇一匹夫于道，至自失其貴。下同于子弟，擊亦可謂賢矣。子方不與其賢而嫚易之若此。語曰：己則無禮〔一〕，何以謂人？是則子方之大過也。噫，子方之所以驕者，以道驕也，孰謂驕人而道也。〔二〕

【校勘記】

〔一〕己：《魏季子文集》（易堂原板）本作「已」字。

〔二〕此文之後，《魏季子文集》（易堂原板）本录有林確齋评语：林確齋曰：「不費力貶駁，只就『道』字、『賢』字『過』字，抑揚翻播，而義理已盡，高乃在此。涂嚴而情婉，使人流連不盡。」

漢高帝論

山有虎豹，藜藿爲之不采；淵有蛟龍，鰍魭爲之斂足。吕氏之禍，蔓延而不可解者，帝刻薄寡恩成之也〔一〕。方帝以匹夫有天下，非韓、彭諸人力不至此，及韓、彭無罪誅滅，反者數起，天下功臣幾無噍類。噫！吕氏之心于此啟矣。夫千金之子，端坐于堂奥，必且固門垣，嚴僕隸，圜而居之，昏且而守之〔二〕，可以無失。帝以神器之尊，四海之富，而自芟手足，撤其扞蔽，以卑區區仁柔之太子〔三〕，故以一二庸人佐一女子，而天下遂至于是。使非天誘平、勃，則劉氏之祚十九殆矣。嗚乎〔四〕！以平、勃二三

【校勘記】

〔一〕刻：《魏季子文集》（易堂原板）本作「刻」字；恩：《魏季子文集》（易堂原板）本作「思」字。

〔二〕且：《魏季子文集》（易堂原板）本作「旦」字。

〔三〕卑：《魏季子文集》（易堂原板）本作「畀」字。

〔四〕乎：《魏季子文集》（易堂原板）本作「呼」字。

人力而漢賴以安，向令諸功臣皆在，則吕氏欲亂得乎？〔一〕

〔一〕此文之後，《魏季子文集》（易堂原板）本录有曾省之评语：曾省之曰：「筆力深緊，是一則史論。」

介之推論

介子推剛忿自遂人也，豈真能忩禄位者哉〔一〕！語曰：「名過其行，君子恥之。」推無實，而後世永享其名，吾竊恥焉。《傳》曰：「介子推不言禄，禄亦弗及。」推之逃，以禄弗及也，憤然而已〔二〕。且夫禮讓廉退，必衷于義而後可。推之逃爲無名矣。得人者興，失人者崩。自上世以來，未有易此者。而推顧謂二三子，貪天之功，上下相蒙，獨何説哉！其母曰：「盍亦求之，以死誰懟。」既而曰：「亦使知之。」又曰：「能如是乎？與汝偕隱。」觀其母之數言，則推之心固已可見〔三〕。宋杜太后曰：

【校勘記】

〔一〕 忩：《魏季子文集》（易堂原板）本同。

〔二〕 已：《魏季子文集》（易堂原板）本作「巳」字。

〔三〕 已：《魏季子文集》（易堂原板）本作「巳」字。

「吾兒素有大志，今果然矣。」噫！不有是也，孰使天下後世見其心耶！〔一〕

〔一〕此文之後，《魏季子文集》（易堂原板）本录有曾止山、彭躬庵等二人评语：曾止山曰：「短辨自透，能于疏散中出勁力。」彭躬庵曰：「就其母所云，切近證出，如老獄吏引親人對薄，雖强猾，欲置一喙不能。」

伍子胥論

伍奢、伍尚者，員之父兄，而平王之臣子。員之所爲，所謂知雪恥不知大義者也。今夫平王之殺奢，殺楚之臣而已矣〔一〕。父爲人臣，而子覆其國，而鞭其君之尸〔二〕，奢必不自安于地下。吾嘗觀費無極之譖其太子反也，王以問奢，奢曰：「君一過多矣，何信於讒？」王于是執之，使奢于此時能善處人父子間〔三〕，以談言微中解其紛結而屬其天性，則奢可以不死，況員而既爲楚之外臣耶。曰：「員没没不報而已〔四〕，然則賢乎？」曰：「不可尚之，使員逃而自奔死。」其義正，其垦員之報之也急矣〔五〕。平王

【校勘記】

〔一〕已：《魏季子文集》（易堂原板）本作「巳」字。
〔二〕尸：《魏季子文集》（易堂原板）本同。
〔三〕間：《魏季子文集》（易堂原板）本作「閒」字。
〔四〕已：《魏季子文集》（易堂原板）本作「巳」字。
〔五〕垦：《魏季子文集》（易堂原板）本作「望」字。

素信讒無道，又以小過誅其良賤五十餘口，生人之慘未有過此者。使子胥入楚，誠能撫綏其民人，求無極與平日之蠱王而讒奢者，生者殺之，死者戮之，以臨祭于父兄之墓。載其喪婦諸吴，請諸吴王，而崇葬顯祀之。此其于父子、兄弟、君臣之間〔二〕，庶幾其各得矣。惜也鞭死王尸〔三〕，而又使王處其王宮，大夫居其大夫室，以快意肆志焉。嗚乎〔三〕！是再不臣于吴也。〔四〕

〔二〕間：《魏季子文集》（易堂原板）本作「閒」字。

〔三〕尸：《魏季子文集》（易堂原板）本同。

〔三〕乎：間：《魏季子文集》（易堂原板）本作「呼」字。

〔四〕此文之後，《魏季子文集》（易堂原板）本录有叔兄冰叔、彭躬庵等二人评语：叔兄冰叔曰：「子胥之論，古今紛紜，得此可無疑義。以清君側之義推之，則子胥入楚如篇中舉動，正自合義，況有不共之讐耶。」彭躬庵曰：「爲奢諫汯，水準鑑空，義盡仁至，乃知處極變極危時，天地間自有極當極安道理在。」

宋高宗論

宋高宗篡弑之賊也，何以言之？昔鄭叔段爲不義，莊公誅之。《春秋書》曰：「鄭伯克段于鄢。」晉趙穿實弑靈公，《書》曰：「趙盾弑其君。」凡此者誅其心也。然則高宗即位非正乎？曰：「否！」二帝北狩，高宗以至親嗣國，正也！然則何以爲篡？高宗屈已厚幣〔一〕，請和于金，皆以復二帝爲名，其名若恐二帝之不復，而惟恐其復者，推其心可以手劍于其父兄而不恤，何則出于必不可復之道，而舉其事之可以必復者，斷然而不肯爲〔二〕。則雖不謂之篡不可得也，且夫戰之必有功，和之必敗，其成效可概見，雖婦人孺子皆知之矣，而謂高宗不知乎？方張浚、趙鼎諸人執議于朝，宗澤、岳飛、韓世忠、吴玠、劉錡諸將致死戮力，所至有功，其餘拔城殺敵自效者不可勝紀。當是時，使高宗真以迎復爲心，躬擐甲胄，鼓勵戰功，其逐北金人，歸二帝于沙漠，猶決潰隄下沖波而不可禦也。計不出此，而反覆悖戾，

【校勘記】

〔一〕已：《魏季子文集》（易堂原板）本作「己」字。

〔二〕肯：《魏季子文集》（易堂原板）本同。

方故以撓其成，使金人窺其心而挾之于外。黄潛善、汪伯彦[一]、秦檜之徒，窺其心而持之于内。嗚呼！向令二帝得反中國，雖稽首而固讓之，彼將郤走而弗肯居矣[二]。韋太后自金還，遂不敢述欽宗車前之語，蓋亦有以信其心也。《詩》曰：「投畀豺虎[三]，豺虎不食。投畀有北[四]，有北不受。」其宋高宗之謂乎？夫以《春秋》之法[五]，董狐之義，則高宗篡弑之誅，必不容貰。甚矣，後世之無直史也。[六]

〔一〕伯：《魏季子文集》（易堂原板）本作「伯」字。
〔二〕肯：《魏季子文集》（易堂原板）本同。
〔三〕畀：《魏季子文集》（易堂原板）本同，疑爲「畀」字。
〔四〕畀：《魏季子文集》（易堂原板）本同，疑爲「畀」字。
〔五〕法：《魏季子文集》（易堂原板）本作「灋」字。
〔六〕此文之後，《魏季子文集》（易堂原板）本录有叔兄冰叔、彭躬庵等二人评语：叔兄冰叔曰：「似胡澹庵《封事》，無一字放空處，卻又離合超忽，文字之妙畢備。」彭躬庵曰：「烈如夏日，嚴若秋霜，折猶駿馬之馳，危直似徒鶻之摩空，觀至此止矣。」

全交論

吾友命《定交論》，繼吾友復命《全交論》。魏季子曰：「旨哉乎其言哉！」蓋全交在定交也。自交道之衰，人不知有交友，非不知交友，不擇交也。故凶終郤未者〔二〕，大概皆然。至於凶終郤未〔三〕，而人方欲全吾之交道，以居忠厚之名，陋矣。孔子曰：「因不失其親，亦可宗也。」《書》曰：「慎終于始。」夫五倫各有屬也，尊如君，親如親，愛敬如兄弟，善暱如妻子〔三〕，皆具有性分焉。朋友以義合，初若執塗之人，非有天性以相維也，名分以相制也，而安得死生以之〔四〕？匡之植之，彌縫其闕，患難共之，貧賤富貴一之。是故友之貌言自喜者，不可以定交；無獨至之行，不可以定交；不堅密，不可以定

【校勘記】

〔二〕郤：《魏季子文集》（易堂原板）本作「隙」字。

〔三〕郤：《魏季子文集》（易堂原板）本作「隙」字。

〔三〕暱：《魏季子文集》（易堂原板）本作「暱」字。

〔四〕死：《魏季子文集》（易堂原板）本作「兘」字。

交；不愚，不可以定交；汎而無擇，不可以定交；告之以善，反覆焉而不聽，不可以定交；規人之過，非若痌瘝乃身如賔旅揖讓焉〔一〕，不可以定交；屢遷恒焉，不可以定交；吾之德不修，學不講，不可以定交。其有高閎博識十百於我，吾師之；操行潔白，吾敬而事之；與人共事，吾不違而死之〔二〕，感恩而死生報之〔三〕，皆不可以言定交。交定者，無外拒，無神違，造次蓐寐，惟是友之爲信。於是乎，大浸稽天而不溺，大旱金石流土山焦而不熱，此古人之所以難交而不輕與者也。昔魏德公爲郭泰供給灑掃，泰命作粥，三進而三呵之，德公無變容。泰曰「吾今知子之心矣」，與友善。張劭臨終曰：「范巨卿乃吾死友〔四〕。」郅君章殷子徵不與焉，王仲回之不妄交，大俠陳遵、大司徒侯霸皆不得友，其教子之言，時人服之。夫德公之於泰善矣，豈其以名高耶？邵之論死友不易也〔五〕，而巨卿不足以當之。王丹之慎交，得交道矣。是故友不以德進奚交，交道而徒尚德，猶淺之爲言者也，況其下焉者乎？《全交》之

〔一〕賔：《魏季子文集》（易堂原板）本作「賓」字。
〔二〕死：《魏季子文集》（易堂原板）本作「[illegible]」字。
〔三〕死：《魏季子文集》（易堂原板）本作「[illegible]」字。
〔四〕死：《魏季子文集》（易堂原板）本作「[illegible]」字。
〔五〕死：《魏季子文集》（易堂原板）本作「[illegible]」字。

說益小言也。〔一〕

〔一〕此文之後，《魏季子文集》（易堂原板）本录有丘邦士评语：丘邦士曰：「立論極確，精粗畢備，每一段足以包孕一篇文字。關顧徊翔而無轉折摇盪之跡，筆氣精悍不可禦。妙在全交，在定交一句，故洗髮得定交透，全文透矣。安有如此定交而不能全交者乎？若再點全交，便迂稚可笑。兩兩相望而不見其兩兩相對，此文之所以爲得體要也。」

書梁公狄義僕楊材范鑑傳後〔一〕

每怪世之佔俾小儒，至吕強、張兼業諸人之賢〔二〕，輒曰：刑餘之人亦能如此，予甚恨之。歎賢者何厄，遭此輩稱論，而憫其顔之厚也。夫義所在則貴，去義則賤，豈惟人哉？唐明皇之象，昭宗之猴，匡山之白鷴，孫堅、苻堅之馬，近者雲南之獨牙象，其榮於後世，尊於當時卿相，且億萬等。而顧詡詡自命，曰：「我人也，我貴也，我儒者也！」豈不大可哀哉？鶴林公之傳義僕也，與卿相同，其敘次一稟古人之法。而微察其情，若惻惻隱痛而引媿者，其真知義者歟〔三〕。予讀《楊材傳》，罣罣然一純臣也；讀《范鑑傳》，仡然一毅士也。予方欲尋材、鑑之墓而拜之，遏絶齷齪鄙儒，令勿得拜，以污材、鑑之墳

【校勘記】

〔一〕此題《魏季子文集》（易堂原板）本目录作「書梁公狄義僕傳後」

〔二〕兼：《魏季子文集》（易堂原板）本作「承」字。

〔三〕歟：《魏季子文集》（易堂原板）本作「與」字。

土，使有餘恨。嗚乎〔二〕，予亦可悲矣夫！〔三〕

〔二〕乎：《魏季子文集》（易堂原板）本作「呼」字。

〔三〕此文之後，《魏季子文集》（易堂原板）本录有曾周士评语：曾周士曰：「義如霜落，筆如雷發。須看其不能自按捺處，想見自命。」

書梁公狄甲乙議後〔一〕

嗚乎〔二〕，讀公《甲乙議》諸書，幾欲引刀自揕其胸，狂呼累日夜，恨當時奸臣獨營其私。克耳矐目，安坐持牢，視國家宗廟封疆，棄之若遺跡之不足惜，卒致國事崩壞，身斬家滅，以迄于今也，豈非天哉？豈非天哉？宗忠簡之疽發背，有以也夫。按公初受太康令時，賊盤踞中州，舉境内，無慮皆賊，公與其兄以枏字仲木悉志力拒之，聞殺賊名，督撫上其功，調商坵〔三〕。當時天下無堅城，號將帥者，擁兵觀望，愒息恇懦而不忍前。而督撫大吏不能辨賊，托招撫之名以長養之。河南稱殺賊者，皆曰「商坵令及河

【校勘記】

〔一〕議：《魏季子文集》（易堂原板）本目録標題作「義」。

〔二〕乎：《魏季子文集》（易堂原板）本作「呼」字。

〔三〕坵：《魏季子文集》（易堂原板）本作「邱」字。

內令王公漢〔二〕」。噫，使天下皆如一邑令，處處遏賊，雖至今治平可也。賊數萬衆，急攻商坵〔三〕，城陷，公夫人張氏並家屬俱死。公傷倒亂屍中〔三〕，商坵民救之〔四〕，三日復甦云。于是公逮刑部獄，獄中上書陳六事，皆切中時務。公不死，天也！冀得達，聖天子用其言，事猶有可爲者。執政閼之不獲上，既天子以爲無罪，出之獄，數日而京師陷，公又幸不死，與其兄冒死禍南下。所過勵忠義，結連草澤豪傑，圖復讎至南。南人以爲從天而下也。蓋當時豺虎滿道，南北隔絶，無能達者，而公兄弟特至，至則上條議及豪傑姓名、山砦義勇於當事。公既參史閣部軍政，益條陳大抵以收拾山東，河南、北，爲江淮屏蔽，進足以取，退足以守，使強本固勢，乃足使諸悍將爲要領。觀其書，所經畫縷分，燭照數計，雖事後目擊者不能如是。閣部題公兵部主事，經理河南，待數月，命不下，命下則勢不可爲矣。公始事河南，終思用河南人，皆不獲展其志，悲夫！予讀其書，剴切練要，宋李忠定、昭代王文成，其論事陳奏弗是過。嗟乎，使當時無此言，未足大恨。言之而卒不一聽，天乎，何至此耶？公之書，聲者可見〔五〕，聾者可聞，痿痺者可蹶然起。而當世柄臣，具五官百骸骨其軀，飲食其腹，乃使山東、河南、北之地，不力争，可挈而

〔二〕坵：《魏季子文集》（易堂原板）本作「邱」字。
〔三〕邱：《魏季子文集》（易堂原板）本作「邱」字。
〔三〕倒：《魏季子文集》（易堂原板）本作「仆」字。
〔四〕坵：《魏季子文集》（易堂原板）本作「邱」字。
〔五〕聲：《魏季子文集》（易堂原板）本作「瞽」字。

歸我，棄之不復顧。而公每條一事，又並擇其經制之人，即沐猴而冠，禮鼠而人拱，亦知其爲大利，斷然爲之不終日。今若此，豈非天哉？公之兄病以死且八年，而公將老，猶伏在草間。得與予論述往事，出其書，對面讀之，張髯裂目，下血淚數斗。噫！此書傳不傳無足計，傳諸後世，將徒托空言，抑將不至托空言耶。其在天乎！其在天乎！〔一〕

〔一〕此文之後，《魏季子文集》（易堂原板）本录有叔兄冰叔、丘邦士等二人评语：叔兄冰叔曰：「生氣鬱勃，有哀憤不擇音之象，而敘次提頓斷續不失古法。篇中七提書，極力讚歎，前後重復，正如衂血，人口鼻眼耳皆噴血出，直寫哀憤，意不在書。」丘邦士曰：「於情辭痛急，中行整段之法，有左氏遺意。」

書林確齋論漢高帝後[一]

彭越既囚，有司請論如法，帝知其非罪，赦爲庶人，遷之蜀。林子曰：「高帝不難下酇侯獄，及其將死也，亦不難舉國而托之，安知越之遷不猶有復時耶？」魏子曰：「越與酇矦不同功[二]，故不同賞，其陷於罪也，卒不同罰。酇矦居内[三]，未嘗獨將兵，其任與留候差同[四]。特留矦無制關中之權[五]，故終不至折辱。梁王居外，與楚王爲一體，然楚王之才數倍於越，故楚王先梁王見殺。」或曰：「梁王既囚，越，俎中肉耳。赦而遷之，是帝不欲殺越也。」魏子曰：「帝欲殺越與殺信同，二人有大功，遽然而

【校勘記】

〔一〕此題《魏季子文集》（易堂原板）本目録標題無「論」字。

〔二〕矦：《魏季子文集》（易堂原板）本作「侯」字。

〔三〕矦：《魏季子文集》（易堂原板）本作「侯」字。

〔四〕候：《魏季子文集》（易堂原板）本作「侯」字。

〔五〕矦：《魏季子文集》（易堂原板）本作「侯」字。

殺之，不獨無以服天下，帝之心必大有所不忍，是不若假手而殺之。噫嘻，此遠庖廚之術也。」《傳》曰：「淮陰侯既殺，帝且喜且憐之。」魏子曰：「吾於其喜，見帝之教后殺之，吾於其喜且憐。見帝之縛信，而不殺信而侯信，囚越，不殺越而遷越也。」林子曰：「帝生平徑情多直行，欲殺則殺，何假爲？英布舊梟將，帝滅之無餘事，是誠不爲，非不能爲也。」魏子曰：是誠不能。吾見其能於英布，以知其不能於信、越。布反，天下之人得誅之，帝之誅之無所忌。信、越則不然，且帝嘗不直酇矦矣〔一〕，酇矦與帝從最久〔二〕，最大有功。酇矦專制關中〔三〕，帝數使使伺其間。夫任人疑人而至於伺人，是譎於齊宣之瞷者也。邱子曰：「高帝之疑何直，光武之疑馮異譎，何耶？」林子曰：「吾安見世祖之不譎於高帝，世祖欲代更始，則不進兵救關，欲報李軼，則露示降書，以假手朱鮪。嗚呼！天下者重器，殺兄者大仇，如是而譎不可耶。」魏子曰：「林子其必將取乎葉公尾生之直。」〔四〕

〔一〕 矦：《魏季子文集》（易堂原板）本作「侯」字。
〔二〕 矦：《魏季子文集》（易堂原板）本作「侯」字。
〔三〕 矦：《魏季子文集》（易堂原板）本作「侯」字。
〔四〕 此文之後，《魏季子文集》（易堂原板）本录有李咸齋评语：李咸齋曰：「格法參差，層次令人目眩。」

書曾止山論漢高帝後[一]

吕后之稱制而王諸吕，議者曰：王吕則將帝吕也，吕王則劉亡，吕氏之必爲武氏勢也。雖然，吕氏之心，則固不肯爲武氏也。何以知其不肯爲武氏？武氏不難親殺其子若女，吕后常欲殺趙王如意矣。惠帝左右之，而后不得間也，后不敢逆惠以殺如意，則欲其子孫之爲帝王。不待辨，高帝疾大漸，后余曰：「帝萬歲後誰可托國者？」帝舉何參爲言。夫何參諸人，帝之元勳舊臣，后所素畏也。帝死，后欲危劉氏，將不用之矣。帝又曰：「安劉氏者必勃，后危劉氏。」而用安劉氏之勃，吾則不信也。且后嘗俟劉章，使入宿衛，其飲酒歌及斬吕氏亾者，章之意氣可畏也。后危劉氏，則必殺章，殺章易耳。吾故曰：后之心則固不肯爲武氏也。后不肯爲武氏，后之勢必至爲王氏。何以知其爲王氏？王氏私諸王，尊寵莽，莽因勢持柄，而篡有其位。后私諸吕，竊念我爲帝，我之兄弟僅爲通侯，無以尊我，於

【校勘記】

[一] 此題《魏季子文集》（易堂原板）本目録標題为「書曾止山漢帝帝後」。

是王諸吕以尊已〔一〕，而諸吕必憑已而危劉氏〔二〕。引大盜入室中，欲其藏而不能盡有也，則必逐其主人而專據其室。吾故曰：后不死，則必至於爲王氏者勢也。〔三〕

〔一〕已：《魏季子文集》（易堂原板）本作「己」字。
〔二〕已：《魏季子文集》（易堂原板）本作「巳」字。
〔三〕此文之後，《魏季子文集》（易堂原板）本录有李咸齋评语：李咸齋曰：「出入吕氏罪處，極其平恕，遂成翻空未有之論，而文特勁婉可誦。」

書王荊公上仁宗皇帝書後〔一〕

安石非有心于害天下，天下卒被其害，則所謂性執拗不曉事之故也，而天下後世以爲奸。吾讀《上仁宗皇帝書》，未嘗不歎奇士，其自命王佐之才，蓋非無故。雖竊《比皋傳》爲謬妄，而其言當與賈長沙、諸葛武侯相上下，然所謂執構不曉事者，吾則又於是書見之。語曰：「皷瑟于吹芋之門，瑟雖工而不好。」故人方惡熱，吾進以裘；人憂濟川，而奉以車馬，蓋未有能悦者。仁宗寬仁敦厚，樂與天下休養，雖立制度、變風俗之説非其所好，而顧欲加小罪以大刑法，始于左右通貴，宜齷齪而不合也〔二〕。嘉祐之際，天下治安，賢人登用于朝，縱不能比隆三代，以視漢文帝、唐太宗，當或庶幾？百司之失職，民之不得所，風俗之偷，豈曰「亾有」？亦何至如安石所云，在位人才未有乏于此時，天下才力日困窮，風俗日衰壞，至稱漢、唐所以亾，以危懼其君乎？如是，則君必不信，在位之賢人必有不服。司馬徽曰：

【校勘記】

〔一〕此題《魏季子文集》（易堂原板）本目録標題为「書王荊公上仁宗後」。

〔二〕宜：《魏季子文集》（易堂原板）本作「宐」字。

「儒生俗吏不識時務，識時務者在乎俊傑。」嗚呼！賈誼痛哭于文帝之時，而安石危言極論以聳動劫制仁宗，則皆不識時務之過也。且夫時務之要，在知人而審機，劫制之術，君子所不得已〔一〕。可以不用而用，則其勢必有所反。辟之御，然桀劣之馬，不束縛鞭策，不能就馳驅，馴良伏習者，因其勢利道之而已〔二〕。顧施以束縛鞭策，必拂其性而敗吾御。《書》曰：「沈潛剛克，高明柔克。」彊弗友剛克，燮友柔克。治天下之道，進言之方，如是而已矣。〔三〕

〔一〕已：《魏季子文集》（易堂原板）本作「巳」字。

〔二〕已：《魏季子文集》（易堂原板）本作「巳」字。

〔三〕已：《魏季子文集》（易堂原板）本作「巳」字。此文之後，《魏季子文集》（易堂原板）本录有叔兄评语：叔兄曰：「從荊公生平最得力處攻刺，真具入穴取子手段者。其文刻峭，亦絕類荊公。」

書蘇文定三國論後[一]

三國惟昭烈最後起，昭烈不入蜀，則無有可厝足之處，非漢高帝比也。高帝初王巴蜀，羽殘燒關中而王秦三將，故得乘勢以並取其地。使羽聽韓生，則高帝無關中。操用劉曄之計，則昭烈不得有蜀。蘇子以爲棄天下而失地利，非通論也。蜀之爲將，未有能于孔明者。而議者曰：「孔明短于用兵。」魏延間道襲關中之計不能用，是不然，延變詐不可信，授之以重兵，事成則叛，不成亦叛。自將以趨險，則不敢以國家之全師，與吾君所恃賴之身，而徼倖萬一。匹夫爭衡天下，疾戰走險，以趨利者多矣。人臣荷天子之任，則非慮出萬全不可動，何者？君父安危之事，與自我得之，自我失之者，其情勢異也。街亭之敗，以馬謖當大任，荊州要害之地，舍老成重密之趙雲而用羽，此則孔明之過也。且夫羽易人矜己，孔明知之，昭烈又嘗謂「謖言過其實」，意謖譽久著，而威望重者莫如羽，其亦采譽望而用之耶。賢

【校勘記】

〔一〕此題《魏季子文集》（易堂原板）本目録標題为「書蘇文定三國後」。

如孔明而猶以譽望用人，以謖與羽之譽望而不免于敗，用人者，其可不知所鑒哉！〔二〕

涂宜振曰〔三〕：「荊州重鎮，以壯繆威望臨之。初非失策，獨怪其東鄰狡吴，北禦強魏，委壯繆于孤危，而不爲之置後援。且其時左右謀議，有如法孝直其人，吕蒙、陸遜之計，寧遽得行哉？惜乎，武侯之不思及此也，至街亭之敗。自是武侯失處，當其揮淚斬謖，自請貶秩，武侯亦大悔恨，後人正不必曲爲之諱，事與任福之敗好水川略同。」

〔二〕此文之後，《魏季子文集》（易堂原板）本録有丘邦士、涂宜振等二人評語，此文之後，僅録涂宜振評語，而未録丘邦士評語：丘邦士曰：「三國以蜀爲正，是矣。至才自無過於魏，孔明爲將亦是聖守國而短於攻取耳。後人右魏之才，遂並誣蜀非正。尊蜀之正，遂並申蜀之才短，武侯云只可相美，武侯惟恐有議，似皆不得其平。」

〔三〕宜：《魏季子文集》（易堂原板）本作「宐」字。

書岳忠武傳後

予嘗覽唐建甯王、宋岳忠武王事，發上眦裂，憤惋不能下。古今之負大功，抱至忠，而蒙奇冤者，莫過忠武。吾獨恨，當時賢者如張浚、韓世忠輩，不能無罪，當忠武詔獄之日。使此數君子抗疏訟於朝，糾僚友而争之以死，以闔門老幼，保其無貳，則檜必不敢殺忠武。高宗雖昏必悟，不惟檜之所爲，且夫忠臣孝子之不得其死。雖在後世，讀其書，猶將椎膺泣血，呼天願爲之死，況同立朝廷之上，親見其事，而隱忍坐視以成其冤乎？李泌訟建甯，韓世忠詣私第責檜，當時不能以死争，皆非忠臣義士之節，不可法於後世。或謂浚罷相，世忠等兵柄已解[一]，雖争無益，肅宗亦必不能聽。泌以生建甯，夫人臣惟知義之所在而已[二]，事之成敗，非所逆計，且吾即欲少隱忍以圖自全，而痛心疾首，情有所不得待也。有

【校勘記】

[一] 已：《魏季子文集》（易堂原板）本作「已」字。

[二] 已：《魏季子文集》（易堂原板）本同，當爲「已」之誤。

伶人爲檜殺忠武狀，屠者見之不能平，操刀斫檜頭去。噫，紹興之公侯卿相，豈遂求一屠人而不可得？哀哉！〔二〕

〔二〕此文之後，《魏季子文集》（易堂原板）本录有兄子世傑评语：兄子世傑曰：「古今忠臣蒙冤，君子不能以死争者多矣。然令萬世憤激，莫甚於忠武之事。蓋復二聖之仇，雪中原之恥，扶社稷之危，忠武一身關係國家存亡興衰。古今華夷名義，非止一人一家之冤，故知責備張、韓諸賢不爲過也。文如嚴霜被草，無復生氣。」

書邱敏齋論晏子〔一〕

魏禮曰：自戰國以來，諸子雜出，其言不必軌於實要，務假賢哲極其意，而成其説耳。故雖明有駁謬，皆不足辨，然亦無害於其意也。晏子能急族親貧乏而立説者，遂形容至於如是。豈有一齊相，而父族無不乘車，母族無不足衣食，妻族無凍餒者，齊相即蔽車羸馬，能之乎？即三十年裘，豚肩不掩豆，其能之乎？君子是以陋之。而取之者亦曰：奢寧儉耳。聖人之儉謂中節者，約而不侈，所以爲儉也。如一以樸陋爲儉，則是孔子羔裘、狐裘、麑裘諸衣，及諸食法，周公載膳膏之類。孔子不可徒行，不幾於季世紈絝之子之爲，而自矜持一官者乎？是晏子之儉，賢於周公、孔子遠甚矣〔二〕。聖人之行〔三〕，如器之受水，適器而止，春温夏暑，秋涼而冬寒，天亦如時止耳。是故貧賤而侈汰者爲戮矣，富貴

【校勘記】

〔一〕此題目録爲「書邱敏齋論晏子後」，《魏季子文集》（易堂原板）本目録標題同。

〔二〕矣：《魏季子文集》（易堂原板）本無此字。

〔三〕「聖人」之前，《魏季子文集》（易堂原板）本有「夫」字。

而故蔽陋之，豈其道也？若夫晏嬰相齊，柄國之政，可使物阜民豐，而區區於三百餘人，待其舉火，豈君相之當務哉？公孫宏布被脱粟，轅固曰：「公孫子毋曲學以阿世。」〔一〕齊桓公出遊，見老人，命之食，曰：「請遺天下食。」遺之衣，曰：「請遺天下衣。」公曰：「吾府庫有限。」老人曰：「春不奪農時，即有食；夏不奪蠶桑，即有衣。」〔二〕夫是以君子益陋晏子矣。〔三〕

〔一〕此引文見漢·班固《漢書》卷八十八「儒林傳第五十八」（清乾隆武英殿刻本）：（轅）固曰：「公孫子務正學以言，無曲學以阿世。」

〔二〕此段引文見宋·歐陽修《新唐書》卷一百五「列傳第三十」（清乾隆武英殿刻本）：（來）濟曰：「昔齊桓公出遊，見老人，命之食，曰：『請遺天下食。』遺之衣，曰：『請遺天下衣。』公曰：『吾府庫有限，安得而給？』老人曰：『春不奪農時，即有食；夏不奪蠶工，即有衣。』」

〔三〕此文之後，《魏季子文集》（易堂原板）本录有彭躬庵评语：彭躬庵曰：「通識正論，與孟子『惠不知爲政』參看。」

留雲堂記〔一〕

予初至寶應，僑王子克承之霜皐，樂其地而留之〔二〕。嘗與克承之子汲公立于門，四望皆暢。其西竝爲劉雨峰之東皐，迤東則留雲堂〔三〕，留雲堂者〔四〕，喬子雲漸所居，皆城東門也。寶應惟城東門通甓射湖水，小艇時出入城中，高柳四時之花樹千株，板橋橫斜曠鬱可望，水樹相亂，朝夕疑有雲氣，故邑人士之池館多在焉。汲公每望留雲堂〔五〕，則必稱喬子之人，曰：「是身見而志于隱者。」而喬子方病咯血

【校勘記】

〔一〕留：《魏季子文集》（易堂原板）本作「畱」字。

〔二〕留：《魏季子文集》（易堂原板）本作「畱」字。

〔三〕留：《魏季子文集》（易堂原板）本作「畱」字。

〔四〕留：《魏季子文集》（易堂原板）本作「畱」字。

〔五〕留：《魏季子文集》（易堂原板）本作「畱」字。

未能見客。乙已冬〔一〕，予與家伯子自燕還，始從汲公登斯堂也，喬子傾蓋與定交，曰：「他日將更營是堂于無人之鄉，以從吾心志。」予視其堂間居宅之西徑墀中，墀疊小石作山，細草弱樹，緑雜生其罅。堂左有複室，入其室，虛白不耀，克然葆其光。客曰：「是室也，喬子居之。」於是循右個，沿迴廊折而下，衡潔屋曲欄，與堂相望。予憑欄，客或坐石上，或垂堂立，相笑語，時與樹石風聲相答，堂四面皆臨池中石。予曰：「夫喬子豈以留雲之無雲爲嫌哉〔二〕？禮嘗登鐘山，瞻遺殿，怵肅疑，幸僂俯而仰觀之，聞其上故松柏萬章〔三〕，手兩人圍不得合，今皆砍伐無餘，剷土掘其根，草荄盡。」徘徊至日昃去〔四〕。路中時回首望。而山之雲氣鬱葱葱然。予遊廬阜，上五老峰，天清日遠，望江湖城邑村聚如豆，而五老之石無不成雲，廬阜故多隱君子之區也。吾友彭躬菴詩曰：「我觀五老峰，當是雲所變。」嗚乎〔五〕！若喬

〔一〕已：《魏季子文集》（易堂原板）本作「巳」字。
〔二〕留：《魏季子文集》（易堂原板）本作「畱」字。
〔三〕柏：《魏季子文集》（易堂原板）本作「栢」字。
〔四〕去：《魏季子文集》（易堂原板）本作「厺」字。
〔五〕乎：《魏季子文集》（易堂原板）本作「呼」字。

子者，是可以留雲矣〔一〕。喬子别號疑菴。〔二〕

〔一〕留：《魏季子文集》（易堂原板）本作「畱」字。

〔二〕此文之後，《魏季子文集》（易堂原板）本录有伯兄善伯、叔兄冰叔等二人评语：伯兄善伯曰：「前段文致條雅，蓊菀如鮮花弱柳，曲水晴山，令人流連。自登鐘山以後，則崎嶺磊落，如蟠厓筍石，登之感慨自生。然有前段條雅，必不容無後段感慨方是文字。」叔兄冰叔曰：「予嘗寓霜皋，其處最宜於望，以地多林水，望之恍彿光景不定也。此文以『望』字爲一篇寫景之主，故極不著雲，而滿幅是雲氣矣。末段無端感慨，尤爲仿佛。」

青霞閣記

江西地形散弱，唯贛扼兩粵之吭。九江吴楚門户，號稱形勝。九江貧瘠，然臨江漢之水，北面匡廬，足眺望之美。贛山水無聞于天下，而東西二廣貨貝出入，爲湖西一大都會。所屬十二縣，多負山阻險，盜以不時生發，官茲土者，治簿書獄訟兵刑之具，日不暇給，以文采風流名于時者，蓋亦罕矣。比年西南多故，贛屬縣盜賊暴起尤劇，無錫顧公以太府適丞茲郡，受檄剿且撫之，旌旄來往，不得煖其席。而民政之暇，則又未嘗一日廢書，延見窮廬之士，相與諮詢民之疾苦，講論古人所以爲文章之道。于是即署東偏，建閣爲著書處，名以「青霞」。青霞者，公家園，以名其草堂者也。予以事過郡，公聞而先臨，因報謁，得登斯閣，則贛東南諸山，章貢之二水，并閭萬家，皆可坐而眺焉。無錫山水名天下，予嘗一至其地，樂而忘返。贛不足當百一，而公顧以草堂名其閣，其將寄諸家園以自遣耶。抑地小二羽旁午〔二〕，不足展公之志，而皤然有鄉土思耶？抑又以爲樂山水者得其意，贛與無錫將無以異耶？予去年至九江，破碎已甚〔二〕，江西唯贛爲勝地，所恃以爲上游之鎮，非公安定之而誰任？其慎無有鄉土之思也。予既歸翠微山，公以書來命曰：「爲我記之。」按署東偏，舊有煖雪亭，亭北古木一本，南一老梅，皆雜蓁莽中。公闢地除歲建斯閣，實亭之左岡云。閣下爲周廊，覆以蘧篨如舫，曰「半舫」，園曰「誰園」。乙卯七月，甯都魏禮記。〔三〕

【校勘記】

〔一〕旁：《魏季子文集》（易堂原板）本作「旁」字。

〔二〕已：《魏季子文集》（易堂原板）本作「巳」字。

〔三〕此文之後，《魏季子文集》（易堂原板）本录有伯兄、叔兄等二人評語：伯兄曰：「通篇骨節玲瓏，勾鎖處處是法，卻處處有致，正冰叔所謂致之之妙，卻是其法之妙也。大似歐公。」叔兄曰：「其文綺麗而搖曳，更以地形、時事相感慨，尤爲有旨。」

寓適園記

予以抱痾將屏人事於瑞金〔一〕，先命兒僦往定舍館。予行至，及西北郊，望見喬木鬱蒼，廣池延袤滉瀁映照，浸近隱隱見樹中亭横水際，有人笑語聲，曰：「此何園亭也？」予僑居得此樂矣，於是世僦前逆而言曰：「此楊先生『適園』也。」請館是，則六逸君偕仲君惟才延於門。入門，横竹〔二〕、梅、桃、木芙蓉、梧桐夾徑植，過所見亭曰「横青」。徑再折，則選小石列立樹下，嶙峋如對衙。至於「遠心堂」焉，堂前後繚以短垣墀，盆花雜蒔，於時春日朗暢，惠風拂襟帶，意甚樂也。予因憶昔歲，讀六逸君三世倡和適園詩，心羡樂之。嘗曰：「吾安得至，與吾老友一觀此適乎。」乃今遂僑舍於是，又念予三十年前來，友朋意氣，履錯然户外，論文談讌無間日。今凋落幾盡，存者不數人，所至有西州之感，而猶得與君父子坐名園揚榷古今，瀟疏如世外人，豈偶然哉？夫佳境能移人情以樂，亦能引人情於悲，此物理之自

【校勘記】

〔一〕痾：《魏季子文集》（易堂原板）本作「疴」字。

〔二〕横：《魏季子文集》（易堂原板）本作「槿」字。

然也。園最適者，亭當月夕，天水融浸，如行坐冰壺中。夕陽西射，霞綺散林木；明媚麗好，池荷香入亭。四面周園可眺，以時與主人及兒子輩坐其上，樂而恷去〔二〕。或乘月出園北行，回首西南望，則疑深林大壑，莫能紀極。有虎豹虺蛇，山精怪物藏其中，怖不可入，而未信吾身之日居乎此，所謂「適園」者也。魏季子曰：「適園者，園適乎其人也。」人不適，句園惡能適之？人固有至適之境，而終身未嘗一適者，此非園之過也。古今之能言適，莫莊生若。曰：「大林坵山之善於人也〔三〕，亦神者不勝。」適之權一在我，乃其言曰：「以生爲附贅縣疣，死爲決疣潰癰〔三〕。」又曰：「大塊載我以形，勞我以生，佚我以老，息我以死〔四〕。」然則附贅縣疣，載我勞我，其必不能自適也，必決之潰之，老之死之而後適〔五〕。是適之權在天與人，吾未見其能適也。善適者，勞亦適，佚亦適，悲喜焉亦適，適乎心不繫乎物，夫惟不鑿於人而嗜欲淺者能之，安往而不自適哉？此主人之所謂適也。而斯園也，亦適主人之適何不可？主人心有天遊，涉於境而不綊於物役〔六〕，是以知其能適。予且資其適以卻疾，而疾卻矣。寓園六閱月，

〔二〕恷：《魏季子文集》（易堂原板）本作「忘」字。
〔三〕坵：《魏季子文集》（易堂原板）本作「邱」字。
〔三〕死：《魏季子文集》（易堂原板）本作「𣦸」字。
〔四〕死：《魏季子文集》（易堂原板）本作「𣦸」字。
〔五〕死：《魏季子文集》（易堂原板）本作「𣦸」字。
〔六〕綊：《魏季子文集》（易堂原板）本作「絯」字。

忘主賓若吾適園焉。兒倣至者四，儼、侃皆一至而久居，與君如一家人。吾之子更得與君之子孫修世好，吾又甚適也。園西並爲古寺，予前三十年寓處，曉夜送鐘聲於園。園西有古樟樹，不知何代物，其輪格蔭堂右个，主人葺兩成護之，當盛暑坐其下，涼風颯颯生衣帶間。〔二〕

〔二〕此文之後，《魏季子文集》（易堂原板）本录有賴晉公评语：賴晉公曰：「實理妙義，閒情真情，篇中畢見。至行文之脈絡，關會艸蛇灰線，尋味不盡矣。」

三醉海棠記

精神所至，天必應之。然，句而或不然。予性好花樹，移植必豫劚坎，疏糞土而復藏諸，使之和柔。爲坎必廣且深，至時覆發土，句栽句横斜薪竹以爲杖持。于是或非時或幹盈數拱，修一二丈，移而生者十九，灌溉不勤者不能也，嘗親捧盆盎以溉。丁巳首春，客遺白海棠一本，云産於閩，高未尺，枝著三四花，形神絶清異，與姑射仙人日相對也，予愛護甚至。而戊午冬，忽枯死。甯化陰生，嘗來山中就學，聞予言曰：「請訪以致。」予未遽爲然。癸夬之臘〔二〕，坐梅花下，紅白交林，如春園桃李，多幽香。兒儆從城中致陰生書：白海棠俱來，喜甚！本視昔本小長，含蕊七，予日日視至于開。再春益爛熳，花初娟潔比昔本。花三四日著微紅，如美人顔酡，可五六日後，紅深醉矣。寘之紅海棠下，各有致，儆、儼、侃皆侍。儆曰：「三醉海棠也，酬多于昔。」予笑謂三子曰〔三〕：是則然矣。完顔、奇握温，天應之；

【校勘記】

〔二〕夬：《魏季子文集》（易堂原板）本作「亥」字。

〔三〕曰：《魏季子文集》（易堂原板）本作「日」字。

顔平原、張睢陽、文信國，而天不應，天乃應予以白海棠也。陰生書云：「是花獨伊氏一本，接枝得此，伊氏喜以贈予。」贈之者爲伊君若符，陰生寅賔也。至之日，在除夕前二日。

憂樂記

東房伯子將以讒搆行，季子送之翠微之麓。且言曰：「是以憂行者也。」雖然憂而忩樂〔二〕，是不知命也。以樂居憂，將失其憂，可憂孰甚。不見可憂，則是樂禍也。《傳》曰：「以禍爲樂，禍必及之。」是故憂以居憂，其生必稿；樂以居樂，其生必靡。憂以居樂，謂之産憂；樂以居憂，謂之樂禍，是皆與死爲鄰者也。《詩》曰：「尚慎旃哉，猶來無死。」〔三〕

【校勘記】

〔二〕忩：《魏季子文集》（易堂原板）本作「忘」字。

〔三〕本文引詩見《詩經·國風·魏風·陟岵》，原詩爲：「上慎旃哉，猶來無死。」見漢·毛亨《毛詩》卷五，四部叢刊景宋本。此文之後，《魏季子文集》（易堂原板）本录有丘邦士评语：丘邦士曰：「不當憂樂時，不可憂樂；當憂樂時，不可過憂樂。此便是天理自然有節次在中間，交互説得森森可觀。」

難説

故人子有問於吾廬子曰：「繼名德之後難矣哉？」吾廬子曰：「然。句易也。」知其難，無難矣；以爲其難，難矣。以爲其易而易之，難矣。名德之後難繼也，易爲也。凡子之善與名德之後之善，難易相倍屣也。故曰：「登高而呼，聲非加疾，其勢易。」是以易，爲名德之後。與凡人之子，爲不善，其指遺之相千萬，貽父母以不令名焉。故曰：「難繼也。」知其難，無難矣，彊爲善而已矣〔一〕。登高山者，難而峻之，終於難矣。躡級而行，登峰矣。夫以難爲心，易爲行，其然，天下無難事矣。〔二〕

【校勘記】

〔一〕已：《魏季子文集》（易堂原板）本作「已」字。

〔二〕此文之後，《魏季子文集》（易堂原板）本录有彭躬庵评语：彭躬庵曰：「只就恒言頓挫出之，遂覺道湙。季子亦自言其所得。」

病說示次兒世儼

病者恃醫者也〔一〕，不恃醫者恃已者也〔二〕。醫所能達恃醫〔三〕，寒暑之小疾，醫能達者也〔四〕。使已有寒疾而增寒〔五〕，疾暑而益乎暑，醫不能達矣〔六〕。然亦恃已〔七〕，是故治心者，師友其醫也〔八〕。增寒益乎

【校勘記】

〔一〕醫：《魏季子文集》（易堂原板）本作「醫」字。

〔二〕醫：《魏季子文集》（易堂原板）本作「醫」字；已：《魏季子文集》（易堂原板）本作「己」字。

〔三〕醫：《魏季子文集》（易堂原板）本作「醫」字；下同。

〔四〕醫：《魏季子文集》（易堂原板）本作「醫」字。

〔五〕己：《魏季子文集》（易堂原板）本作「巳」字。

〔六〕醫：《魏季子文集》（易堂原板）本作「醫」字。

〔七〕已：《魏季子文集》（易堂原板）本作「巳」字。

〔八〕醫：《魏季子文集》（易堂原板）本作「醫」字。

暑，非師友也。良毉之足以治病，夫豈弗信？夫使和緩之不可爲也者，已也〔一〕。是故以有病繫其心者，殆也；以有病爲無病之爲者，殆也；以有病豫謀無病，勇於恃毉藥者〔二〕，甚殆也。性質之偏頗，嗜欲之、剥伐之，自求斃者也。是故知病爲病，善毉也〔三〕；忩病爲病者，善毉也〔四〕。毉治其症〔五〕，已治其心〔六〕，治心之學，即所以治病也。孫子曰：「廉潔可辱，愛民可煩。」知廉潔也，愛民也。而爲爲將之危，可以治病矣；以不治治之，可以治病矣。儼乎，汝善病，不恃已而驚毉藥〔七〕，子曰：「父母惟其疾之憂。」〔八〕

〔一〕已：《魏季子文集》（易堂原板）本作「巳」字。
〔二〕毉：《魏季子文集》（易堂原板）本作「醫」字。
〔三〕毉：《魏季子文集》（易堂原板）本作「醫」字。
〔四〕毉：《魏季子文集》（易堂原板）本作「醫」字。
〔五〕毉：《魏季子文集》（易堂原板）本作「醫」字。
〔六〕已：《魏季子文集》（易堂原板）本作「巳」字。
〔七〕已：《魏季子文集》（易堂原板）本作「巳」字；毉：《魏季子文集》（易堂原板）本作「醫」字。
〔八〕此文之後，《魏季子文集》（易堂原板）本录有彭躬庵评语：彭躬庵曰：「引申孫子一段，匪夷所思。至理名言，俱醫經所未逮。病者持此當無不愈之病矣。」

汪秋浦詩序

人之言曰：「文如其人，詩以道性情。」《傳》曰：「言者，心之聲。」其信然乎？然而不必然也。如是然者，蓋君子也。范蔚宗、沈休文，豈不爲忠孝之文？而且亂賊矣。曹子恒詩：「秀而多風。」而狀則哆頤，行則篡竊矣。故曰：「不必然也。」如是然者，蓋君子也。予邂逅汪子秋浦於蓼洲，對其人歎曰：「美秀而文也。」觀其行度，美秀而文也；讀其詩，美秀而文也。然則秋浦之詩、之言、之行度，皆如其人。故曰：「其信然乎？」如是然者，蓋君子也。然予與秋浦言，聽其道啟禎間事，甚有本末。然則美秀而文，又不足以盡秋浦矣。〔一〕

【校勘記】

〔一〕此文之後，《魏季子文集》（易堂原板）本录有彭躬庵评语：彭躬庵曰：「似昌黎短篇，變化曲折不盡。叔子序孫豹人詩文，論變進二境最善。季子之近文益變進不可量。」

公事牘序*

予嘗與邱敏齋論曰：豪傑必不可不知窮理精義之學，以救其偏鶩。有志學道者，則當務致用之爲急。且聖賢無有有體無用之學，譬若水源既豐，發而爲江、爲河、爲海、爲川瀆，不可勝用。用之不足，必其體之有間，故欲斯道之興，非體用兼備不可得也。南豐甘先生楗齋，志學道者。夫世之迂道學也久矣，以其不適于用也，故必以致用補救之。而道學始信于人心，棘端之猴，屠龍之技，雖極臻高妙，無所施設，則亦無焉而已〔一〕。予讀楗齋《公事牘》，歎曰：爲有用之學也。于其邑之事，條分縷析，釐弊而區制，其言莫不精審。蓋楗齋伏處草野，猶足利其鄉邑如此，可以推其用于世者也。其附記其弟素心《論編户書》，是亦爲有用之學者。〔二〕

*【校勘記】

〔一〕已：《魏季子文集》（易堂原板）本作「巳」字。

〔二〕此文之後，《魏季子文集》（易堂原板）本录有彭躬庵评语：甥邱成釪曰：「精悍中有委蛇之致。」

兒世儆遊燕楚序〔一〕

燕、楚爲周末七國，當是時也，天下之勢，西在秦，南在楚，而燕稱弱國焉。然蘇秦之爲合縱也，始于燕，使縱約長守不敗，六國亦豈到削滅哉〔二〕？是則燕雖弱小，足以存五國。而五國之強大者，自取滅亾〔三〕，楚爲尤甚也。雖然漢興以來，發難者多由楚，而荊州、襄陽爲川、陝之要樞，嘗關天下興亾〔四〕，其風尚剽勁。南之楚猶西之秦，然強弱遞遷焉，蓋不特由夫地，亦由夫時與人也。太史公表六國，謂作事者必于東南，收功實者常于西北。嗚乎〔五〕，由今觀之，豈通論哉！自黄帝都涿鹿，顓項都于龍城，舜

【校勘記】

〔一〕世：《魏季子文集》（易堂原板）本目録標題缺此字。

〔二〕到：《魏季子文集》（易堂原板）本作「致」字。

〔三〕亾：《魏季子文集》（易堂原板）本作「亡」字。

〔四〕亾：《魏季子文集》（易堂原板）本作「亡」字。

〔五〕乎：《魏季子文集》（易堂原板）本作「呼」字。

耕歷山，王氣在東千五百年，乃轉而歸於西土。文武都豐鎬以來，秦據咸陽，漢定鼎于長安，王氣在西。又千有一百年，乃轉而河朔。河朔者，西漢中葉以後，新莽而下，極于隋唐。河朔富盛，王氣在河朔。又九百年，乃轉而南。夏蓋自襄陽以南〔一〕，達于湖廣，江湖以南，斥于閩嶠。安史之亂，皆禍所不及，歷五季以至宋。民物豐阜，首古所稱甇徼之地也〔二〕。而燕自石敬塘淪陷異域，且數百年。明太祖起于濠泗，定鼎應天，至成祖而燕復爲京，以迄于今茲。然則載轉徙者，吾亦惡得而知也，太史公特取徵於漢興以前而云然耳。吾遊燕且二十年，楚遊亦十有餘年，其或即有轉徙與否？汝小子由燕以至楚，將六國概涉其疆，儻能循其山川人物，以考識古今轉徙之故，歸而告我，庶不負斯遊也，吾且心喜矣，其勉旃。〔三〕

〔一〕陽：《魏季子文集》（易堂原板）本作「漢」字。

〔二〕甇：《魏季子文集》（易堂原板）本作「荒」字。

〔三〕此文之後，《魏季子文集》（易堂原板）本录有黄忍庵、陳元孝等二人评语：黄忍庵曰：「借遊序發如許議論，何等粗豪，其妙卻在種種入細。」陳元孝曰：「一治一亂，一正一閏，一分一合，皆造化必然之理，亦事勢相因而成也。序中將四千餘年興替轉徙之大，只用東西南北等字括之，確乎不易得，昔人所未發。」

重刻感應篇輯解序〔一〕

或問于予曰：太上言感應之理，而輯解者，務臚陳世之禍福，以爲勸誡，其説不既淺乎？且古今之應，未嘗盡符也。是故以堯舜之聖，而生丹朱、商均；文王后妃之德，而有管、蔡；鯀圮族而生禹，張湯、杜周稱酷吏，而爲安世延年，父其道何居？曰：「子將懲噎而廢食乎？」蓋惠迪吉者十九，其不相應者百之一也。是以觀人於其恒，論事定於經。勸誡之道，在乎中人情。夫物有不齊，天地之道固然。人之善惡，父子不能相禪也。身不爲善，父善未足以庇子惡。子之善惡，亦未足以上蓋其父。故幽、厲不能掩宣王，盧懷慎奕元輔，三世清節，不能蓋乎杞。猶食飽而已飽〔二〕，衣寒而已寒〔三〕。雖父子

【校勘記】

〔一〕刻：魏季子文集》（易堂原板）本作「刻」字。

〔二〕已：《魏季子文集》（易堂原板）本作「已」字。

〔三〕已：《魏季子文集》（易堂原板）本作「巳」字。

之親，不相假貸也。知乎此，則人人母自餒〔一〕，母恃先世之德〔二〕，已以不修〔三〕。《傳》曰：「武子所施没矣。」欒盈是以必敗也。然則應或不符者，蓋天所以勉人，必自爲善而已〔四〕。天下上智下愚，少中人，不能無歆怵於禍福，故勸懲之權大。天既以福善禍淫之道感於上，而人心所結，可以自無而之有。《傳》曰：「衆心成城，衆口鑠金。」〔五〕雖然持太上感應者〔六〕，尤不可不自勉也。律於知法者罪加等，吾既確信而遵行，勿務日進於善，其過倍趨於惡，悍然莫顧，過且百千萬倍也。其中機祥神鬼之説，君子所不道，然於此書固無害，田單神師寓有微權爾。是書也，愚山施公本最善，江子羽漢，復廣刻而播揚之。屬予序，予遂舉或所問答者，弁其首。

〔一〕母：《魏季子文集》（易堂原板）本亦作「母」字，疑「毋」之誤。

〔二〕母：《魏季子文集》（易堂原板）本亦作「母」字，疑「毋」之誤。

〔三〕已：《魏季子文集》（易堂原板）本作「巳」字。

〔四〕已：《魏季子文集》（易堂原板）本作「巳」字。

〔五〕此引文當出自《國語》，其云：「故諺曰：『衆心成城，衆口鑠金。』」（見三國・韋昭《國語韋氏解》卷三，士禮居叢書景宋本。）

〔六〕太：《魏季子文集》（易堂原板）本作「大」字。

徐渌溪析集文文山鄭所南詩序

渌溪徐子既析集文文山、鄭所南詩，以授其友魏禮閲之，于時坐渌溪館樓，終夕而竟。論之曰：文詩之佳者，有似杜詩。而鄭詩之佳者，則有似于文詩。渌溪解其成篇自爲編，偶以寫其懷抱情事，遂成渌溪之詩。渌溪之詩，其分劑足與文方駕，而鄭詩于原篇，居然爲優多也。渌溪之言曰：宋之末造，有信國公爲宰相于上，有思肖先生爲處士于下，皆能與天地争菀枯。宋雖亾，二公足存其生氣。嗚乎〔一〕，豈不信然哉？然天亦何爲，而爲是興亾之數哉！假使其所亾者皆桀、紂，所興者皆湯、武，猶曰可也！且或其所亾者湯、武，而所興者桀、紂，則又何爲乎？夫天中絶夏德，以與浞羿，而靡有鬲氏，執而不興，卒以歸夏。天湯、武其君，而伯夷、叔齊不湯、武之，不食周黍。其詩曰：「以暴易暴兮，不

【校勘記】

〔一〕乎：《魏季子文集》（易堂原板）本作「呼」字。

知其非矣，神農虞夏忽然没兮。」〔二〕未嘗及商也。且夫人所爲極于十七而止矣，過則災焉。天地聖人之大，不能全操也，惟忠臣孝子之事，可盈期數以至於十。災也而益爲之祥，死也而益與之以年壽。即其性氣偏駁，亦不必陶之以中和。是故忠臣孝子，不肯稍屈服於天，天乃往往屈服於忠臣孝子，何者？觀其臨命時，風霾日晦，若虹雷雨雹，是也；堅護其靈物，必不使消滅者，是也。文、鄭二公之事可徵矣。雖然忠臣義士，何代無之，而有所授者則尤著，如顔魯公有書法，後人得憑其書法以傚其倣仰；文、鄭二公有詩，後人得憑其詩而寄其慨慕，以發其情焉。《詩》曰：「維其有之，是以似之。」渌溪似之矣。而渌溪往又析集陶詩與杜詩也。

〔二〕此引诗句见《史记》所載：武王已平殷亂，天下宗周，而伯夷、叔齊恥之，義不食周粟，隐於首陽山，采薇而食之。及餓且死，作歌，其辭曰：「登彼西山兮，采其薇矣；以暴易暴兮，不知其非矣；神農虞夏忽焉没兮，我安適歸矣。」（漢·司馬遷《史記》卷六十一，清乾隆武英殿刻本。）

孔惟敘文集序

刻意深思，欲以秀峭之筆追倜儻之論。孔生毓功之爲文也，有志學道，排批俗見，欲練識時務，迅鋭兼程，而于文章見其端者。孔生兄弟之爲人也，夫以伯氏之俊明，仲氏之沈毅，師友講肄于一堂，出而收益于四方，吾知其學之克有成也。孔子曰：「君子疾没世而名不稱焉。」名者，實之賓也。主人在，賓斯至矣。今夫蜀，山川之峻□者也，行人不暇喙息焉。而成都平衍數百里，然後足以立其國。劉誠意伯所居，疊山連嶂，梯天而登，極上則平衍數十裏，以處其家族，鬱積以毓偉人。夫天下有平衍而無峻阻者矣，未有有峻阻而無平衍之足以成區域也。故平盡而奇出不窮，蓋不衍則不寬，不寬而蓄則不博厚，寬者所以遊其氣也。不博厚，則發之也無力而易殫。故《傳》曰：「水土無衍，民乏財用。」〔二〕雖然生姑緩務乎是也，年少邁往之氣，未可以稍遏抑，乘挾山超海之志力，而極其所至焉。一境既畫，

【校勘記】

〔二〕此引文多數版本爲：「水土無所演，民乏財用，不亡何待？」（見三國·韋昭《國語韋氏解》卷一，士禮居叢書景宋本。）

一境自開，晝轉不止，其益無方，將不待探索詔告，而自能漸深漸遠矣。今也以所作，出而質諸海内君子。觀其文以知其人，其必有博要之道以相啟告者，無俟予言爲也。

與甘健齋論曾文定公書

禮向不喜曾子固文，每讀不能終篇。頃病中覆取讀之，意思法度稱古作者無疑。子固于論事上書之文，每漶漫闊迂，不足動聽聞，其可施於事實者亦少。特所謂序、記，則卓爾爲不可及。蓋其論旨不獨原本《六經》，而辭氣深厚爾雅〔一〕，有有道儒者之容，宜晦翁之獨嗜之也。近代道學之士，既以文章爲玩物喪志，又不肯爲汪洋倜儻奇崛之言。如韓蘇諸人者，則亦務爲子固之文而可矣。子固屏絶百家，自扳躋于聖人之徒，其爲文雖祖劉向，而所以自處者，當比董仲舒，然禮以爲非真有得于《六經》之學者也。所謂原本《六經》，不過存其綱維，取其郛郭，以不墜聖人之言已耳〔二〕。嘗讀子固《與王深甫論揚雄書》〔三〕，紕繆乖離，叛道害義，莫甚於此，不必智者而後知。蓋子固好雄文，得力於其書，遂至以

【校勘記】

〔一〕深：《魏季子文集》（易堂原板）本作「湥」字。

〔二〕已：《魏季子文集》（易堂原板）本作「巳」字。

〔三〕深：《魏季子文集》（易堂原板）本作「湥」字。

雄仕莽爲合箕子之明夷，美新之文，非可已而不巳〔一〕。嗚呼，抑何甚也！原壞之母死，登其木而歌，使曾參、閔子騫見之，以爲有合於大舜之號泣，則曾、閔尚得爲孝子乎哉？曾、閔而取壞，則曾、閔必無當於孝。曾、閔而孝，則必不以壞之登木歌爲可取。嗚呼！子固言本《六經》，自附于聖人之徒，而顧斥覆辯論爲此言〔二〕，以爲真有得於《六經》，則固無是也。子固性孝友，奉繼母，撫四弟九妹，不遺餘力，是其行義最高。而吕公著常告神宗，以鞏行義不如政事，政事不如文章，公著蓋非妬賢而毀鞏者明矣。吾由美揚雄推之，則子固爲人，其表裏之間，蓋未必洞然無遺憾于公著者。子貢曰：「君子一言以爲知，一言以爲不知。」公羊高以祭仲逐君爲行權，吾以爲必無得於《春秋》。子固以揚雄合箕子之明夷，王安石以雄之仕合孔子無可無不可之義，吾以爲必無得於《六經》。邱濬以秦檜于宋有再造之功〔三〕，岳武穆雖見委用，終不能克金以全宋，以爲必無得于《大學》〔四〕。而董仲舒，漢之大儒，于祭仲，亦附會其師説，此又與子固之好雄書，而强飾其過者相似。人著書立論，以傳後世，其議論間有一出於此，則生平文章，盡可投之水火而不足惜。士君子立言，蓋不可不慎如此。足下生子固之鄉，又嘗序文定公文集，故敢布其愚，以與有道相政焉〔五〕。

〔一〕已：《魏季子文集》（易堂原板）本作「巳」字；巳：《魏季子文集》（易堂原板）本同，當「已」字之誤。

〔二〕斥：《魏季子文集》（易堂原板）本作「反」字。

〔三〕之：《魏季子文集》（易堂原板）本無此字。

〔四〕「以爲」之前，《魏季子文集》（易堂原板）本有「吾」字。

〔五〕政：《魏季子文集》（易堂原板）本作「正」字。

擬岳忠武郾城上高宗書

年月日。具官臣某，謹昧死上書皇帝陛下：伏羕陛下詔臣班師〔一〕，臣知非陛下意也，此必賊臣秦檜陰爲鹵間，以欺陛下。陛下面諭臣曰：「中興之事，一以付卿，朕不遥制。」則臣雖戰敗勢沮，陛下必以孟明、荀林父期臣，必不詔臣班師。況臣今每戰必勝，滅金有期，獨金鹵縱檜南還，使爲奸細，此陛下與朝臣既所共知。臣知檜計，必陰欺陛下。淵聖，故天子也。淵聖歸，置陛下何地？臣則以爲縱使陛下輕棄天下以讓淵聖，將相臣民，萬萬必不肯舍陛下。何則天下將相，出萬死一生圖恢復者，皆陛下所選建拔擢，被陛下恩寵最深。況淵聖失守宗社，萬無復辟之理。昔唐高祖與太宗，戮力取天下，後立建成爲太子，而太宗諸臣不服，蹀血禁門，高祖震動，卒以禪位。其後，元宗失國〔二〕，子肅宗立，表迎上皇

【校勘記】

〔一〕羕：《魏季子文集》（易堂原板）本作「承」字。

〔二〕元：《魏季子文集》（易堂原板）本作「玄」字。

復位。李泌曰：「上皇不來矣。」陛下但言歸奉孝養則可〔一〕，既易表辭，而元宗始安心返駕〔二〕。夫高祖不能得之於子，而淵聖能得之於陛下。元宗爲父〔三〕，不敢居者，而淵聖爲兄敢居之，臣則不信也。陛下察今日戰勝之勢，惟當逆折賊臣姦謀，速命諸將協力進師，以成陛下萬年一統之業。若臣則終始奉守面諭，以爲治命可據。自今以往，陛下即罪臣以叛逆之罪，臣有死敵而巳〔四〕，不敢奉詔。〔五〕

〔一〕但：《魏季子文集》（易堂原板）本作「但」字。

〔二〕元：《魏季子文集》（易堂原板）本作「玄」字。

〔三〕元：《魏季子文集》（易堂原板）本作「玄」字。

〔四〕巳：《魏季子文集》（易堂原板）本同，當爲「已」字之誤。

〔五〕此文之後，《魏季子文集》（易堂原板）本录有叔兄评语：叔兄曰：「字字簡沙印泥，語語貫金穿石。此天地間有數文字，視澹菴封事，覺更勝一籌。一篇下斬截字面，即爲文中悍節，奇甚！」

與顧袁州書

去春明公遷守袁州，手書之外，屬兒子世傑口示，欲禮入贛道別，此意何敢忘〔二〕？會二月中，先君窀誕，寧俗家族婚友咸來奠拜。而家伯兄羈廣中，叔兄出遊江淮，皆遠道數千里不得歸，不肖子惟禮一人，是以不敢遽出。二月盡，抵贛，則五百已發數旬矣。嗟夫，明公非獨以能下士相親重也！儒生俗吏不識時務，天下之知柔知剛，可與深言者幾人哉〔三〕。禮客贛復兩月，當路禮遇無損他時，雖賓朋酬酢紛若承挺，而獨行踽踽如僑不鄰之野。獨幸家伯兄脱身嶺南，出留幕府，相見悲喜，若隔死生，家語未竟，便及明公，未嘗不相對而黯然也。時兩人私言，自此以往，當一意家食，兄弟父子，聚首讀書，優悠林石，終此餘年。不意天降奇凶，乃有十月十四日之事。自韓大任潰圍東出，再屯蔽邑之上鄉，兵往寇來，互相柔踐，焚殺之慘，倏忽荐加，當事議撫，蓋實有日。而大任亦有願得李路一言之意，愚兄弟痛桑

【校勘記】

〔二〕忘：《魏季子文集》（易堂原板）本作「忘」字。

〔三〕深：《魏季子文集》（易堂原板）本作「湥」字。

梓之禍結，惘窮猿之失林。遂承風旨，先以一札開陳利害，委布腹心，既而家兄受命往撫。於八月初八，親詣其營，此非敢有纖毫功名之見幾幸官賞之私也。不過欲紓贛寧之急禍，答當路之重委耳，何期省郡異謀？四面檄兵，使者甫至，圍師遽合，而彼遂疑爲賣己也〔一〕。不思兵尚詭道，彼韓信、李靖之舉，豈與酈食其、唐儉相謀，乃拒而不見。莫由辭説，始以幽囚，終遭毒刃。哀哉！哀哉！意欲與爲魯仲連之高致，而竟乃蹈酈生之奇禍也。是時兵寇甫退〔二〕，居民逃亾，聞報驚疑，禮同世傑，把火夜行八十里，手拭頸血，省驗無訛。魂喪魄飛，心肝頓裂，傑拔佩刀自刎者再，幸爲旁人所持。奮拳椎胸，死血結於小腹〔三〕，入棺之後，病遂不支，甫二十日，遽就妖亾〔四〕。天乎！天乎！明公謂生人之慘，有慘於是者乎？禮是時搶地呼天，幾欲身殉。痛定之後，念先兄事多未了，三孫孤幼，莫適依仗，勉強視息，偷活至今。《禮經》有言：「父母之仇，不共戴天；兄弟之讐，不與同國。」〔五〕此一讐者，實有不戴天之恨。蓋既殺我兄，因喪我侄，禮以傷痛，一病垂死，禍幾延於闔門。而先兄入營之後，尚欲詿禮、傑

〔一〕已：《魏季子文集》（易堂原板）本作「己」字。

〔二〕寇：《魏季子文集》（易堂原板）本作「寇」字。

〔三〕小：《魏季子文集》（易堂原板）本作「少」字。

〔四〕妖：《魏季子文集》（易堂原板）本作「殀」字。

〔五〕此引文可參見宋・胡安國《春秋傳》卷第七（四部叢刊續編景宋本），其言：「穀梁子曰……父母之讎，不共戴天；兄弟之讎，不與同國；九族之讎，不同鄉黨；朋友之讎，不同市朝。」又見漢・鄭玄《禮記》卷一（四部叢刊景宋本）：「父之讎，弗與共戴天；兄弟之讎，不反兵；交遊之讎，不同國。」

而殺之，吾不知其肺腸何物也？嗟夫，哀哉！先兄雖有兩弟，皆文弱小儒，年迫衰暮，含冤負痛〔一〕，空令沒齒而已矣〔二〕。復何言哉？復何言哉？然脱令明公當日未去，則先兄必不行。即行，亦必教以機宜，使知所趨避，必不至以愛人之心横踏非命，此遭變以來，懷服明公彌切。而先兄之痛，彌無窮期也。明公於禮，有家人之誼，訴哀道痛，不覺言長，鮮民之生，明公其何以策之。家叔兄去臘於貴里得訃，今春抵山，兄弟相見，抱頭痛哭，不知何者爲生爲死？而頭風宿疾，連月大作，嗟乎！翠微花竹如故，山水不改，觸目之間，白日如夜，人非木石，何以堪此？況兄弟煢煢，十日九病，崦嵫不遠，鬱陶如何，安得一見明公，吐此十斛惡氣，爲我洗腸而滌胃也。語無倫次，惟知己哀憐之〔三〕。

〔一〕含：《魏季子文集》（易堂原板）本作「含」字。

〔二〕已：《魏季子文集》（易堂原板）本作「巳」字。

〔三〕己：《魏季子文集》（易堂原板）本作「巳」字。此文之後，《魏季子文集》（易堂原板）本录有丘邦士评语：丘邦士曰：「沈痛瀏離，固是司馬《報任》、李陵《答蘇》二書之流。然彼二書以鬱紆之致，寫嗚咽之情，固易爲工。此以直寫痛恨，得其瀏離，遂較爲難耳。」

答山西侯君書名琦〔一〕

僕兄弟三人，如影之隨形，響之答聲。今乃寂其響，單其影，僕獨何心能不悲乎？足下遠垂唁，且道懇到之意，僕何可佀？辱書首舉同人之義，所以期勉於僕甚大，僕用悚息，如蚉負山，商蚷馳河，其弗克勝也矣。竊惟《易》之「同人」，以同爲卦，而聖人所以垂象設辭，乃在於不苟同。然則不苟同者，能不同乃能大同乎？夫不同何以能大同也？《彖》曰：「唯君子爲能通天下之志。」通天下之志，貞而已矣。貞者，人性之大同也。夫人之情，萬有不齊而必欲齊之以一同，雖天地且不能。如以同爲同，則是嗜甘者必不同於辛，而鹹酸苦各有其不同，如曰「五味」而已〔二〕，是天下有口者皆同也。故論其同，君子與君子不同者多也；論其不同，小人之同於君子者多也。向者之同，亦背者之同。公山弗

【校勘記】

〔一〕此題目録無「名琦」二字，《魏季子文集》（易堂原板）本同。

〔二〕已：《魏季子文集》（易堂原板）本作「己」字。

擾，佛肹南子〔一〕，聖人同之。至於匡人之圍，桓司馬之要殺，聖人之同自在也。假使孔子之同，必欲異其不同者，則七十子而止矣，三千人之徒而止矣，惡能通天下之志乎？故二五同也，三之伏戎，四之乘其墉，皆同人也。而睽之時，見惡人無咎矣。且夫聖人有以探天下之賾〔二〕，見天下之隱，而爲此辭也。知不貞之同，與有主之同，爲禍最烈。國家之頃覆，是非之瀆亂，世道淪胥〔三〕，君子塗毒，小人得志，皆由此也。是以二五中正，義所當同，此歐陽氏所謂君子與君子爲朋者。而聖人甯著于宗之吝，必以於野出門爲貞，略其常義而昭其大全。孫氏曰：物有党有仇，不歷異之辨，不知同之常。若東漢諸君子，分別甚則傷朋〔四〕，矯抑至則傷健〔五〕，操持峭厲則傷中正。非君子之貞，而涉川何利焉。《易》序同人於否之後，爲世道切，而爲君子計尤遠也。雖然大通之同，聖人之道，不苟同之義。君子之守，苟妄希夫通天下之志而不得其道〔六〕，則流爲比匪踰閑亂德之鄉願。賢不肖雜糅糢稜脂韋以敗其身，失類族

〔一〕肹：《魏季子文集》（易堂原板）本作「肸」字。
〔二〕探：《魏季子文集》（易堂原板）本作「挍」字。
〔三〕胥：《魏季子文集》（易堂原板）本作「胥」字。
〔四〕朋：《魏季子文集》（易堂原板）本作「明」字。
〔五〕健：《魏季子文集》（易堂原板）本作「徤」字。
〔六〕妄：《魏季子文集》（易堂原板）本作「㚣」字。

辨物之明健也〔一〕。然則道患不廣，守主乎固，蓋通者所以利其守，而守者所以馭其通，無他貞而已矣〔二〕。足下言之魯、衛、汴、淮南，而未能得所同，其殆能究同人不苟同之旨者乎？僕兄弟鄙野，不足以發足下問。足下生堯、舜之鄉，去文王、周公、孔子地皆近〔三〕，又好學，其必有得於聖人之遺言，僕所未聞睹者。儻肯尋惠然之言，藉以開僕固陋，且續先叔兄一日之雅，是所願也。〔四〕

〔一〕健：《魏季子文集》（易堂原板）本作「徤」字。

〔二〕已：《魏季子文集》（易堂原板）本作「巳」字。

〔三〕去：《魏季子文集》（易堂原板）本作「厺」字。

〔四〕此文之後，《魏季子文集》（易堂原板）本录有彭躬庵评语：彭躬庵曰：「精理名言，如雲出千仞之峰，層層奇變，令觀者駭歎，無有盡時，怏不一狀此文家最上境也。如此疏《易》，覺《朋黨論》私吝無措足處。宜其以《繫辭》非孔子之言矣。」

答李元仲書

一別二十年，相聚四五日，此如操勺米以療飢，其何能濟？然而猶得不死也〔一〕。伏審手教，補缺陷之語，所謂人定勝天。讀先生文，處丙丁之際，想見其行事，誠有得於勝天之學力，彌深嘆服也〔二〕。爾時人定勝天云者，非必蘄如蠡之興越而滅吴，文文山之屢起屢躓，陸秀夫之負帝入海，皆勝天也。《更省江甯胡星卿先生書》曰：自世俗視之，遂謂尊家多難。自愚論之，一時何得有此奇特事？家運正好，萬勿自疑也。胡先生亦行年八十六矣，二老之言，若合符節，廉頑夫立懦夫志，僕其敢自委乎？因思夫天之于世，靡弗缺陷也。僕惟不能自處其不缺陷，遂致兩兄、兄子之喪奪，成大缺陷。使能于不缺陷時，自尋處其缺陷，留不盡之意以還造化，擬于古人三瓦不陳之義，蘄毋至天之思缺陷我〔三〕，或者

【校勘記】

〔一〕死：《魏季子文集》（易堂原板）本作「死」字。

〔二〕深：《魏季子文集》（易堂原板）本作「滐」字。

〔三〕毋：《魏季子文集》（易堂原板）本作「毋」字。

猶未若斯之酷也。庖丁善刀而藏，是以解數千牛，而刃若新發。顔闔之禦，便脱轡軔輪而止，則車不敗。然則吾既能自處乎缺陷矣，是天可以不缺陷我。天且不得而缺陷我也，或者其亦所謂人定勝天之道乎？原二老之指，其能不悖矣乎？《易》曰：「窮則變，變則通，通則久。」未有不變通而能久者，四時之序是也。登高不止者，其墜必創。故曰：「爲道日損，損而又損，以至於無。」〔二〕此非獨爲道也，御世之勢亦有然矣。僕勉思宅心退讓尋其理趣，以折平日虚憍之氣。先生審天人之故，始終之行，願嘗有以教策之。〔三〕

〔二〕此引文參見《老子·道德經》（古逸叢書景唐寫本）下篇：「爲道日損，損之又損，以至於無，爲無爲而無不爲。」

〔三〕此文之後，《魏季子文集》（易堂原板）本録有彭躬庵評語：彭躬庵曰：「篤言至論，深切痛透，爲古今高明才節人。膏肓藥石，勝一部廿一史論，斷宜各書一通座右，時時勘照爲人鑑也。」

先叔兄紀略

吾叔兄既卒之十年，季弟禮始得抑悲心，編次其行實，以告于海内君子。而爲之紀曰：先生諱禧，字冰叔〔一〕，號裕齋，欲自進于寬裕也。宗派日際丙丁喪亂〔二〕，屏居翠微峰，門前有池，顔其庭曰「勺庭」〔三〕，學者稱「勺庭先生」。叔子集行于世，世又稱魏叔子云。先徵君生五子，其二夭，故以伯、叔、季行。先生爲人，形幹修頎，目光奕奕射人。少孱善病，參術不去口。性秉仁厚，寬以接物，不記人之過，與人以誠，雖受紿恬如也。誘進後學，惟恐弗及，然多奇氣，論事每縱横雄傑，倒注不窮。事會盤錯，指畫灼有經緯，思患豫防，見幾于蚤懸策而後驗者，十嘗七八。義之所在，即攖禍患勿少恤。待小人不惡

【校勘記】

〔一〕冰：《魏季子文集》（易堂原板）本作「凝」字。

〔二〕日：《魏季子文集》（易堂原板）本作「曰」字；丙：《魏季子文集》（易堂原板）本作「昌」字。

〔三〕曰：《魏季子文集》（易堂原板）本作「日」字。

而嚴，往往直言無忌諱，而其神明之際，有耿耿不可惢者〔一〕。嗚呼，此非禮之所能道也！先生兒時，不樂嬉戲，同學生或出外游間〔二〕，先生獨勤業不輟。嘗嗜古論史，斬斬見識議。十一歲補邑弟子，冠其曹，妻祖謝公于教，稱宿學，致政家居〔三〕，年七十餘矣。嘗姻亞偕往，一揖後，各散去。惟先生十一歲童子，與七十餘老人，終日語不倦。先徵君訓諸子，和極禮敬，不少寬假。嘗侍先徵君議事公所，列坐數百人，吾兄弟年少，坐堂下末坐，因相與私語，先生容偶怠，不自覺也，先徵君堂上色不懌，伯兄目及之曰：「吾儕甯有失乎，何大人有是色？」歸至庭，先徵君默坐不語，三子跪請，乃誡曰：「凡人貴讀書，當知禮義，如在廣坐中，人不識汝爲吾子，而察其舉止言語間，知其中必有嚴憚之人在。今某侍父而有慢容，何謂讀書乎？」於是復霽顔。論古今，夜分乃罷，自是先生守徵君訓益切，罕有隕越。先生與兄弟如一身，而植善規過，交相切劘，若嚴師友，恒讌笑至丙夜。先妣以先生體孱，迫之寢，各依依不能去。伯兄有詩曰：「豈徒至性爲兄弟，竟自神交托友生。」禮有詩曰：「我生爲體素，兄弟爲我神。」當是時，吾兄弟三人，謂科名當探囊得，期以古名臣，自致節烈〔四〕，風采彪炳史策。迨甲申流賊陷京師，天子死于社稷，先生聞輒號慟，日往公庭哭臨，食不甘味，寢不安席，謀與曾公應遴起義兵勤王。先徵

〔一〕惢：《魏季子文集》（易堂原板）本作「忘」字。

〔二〕間：《魏季子文集》（易堂原板）本作「閒」字。

〔三〕致：《魏季子文集》（易堂原板）本作「致」字。

〔四〕致：《魏季子文集》（易堂原板）本作「致」字。

君亦慷慨破産助之，而李自成旋殄滅，遂不果。先生故善病，謝棄諸生服，隱居山中，歲惟清明祭祀，一入城而巳〔一〕。因屏去時藝，專古學，教授弟子，著録者數百人。方流寇之初熾也，是時承平日久，人不知亂，且謂寇遠難遽及。先生獨憂之，尋山石結砦，以衛家室。經營措注，皆有成法，邑人倣傚之〔二〕，得免寇攘之難，時年二十一也。而南昌彭躬庵士望〔三〕，亦于是歲來。初予鄉人有主躬庵家者，躬庵嘗語天下將大亂，吾欲得遺種處。予鄉人曰：「則莫若吾寧都矣，山砦可居，田宅奴婢我能給也。」躬庵果至。主其家實吾鄰並，躬庵日日從門外過，予兄弟嘗目送之，相語曰：「若人風度似不凡者，然何以主是？」翼日，躬庵復經過，予兄弟遂下階揖躬庵曰：「子何爲者？」躬庵語以故，且曰：「爲若人所給，吾巳移室至建昌矣〔四〕。將安適？」曰：「能過吾館舍談乎？」曰：「甚善！」遂相與縱談達明。躬庵慨然曰：「子兄弟真可以托家矣！」于是，躬庵遂急行逆其家人。數步復返曰：「將與一好友攜儷俱來，何如？」曰：「甚善！」至則林確齋時益也。躬庵舟至河干，先生方靧面，喜極裸雙袖，水濡濡滴髭鬚，走逆之，延住于家。後相與入翠微，如一父之子，蓋所謂「易堂」者也。是時「易堂」九人：李咸齋騰蛟、彭躬庵士望、丘邦士維屏、林確齋時益、魏善伯祥、魏冰叔禧、彭仲叔任、曾青藜燦、魏和公

〔一〕巳：《魏季子文集》（易堂原板）本作「已」字。
〔二〕傚：《魏季子文集》（易堂原板）本作「效」字。
〔三〕庵：《魏季子文集》（易堂原板）本作「菴」字，下同。
〔四〕巳：《魏季子文集》（易堂原板）本作「已」字。

禮。甯都居贛上游，地遐僻，四方士罕至者，而先生獨敦古朋友誼，如友人謝廷詔、謝大茂亾孤不能自存，先生則撫教安業之，爲授室，得延其嗣。凡朋友有過，如亾刺在身，法言巽語，涵溶漸漬，蘄其改而後即安。已有闕失〔一〕，則朋友兄弟交攻之，即厲色極言，無絲發忤。躬庵嘗曰：「吾儕所謂上殿相爭如虎，下殿不失和氣者也。」姊壻丘邦士維屏，以先生好雄辯，故折抑之與書，詞旨過厲，先生乃附刓于《叔子集》中〔二〕。其于文章亦然，率委之群議，一字未安，不憚十反。既登木者，或即行剷易。子弟無恒父師，往僧無可公至山中，歎曰：「易堂真氣，天下罕二矣。」初有友人某，先生與最親善數十年，其後有乖大義，先生遂擱然割席勿少恤。而先生每自言：吾何多幸，父而師者父，師而父者師。謂受業師楊治文先生也，諱文彩，號一水。兄弟而朋友者兄弟，朋友而兄弟者朋友。嘗出遊，思廣接天下人物，東南君子，無不偏交之。聞有隱逸道德士，則崎嶇山水，造訪請益。而四方聞風趨赴者，亦駢咽輻輳，諸君子咸謂先生有古宰相才度。惜乎，賫志以没也！然所著《左傳經世》，亦足徵其用矣。而確齋亦嘗曰：「房玄齡不以己長格物〔三〕，魏叔子有之。」凡戚友有難進之言，或處人骨肉間，先生批隙導窾〔四〕，令人心開，友党中方諸李鄰侯焉，或問其故，先生曰：「吾每遇難言事，心積誠累時，與其人神情

〔一〕已：《魏季子文集》（易堂原板）本作「己」字。
〔二〕刓：《魏季子文集》（易堂原板）本作「刻」字。
〔三〕己：《魏季子文集》（易堂原板）本作「已」字。
〔四〕隙：《魏季子文集》（易堂原板）本作「郤」字。

相貫注，然後言之。」戊辰用嚴公沆、余公國柱、李公宗孔，薦舉博學宏辭，累徵以病辭，未就。庚申十一月十七日，從無錫赴維楊故人約，舟至儀真，忽發心氣病，一夕卒。時門人梁份從行，遠近友人咸走哭于殯所，而常熟顧景范祖禹獨先至。祖禹少先生七歲，先生與爲兄弟交比易堂。其未能至者，則于先生昔經游處，設位而祭。海内士識與不識，莫不惋惜焉。生于明天啟甲子正月十三日，享年五十有七。嫂謝氏聞喪，勺飲不入口，絶食十三日死。繼禮之幼子世侃爲嗣，娶賴氏其父名韋，字子弦，先生于門人中至親善者。是時，禮聞訃號慟，病幾殆，乃遣長兒世傚、先生之門人賴韋，偕行扶櫬歸，合葬于邑南郊下羅坪始祖墓旁〔二〕。所著有《古文集》二十二卷，《日録》三卷，《詩》八卷，二集若干篇，《左傳經世》若干篇，梓其半，皆行于世。制蓺若干卷及他雜著藏于家。先生爲文，一主識議，取有發明于經史益于世務，不欲爲紆徐窅宜，形神摹擬以相肖似，其于制蓺亦然。初予兄弟學古文于山中，友人偶鈔一策，寘行篋中，武進鄒程邨祇謨見之嗜曰：「今乃有如是文乎！」于是攜去，注鄉貫姓名，逢人輒稱説。今吾兄弟文得以偏質海内君子者，蓋自程邨始也。兹握筆勉書，情緒荒落〔三〕，述焉弗詳，要不敢稍一浮飾，自欺以欺先兄。禮往答錢塘高士徐孝先介書曰：所謂先《叔子年譜》，尚未敢作。先兄生平不欺其志，略見於《地獄論》，故立傳立誌，足以無媿。若《年譜》者，非理學日精，功績累著，無慚衾影，實濟

〔二〕葬：《魏季子文集》（易堂原板）本作「塟」字。

〔三〕荒：《魏季子文集》（易堂原板）本作「荒」字。

于生民，歲異而月不同，其孰能當之？ 蓋紀其爲學之漸，設施之能，將以作則來茲，非敢誣也。所謂誣君子者，不敢誣之以惡，亦不敢誣之以善。書既竟，忽憶吾兄弟往坐談至子夜。于時殘月在山，天地空寂，伯兄曰：「異日吾兄弟下世，吾願先諸。」想此際悲苦，誰復能任者，各憮然罷，而伯兄竟先逝矣。嗚呼，痛哉！ 夫孰意任悲苦者之獨在禮耶！ 季弟禮抆淚紀。〔二〕

《續魏叔子文粹》附録終大尾

〔二〕 此文之後，《魏季子文集》（易堂原板）本尚有「附识」一段，其曰：「當先考之終，遺命遵古禮，不用鼓樂，卻謝親友祭奠。戒毋得以行狀廣乞銘傳不孝等，黽勉從命，故兩先兄皆不敢請乞。大人先生之言，以爲光寵，其或垂賜收録者，則存亾均感不朽。附識。」

跋

魏叔子之文，豪宕流暢，盖与朱竹垞、吴梅邨相伯仲。未嘗讀朱、吴之文，歎賞其風骨。今復閱此書，風骨森儼，揖朱提吴，一讀三歎，可以排遣煩悶。叔子与其伯、季，筆硯相鄰，文峰相匹，而天倫至樂，亦在其中矣。桑原鷟峰嘗就其本集選擇醇粹，將梓問于世，未果而歿。鷟峰豈欲世之讀者淺其文筆，復欽羡其兄弟無故迭領雅趣而然耶。書肆請余校之畢，書以爲跋。明治庚午春二月，高木穀。

圖書在版編目(CIP)數據

魏叔子文選要·續魏叔子文粹/(清)魏禧著;(日)桑原忱有終選;夏漢寧校勘.—南昌:江西人民出版社,2019.6
ISBN 978-7-210-11256-3

Ⅰ.①魏… Ⅱ.①魏… ②桑… ③夏… Ⅲ.①古典散文-散文集-中國-清代 Ⅳ.①I264.9

中國版本圖書館CIP數據核字(2019)第061223號

魏叔子文選要·續魏叔子文粹
[清]魏禧著;[日]桑原忱有終選;夏漢寧校勘.
責任編輯:李陶生
书籍設計:南昌市紅星印刷有限公司
出　　版:江西人民出版社
發　　行:各地新華書店
地　　址:江西省南昌市三經路47號附1號
郵　　編:330006
編輯部電話:0791—86812172
發行部電話:0791—86898893
網　　址:www.jxpph.com
2019年6月第1版　2019年6月第1次印刷
開　　本:880毫米×1230毫米　1/32
印　　張:16.5
字　　數:211千
ISBN 978-7-210-11256-3
贛版權登字—01—2019—203

定　　價:96.00元
承 印 廠:江西華奧印務有限責任公司